LA MAUVAISE FILLE

DANDY SMITH

Traduit de l'anglais
par Raphaëlle Pache

City
Thriller

Retrouvez tous les titres City Éditions :

www.city-editions.com

Publié pour la première fois au Royaume-Uni sous le titre *The Wrong Daughter* par Embla Books, une marque de Bonnier Books.
Photo de couverture : © Karoliina Norontaus/Arcangel
ISBN : 978-2-8246-3026-7
Code Hachette : 23 3583 5

Collection dirigée par Christian English & Frédéric Thibaud
Catalogues et manuscrits : city-editions.com

Dépôt légal : Août 2025

Pour Mel Neville.
Que les ailes de ton eye-liner
soient toujours régulières.

Prologue

Ce sont des sœurs. Elles ont dix et treize ans. Elles sont seules chez elles. Aucune des deux jeunes filles ne remarque l'homme qui les observe depuis le bois derrière leur maison.

L'aînée, Olivia, est responsable de sa cadette pendant l'absence de leurs parents. Il y a de l'argent pour une pizza sur le plan de travail de la cuisine et une liste de numéros d'urgence aimantée sur le réfrigérateur. Olivia n'y jette même pas un coup d'œil. Blossom Hill House se trouve à Stonemill, petit bourg idyllique au cœur du Somerset, un endroit où les gens se sentent suffisamment en sécurité pour ne pas verrouiller leur porte.

À 18 heures, les filles se chaussent. Bien qu'elle ait reçu l'ordre de se coucher à 21 heures, Olivia a décidé d'autoriser Caitlin à veiller une demi-heure supplémentaire et, alors qu'elle prend la main de sa sœur et sort sous le soleil d'été, les consignes de ses parents, stipulant qu'elles doivent rester à l'intérieur, s'envolent de son esprit tel le duvet des pissenlits.

Les filles referment la porte d'entrée bleu marine à heurtoir de laiton, mais ne la verrouillent pas. Caitlin lève les yeux, regrettant les jolis pétales roses des cerisiers en fleurs qui jonchent leur jardin au printemps. Elles tournent à droite après le portail, puis à gauche sur la route qui mène au magasin de produits de la ferme. Avec l'argent de la pizza, elles achètent des sandwichs : pain épais et croustillant, jambon fumé et fromage au goût puissant. À côté, à la boulangerie, elles achètent de savoureux brownies au chocolat noir et des bouteilles de limonade glacée. Munies de leur butin, elles s'élancent vers la prairie. Là, parmi les myosotis bleus et les boutons d'or éclatants, elles passent plusieurs heures sur l'herbe chauffée par le soleil. L'été s'étend devant elles, toile vierge attendant d'être peinte, regorgeant d'innombrables possibilités d'aventures.

Olivia tourne son visage vers le ciel et dénoue son épaisse tresse dorée. Elle glisse les doigts dans ses cheveux jusqu'à ce qu'ils cascadent dans son dos. Caitlin attrape une mèche de ses propres cheveux, brun foncé et, selon elle, ternes en comparaison du glorieux coucher de soleil de ceux de sa sœur. Remarquant l'air désabusé de Caitlin, Olivia lâche :

— Tes cheveux sont hyper brillants ; ils sont roux quand la lumière tombe dessus, Kitty-Cate.

La petite adresse un sourire éclatant à son aînée, acceptant le compliment qu'elle serre fort sur son cœur.

Les filles s'asseyent et fabriquent des bijoux en enchaînant des marguerites. Elles achèvent leur pique-nique réchauffé par le soleil et boivent la dernière limonade. Dans la douce clarté du soir, Olivia fait une roue parfaite à travers la prairie. Elle possède de longs membres bronzés et une symétrie admirable. Elle propose à Caitlin de lui enseigner l'acrobatie. Sa cadette, maladroite et manquant de coordination, redoute d'échouer. Elle ment, feignant une cheville douloureuse, parce qu'elle se sait incapable d'imiter l'aisance d'Olivia. Elle vit tranquillement dans l'ombre de sa sœur. Non pas qu'elle soit moins aimée par leurs parents, car les deux enfants sont chéries avec la même intensité. C'est plutôt qu'Olivia est plus âgée, elle a été la première à parler, à marcher et à faire la roue. Caitlin est toujours un peu en retrait. Elle est heureuse, en sécurité près de son aînée.

Les filles s'allongent sur l'herbe et regardent les nuages blancs comme du lait dans le bleu infini du ciel : elles se montrent les formes qu'elles voient – un lapin qui saute, un chapeau de sorcière, un chausson de danse. Si elles avaient connaissance des horreurs de cette soirée, ou de la réalité inexplorée du lendemain, elles voudraient arrêter le temps, s'enfouir dans ce chaud après-midi de juillet. Pour l'heure, elles sont jeunes et insouciantes, leur avenir est aussi naturel et sauvage que la prairie qui les entoure. Et bien que ces deux sœurs ne le sachent pas encore, c'est le tout dernier après-midi parfait qu'elles partageront.

Les filles prennent le long chemin du retour, inspirant l'odeur fraîche de l'herbe coupée et écoutant le bruit lointain d'une camionnette de crème glacée. Elles passent devant la maison de Florence. La jeune fille élancée, avec son carré d'un noir d'encre à la parisienne, est assise à la fenêtre de sa chambre, la tête sur les genoux, portant sur la rue un regard apathique. Elle a été collée aujourd'hui, dernier jour d'école, pour avoir trop remonté sa jupe. Olivia est la meilleure amie de Florence, et vice versa. Elles sont les reines de l'école pour filles de Southfield. Elles ont le genre d'amitié facile, sans effort, que Caitlin leur envie. Lorsque Florence remarque que les sœurs Arden s'attardent devant sa porte d'entrée, elle s'illumine et ôte les écouteurs de son lecteur MP3. Elle agite la main à leur intention, mais demeure silencieuse au cas où sa mère rôderait dans les parages. Les sœurs lui répondent de la même façon. Plus tard, la police ne cessera de vouloir faire préciser à Florence à quelle heure exactement elle a vu les deux jeunes filles passer devant chez elle. Sa réponse changera et changera encore, parce qu'elle n'en est pas sûre. Par la suite, et jusqu'à la fin de sa vie, elle se montrera très attentive à l'heure.

Une fois rentrées, les filles se revêtent de pyjamas en coton assortis. Elles s'installent sur le grand canapé devant la télévision, un seau de pop-corn entre elles, sans avoir la moindre conscience de l'inconnu dans leur jardin, qui les observe.

Plus tard, Caitlin monte à l'étage pour aller aux toilettes et s'arrête devant la porte de la chambre de sa sœur. Dans l'antre d'Olivia, Caitlin remarque un agenda vert sapin sur la coiffeuse. Elle s'en saisit. Au velours doux et à l'abeille dorée brodée sur le devant, elle devine qu'il est coûteux. Rien à voir avec les carnets fragiles de la vieille papeterie de la ville. Caitlin s'apprête à l'ouvrir à la première page lorsque sa sœur apparaît dans l'embrasure de la porte.

Olivia s'arrête et fronce les sourcils en découvrant Caitlin. Elle n'est pas en colère, l'adolescente ne se met jamais en colère. Elle est confiance et compassion. Détermination et sucre. Sans mot dire, elle tend la main, paume vers le haut. Les joues enflammées et la culpabilité tourbillonnant au creux du ventre en même temps que le pique-nique et le pop-corn, Caitlin renonce à l'agenda, mais trouve le courage de demander d'où il vient.

— Ce n'est pas un agenda, c'est un journal intime, corrige Olivia.

Les agendas sont pour les fillettes, alors que les journaux intimes sont l'apanage des jeunes femmes.

— C'est un garçon qui me l'a offert, précise-t-elle en le reposant soigneusement sur sa coiffeuse. Le gars dans le bus.

Cela ne surprend pas Caitlin. De temps en temps, lorsqu'Olivia rentre à pied de l'arrêt de bus après l'école, elle passe chez le fleuriste de Honeysuckle Avenue et achète un petit bouquet pour leur mère. Parfois, parce qu'elle est jolie, on le lui donne gratis. Une leçon que Caitlin a apprise très tôt : les jolies personnes reçoivent souvent de jolies choses. Comme des fleurs. Ou des journaux intimes.

— Il m'a dit de tout écrire, poursuit Olivia.

Caitlin fronce le nez.

— Écrire quoi ?

— Tout.

Elle demande qui est ce garçon.

— Juste un gars, répond Olivia avec un sourire mystérieux. Juste le garçon du bus.

Plus tard, la police cherchera le Garçon du Bus. Et ne le trouvera jamais. Mais elle cherchera.

Dans son lit, déjà appelée par le sommeil, Caitlin souhaite avoir son propre journal intime. Exactement comme celui d'Olivia. Elle n'entend pas le souffle excité de l'homme à la porte-fenêtre déverrouillée du rez-de-chaussée, ni ne sent son eau de toilette lorsqu'il se glisse en silence dans la maison. Elle s'endort.

Plus tard, Caitlin sursaute, arrachée trop brutalement à ses rêves. La nuit est d'un noir profond tout autour. Elle n'est pas certaine de ce qui l'a réveillée. Elle se redresse dans son lit et écoute.

Le silence.

Elle sait que quelque chose ne va pas. Un instinct qu'elle ne s'explique pas, mais aussi réel pour elle que le cœur qui galope à toute allure dans sa poitrine. Lentement, silencieusement, elle se glisse hors de son lit et s'avance sur le parquet. Elle se tient immobile près de sa porte à peine entrouverte. Bien que la chambre soit plongée dans l'obscurité, la lumière de la lune étant occultée par de lourds rideaux, il y a une haute lucarne en vitrail sur le palier, qui éclaire l'espace au-delà de sa chambre d'une étrange lueur argentée.

Elle retient son souffle et écoute. Sous le bruit du sang qui afflue à ses oreilles, elle entend la porte de la chambre de sa sœur s'ouvrir au bout du couloir. Caitlin enroule ses doigts autour de la froide poignée en laiton, mais une autre intuition l'empêche d'ouvrir la porte plus grand. Des pas lourds et réguliers traversent le silence. Ils n'appartiennent pas à sa sœur. Caitlin ne bouge pas. Ne fait pas un bruit. Elle ne cligne pas des yeux lorsque sa sœur entre dans son champ de vision. Puis surgit une silhouette de haute taille aux larges épaules, trop grande et trop épaisse pour ne pas appartenir à un homme. L'horreur embrase les entrailles de Caitlin. Elle ne voit pas le visage de l'homme, dissimulé sous un masque vénitien au long nez et aux sourcils froncés. Grotesque et surréaliste, comme s'il sortait d'un cirque. C'est seulement lorsqu'il fait avancer Olivia en haut de l'escalier que le couteau pressé sur la gorge de sa sœur est éclairé par la lune.

La peur embrase la poitrine de Caitlin, une flamme menaçant de lécher sa gorge et de sortir par sa bouche en un cri fiévreux. Le couteau disparaît promptement dans son sac à bandoulière noir. L'homme masqué enroule une main gantée autour de la nuque d'Olivia et la fait pivoter légèrement. Elle se retrouve face à la porte de la chambre de Caitlin et lève les yeux. Leurs regards se croisent. Profitant d'un bref moment d'inattention chez l'homme, Olivia lève un doigt tremblant et le presse sur ses lèvres, ordonnant à sa sœur de rester silencieuse. Les mains de Caitlin se portent à sa bouche pour contenir le cri qui a surgi comme de la bile. Avec une crainte sourde, elle regarde l'homme sortir un second masque vénitien du sac et le placer sur le visage d'Olivia. Il est à motifs, vert sapin et or, comme le journal intime. Couteau de nouveau sous la gorge, Olivia est entraînée dans l'escalier. Caitlin a l'impression de voir le soleil couchant disparaître derrière l'horizon. Se fondre dans l'obscurité.

Quelques instants plus tard, elle entend la porte de derrière s'ouvrir puis se refermer. Elle ressent le caractère définitif de ce bruit jusque dans son sang. Elle reste encore un moment debout, se repassant l'image de sa sœur qui presse un doigt sur ses lèvres. Elle ne sait pas combien de temps elle demeure paralysée dans l'embrasure de la porte avant que le charme ne soit enfin rompu et qu'elle ne se replie dans la sécurité anéantie de sa chambre. Sous les couvertures de son lit, elle se recroqueville, tremblant comme un chien abandonné.

Elle est seule.

Elle ne comprend pas vraiment ce qu'est la solitude. Mais cela viendra. Dans les mois et les années à venir, elle n'en fera que trop bien l'expérience.

Leurs parents ne rentrent que quelques heures plus tard. Ils sont joyeux, leur soirée a été un tourbillon de vin rouge, de nourriture copieuse et de conversations agréables. Il est presque 1 heure du matin lorsqu'ils montent l'escalier en titubant pour voir comment se portent leurs filles. Même si la chambre d'Olivia est la plus éloignée, c'est elle que leur mère visite en premier. Elle ne s'inquiète pas de trouver le lit vide, convaincue que ses enfants sont blotties l'une contre l'autre, membres entrelacés, dans la chambre de Caitlin.

Elle vérifie. Ce qu'elle découvre, c'est sa benjamine, et seulement elle, pâle et tremblante. Ce que lui raconte Caitlin – un homme masqué au long nez, un couteau, un journal intime secret et le Garçon du Bus, un soleil couchant et Olivia kidnappée dans la nuit – est confus et bien trop précipité. S'il n'y avait pas le lit vide de son aînée, leur mère n'y croirait pas.

La suite n'est qu'un enchevêtrement de bruits et de lumières artificielles, les policiers qui affluent dans leur maison, où ils s'agitent comme des fourmis. Olivia a disparu. Son journal intime n'est plus là non plus. Leur père promet à Caitlin qu'Olivia va revenir. Que sa mère va cesser de faire ces bruits d'animaux déchirants. Que tout ira bien. Caitlin ne répond pas. Elle se tait, parce qu'elle connaît la vérité, elle la sent dans chaque battement de son cœur, dans chacun de ses souffles, même dans le rouge vif de son sang : sa sœur ne reviendra jamais à la maison.

1

Été

Caitlin Arden

C'est le dernier jour de l'année scolaire. Les enfants sont partis dans l'allégresse des vacances d'été. Il ne reste plus qu'un seul de mes élèves de CM2. Je jette un coup d'œil à la pendule. Sa mère a quarante minutes de retard. La dame qui supervise le centre de loisirs après l'école s'est déjà plainte que les parents de Natalie en profitent et n'arrivent jamais à l'heure pour récupérer leur fille. Comme le club périscolaire ne fonctionne pas le dernier jour du trimestre, il n'y a plus que Natalie et moi, ainsi que Mlle Jones, dans la classe voisine.

Natalie dessine et ne semble pas du tout perturbée par l'absence de sa mère. Je m'agenouille à côté de la fillette et lui adresse mon plus large sourire : elle n'est pas responsable du retard constant de ses parents.

— En voilà un beau dessin, je commente.

Elle me sourit.

— C'est ma famille à la plage. On va en Grèce cet été.

Sur son dessin, il y a deux grandes silhouettes et deux petites. La plus menue, avec sa jupe rose et ses cheveux roux, est à l'écart, reléguée dans un coin de la page. Je la montre du doigt.

— Qui est-ce ?

— Ma petite sœur, Charlotte, soupire-t-elle en prenant un crayon bleu pour colorier la mer. Elle est vraiment embêtante.

Je fixe l'image, et même si ce n'est qu'un dessin d'enfant, j'éprouve une pointe de tristesse pour le petit personnage tout seul sur le sable. Il est inévitable que des sœurs se chamaillent, surtout à cet âge. Je ne devrais sans doute pas émettre de commentaires, mais les mots sortent d'un endroit mélancolique de ma poitrine.

— Tu sais, je murmure, ce qui l'oblige à interrompre son coloriage pour m'écouter. C'est très important d'être une grande sœur.

Son regard se fait scrutateur.

— Pourquoi ?

— Ta petite sœur t'admire. Elle t'aime énormément.

Je prends une profonde inspiration, en repensant à Olivia.

— Tu es probablement la meilleure amie qu'elle ait jamais eue, j'ajoute.

Son petit nez se plisse, signe qu'elle réfléchit. Elle jette un coup d'œil à son dessin et passe doucement un doigt sur sa sœur triste et solitaire. Lorsqu'elle relève la tête, son visage est illuminé par la curiosité.

— Vous avez une sœur, mademoiselle Fairview ?

Sa question, dans toute l'onctuosité de son innocence, me transperce, et la réponse me reste coincée en travers de la gorge. Ce n'est pas aussi simple que « oui » ou « non ». Ça ne l'a jamais été, depuis le jour où Olivia a été enlevée.

— Désolée, je suis en retard. Désolée !

Je sursaute en entendant ces exclamations et me tourne vers l'endroit d'où est montée cette voix. Une femme traverse la classe à grandes enjambées. Comme Natalie est arrivée à l'école en cours d'année, c'est la première fois que je rencontre sa mère. Elle porte un legging de yoga Lululemon, ses cheveux roux sont relevés en une courte queue-de-cheval.

— Et le dernier jour de l'année, en plus. Toutes mes excuses !

À mesure qu'elle s'approche, j'ai l'impression de plus en plus nette de l'avoir déjà rencontrée. Je la connais. Mais d'où ?

— J'espère que je ne vous ai pas retenue trop longtemps, fait-elle.

Je me lève.

— Pas du tout, je réponds, même si elle aurait dû récupérer son enfant il y a quarante-cinq minutes.

— Génial !

Elle se tourne vers sa fille qui a jeté son premier dessin et en a entamé un autre sur une feuille blanche.

— Tu as donné à Mlle…

Elle me jette un coup d'œil et m'adresse une grimace qui, je pense, est censée lui tenir lieu d'excuse pour avoir oublié mon nom.

— Fairview, je complète.

— Fairview, répète-t-elle bruyamment, comme si elle criait « bingo » lors d'un gala.

Elle pose sa main sur la tête de sa fille et la passe sur sa longue tresse blond pâle.

— Tu as donné son cadeau à Mlle Fairview ?

Natalie acquiesce, mais ne lève pas les yeux.

— Oui, oui. C'est très joli. Merci, dis-je en repensant à la tasse en grès crème de bon goût et aux chocolats belges.

J'ai des tasses à revendre : à Noël et à la fin de chaque année scolaire, on m'en offre des dizaines, la plupart avec la mention « Meilleure maîtresse du monde » imprimée sur le devant. Je me sens coupable de ne pas pouvoir les garder toutes, mais au moins le magasin caritatif local est bien achalandé.

— De rien, dit-elle en plantant son regard dans le mien, comme si elle essayait de me situer elle aussi. Je m'appelle Laura.

Et l'impression de déjà-vu se précise. Laura était l'une des amies proches d'Olivia à l'école pour filles de Southfield. La dernière fois que je l'ai vue remonte à quinze ans, lors de la veillée organisée pour le premier anniversaire de la disparition d'Olivia. La famille de Laura a déménagé par la suite. Elle est un morceau de notre passé, planté au milieu de mon nouveau présent.

— Ravie de vous avoir rencontrée, dis-je en priant pour quelle ne me reconnaisse pas à son tour.

Elle sourit, le regard interrogateur. Je veux qu'elle quitte ma classe. Aujourd'hui, si près du seizième anniversaire, je ne peux pas supporter de remuer tous ces souvenirs avec une quasi-inconnue pragmatique, qui prétendra que le trou laissé par Olivia dans sa vie a été aussi important que dans la mienne.

— C'est un magnifique petit dessin, dit Laura à sa fille.

Je baisse les yeux, heureuse de cette distraction. Sur le dessin en question, deux fillettes jouent ensemble à la marelle dans un parc.

— C'est toi ? demande Laura à Natalie, en lui montrant la figurine bâton aux cheveux jaunes.

Elle acquiesce.

— Et là, c'est Charlotte, ajoute la petite en attrapant le crayon orange.

Un sourire se dessine sur mon visage, pareil à du miel tout chaud.

Laura sourit également.

— Oh, ma chérie, c'est merveilleux. Quelle belle surprise ! s'exclame-t-elle avant de se tourner vers moi. Les sœurs, vous savez ce que c'est ? Elles se chamaillent en permanence. Chaque fois qu'elles sont méchantes l'une envers l'autre, je me rassure en me répétant que lorsqu'elles seront grandes, elles seront les meilleures amies du monde.

Mon sourire s'efface, submergée que je suis par une vague de nostalgie pour Olivia. Incapable de parler, je hoche la tête. D'habitude, je parviens très bien à lutter contre la déferlante d'émotions que fait naître le souvenir de ma sœur, mais aujourd'hui, veille de l'anniversaire, je m'effrite comme une pâte, des morceaux de moi s'écaillent au moindre contact.

— Mlle Fairview a dit que c'était très important d'être une grande sœur, parce que je suis la meilleure amie que Charlotte aura jusqu'à la fin du monde, fanfaronne Natalie.

Laura me dévisage. Elle a cessé de caresser les cheveux de sa fille. Parce que maintenant elle me voit. Elle me voit vraiment. Elle a suivi la piste des miettes à travers la forêt d'épines et elle est arrivée à la maison en pain d'épices.

— Caitlin ? murmure-t-elle. Caitlin Arden ?

Génial.

Je pose les yeux sur Natalie. Mais la petite ne nous prête pas attention pour l'instant. De son point de vue, cette conversation est péniblement ennuyeuse, entre des adultes péniblement ennuyeux, bien au-dessus de sa tête. N'empêche, je m'éloigne tout de même et me dirige vers mon bureau, car je ne veux pas que l'enfant prononce ce nom devant d'autres élèves, de peur que cela revienne aux oreilles des parents. Ici, à l'école, je suis Mlle Fairview, institutrice de CM2. Partout ailleurs, je ne peux échapper au fait que je suis Caitlin Arden, sœur de la jeune Arden qui a disparu. Je commence à ranger les cahiers d'exercices en une pile bien ordonnée pour que Laura ne voie pas mes mains trembler.

— Vous êtes Caitlin, n'est-ce pas ? insiste-t-elle.

— Oui.

Elle est médusée.

— Je suis Laura, je savais que vous… tu…

— Je sais.

Silence.

Je dois déployer un immense effort de volonté pour ne pas tourner les talons et ficher le camp de la pièce. Je ne peux pas. Il me faut une raison pour déguerpir. Tout de suite.

— Je suis désolée de ne pas t'avoir reconnue, reprend-elle en m'examinant comme si j'étais un artefact inhabituel dans un musée, quelque chose de fascinant datant d'il y a longtemps. Ton nom… Tu es mariée ?

Elle jette un coup d'œil à ma main gauche. Au solitaire qui n'a jamais semblé m'appartenir. Pas d'alliance.

— Fiancée, je nuance. Fairview est le nom de mon fiancé.

Elle fronce les sourcils, surprise que j'utilise ce nom avant que l'union n'ait été officialisée.

— Bath est une petite ville, j'explique avant de laisser mes mots en suspens.

Elle les attrape. Les soupèse. Comprend que le nom d'Arden est intrinsèquement lié à la disparition de Blossom Hill House.

— Je vois. Je ne dirai rien aux autres parents. Ça ne regarde personne.

Pendant un temps infiniment long, les médias en ont pourtant fait l'affaire de la nation. Ils ont pris l'histoire et se sont régalés de sa carcasse, suçant la viande jusqu'à ce qu'il ne reste plus rien sur l'os.

— Merci.

Le silence s'installe à nouveau. Tout ce que l'on entend, c'est le crissement du crayon de Natalie sur le papier. Je n'ai vraiment pas envie d'évoquer ma sœur disparue avec une quasi-inconnue, mais j'ignore comment mettre fin à cette conversation sans me montrer impolie. Après tout, c'est mon lieu de travail. Je dois rester professionnelle.

— Tu dessines encore ? me demande Laura.

Sa question me prend au dépourvu. Je ne sais pas pourquoi, mais mon pouls s'accélère.

— Comment tu sais que… ?

— Olivia, elle n'arrêtait pas de nous rabâcher que tu étais douée. Que tu *es* douée, je suppose. Et donc, tu dessines toujours ?

Elle sourit d'un air encourageant.

— Non, je mens.

Son sourire s'efface. Je ne lui facilite pas la tâche. Je suis tout en pointes et en aspérités. J'essaie d'arrondir les angles.

— Mais je te remercie d'avoir posé la question. Cela me touche beaucoup d'entendre qu'Olivia…

Je bégaie sur son nom. Je ne le prononce plus guère à voix haute. Lorsqu'elle a été enlevée, on l'a prononcé mille fois par jour dans notre maison, chuchoté avec toute la dévotion d'une prière. Je déglutis. Puis je souris et je reprends la parole :

— C'est agréable d'apprendre qu'Olivia parlait de moi.

— Oh, oui, tout le temps. Elle…

— Maman ! lance Natalie qui se lève dans un raclement de chaise pour courir vers sa mère en brandissant son dessin au-dessus de sa tête. Fini !

Elle expédie son œuvre à Laura, puis repousse les mèches de son visage.

— Je peux avoir un goûter maintenant, s'il te plaît ?

Elles partent peu après. Laura me donne son numéro en me disant que nous devrions nous revoir. Je souris et j'accepte, même si je n'ai aucune intention de la retrouver en dehors de l'école. Cela semble cruel. C'est peut-être le cas. Mais j'ai trop souvent cherché du réconfort auprès de ceux qui connaissaient Olivia, avec l'espoir de recueillir les morceaux d'elle qu'ils détenaient, pour découvrir que ce n'était qu'une illusion, car personne ne la connaissait mieux que moi. Pas même Florence. C'est moi qui suis le réceptacle des éclats les plus brillants et les plus précieux de la personne qu'était Olivia. Il est vrai qu'avec le temps, ils se sont tachetés et cabossés, mais je les ai toujours. Et puis il y a les questions auxquelles je ne veux pas répondre. La curiosité morbide à propos de cette nuit-là. De ce que j'ai vu. De ce qui s'est passé. De ce que j'ai fait, ou pas fait, pour empêcher son enlèvement. Je suis entraînée sans relâche dans le passé. Non, je ne reverrai pas Laura. Je sors mon téléphone et efface son numéro. Puis je m'assieds sur mon bureau à l'avant de la classe. Ma mère m'a envoyé un message.

Comment vas-tu, ma chérie ? Tu es déjà rentrée ? Bisous

Je reçois un de ces messages tous les jours. Elle s'inquiète. Elle s'inquiète en permanence. Convaincue que le destin est assez cruel pour m'emporter moi aussi. Je réponds avant de recevoir l'habituelle et ferme relance de mon père – ce sont les rares occasions où il rompt le silence –, me demandant de répondre immédiatement à ma mère. Je lui dis que tout va bien. Que je reste à l'école pour faire de la paperasse avant de rentrer retrouver Oscar. Je lui tais que j'ai rendez-vous avec Florence en ville pour un cocktail. Que je prendrai le dernier bus pour rentrer. Elle ne ferait que se ronger les sangs, et je ne supporte pas de l'angoisser davantage.

Toujours dans ma salle de classe, je quitte ma tenue de travail pour enfiler la robe rouge à pois que j'ai apportée. Puis je range ma blouse et ma jupe-culotte sous mon bureau. J'ai six semaines de vacances cet été, mais je reviendrai avant pour préparer la rentrée de septembre.

Comme j'ai du temps à tuer avant de partir, je m'assieds à l'un des pupitres et chausse mes sandales blanches à talons. Puis je prends mon téléphone et me connecte à mes réseaux sociaux pour Wanderlust Illustrations. La semaine dernière, j'ai atteint les 41 000 followers. Depuis, mon projet secret en a encore gagné trois cents. J'ai eu de la chance : quelques grands comptes en ligne et des médias artistiques ont partagé mon travail, à savoir des illustrations dessinées à la main des monuments locaux, accompagnées de collages de tissus vintage. Une touche de passé dans le présent.

Je clique sur mon dernier post – mon tirage le plus vendu : le pont Pulteney à Bath au coucher de soleil. Le ciel est constitué d'un tissu floral jaune moutarde. Sur la photo, mon impression au format A3 est placée devant le pont lui-même, ma main est juste visible dans le coin inférieur droit. Je garde mon identité secrète. Je veux que les gens achètent mes œuvres parce qu'ils les aiment, et non parce que je suis la sœur de la jeune Arden qui a disparu. Celle dont le visage a fait la une des journaux pendant des semaines après son kidnapping. Je fais défiler les commentaires. Ils sont élogieux, voire dithyrambiques. Le bonheur fond en moi comme du beurre sur une tartine chaude.

Oscar connaît Wanderlust. Il est le seul à être au courant. Parfois, j'ai envie de partager ce pan de ma vie avec mes parents. Ils seraient fiers. Je le sais. Mais maman s'inquiéterait aussi. Elle aurait peur que j'abandonne ma carrière d'enseignante pour devenir artiste. Elle ne m'a pas vraiment interdit d'étudier l'art à l'université, mais elle m'a interrogée sur ce que je ferais avec un diplôme comme celui-ci. Je me suis abstenue de répondre : « Je serai heureuse. » Parce que, bien sûr, elle veut que je sois heureuse. Mais, plus que cela, elle veut une carrière sûre, stable et fiable pour la fille qui lui reste. Un sujet d'inquiétude en moins. Et elle s'est littéralement illuminée lorsque j'ai manifesté de l'intérêt pour une licence en littérature anglaise, le diplôme qu'elle-même avait obtenu. Elle a commandé des brochures auprès des universités locales et les a étalées sur la table de la cuisine. Je voulais partir étudier à l'étranger. Voir le monde. Mais je savais qu'elle commencerait à déraper si je m'éloignais. Qu'elle retomberait dans la zone sombre et hérissée de pics dont elle a mis des années à s'extirper après l'enlèvement d'Olivia. Je suis donc restée dans le coin, j'ai étudié la littérature anglaise à Bristol et j'ai passé mon diplôme d'enseignement l'année suivante. Je crois qu'Olivia lui avait dit une fois qu'elle aimerait enseigner. Maman ne l'admettrait jamais, pas même en son for intérieur, mais c'est en partie pour cette raison qu'elle m'a encouragée à suivre cette voie. Sur les traces d'Olivia.

Sincèrement, je ne pense pas que ma sœur se serait enchaînée à la banalité du professorat. Bien sûr, elle aimait m'apprendre des choses lorsque nous étions enfants : faire du vélo, la roue, me brosser les cheveux, mais j'imagine que si elle en avait eu l'occasion, elle aurait été plus. Fait plus. Vu plus.

Je jette un dernier coup d'œil à Wanderlust Illustrations et à la communauté que j'ai créée, en regrettant de ne pas être assez courageuse pour poursuivre mon rêve. Ou assez insensible pour me moquer de ce que ma mère si aimante penserait le cas échéant. Puis je me déconnecte du compte, j'appelle un taxi et je pars retrouver celle qui a été la meilleure amie de ma sœur disparue.

2

Caitlin Arden

Florence a choisi un lieu original dans l'une des rues pavées du centre-ville. Les plafonds sont hauts et le sol orné de carreaux victoriens. Le bar circulaire, mélange d'acajou et de marbre, est surmonté de paniers d'où pendent du lierre et des guirlandes lumineuses. Un serveur passe, portant un plateau de cocktails servis dans des pots de fleurs et des verres de bouturage. Il y a du monde. Je me fraye un chemin à travers la foule afin de la retrouver. Deux femmes me frôlent. Elles se ressemblent trop pour ne pas être sœurs. Elles se tiennent par le coude et rient. À cette époque de l'année, je vois des sœurs partout. Deux femmes, sûres qu'à la fin de n'importe quel rendez-vous foireux, de chaque fête ou de chaque journée, il existera un être du même sang qui les aimera toujours.

La solitude s'insinue en moi et, malgré la chaleur, j'ai froid. Le fait est que la plupart des gens ne comprennent pas ce que c'est que d'être terrifiée. Vraiment terrifiée. De perdre quelqu'un à cause d'un homme masqué armé d'une lame. Ce ne sont pas les grands discours lyriques qui leur permettront de ressentir cet effroi. Les mots sont puissants. L'expérience les dépasse. Et c'est pourquoi je peux me trouver parmi une foule de gens – des inconnus comme des membres de ma famille et des amis, même des personnes qui me connaissent depuis toujours – et avoir l'impression d'être isolée. Seule. Ce mot n'a pas assez de poids. Il n'y a pas de terme assez vaste, assez large ou assez solide pour supporter la densité de sa signification.

Florence m'attend déjà à une table en face du bar ; elle fait défiler l'écran de son téléphone en mordillant ses lèvres maquillées de rouge. Je referme la porte sur tous les sentiments négatifs : non, je ne suis pas seule. Je suis ici, maintenant, avec la famille que je me suis choisie. Ses cheveux d'encre, qui cachent son front d'une frange épaisse et lui tombent en une cascade brillante jusqu'à l'épaule, sont pleins d'élégance. Elle porte une veste en cuir noir cloutée sur un caraco ivoire en soie et une jupe orange foncé ourlée de dentelle. En comparaison, ma petite robe à pois et mes escarpins me semblent bien trop banals.

— Tu es en retard, me lance-t-elle en guise de salut.

— De cinq minutes seulement.

— Sept, nuance-t-elle alors que je m'assieds en face d'elle.

— Comment peut-on vivre sans jamais être en retard ?

— De la même façon que toi, qui t'arranges pour ne jamais être à l'heure.

Nous nous sourions.

— Tu m'as manqué, dis-je.

Je commande deux cocktails et nous nous mettons à bavarder de tout et de rien. Florence m'informe de sa dernière audition, mais s'arrête en plein milieu, l'œil soudain scrutateur. Je me tords sur mon siège pour suivre son regard. Mon amie Gemma se faufile vers nous à travers la foule, tout sourire. Sa robe lavande est magnifique sur sa peau foncée.

— Joyeuse fin d'année ! lance-t-elle en levant son verre.

Nous nous sommes rencontrées dans une petite école primaire de village lors de mon premier stage, il y a cinq ans. Seules membres du personnel à avoir moins de quarante-cinq ans, nous avions beaucoup en commun, comme notre amour pour *Gilmore Girls* et notre haine des abus émotionnels véhiculés par Jess Mariano, ce parangon de masculinité toxique.

Je me lève et la serre dans mes bras.

— Six semaines de bonheur devant nous.

Gemma se tourne vers Florence.

— C'est chouette de te voir, lui lance-t-elle.

Florence lui répond d'un sourire froid à peine poli. Elles ne se sont rencontrées que quelques fois, mais Florence l'a tout de suite prise en grippe. De fait, Gemma est une femme spontanée, qui aime les cartes de tarot et le yoga, soit tout ce que Florence était avant de se fiancer à Daniel. Aujourd'hui, Florence n'est plus qu'organisation et décoration d'intérieur, elle passe ses week-ends avec la famille de Daniel à Kensington.

— Si j'avais su que tu venais boire un verre ici, on aurait pu prévoir quelque chose, dit Gemma.

Et avant que je ne puisse répondre, Florence intervient, sur un ton trop suffisant pour être charmant :

— En fait, c'est une réunion annuelle. Caitie et moi, on se fait ça tous les ans.

— Oh… lâche Gemma dont le regard passe alternativement de Florence à moi. C'est un anniversaire ou… ?

Une nausée jaune foncé monte de mon ventre. Elle ne sait rien de ma sœur disparue. Et elle ignore que Florence et moi nous retrouvons depuis presque dix ans à la veille de l'Anniversaire. Gemma ignore tout des parties les plus obscures et les plus tristes de ma vie.

Le silence s'installe entre nous trois. Comprenant qu'on lui cache quelque chose, Gemma est à la fois gênée et blessée. Un enfant dans la cour de récréation à qui l'on dit qu'il ne peut pas s'intégrer au groupe.

— Je t'appelle demain ? je propose, afin de dissiper la tension. On pourrait aller bruncher cette semaine ? Ou prendre un café ?

Elle jette un bref coup d'œil à Florence, comme si elle s'attendait à une objection de sa part, avant de m'adresser un hochement de tête. Je lui réponds par mon sourire le plus chaleureux, histoire de compenser le rictus pincé de Florence. Une fois que Gemma s'en est allée rejoindre ses amis, Florence lâche :

— Elle n'est pas au courant, c'est ça ?

Son regard me dit qu'elle est satisfaite d'avoir conservé son statut de meilleure amie.

Je change rapidement de sujet.

— Alors, excitée par le mariage ?

Dans sept semaines, Florence sera une femme mariée. Maintenant que j'ai atteint l'âge canonique de vingt-six ans, la plupart de mes amis sont soit mariés, soit fiancés. J'ai l'impression qu'hier encore, nous nous lamentions sur nos échéances universitaires et sur la cruauté que c'était d'avoir cours à l'heure impie de 9 heures du matin.

— Du moment que ma mère s'en tient au vin et que tu ne me mets pas en retard à la cérémonie, tout se passera au poil.

J'acquiesce solennellement.

— Mon principal devoir en tant que demoiselle d'honneur est de veiller à ce que Susan ne descende pas les bouteilles de tequila derrière le bar.

Florence hausse un sourcil réprobateur. J'essaie de ne pas sourire, de garder une expression aussi grave que possible, et ajoute :

— Et mon autre devoir impérieux sera de veiller scrupuleusement au respect des horaires. Promis, j'insiste avec mon plus beau sourire, face au regard sceptique qu'elle me lance.

Nos boissons arrivent, servies dans des pots en terre cuite avec de la glace carbonique fumante et des fleurs comestibles jaune bouton d'or et bleu myosotis. L'espace d'un instant, je me retrouve dans la prairie en ce dernier après-midi parfait, à contempler Olivia faisant la roue sur fond de soleil couchant. Je sens encore l'odeur de la crème solaire sur ma peau, la chaleur déclinante de la fin de journée me réchauffer, j'entends le grelot de son rire qui m'évoque tellement les carillons qu'on suspend au-dessus des portes.

Une main qui s'agite lentement apparaît devant mes yeux pour me tirer de ma rêverie.

— Tu m'écoutes ? demande Florence.

— Oui, je mens, en cillant pour chasser le souvenir.

Mais je ne bats pas assez vite des paupières : elle voit la tristesse sous-jacente, qui menace de me faire sombrer.

Son visage se plisse, plein de sollicitude.

— Caitie…

— Est-ce que Daniel et toi vous êtes mis d'accord sur votre nom composé ? je l'interromps avant qu'elle ne me demande si je vais bien.

Ma sœur disparue est une blessure que je ne veux pas rouvrir. La conversation avec Laura m'a déstabilisée, c'est tout.

Florence prend une inspiration, comme si elle s'apprêtait à poursuivre, mais nous avons pour règle de ne pas évoquer Olivia lors de notre réunion d'anniversaire. Elle rebondit donc sur mon changement de sujet.

— Absolument. Mais il veut que nous soyons Odell-Fox.

Elle grimace, comme s'il lui avait suggéré d'opter pour M. et Mme Hitler.

J'éclate de rire.

— Qu'est-ce qui te dérange dans Odell-Fox ?

Elle lève le menton.

— Fox-Odell, c'est mieux.

Je secoue la tête.

— Non. Odell-Fox. Sans la moindre hésitation. Je suis d'accord avec Daniel sur ce point.

Ses yeux brillent d'un éclat malicieux.

— Je vais quand même lui dire que tu es d'accord avec moi.

Je lève mon verre.

— La meilleure façon de commencer un mariage, c'est un mensonge.

Elle sourit. La soirée se prolonge. Nous commandons deux autres cocktails et je prends conscience de la chance que j'ai d'avoir Florence. Quand j'étais petite, je convoitais l'amitié qui les unissait, ma sœur et elle. Elles se promenaient dans Stonemill bras dessus bras dessous, dans un échange aussi naturel que la respiration. Leurs têtes penchées l'une vers l'autre, elles riaient plus fort que n'importe qui. Puis Olivia a disparu et Florence a commencé à venir à la maison pour prendre de mes nouvelles. Avant, je n'étais que la petite sœur agaçante d'Olivia, mais après, nous en sommes arrivées à former une famille. Parfois, je ne parviens pas à dormir parce que je redoute que Florence disparaisse elle aussi.

— Et Oscar et toi ? demande-t-elle maintenant. Tu as toujours l'intention de prendre son nom ?

— Oui.

Elle lève les yeux au ciel comme si je trahissais l'humanité entière. Le fait est qu'Arden est si étroitement lié à la Disparition de Blossom Hill House et à l'affaire tristement célèbre de la jeune Arden disparue que ce nom est souillé. Changer pour Fairview, cela revient en ce qui me concerne à secouer une boule à neige, pour que je puisse m'appuyer sur un sol uniformément couvert et sans tache. Un nouveau départ.

— Donc vous en êtes où, dans les préparatifs de votre mariage ? demande-t-elle.

— Ça avance bien, je réponds brièvement. Très bien.

— Vous avez finalement arrêté une date ? Réservé un lieu ? Tu as choisi une robe ?

À la mention de toutes ces choses que je n'ai pas faites, l'angoisse m'envahit. Je ne cherche pas à savoir pourquoi je traîne des pieds et je ne veux pas qu'elle approfondisse la question, elle non plus, donc je lance une boutade qui va la faire sortir de ses gonds.

— Tu parles comme ma mère.

Elle grimace.

— Purée ! Un destin pire que la mort.

Florence et ma mère ont une relation compliquée. Maman lui est reconnaissante de m'avoir prise sous son aile après la disparition. Elle était contente que j'aie quelqu'un de mon âge à qui parler. Mais avec le temps, elle en a conçu de la jalousie parce que je m'ouvre plus à Florence qu'à elle. Maman m'a accusée une fois, pendant les années difficiles de l'adolescence, de chercher à remplacer Olivia. Pour ne pas la blesser comme elle venait de le faire avec moi, j'ai ravalé la réplique qui me brûlait la langue : « En fait, c'est toi qui essaies de me remplacer par Olivia. De m'effacer complètement jusqu'à ce qu'il ne reste plus qu'elle. »

— Même si je n'aime pas être d'accord avec Clara, dit Florence, elle a raison de se poser des questions. Parce que bon, vous êtes fiancés depuis presque trois ans.

— Ce n'est pas long, je rétorque, sur la défensive.

— J'étais fiancée depuis cinq minutes lorsque j'ai commencé à chercher des lieux de mariage sur Google.

— Tu es une planificatrice. Tu aimes les projets.

Elle prend ma main et la serre.

— Je veux juste que tu sois heureuse.

— Je suis heureuse. J'aime Oscar.

— Je sais. Tout le monde le sait. Vous êtes écœurants, tous les deux… Alors pourquoi vous n'avez pas fixé une date ?

Je me mords l'intérieur de la joue jusqu'à ce que ça fasse mal, souhaitant qu'elle laisse tomber. Toutefois, quand il devient clair qu'elle va s'entêter, je mens :

— On va visiter une salle le week-end prochain.

— Vraiment ? fait-elle, sceptique.

— Oui, je mens à nouveau.

— Génial ! Comme c'est palpitant. Laquelle ?

— Priston Mill, dis-je après un bref instant de réflexion.

Elle acquiesce lentement. Je vois les rouages tourner dans sa tête, pendant qu'elle cherche à déterminer si je dis la vérité. Le sentiment de culpabilité que je ressens d'avoir été malhonnête s'estompe lorsqu'elle reprend :

— Des projets pour la lune de miel ?

Je ferme les paupières pour repousser un mélange puissant de pressentiment et d'épuisement.

— Ne fais pas ça.

— Quoi ? réplique-t-elle avec une feinte innocence.

— Tu le sais bien. Rien que d'aller à York, ça me met en transe.

— Tu ne préférerais pas aller à New York ? s'enthousiasme-t-elle en se penchant vers moi, les yeux brillants. Ou aux Maldives ? En Grèce ? En Italie ?

Si, je pense.

— Non, je mens.

Elle montre le peu de cas qu'elle fait de ma dénégation en levant les yeux au ciel.

— Ce n'est pas comme si vous aviez un budget très serré.

— Florence, s'il te plaît.

Je sais qu'elle se soucie de moi. Je sais qu'elle veut mon bien. Mais je n'ai pas les réserves émotionnelles pour cette conversation. Pas maintenant.

— Cela n'a aucun sens, poursuit-elle, ignorant ma supplique. Clara s'angoisse à l'idée que tu voyages, que tu ailles trop loin, mais sa fille a été enlevée entre les quatre murs de sa maison. Dans sa propre chambre. Alors pourquoi ce serait embêtant que tu partes au Mexique ou à Tombouctou ?

Nous avons déjà eu cette conversation, et même si je connais mon texte, il m'est pénible de le réciter.

— L'angoisse est très rarement rationnelle.

— C'est à cause de ta mère si tu n'es pas allée à l'université. C'est à cause d'elle si tu n'as pas étudié ce que tu voulais. Et maintenant, tu vas passer ta lune de miel dans cette bonne vieille Angleterre simplement pour l'apaiser.

— Maman ne m'a pas demandé de renoncer à partir à l'étranger pour notre lune de miel.

— Elle n'en a pas eu besoin. Elle a juste fait trembloter sa lèvre inférieure et tu as cédé.

La plupart du temps, Florence me comprend mieux que quiconque. Elle connaissait Olivia. Elle adorait Olivia. Et elle croit me voir tout aussi clairement : mon désir de complaire aux gens, surtout à ma mère, l'emporterait sur mes propres espoirs et ambitions. Mais il y a des choses qu'elle ne voit pas. Des choses que je rencogne au plus profond de moi. Une vérité si laide que j'ai parfois du mal à me regarder dans le miroir ou à supporter tranquillement ma propre compagnie : c'est ma faute si Olivia a disparu depuis seize ans. Si j'avais agi, si je ne m'étais pas figée dans l'embrasure de la porte, si j'avais couru en bas et appelé la police ou mes parents, au lieu de me recroqueviller jusqu'à leur retour, Olivia aurait été retrouvée. L'homme au masque vénitien aurait été attrapé. C'est la raison pour laquelle je me plie à la volonté de ma mère. Je dois à mes parents la fille qu'ils ont perdue. Qui est restée absente à cause de moi.

— Caitie, ça va ?

J'essaie de chasser mes idées lugubres, mais elles persistent comme une fumée noire.

— Ça va, je réplique avec une nonchalance forcée, même à mes propres oreilles. Sauf que tu as enfreint notre seule règle pour ce soir. Tu as parlé d'elle.

— Pas directement. Pas vraiment.

Elle baisse le regard, remuant sa boisson avec sa paille en métal pour faire tinter les glaçons.

— Je veux juste que tu sois heureuse. Tu le mérites, Caitie. Tu en es persuadée, n'est-ce pas ? demande-t-elle en rivant ses yeux aux miens.

Et même si ce n'est pas le cas, j'acquiesce. Je suis tentée de lui avouer ce que je ressens vraiment, mais elle ne fera que me réconforter, m'assurer que ce n'est pas ma faute. Je n'ai pas besoin de ses mensonges bien intentionnés. Je connais la vérité. Elle vit en moi, tranchante comme un rasoir.

3

Hiver

Elinor Ledbury

Elinor se réveille et découvre qu'il n'est plus là. Elle roule de son côté du lit et respire l'odeur familière de cet homme. Son cœur bat déjà la chamade. Elle déteste qu'il parte. Surtout quand il ne la prévient pas. Le bourdonnement trop rapide dans sa poitrine, semblable à celui d'une ruche pleine d'abeilles en furie, la rend malade. À dix-sept ans, elle sait qu'elle devrait mieux supporter de rester seule quelques heures, Heath le lui a dit, mais non. Les abeilles n'arrêtent pas de piquer. Elle veut les arracher de sa poitrine. Au lieu de quoi, elle hurle dans son oreiller. Personne n'entendra son angoisse. Ledbury Hall est à des kilomètres de tout. La demeure la plus proche se trouve à vingt minutes de marche, et la première ville sur la route à une demi-heure en voiture.

Elle inspire profondément. Oui, Heath reviendra. Nue, elle se redresse dans le lit. Sans son corps pour la réchauffer, le froid de l'hiver lui mord la peau. Elle enroule la couette autour de ses épaules et regarde sans enthousiasme les lourds rideaux de l'autre côté de la pièce. Il lui faut encore dix minutes pour puiser en elle l'énergie de se lever et d'aller les ouvrir. La faible lumière bleutée du soleil hivernal s'écoule paresseusement sur le parquet. Sa chambre donne sur le jardin orné d'un grand étang. Même s'il s'agit plus d'un lac que d'un étang. Au centre de l'étendue d'eau se trouve une petite île où se dresse une statue en pierre représentant deux amoureux enlacés. L'homme dessine un chemin de baisers vers la gorge de la femme, ses mains se déplaçant autour de son ventre nu pour toucher ses seins.

Heath se baigne dans l'étang chaque été et essaie toujours d'inciter Elinor à le rejoindre. Elle refuse. Elle n'est même pas sûre de savoir nager. Quand elle était petite, l'oncle Robert a tenté de lui apprendre, mais à la seconde où elle a mis les pieds dans l'eau, elle s'est vue en train de se noyer, comme ses parents. Elle a senti l'eau trouble s'engouffrer dans sa gorge et remplir ses poumons jusqu'à ce qu'elle ne puisse plus respirer. Son cœur battait si furieusement que ses côtes allaient se fissurer et éclater, elle en était sûre. Parfois, elle rêve du yacht de ses parents, elle l'imagine voguer au milieu de l'océan, au centre de cet immense espace désert. À la dérive. C'est ce qu'elle ressent à Ledbury Hall sans Heath.

Elle se douche et s'habille, mais à midi, il n'est toujours pas rentré. Demain, l'oncle Robert doit revenir – elle redoute ses visites du week-end et sa capacité à donner l'impression que le vaste manoir géorgien a la taille d'une boîte d'allumettes. Elle s'inquiète, se fait du souci pour la peau autour de ses ongles. Seules trois des sept chambres ont des draps propres. Heath était censé les changer. Comme il est absent, elle va devoir se charger de la corvée, car même si l'oncle Robert a renvoyé les femmes de ménage il y a des années, il tient à ce que Ledbury Hall soit toujours impeccable. Elinor et Heath ont commencé à nettoyer hier soir, mais à force d'ennui, ils se sont laissés distraire et ont soustrait une ou deux bouteilles de vin à la cave. Heath ne se serait-il pas aventuré dans le monde du dehors pour remplacer les bouteilles ? L'oncle Robert compte le bourbon qu'il conserve dans l'ancien bureau de son père, et parfois, il pousse aussi son inspection jusqu'à la cave.

Une fois les lits faits et la bibliothèque dépoussiérée, elle s'autorise à s'asseoir et à lire pour passer le temps. Bien qu'elle ait déjà lu *Les Quatre Filles du docteur March*, elle s'en empare de nouveau. Secrètement, elle se languit d'une sœur et pense que, peut-être, dans une vie antérieure, elle en a eu une. Peut-être une écrivaine comme Jo ou une artiste comme Amy. Bientôt, cependant, Elinor abandonne son livre et se retrouve dans le vestibule, à fixer l'horloge de parquet. Il est 16 heures et elle est toujours seule. Elle se met à envisager une catastrophe. Elle imagine la voiture de Heath dérapant sur la route verglacée et percutant les véhicules arrivant en sens inverse. Elle voit jusque dans les moindres détails l'épave de la voiture. Heath coincé à l'intérieur. Des côtes écrasées, brisées comme autant d'allumettes, du sang qui coule à flots de sa tempe, ses yeux écarquillés qui ne discernent plus rien. Elle secoue la tête, essayant de chasser l'image. Elle sait que c'est irrationnel de sa part… mais si ce n'était pas le cas ? Son cœur s'emballe et sa respiration se fait trop rapide. Elle ne peut chasser l'image du corps disloqué de Heath. Elle fait les cent pas dans la pièce principale. Il est en retard. Pourquoi ? Heath lui a déjà dit qu'ils étaient le genre de personnes à ne pouvoir compter que l'un sur l'autre. S'il ne revient jamais, la solitude d'Elinor n'aura pas de fin.

La peur se transforme en colère. Il devrait déjà être rentré. Il aurait au moins pu lui dire où il allait et pour combien de temps. Elle s'empare de cette colère et y enfonce les ongles pour ne pas la laisser s'échapper. Il vaut mieux être en colère qu'abandonnée. Elle se rend à la fenêtre sans relâche, espérant voir ses phares déboucher dans l'allée. Chaque fois, elle est déçue. Elle sort en cachette une autre bouteille de vin de la cave, décidant qu'un verre lui calmera les nerfs. Elle s'assied sur son lit et boit de lentes gorgées médicinales, jusqu'à ce que la pièce se brouille. Jusqu'à ce qu'elle soit aspirée par l'obscurité.

Lorsqu'elle se réveille, la soirée touche à sa fin. Jamais, en dix-sept ans, elle n'est restée seule aussi longtemps. Sans Heath, elle a l'impression d'être démantelée, morceau par morceau.

Son monde était autrefois composé de quatre personnes, et en un instant, il s'est réduit de moitié. Il pourrait encore se réduire de moitié si quelque chose arrivait à Heath. Sans lui, où serait-elle ? Que serait-elle ? La peur qu'il soit parti pour toujours est peut-être irrationnelle, n'empêche qu'elle est aussi réelle à ses yeux que le sol froid contre sa joue brûlante. Elle cherche à nouveau sa colère. Mais, comme une marée qui afflue sur le rivage, c'est la terreur qui débarque, un tsunami puissant qui la submerge et remplit ses oreilles, ses yeux et ses poumons jusqu'à ce qu'elle ne puisse plus entendre, voir, ni respirer.

Puis des mains lui enserrent les poignets et on la remet debout.

— Je suis là. Tu as bu ?

Le timbre profond de la voix de Heath fait reculer le raz-de-marée. Elle acquiesce. Les abeilles bourdonnantes et piquantes qui se trouvaient dans sa poitrine ce matin ont migré vers sa tête. Elle se sent aussitôt ridicule. Elle est ridicule. Mais plus encore, elle est soulagée. Toute la tension accumulée s'évacue et Elinor devient malléable entre les mains de Heath, aussi molle que de la cire de bougie.

Heath lui fait couler un bain. Elle se déshabille et entre dans l'eau. Il s'assied sur le bord de la baignoire pendant qu'elle fait trempette. Ils ne parlent pas. Mais c'est un silence d'un genre agréable. Confortable et doux.

— Où tu étais passé toute la journée ? murmure-t-elle en regardant l'eau qui ondule sous l'effet de son souffle.

— Je suis allé en ville pour faire des provisions. Les routes étaient verglacées, j'ai donc attendu qu'elles dégèlent un peu avant de rentrer à la maison.

Elle ne le croit pas. Elle sait qu'il ment. Elle sent sur lui le parfum floral d'une autre femme.

— Je me suis retrouvée toute seule toute la journée, Heath.

Un silence. Puis :

— Je ne peux pas t'emmener partout, Ellie.

— Je sais, dit-elle, même si elle ne comprend pas.

Elle ne quitte pas Ledbury Hall sans lui. Il n'aime pas qu'elle s'en absente seule. Ils sont toujours ensemble, jusqu'à ce que Heath décide qu'il en aille autrement. Elle voudrait lui faire savoir qu'elle trouve la situation injuste, mais elle est heureuse qu'il soit à la maison et ne veut pas tout gâcher.

— Tu dois apprendre à rester seule de temps en temps. À prendre des décisions par toi-même.

Devant tant de condescendance, elle sent l'indignation s'installer comme un brouillard dense entre ses yeux. Elle se frotte le front pour essayer de le dissiper, car elle ne veut pas le faire fuir à nouveau.

— Robert revient ce soir, lâche-t-il d'une voix sèche. Il a appelé de bonne heure ce matin.

Le ventre d'Elinor se noue.

— Mais on est jeudi.

Il hausse les épaules.

Elle sort du bain et s'enveloppe dans une épaisse serviette blanche. Elle avait espéré profiter d'une nuit supplémentaire, seule avec Heath, d'une chance de lui demander à qui appartient le parfum, avant que l'oncle Robert n'envahisse de nouveau Ledbury Hall.

Elle se brosse les cheveux, mais sent les yeux de Heath sur elle. Un coup d'œil par-dessus son épaule lui indique qu'il se tient dans son dos, la fixant de son regard pénétrant. Elle se retourne vers son reflet. Il s'approche, lui prend la brosse des mains et commence à la coiffer. Dans le miroir, leurs regards se croisent. Quand ses cheveux forment une cascade lisse et dorée, il pose la brosse et passe ses doigts dans les mèches. C'est agréable. Elle incline la tête en arrière pour s'appuyer contre lui. Tout son corps la démange, effet conjugué du vin dans son sang, de la sensation des doigts de Heath dans ses cheveux et de la chaleur de son corps contre son dos nu.

Elle frissonne.

En bas, les clés tintent dans la serrure de la porte d'entrée. L'oncle Robert est là.

Les mains de Heath s'attardent encore un peu dans ses cheveux, puis glissent vers ses épaules. Il l'embrasse sur la nuque, comme les amoureux du jardin.

— Ne descends pas sans moi, lui dit-il avant de quitter discrètement la salle de bains.

La peau d'Elinor chante encore lorsque ses pas s'éloignent dans le couloir.

Elle s'habille à la hâte. L'oncle Robert rugit leurs noms. Elle fait du surplace en haut de l'escalier et jette un coup d'œil à la porte fermée de la chambre de Heath.

— Elinor ! hurle l'oncle Robert, maintenant en colère.

Impossible d'attendre Heath plus longtemps. Elle se précipite dans le vestibule pour saluer son oncle. Il n'aime pas qu'on le fasse patienter. Mais l'irritation qui se lit sur son visage se transforme rapidement en quelque chose d'autre. Une sorte de nostalgie empreinte de tristesse.

— Chaque fois que je te vois, tu ressembles un peu plus à ta mère, lui dit-il.

Elinor a le sentiment que l'oncle Robert appréciait beaucoup trop la femme de son frère.

Elle baisse les yeux et passe les mains sur la jupe de sa robe. Il l'observe, elle le sent.

Il s'éclaircit la voix.

— Et où est passé ton fourbe de frère ?

— C'est bon de t'avoir à la maison, cher oncle.

La voix de Heath roule dans l'escalier, Elinor y perçoit un sérieux manque de sincérité. L'oncle Robert, dont le regard se fait soupçonneux, aussi. Son frère ne se presse pas pour les rejoindre, ce qui ne fait qu'irriter davantage leur oncle.

La tension entre eux est immédiate. Aux dires de Heath, leur oncle est un meurtrier, mais comme il est chargé de leur héritage, ils doivent lui obéir pour ne pas mettre en péril l'accord conclu de façon tacite : tant qu'ils passent les week-ends à faire semblant de former la famille parfaite, l'oncle Robert leur permet de vivre leur vie sans ingérence pendant la semaine.

Leur visiteur esquisse un pas menaçant vers Heath. Ce n'est pas un homme de petite taille, mais Heath n'est plus un enfant. Âgé de vingt ans, il est plus grand et plus large d'épaules que son oncle. Le jeune arbre qu'était Heath a désormais laissé place à un grand chêne. L'oncle Robert fronce les sourcils et Elinor est sûre qu'il pense la même chose.

— Je nous ai pris à dîner dans un restaurant en ville, annonce-t-il. Allez le récupérer dans la voiture et réchauffez-le. Vous le servirez dans la salle à manger.

Heath s'incline dans une démonstration de servilité caricaturale. L'oncle Robert fléchit la main et Elinor retient son souffle. Mais il tourne alors les talons et s'éloigne, martelant le plancher de ses luxueuses chaussures de cuir.

— Pourquoi tu te sens obligé de l'embêter ? murmure-t-elle.

Heath plonge ses yeux dans les siens.

— Je t'avais dit de ne pas descendre sans moi.

— Mais pourquoi ?

Il place un pouce sous son menton et relève son visage vers le sien.

— Parce qu'il veut ce qu'il ne peut pas avoir.

Elle sent son propre pouls dans ses lèvres.

— C'est-à-dire ?

— Toi.

4

Caitlin Arden

Oscar travaille dans son bureau lorsque je rentre du bar. Je vois la lueur de sa lampe au bout du couloir, une fois la porte d'entrée refermée derrière moi. En tant que concepteur de sites web free-lance, il fixe ses propres horaires et, depuis quelques mois, il travaille jusque tard dans la nuit. Il est un peu plus de 22 heures et je n'ai vraiment pas envie d'aller me coucher seule. Je resterais éveillée, à compter les heures qui me séparent de l'Anniversaire. Je suffoquerais au souvenir de l'enlèvement d'Olivia, pendant que je demeurais plantée inutilement dans les parages. Alors je pose mon sac, j'ôte mes sandales, et je me dirige pieds nus vers sa porte. Elle est entrebâillée. Je jette un coup d'œil à l'intérieur, désireuse de savoir quand il aura fini. Assis dos à la porte, des écouteurs dans les oreilles, il est en train de pianoter sur son ordinateur portable. De temps en temps, il consulte l'épais classeur de notes posé à côté de lui sur le bureau.

Je pousse la porte, mais il ne m'entend pas. Balayant le chagrin telle une couche de poussière sur une étagère de livres, je colle un sourire sur mes lèvres et me place derrière lui. Puis je me penche sur son épaule, en m'amusant à lui couvrir les yeux avec mes mains. Il glapit comme un chien qu'on viendrait de frapper et bondit de sa chaise. Je recule brusquement, surprise par cet éclat. Il se retourne vers moi, les bras levés, prêt à repousser son agresseur. Un gloussement monte de ma gorge, qui m'oblige à plaquer une main sur ma bouche.

La peur disparaît de ses yeux.

— Mince, Caitie, souffle-t-il en retirant ses écouteurs.

— Désolée, dis-je derrière ma main. Je ne voulais pas t'effrayer. Tu travailles tard.

Je me dirige vers son ordinateur portable, curieuse de connaître le nouveau projet pour lequel il se passionne, mais il m'attrape le poignet et me tire vers lui.

— Je peux arrêter, maintenant que tu es rentrée.

Je souris, soulagée de ne pas avoir à l'amadouer pour qu'il gagne le lit.

— Comment ça va ? Comment tu te sens ?

Il y a dans sa voix une sincérité qui me fait peur. Il ne veut pas de ce « ça va » banal et sans franchise que répondent la plupart des gens quand on leur pose cette question. Il veut vraiment savoir. Mais ce soir, je n'ai pas l'énergie de tout déterrer. Je ne peux pas déballer la vérité la plus crue. Je ne peux pas admettre que je me sens enragée et coupable, prisonnière d'une solitude si épaisse et si noire qu'elle occulte tout le reste ; qu'à cette époque de l'année, je nourris une colère irrationnelle et intense contre tous les gens qui ont des sœurs qu'ils peuvent voir, toucher et à qui ils peuvent parler. Je lui propose donc une vérité alternative, plus facile à digérer.

— Ma sœur me manque vraiment beaucoup.

Il acquiesce, m'attire contre lui. J'enfouis ma tête dans le creux de son épaule et j'inspire lentement son odeur : shampooing et eau de toilette, agrumes et bois, café et encre. Je m'enracine dans ce moment. Dans ses paumes pressées contre mon dos pour me serrer contre son torse. Dans la sécurité que me procurent ses bras musclés et forts autour de mon corps. Sa chaleur. Sa dureté.

Mais le visage d'Olivia fuse alors dans mon esprit tel un éclair. Ses yeux écarquillés et terrifiés, capturés par la sinistre lueur bleu argent de cette nuit-là. Son doigt sur ses lèvres, m'intimant de garder le silence. L'horreur qui commence dans mes pieds pour remonter le long de mon corps et m'engloutir de ses flammes.

— Caitie, tu trembles, constate-t-il.

Il essaie de s'écarter pour scruter mon visage, mais je m'accroche à lui. Agrumes et bois. Sécurité et bras forts. Chaleur et dureté. Ce n'est pas suffisant. Je vois toujours son visage à elle. Je vois l'homme au masque, au long nez et aux sourcils froncés, la lame dans sa main dirigée vers la gorge de ma sœur.

La solitude menace à nouveau de me submerger, elle déferle sur moi en une énorme vague. Je fuis. J'embrasse Oscar avec avidité, je glisse mes mains sous son t-shirt et les remonte dans son dos. Puis je descends, griffant sa peau. Il gémit lascivement sur mes lèvres.

— J'ai envie de toi, dis-je, parce que le sexe est un endroit où les paillettes sombres de sa disparition ne peuvent me suivre.

Il me soulève sans difficulté dans ses bras. J'enroule mes jambes autour de sa taille et je l'embrasse pendant qu'il m'emporte au lit.

Après, Oscar sombre dans un sommeil profond et repu. Je reste éveillée, la tête sur sa poitrine, à écouter les battements réguliers de son cœur. Lorsque nous nous sommes rencontrés, j'avais vingt et un ans et je sortais de l'université. Tandis que la plupart de mes amis postulaient pour des emplois de diplômés, je planifiais secrètement un voyage avec sac au dos à travers l'Europe. J'avais économisé suffisamment pour vadrouiller pendant au moins quatre mois. Redoutant que mes parents s'y opposent, je leur avais aussi caché mon projet. Puis j'ai rencontré Oscar lors d'une soirée fromage et vin dans une ferme locale. Ce n'était pas mon genre. L'étudiante que j'étais se cantonnait au Malibu, au Coca ou à la vodka bon marché, mais l'événement me paraissait sophistiqué et adulte – et les entrées étaient gratuites, envoyées par courriel dans le cadre d'un concours auquel je n'avais même pas participé. Oscar aidait ses parents à organiser la soirée. Aujourd'hui, il prétend que notre rencontre a été le fruit du destin.

Il s'est tout de suite intéressé à moi. Nous avons mangé du bon fromage et bu un délicieux merlot. J'ai aimé qu'il ne me toise pas avec condescendance lorsque j'ai avoué ne rien connaître au vin, ce qui, pour les connaisseurs, revient à avouer son analphabétisme. Il était beau, doté d'une tignasse de cheveux blond sable, d'yeux sombres et de cils plus foncés encore, d'un corps musclé et mince. Il était charismatique et intéressant, mais nerveux, aussi. Tellement nerveux qu'il a renversé son verre sur moi. Après des excuses à profusion, il a insisté pour prendre mon numéro afin de pouvoir payer le nettoyage à sec. Je le lui ai donné, même si je n'avais jamais rien fait nettoyer à sec de ma vie. Le lendemain, il m'a proposé un rendez-vous. Nous nous sommes retrouvés dans un bar. Il était enjoué, cultivé, il avait beaucoup voyagé. Nous avons parlé de ses aventures. Des étés qu'il avait passés en Égypte, au Pérou ; une année de stage à Berlin. Je lui ai fait part de mes projets secrets pour l'automne. Il s'est montré ravi pour moi. Il m'a proposé de m'aider à organiser mon voyage. Je n'avais pas l'intention de tomber amoureuse de lui. Mais cet été-là a été une succession de pique-niques, de bars excentriques et d'étreintes géniales. De baignades en mer et de dîners aux chandelles. De promenades nocturnes et de barbecues. Nos conversations étaient fluides. J'avais l'impression de le connaître depuis toujours. Pourtant, il n'était que vaguement au courant de la fameuse Disparition de Blossom Hill House. À l'époque où Olivia a disparu, Oscar et elle avaient le même âge, mais sa famille n'a emménagé à Stonemill que quelques mois après le kidnapping. Quand je lui ai parlé de ma sœur, il a été d'un soutien indéfectible. Intéressé sans curiosité morbide. Il posait des questions, mais n'insistait pas pour obtenir des réponses. Lorsque je lui expliquais, il écoutait attentivement et se souvenait de ce que j'avais dit dans les moindres détails. Nous nous sommes beaucoup rapprochés. Soudain, l'idée de le perdre m'a terrifiée. J'ai craint de voir partir en fumée ce qu'il y avait entre nous si je me lançais dans mon voyage. Et puis, j'étais encore trop lâche pour en parler à mes parents. J'ai donc opté pour la solution de facilité : je suis restée. Cinq ans plus tard, Oscar et moi sommes fiancés. Chaque année, nous assistons à la soirée fromage et vin dans la ferme de ses parents, là où nous nous sommes rencontrés. Où le destin nous a réunis.

Ma bague de fiançailles est sur la table de nuit. Je la regarde fixement. J'ai toujours voulu me marier. Quand nous étions petites, Olivia et moi jouions aux « Mariages ». Nous utilisions les serviettes de bain, blanches et moelleuses, en guise de voile et nous sortions en cachette les escarpins blancs de l'armoire de notre mère. Nous cueillions des fleurs dans la prairie pour composer un bouquet coloré.

J'aime Oscar. Je veux être sa femme. Nos familles en rêvent aussi. Olivia n'étant plus là, je suis la seule enfant que mes parents verront se marier. Maman ressemble à un lévrier de course dans son enclos, attendant avec une impatience à peine contenue que le starter retentisse pour pouvoir s'élancer. Elle veut absolument discuter plan de tables et arrangements floraux, divertissements et canapés. Faire du shopping vestimentaire entre mère et fille. Acheter le grand chapeau. Mais qui ma mère verra-t-elle lorsque j'enfilerai ma robe blanche ? Olivia ou moi ? Versera-t-elle une larme parce qu'elle sera émue de voir sa cadette se marier, ou parce que son aînée ne le fera jamais ? Et que ressentirai-je ce jour-là, lorsque je me rendrai à l'autel sans ma sœur ? En sachant qu'elle ne connaîtra jamais cette fin heureuse. Qu'elle en a été privée. De tout. Parce que je ne l'ai pas sauvée comme elle l'a fait pour moi.

— Je suis vraiment désolée, je murmure dans l'obscurité.

Au petit matin, je suis réveillée par la sonnerie de mon téléphone. Oscar grogne et roule sur le ventre. Je m'apprête à refuser l'appel et à me rendormir quand je vois qu'il s'agit de ma mère. Elle veut probablement savoir à quelle heure je passe aujourd'hui. Dans les années qui ont suivi la disparition d'Olivia, toute la ville se réunissait le jour de l'Anniversaire. Des journalistes et des équipes de télévision venaient enregistrer l'événement. Des gros plans sur les yeux rouges et le visage amaigri de ma mère. Sur la mâchoire serrée de mon père et ses sourcils froncés. Des plans montrant des bougies vacillantes et des bouquets de fleurs. Je détestais les médias. Je détestais les journalistes qui insinuaient l'implication de mes parents dans cet enlèvement. Je détestais les anonymes aux yeux larmoyants qui ne connaissaient pas ma sœur, mais voulaient se vautrer dans notre deuil. Pourtant, nous avons tout accepté pour Olivia. Plus son histoire était diffusée, plus ma sœur avait de chances d'être retrouvée. Bien sûr, elle ne l'a jamais été. J'ai été heureuse lorsque les veillées annuelles se sont arrêtées, remplacées par une réunion plus intime, chez mes parents.

Le téléphone cesse de vibrer dans ma main et je suis soulagée. Je la rappellerai. Après une tasse de café. Je repose mon téléphone au moment où il sonne pour la seconde fois. Seulement, ce n'est pas ma mère. C'est mon père. Il n'appelle jamais. Absolument jamais. Le pouls affolé, je me redresse sur le matelas et réponds.

— Caitlin, dit-il, autoritaire. Il faut que tu viennes à la maison.

Je m'affaisse contre la tête de lit. Évidemment, comme je n'ai pas répondu sur-le-champ à l'appel de maman, elle a demandé à papa de téléphoner.

— Bien sûr. À quelle heure les invités sont censés arriver ?

— Non. Il faut que tu viennes maintenant. Tout de suite.

Il y a un tremblement nettement perceptible dans sa voix, qui fait ruisseler des gouttes glacées le long de ma nuque.

— Papa… je commence lentement, en essayant de calmer mes pensées effarées. Qu'est-ce qui se passe ?

À côté de moi, Oscar s'agite.

— Viens à la maison.

— Papa ? j'insiste.

Avec une telle brusquerie qu'Oscar se hisse sur ses coudes et me demande silencieusement :

— Ça va ?

Silence. J'imagine papa dans la cuisine, regardant par la porte-fenêtre. La frustration que je suis la seule à faire naître en lui se manifeste de nouveau. Mais je m'en fiche. Il faut que je sache.

— Elle est revenue, dit-il.

Ma respiration s'accélère.

— Elle est revenue ? je chuchote. Qui est revenue ?

— Olivia.

5

Caitlin Arden

Dans la chambre, j'enfile une tenue sans y prêter attention. Je suis tellement pressée que je n'entends pas Oscar arriver derrière moi. Surprise, je sursaute en le découvrant dans mon champ de vision.

— Bon sang, Oscar. Fais du bruit quand tu entres dans une pièce. Mince !

Je le rudoie alors qu'il n'a rien fait, mais la tension me traverse comme un courant électrique et quiconque s'approche de trop près en sera quitte pour une forte décharge.

— C'est ce que j'ai fait, murmure-t-il. Je t'ai appelée par ton nom.

Je déglutis, mais j'ai la gorge serrée. Il m'a apporté une infusion florale, dans l'espoir que cela me calmera, j'en suis certaine. Je me saisis de la tasse par politesse, mais je sais que je n'ai pas le temps. Je le dépasse pour gagner la porte lorsqu'il me lance :

— Tu es sûre que je devrais venir ?

Quoi ? Je pivote vers lui, si vite que des gouttes de tisane éclaboussent le sol.

— Je ne veux pas m'imposer, explique-t-il.

C'est l'une des choses que j'aime chez lui : il est poli et attentionné. Mais même si mes parents m'avaient interdit d'amener Oscar, j'ai besoin de l'avoir à mes côtés. L'idée d'affronter tout le monde seule me secoue le ventre d'une angoisse aussi douloureuse que des cailloux dans un lave-linge.

Je pose la tisane et m'approche de lui

— Bien sûr que tu dois venir. Tu n'es pas un étranger.

— Pardon ? fait-il en scrutant mon visage.

Je lève les yeux vers lui, déconcertée par sa réaction.

— Tu es mon fiancé, non ? Tu es de la famille, pas un étranger croisé dans la rue.

Il se détend un peu.

Bien qu'il acquiesce, je vois cependant à son froncement de sourcils qu'il est réticent.

— Je ne veux pas me mettre en travers de vos retrouvailles. Est-ce que Myles et Clara tiennent à ma présence parmi vous ou… ?

— J'y tiens, moi, à ta présence. J'ai besoin de toi à mes côtés.

Il détourne le regard et, pendant un instant, je crois vraiment qu'il va refuser. Mais il acquiesce et une partie de ma tension se résorbe.

— Je viens, alors. Désolé, je ne sais pas à quoi je pensais. Bien sûr que je viens.

Il m'attire à lui et m'embrasse sur le sommet du crâne.

Stonemill a beau n'être qu'à une demi-heure de Frome, le trajet jusqu'à la maison de mes parents est d'une lenteur torturante. Mes genoux tressautent d'impatience et je dois me faire violence pour ne pas crier à Oscar de rouler plus vite.

Je jette un coup d'œil à mon téléphone. Il n'est pas encore 7 heures du matin, mais, comme c'est le début des vacances scolaires, nous nous retrouvons coincés derrière des voitures dont les lunettes arrière disparaissent sous les valises et les bodyboards.

À mesure que nous nous rapprochons, je suis assaillie par un trop-plein d'émotions : peur et anxiété, joie et impatience. J'ai la nausée, la poitrine douloureusement comprimée. Comme si des cordes alourdies de cailloux étaient attachées autour de mes poumons : chaque fois que j'essaie d'inspirer, les cailloux tirent sur les cordes et expulsent l'air. Suivant la méthode que m'a enseignée mon ancien thérapeute, je commence à énumérer les couleurs que je vois, me concentrant sur elles plutôt que sur les sentiments qui me harcèlent de toutes parts.

Nous nous arrêtons devant Blossom Hill House. Mon regard est d'abord attiré par le vert du cerisier en fleurs qui se dresse devant la maison de mon enfance, puis par la structure de pierre crème de la bâtisse. Je suis surprise que la police ne soit pas déjà là. Dans les semaines qui ont suivi la disparition d'Olivia, un mur de médias se dressait autour de chez nous. Nous nous tenons devant la porte bleu marine au heurtoir doré. Mon cœur bat, impitoyable, contre mes côtes. Papa ouvre la porte. Il se met immédiatement à parler, j'aperçois les éclairs blancs de ses dents, mais je n'arrive pas à saisir ses mots, ils dansent autour de moi comme des pétales qui tombent. Je regarde fixement le bleu marine de son pyjama. Le brun café qui s'attarde encore ici et là dans ses cheveux grisonnants. Le vert d'eau de ses yeux. Il s'écarte et, sans la pression ferme et chaude de la paume d'Oscar dans le creux de mes reins pour me guider, je resterais enracinée sur le pas de la porte. On me pousse dans le salon. Je m'assieds et referme mes doigts autour des boutons rassurants du chesterfield moutarde. J'attends. Le genou d'Oscar se pose contre le mien. Il me murmure à l'oreille des paroles graves et réconfortantes. Je me concentre sur la cruche ocre qui orne le buffet ivoire.

La blancheur laiteuse du visage de ma mère apparaît dans l'embrasure de la porte. Elle écarquille ses yeux gris noyés de larmes, des mèches blond vénitien se sont échappées de sa queue-de-cheval. Elle s'écarte pour laisser émerger l'éclat doré de ma sœur disparue.

La jeune femme devant moi est mince. Elle porte une chemise à carreaux rouge et marine trop grande – trop large au niveau des épaules et de la taille pour être celle d'une femme – sur un legging noir. Ses cheveux blonds, qui lui descendent jusqu'au bas du dos, sont désordonnés et pleins de nœuds. Je la reconnais comme on reconnaît un membre de sa famille qu'on ne voit qu'aux mariages et aux enterrements. Une réminiscence à la fois vague et distincte. Je vois l'adolescente que j'aimais dans le visage en forme de cœur de cette femme et dans l'arc délicat de ses lèvres. Dans ses pommettes hautes et ses fossettes. Dans ses longs cils et ses yeux bleus qui brillent. Ce que je ne reconnais pas, c'est son regard. Sauvage et trop calme. Calculateur et distant. Craintif et enthousiaste.

Je ne me souviens plus du son de sa voix. Il s'est estompé tel un hématome que je n'aurais jamais voulu voir disparaître. Que je n'ai pas réussi à raviver au moyen d'un pinçon. J'essaie de trouver quelque chose de significatif et de profond à sortir, mais les mots me fuient, se dissolvent sur ma langue comme des lambeaux de barbe à papa. Disparus avant de devenir quelque chose de plus substantiel que du sucre filé.

— Caitlin ? dit la femme, Olivia.

Sa voix a une sonorité argentine, regorge d'assurance. Elle m'évoque la pluie d'été. Je m'attendais à ce qu'elle m'appelle « Kitty-Cate », ce surnom qu'elle était la seule à utiliser. Pourtant, j'ai un gros caillou dur dans la gorge. Je prends une profonde inspiration.

— Caitlin ? répète-t-elle en avançant d'un pas.

Je fixe ses yeux bleus. Ceux qui m'ont toujours fait penser aux lacs glaciaires et aux cieux estivaux, aux myosotis et aux pétales des bleuets. Je vois en eux quelque chose de familier, de fraternel, et un sentiment de calme m'envahit. Aussi apaisant qu'un baume sur une brûlure.

J'acquiesce.

Elle traverse la pièce et m'entoure de ses longs bras fins. Elle sent l'eau de toilette pour homme.

— Tu m'as manqué, Caitlin, murmure-t-elle dans mes cheveux.

Un sentiment que je n'arrive pas à identifier ricoche en moi. Avant que je puisse le saisir, elle renchérit :

— Tu m'as tellement manqué.

Je l'enlace.

— Tu m'as manqué aussi.

6

Elinor Ledbury

Le frère d'Elinor est le pivot autour duquel tourne sa vie. Il est le centre de son univers. Peut-être même l'intégralité de son univers. Elle ne connaît pas grand-chose du monde au-delà de Ledbury Hall. D'aussi loin qu'elle se souvienne, c'est sa maison, et elle ne quitte que rarement son vaste domaine. Lorsqu'il pleut ou qu'il fait trop froid pour sortir, elle se réfugie dans la bibliothèque. L'endroit sent le café corsé, le cuir et l'étude. Après la chambre de son frère, c'est la pièce qu'elle préfère dans le manoir. Le bois d'acajou, les hautes fenêtres cintrées, la cheminée en pierre, les étagères garnies de livres qui courent du sol au plafond et leur échelle qui roule en grinçant sont d'une grande beauté. Il y a des livres partout. Des livres de poche neufs et frais, dont les pages crépitent d'électricité statique. De vieux tomes jaunis qui sentent l'humidité et la poussière. Elinor accorde une attention particulière aux romans d'amour ayant appartenu à sa mère. Elle les a tous lus, et plusieurs fois, leurs pages sont cornées, leur dos froissé. Et même si son frère et elle ont été baptisés d'après les personnages d'un de ces romans, Heath pense que ce genre de livre devrait plutôt servir de bois d'allumage. Pourtant, Elinor trouve du réconfort dans la modestie des relations entre les amants de fiction, car même compliquées, elles sont simples. Elles scintillent et tournoient dans le vaste monde. Elles ne se cachent pas.

Aujourd'hui, Heath est allongé à côté d'elle dans le lit, vêtu seulement de son boxer, un bras autour de la taille d'Elinor. Il fait froid, bien que les fenêtres soient hermétiquement fermées, mais les endroits où la peau de son frère touche la sienne sont bien au chaud. Même si elle apprécie le confort de ces journées d'hiver, la lecture au coin du feu, blottie contre lui sous d'épaisses couvertures molletonnées, et les promenades avec son frère au milieu des crissements de la terre glacée, elle est aussi lasse des cieux blancs que des nuits sombres. L'été lui manque, les vastes étendues bleues au-dessus de la tête et le vert luxuriant sous ses pieds. Les matinées chaudes et paresseuses dans le grand lit de son frère, la lumière entrant par les larges fenêtres. Les après-midi passés à pique-niquer sur la pelouse et à regarder son frère nager dans leur étang, même si elle n'est pas assez courageuse pour se joindre à lui. Les soirées à tourbillonner dans une bouteille de champagne, à écouter des disques et à danser pieds nus dans la salle à manger avant de s'assoupir.

Toujours endormi, Heath l'attire à lui. Elle sourit. Elle se sent désirée. Quelqu'un dont il cherche la proximité, même s'il est perdu dans ses rêves. Elle roule sur elle-même, en prenant soin de ne pas le réveiller, pour pouvoir contempler son beau visage ensommeillé. Son amour pour lui la submerge. Mais il finit par s'agiter. Sa respiration, tout à l'heure profonde et régulière, se fait plus sporadique à mesure qu'il sort des abîmes de l'inconscience.

— Quelle heure est-il ? marmonne-t-il contre son épaule.

Elle jette un coup d'œil au réveil.

— Midi.

Il gémit.

L'oncle Robert sera de retour demain, une aiguille à la main pour faire éclater la bulle de bonheur qui est la leur du lundi au vendredi.

— Plus qu'un jour de liberté, lâche-t-il.

La plupart du temps, ils vivent seuls à Ledbury Hall. L'oncle Robert travaille à Londres, trop loin pour venir tous les jours. Le manoir ne lui appartenant pas, il ne peut le vendre et il ne renoncerait jamais à l'entreprise pharmaceutique qu'il a mis des années à construire. Aussi loge-t-il la semaine dans son appartement en ville et ne regagne-t-il Ledbury Hall que le week-end.

— Au moins, il sera parti lundi matin, dit-elle. Mais je préférerais qu'il ne vienne pas du tout.

— Encore un an, réplique-t-il en se hissant sur les coudes.

Elle aura alors dix-huit ans, trop jeune pour revendiquer le droit qu'elle tient de sa naissance, mais Heath en aura vingt et un : la propriété de sa moitié de Ledbury Hall et de la richesse de leur mère lui sera légalement transférée. En attendant, tout est confié à l'oncle Robert. Cela les met en colère. Ledbury Hall et les terres appartiennent à la famille de leur mère depuis plus d'un siècle. Les Ledbury étant une famille fortunée de longue date, Nicholas Brent, le père d'Elinor, ne demandait pas mieux que de prendre le nom de sa femme. L'oncle Robert n'est pas un Ledbury, il est un Brent. Le frère de leur père. Le manoir devrait leur revenir. Rien qu'à eux. Ils comptent les jours.

— Sauf si l'oncle Robert se débarrasse de nous, comme il l'a fait avec nos parents, ricane Heath.

Parcourue d'un frisson, Elinor se redresse et le fixe d'un regard méprisant.

— Ne dis pas ça, il n'a pas mis un contrat sur la tête de nos parents.

C'est ce qu'elle réplique toujours. Elle l'a répété si souvent qu'elle ne s'est jamais demandé si elle y croyait. Mais cela apaise son frère. Et elle doit l'apaiser. Elle ne veut pas attiser les flammes de son aversion pour l'oncle Robert. Elle craint que l'incendie ne devienne incontrôlable. Un feu de forêt se propageant sur des terres arides jusqu'à ce qu'il ne reste plus que des cendres, noires et fumantes.

— Il était avec eux. C'est lui qui a eu l'idée de ce voyage en bateau. Comment se fait-il qu'il ait survécu et pas eux ?

— Parce qu'ils se sont noyés.

Ses paroles sont aussi plates que l'émotion qui les sous-tend. Elle ne se souvient pratiquement pas des parents qu'ils ont brièvement partagés. Pour elle, ils sont aussi fictifs, voire plus, que les mères et les pères dans les romans qu'elle dévore. Elle n'avait que trois ans quand ils sont morts. Heath, six. Il se souvient d'eux. Ils lui manquent. Pas à elle.

Heath devient aussi dur et froid que du marbre. Il sort du lit. Sans la chaleur de sa peau contre la sienne, elle frissonne. Il enfile son jean en lui tournant le dos. À son silence et à la façon dont il ramasse son t-shirt par terre, elle devine qu'il est en colère. Elle n'aurait pas dû laisser transparaître devant son frère le peu d'émoi que suscite en elle la mort de leurs parents. Comment réagirait-il s'il connaissait la sombre et affreuse vérité ? Qu'elle est heureuse de la disparition de leurs parents. S'ils avaient vécu, Heath et elle ne seraient sans doute pas aussi proches qu'ils le sont aujourd'hui. Même s'il y a une suave douleur dans le constat que son frère soit la seule personne qui l'ait jamais vraiment aimée, c'est également réconfortant.

— Tu peux m'aider pour mes cours de physique ? demande-t-elle, espérant qu'un changement de sujet amènera un changement d'humeur.

Ils ont toujours été instruits à domicile. L'école la plus proche étant très éloignée et l'oncle Robert ne résidant à Ledbury Hall qu'à temps partiel, il s'est empressé d'engager une préceptrice. Mais celle-ci a été licenciée avant le treizième anniversaire d'Elinor. Selon Heath, c'est parce que l'oncle Robert ne veut pas que les frais liés à leur éducation grignotent l'argent qu'il considère comme lui revenant. Leur oncle, lui, prétend que les Ledbury sont brillants et n'ont pas besoin d'être guidés. Désormais, une fois par mois, un tuteur à distance leur envoie des devoirs à faire à la maison.

— Je ne peux pas. Je dois aller en ville, réplique Heath.

La panique est immédiate.

— Encore ?

— On a besoin de courses. Tu veux manger, non ?

Elle se lève.

— Alors, emmène-moi.

— Je ne peux pas.

— Pourquoi ?

Elle se sent esquisser une moue contrariée. Elle déteste faire la tête, mais c'est la deuxième fois cette semaine qu'il l'abandonne.

— Tu vas me ralentir.

— Merci.

— Tu n'aimes pas aller en ville.

C'est vrai. Mais elle déteste plus encore être abandonnée seule dans cette immense maison.

— Les gens me dévisagent, dit-elle en guise d'explication.

— Tu es belle. Les gens te dévisageront toujours.

Elle prend sa robe lamée bleue sur la chaise où elle l'a jetée hier soir et l'enfile par la tête. Heath regarde mais garde le silence. Repart-il pour la punir d'avoir parlé froidement de leurs parents ? Elle n'a pas le courage de lui poser la question. Il lui dit qu'il sera de retour avant qu'elle s'en rende compte.

— Dans combien de temps ?

— Je ne sais pas.

Il quitte la pièce. Elle le suit, essaie de ne pas geindre.

— Combien de temps ?

— Deux heures. Peut-être trois.

Alors qu'elle l'accompagne dans le couloir, elle se mord la lèvre pour s'empêcher de le supplier. Elle ne veut pas penser aux secondes, aux minutes et aux heures où il sera parti, mais elle y pense pourtant.

À la porte, il s'arrête si brusquement qu'elle manque de le percuter. Il se tourne vers elle, sourcils froncés par l'inquiétude, passe un pouce sur sa mâchoire et lui incline le visage vers le sien.

— Ellie, tu es une personne à part entière. Tu dois savoir te débrouiller sans moi parfois. Je me dépêche de rentrer, petite sœur.

Il lui dépose un baiser sur le front.

Il sort sous le soleil humide de l'hiver. L'anxiété remonte dans le ventre d'Elinor. Elle le regarde descendre en trottinant les marches de pierre verglacées pour gagner la voiture. Son souffle forme un nuage d'un blanc laiteux devant elle et c'est à travers ce nuage qu'elle le voit s'éloigner. Puis elle se retrouve seule. Le silence s'installe en même temps que le vent. Il inonde chaque recoin de Ledbury Hall jusqu'à ce qu'elle s'y noie.

Les trois heures se transforment en quatre, puis en cinq. Son oncle a raison, elle est intelligente, même si son frère la prend pour une idiote. Faire les courses ne nécessite pas cinq heures. Elle se souvient du parfum floral sur la peau de Heath et se demande à nouveau à qui il appartient. Elle décide de le découvrir. Après tout, son frère l'a dit, elle est une personne à part entière, ce qui signifie qu'elle peut choisir pour elle-même. Alors, c'est acté. Elle enfile ses bottes et s'aventure dehors. Pendant une seconde, l'air glacial de janvier lui fait l'effet d'une gifle violente et lui coupe le souffle. Elle lève les yeux vers le ciel nacré obstrué d'épais nuages. Elle ne porte que sa jupe de soie et un mince gilet couleur crème, pas de quoi se tenir chaud, pourtant elle ne fait pas demi-tour, de peur de perdre sa détermination.

Elle marche sur la neige tassée, en suivant la longue allée sinueuse. La brise glaciale la fouette. Ses oreilles sont brûlantes de froid et ses mains enroulées autour de son corps, glissées sous ses aisselles pour tenter de les réchauffer. Enfin, elle atteint les grilles en fer forgé. Très hautes, elles mesurent environ deux fois sa taille. D'abord, son cœur se serre à la vue du cadenas. Puis elle se rend compte qu'il a été placé sur la grille, certes, mais pas enclenché. Les doigts tremblants et mordus par le froid, elle le manipule tant bien que mal, puis elle sort.

Il commence à neiger. Elle se traîne péniblement sur le bas-côté verglacé de la route. Les voitures la dépassent et elle sent les regards qu'on lui jette. Elle détourne la tête de la circulation et se concentre pour poser un pied devant l'autre. La neige qui tombe sur ses épaules et ses cheveux se transforme en humidité glacée. À côté d'elle, une voiture ralentit. Elle entend une vitre se baisser.

— Vous voulez que je vous emmène quelque part ? demande le chauffeur avec un accent irlandais chantant.

Elle se retourne. L'homme a des cheveux noirs et un visage ouvert, amical. Il ne doit pas être beaucoup plus âgé que son frère.

— Vous allez où ?

Elle continue à marcher, suivie par la voiture.

— En ville.

— À Sutcliffe ?

Elle acquiesce.

Il se gare et ouvre la portière du côté passager.

— Montez, je vous y emmène.

Elle hésite.

— À moins que mourir de froid vous semble préférable à un trajet en ma compagnie, ajoute-t-il avec une lueur d'espièglerie.

— Je ne vous connais pas.

Il sourit. Et elle s'interdit de lui rendre son sourire.

— Et vice versa. Je m'appelle Flynn. Flynn Healy. Maintenant que je ne suis plus un inconnu…

Elle jette un coup d'œil à la route qui s'étend à perte de vue. Elle crève de froid. Il ferait bien plus chaud dans la voiture et elle retrouverait plus vite son frère. Elle prend une autre décision, toute seule, et se glisse sur le siège passager. Sans un mot, il se débarrasse de sa veste marron élimée et lui en enveloppe les épaules. Comme elle a terriblement froid, Elinor ne proteste pas. Le vêtement sent les agrumes et le café. Flynn met le chauffage à fond et oriente tous les ventilateurs dans sa direction.

Ils roulent avec la radio en léger bruit de fond.

— Vous ne m'avez pas dit votre nom, dit Flynn.

— Elinor.

— Vous avez un nom de famille, Elinor ?

— Ledbury.

Elle perçoit son intérêt.

— Comme dans Ledbury Hall ?

Elle acquiesce.

— Je vous connais.

Elle le regarde avec le sentiment d'avoir affaire à un fou.

— Non.

— Si. Je vous ai rencontrée il y a des années devant le portail en fer forgé de votre maison. Vous deviez avoir six ou sept ans.

Elle secoue la tête.

— Si ! Ma balle en caoutchouc avait glissé par l'interstice entre les barreaux et vous l'avez ramassée pour moi.

Elle cherche à se rappeler cet événement, mais ne trouve rien d'autre que des parasites dans sa mémoire.

— Elle était jaune à pois verts.

Sa peau la picote. Elle a toujours cette balle, dans un carton sous son lit. Les parasites se dissipent et un souvenir clignote puis s'anime. Un garçon pâle aux cheveux bruns, aux yeux de la couleur des feuilles de chêne, la main tendue, lui offrant une balle de la couleur des tournesols.

— Vous m'avez permis de la garder.

— Oui. Vous êtes venue au portail et vous m'avez renvoyé la balle, mais vous aviez l'air si triste que je vous l'ai donnée. J'ai laissé d'autres choses pour vous cet été-là, juste derrière le portail. Des choses stupides. Une plume de paon. Une pierre violette en forme de cœur.

Elle se souvient d'avoir trouvé la plume. Elle a couru autour du domaine, passant la pointe de la plume sur les rangées d'arbres dans les vergers et le long du mur pavé de la roseraie. Elle ne s'est pas demandé d'où elle venait. Mais elle n'a jamais trouvé la pierre violette.

— Que faisiez-vous devant le portail ?

— Un défi. Je venais d'emménager dans la région avec mes parents et certains enfants du coin appelaient ça un rite de passage. Ledbury Hall était vieux, ses occupants mystérieux, et la rumeur courait que ses propriétaires hantaient les lieux.

Elle se retourne brusquement.

— Mes parents, vous voulez dire ?

Mais cette colère n'est pas la sienne, c'est celle de Heath.

Il s'agite, mal à l'aise.

— Désolé, j'ai parlé sans réfléchir.

Il se tait. Dans le silence qui s'ensuit, elle se sent coupable de l'avoir réprimandé de la sorte.

— Si la propriété est hantée par quelqu'un, c'est par mon frère et moi, dit-elle en guise de rameau d'olivier.

— Heath ?

— Vous le connaissez ? l'interroge-t-elle, surprise.

— Il sort avec ma cousine Sofia.

— Certainement pas.

La dénégation lui vient comme un réflexe, une réaction instinctive, alors même qu'elle a senti le parfum floral.

— Il est avec elle, là.

Elle est tentée de demander à Flynn de la ramener au manoir, mais elle doit constater par elle-même la tromperie de Heath.

— Vous pouvez me conduire à lui ?

Flynn la regarde étrangement, mais il accepte.

— Oui, bien sûr.

La ville est un enchevêtrement de vieux bâtiments biscornus dans des rues étroites et pavées. Ils se frayent un chemin sur les allées de pierre glissantes, passent dans la lueur ambrée des devantures de boutiques jusqu'à un magasin de musique. Elle aperçoit Heath par la vitrine. Flynn se dirige vers la porte, mais, les yeux toujours fixés sur son frère, elle pose une main sur le bras du jeune homme pour l'en empêcher. Elle ne veut pas que Heath sache qu'elle le surveille. Par la vitre, elle le voit penché sur le comptoir, les doigts entrelacés à ceux d'une jeune femme aux cheveux noirs. Elle est svelte et porte trop d'eye-liner. Il incline le visage de la fille vers le sien et lui passe le pouce sur la bouche, comme il l'a fait des milliers de fois avec Elinor. Son monde commence à se fissurer et à se briser. Elle en sent les éclats se déverser dans ses veines, qu'ils cisaillent au passage.

— Vous pourriez me reconduire chez moi ? murmure-t-elle à Flynn.

Il est désorienté par sa réaction, ses yeux ne cessent d'aller et venir entre elle et la scène qui se déroule dans la boutique, mais il acquiesce.

Dans la voiture, Elinor demeure silencieuse, le regard braqué par la vitre. La trahison de son frère lui incendie la poitrine.

— Vous avez l'air contrariée.

— Pas du tout.

Silence, puis :

— On dirait bien, pourtant.

Flynn a été gentil avec elle et, quoiqu'elle ne puisse pas lui dire toute la vérité, elle peut lui en confier un morceau.

— Il m'a menti, lâche-t-elle simplement. Alors que nous ne nous mentons jamais.

— Règle judicieuse.

Il la dépose au portail. Elle sort de la voiture et s'apprête à lui rendre sa veste, quand il refuse d'un geste de la main.

— Vous avez encore du chemin à faire, on dirait. Gardez-la.

— Mais…

— Peut-être qu'on se reverra un jour, en ville. Ou sinon, je ne sais pas, laissez-la au portail quand il ne neigera plus et je viendrai la récupérer.

Elle lui sourit en guise de remerciement. Lorsqu'il s'éloigne, elle ressent un pincement de tristesse. Elle est à nouveau seule. Une fois péniblement rentrée, elle cache la veste dans son armoire.

Lorsque Heath revient, elle est au lit, feignant de dormir.

7

Caitlin Arden

Maman fait du thé. Le mien refroidit. Pendant une demi-heure, nos parents bavardent joyeusement. Je laisse la conversation glisser sur moi. Telle l'eau de pluie sur un toit. Je n'arrive pas à détacher mon regard d'Olivia. Elle est assise dans le fauteuil vert foncé et boit dans l'une des tasses du service Emma Bridgewater de maman. Le salon a été refait depuis la dernière fois que ma sœur s'est trouvée ici. Tout est différent. Et à bien des égards, elle aussi. Elle est toujours pleine d'assurance et de compassion, de détermination et de douceur. Mais il y a quelque chose d'autre en elle. Quelque chose d'inconnu.

Mes parents n'ont pas l'air de s'en apercevoir. Maman raconte à Olivia l'histoire de la plantation d'hortensias dans le jardin. Papa ajoute son grain de sel. Tout cela est d'une normalité troublante. Comme si Olivia revenait d'un court séjour et n'avait pas disparu depuis seize ans. J'ai envie de bondir de mon siège et de les secouer. Je me sens prisonnière d'une pièce de théâtre, où tous les autres membres de la troupe ont reçu un texte, pendant que moi, j'avance aveugle et muette sur la scène. Je jette un coup d'œil à Oscar, espérant qu'il me renverra une grimace pour me confirmer l'absurdité de cette situation étrange. Mais il est penché en avant, dévisageant Olivia comme si elle était une relique fascinante. Il est subjugué. Comme tout le monde. Elle n'a pas perdu sa magie. Au contraire, son aura n'est que plus éclatante.

Les questions bourdonnent en moi tels des frelons frénétiques. Où est la police ? Pourquoi les médias n'envahissent-ils pas notre jardin comme il y a seize ans ? Pourquoi personne n'a-t-il demandé à Olivia où elle a passé cette dernière décennie ? Comment s'est-elle échappée ? Où est son ravisseur, à présent ? S'il l'a laissée partir, pourquoi ? Pourquoi maintenant ?

Ses yeux ne cessent de croiser les miens. Un épais nuage de confusion, de colère et d'impatience me traverse. Je serre l'anse de ma tasse si fort qu'elle risque de se briser. Incapable de supporter plus longtemps les conseils de notre mère en matière de jardinage, j'interviens.

— Olivia, dis-je, d'une voix assez sonore pour couper la parole à maman.

Le silence qui suit est chargé. Tous les regards se tournent vers moi. Bien que je ne veuille pas être sous les feux de la rampe, je dois obtenir des réponses.

— Où tu étais pendant tout ce temps ?

À mes mots succède une seconde tout à fait silencieuse.

Elle s'apprête à parler. Puis elle pose les yeux sur la tasse qu'elle tient. L'ambiance dans la pièce se solidifie, ma question ressemble à une flaque de lait renversé oubliée sous un soleil brûlant. Mais j'ai besoin de savoir. Nous avons tous besoin de savoir. J'essaie à nouveau.

— C'est juste que tu as disparu depuis si longtemps et que…

— Caitlin, me coupe papa d'un ton tranchant, comme si mon nom était un morceau de steak trop dur, qu'il aurait aimé recracher dans son assiette. Ta sœur parlera quand elle sera prête. Pas avant. Et pas parce que tu l'exigeras.

Je m'empourpre.

— Je n'exigeais rien. Je…

— Caitlin, ma chérie, reprend maman en se levant, sourire figé aux lèvres. Aide-moi à porter ces tasses à la cuisine, veux-tu ?

Ce n'est pas une question et je suis soulagée de m'éloigner de l'étrangeté pleine de gêne qui tourbillonne au salon. Nous avons à peine franchi la porte de la cuisine que je me retourne vers elle.

— Pourquoi la police n'est pas là ?

Elle déglutit mais ne répond rien. Puis elle commence à charger le lave-vaisselle. Je me tiens derrière elle, j'attends, ma patience s'étiole dangereusement.

— Maman ?

Elle soupire et referme le lave-vaisselle avec trop de force.

— Olivia nous a demandé de ne pas l'appeler.

— Elle vous a demandé de ne pas appeler la police, je répète lentement, espérant que l'absurdité de cette réticence lui apparaîtra.

Mes espoirs sont déçus.

— Elle nous l'a demandé, donc nous avons obéi. Elle a besoin de plus de temps avant que la police ne commence à l'interroger.

Je la regarde, bouche bée. Elle feint de trouver que la requête va de soi, ce qui n'est pas le cas, loin de là.

— Le ravisseur d'Olivia est toujours en liberté. Supposons qu'elle se soit échappée et qu'il veuille la récupérer ? Il pourrait être en train de rappliquer ici en ce moment même. Ou se pointer ce soir.

Mon cœur se met à battre à toute allure. Ça va recommencer. Il reviendra dans la maison avec un couteau et nous la prendra une seconde fois. Peut-être que ce coup-ci, il nous tuera pour qu'Olivia n'ait personne à rejoindre. Je sens l'hystérie monter, épaisse et brûlante.

— Maman, dis-je, d'une voix étranglée. Maman, il pourrait nous faire du mal, s'attaquer encore à Olivia. Il faut appeler la police. Nous…

— Stop ! hurle-t-elle, comme si je lui avais marché sur le pied.

Elle jette un coup d'œil à la porte, puis baisse la voix.

— Olivia est rentrée. Elle n'est là que depuis quelques heures. Nous ne voulons pas l'accabler. Nous allons la ménager et lui poser nos questions plus tard. C'est la faveur qu'elle demande. Quand elle sera prête à parler et que nous aurons entendu ce qu'elle a à dire, nous déciderons si la meilleure attitude à adopter est d'appeler la police.

Elle se détourne de moi : le sujet est clos. Je mâche ma colère et ma frustration comme des pépins de citron. Mais je vois alors ses doigts trembler quand elle allume la bouilloire et fait tomber les sachets de thé dans les tasses, et je me rends compte qu'elle est tout aussi ébranlée que moi.

— Maman ?

Je me rapproche et pose une main sur la sienne. Malgré la chaleur de l'été, sa peau est froide.

— Appeler la police est la meilleure chose à faire. Réfléchis : comment tu expliqueras la réapparition d'Olivia aux voisins ? Aux amis ? À la famille ?

Même si l'inquiétude tourbillonne en moi, je m'efforce de garder un ton calme et rassurant.

— Nous devons savoir ce qui lui est arrivé, trouver l'homme qui l'a enlevée. Il est dangereux et se promène toujours dans la nature.

Elle commence à acquiescer et mon soulagement est immense d'avoir enfin réussi à percer une brèche par laquelle la réalité peut s'engouffrer à ma suite.

— Tout va bien ?

La voix de papa derrière moi me fait sursauter.

Maman s'empresse de reculer.

— Tout va bien. On prépare juste le thé.

Il me fixe d'un regard dur.

— Tu veux ajouter quelque chose, Caitlin ?

À côté de moi, maman se crispe. Essayer de raisonner mon père ne sert à rien. Une fois qu'il a pris une décision, rien ne peut le faire changer d'avis. Toute tentative en ce sens n'aboutira qu'à une dispute, et comme les nerfs de maman sont déjà mis à rude épreuve, je crains qu'une querelle avec papa ne précipite la crise. Je me mords donc la langue, avec la sensation qu'un mur se dresse entre nous : mes parents d'un côté, et moi, exclue, de l'autre. Je quitte la cuisine.

Depuis le couloir, je jette un coup d'œil au salon, mais je n'entre pas. Je ne peux pas feindre que tout va bien. Je me dirige à grandes enjambées vers la porte d'entrée, mais à l'instant où mes doigts se referment sur la poignée en laiton, je m'arrête. Si je sors, que va penser Olivia ? Et Oscar ? Dois-je alimenter encore la déception de papa ? Je recule et me dirige vers l'escalier. Parvenue au sommet, je m'immobilise, saisie par le souvenir d'Olivia se tenant où je me trouve maintenant, un doigt tremblant sur ses lèvres. L'homme masqué derrière elle. Un couteau sous sa gorge. Je ferme les yeux, essayant de faire abstraction de ces images. La scène est aussi vivace aujourd'hui qu'il y a seize ans.

Je pousse la porte de l'ancienne chambre d'Olivia. Les murs, autrefois roses, sont aujourd'hui peints en Cornforth White de chez Farrow & Ball. C'est une pièce légère et aérée, décorée dans des tons neutres de bon goût : des gris, des crèmes et des nuances d'olive. Tout est en osier ou en lin. Quant aux objets qui ont appartenu à Olivia – ses posters de groupes, sa collection de gloss givrés et de pinces papillons –, ils sont rangés au grenier.

— C'est tellement différent.

Je pivote sur moi-même. Olivia s'appuie contre le chambranle de la porte. Nous sommes à la même place qu'il y a seize ans, lorsqu'elle m'a surprise avec son journal intime à l'abeille dorée entre les mains. Elle entre dans la chambre et s'assied sur le lit double.

J'ai toujours imaginé que si elle revenait à la maison, ce serait comme si on remettait une pièce de puzzle à sa place. Or ce n'est pas le cas. C'est discordant. Je l'examine attentivement, à la recherche d'indices sur la façon dont elle a vécu ces seize dernières années. Impossible à dire si elle a des bleus et des cicatrices : la chemise d'homme ample et le legging qu'elle porte la couvrent complètement. Ce que je vois de sa peau est hâlé. Elle n'est pas aussi pâle que je l'aurais cru pour une personne restée enfermée pendant seize ans. Autrement dit, elle n'a peut-être pas été séquestrée dans une pièce sans fenêtre. Mais alors, si elle était autorisée à sortir, qu'est-ce qui l'a empêchée de rentrer plus tôt ? Elle est très mince. Et grande, aussi. Plus grande que moi. Ses cheveux lui arrivent presque à la taille. Ils sont épais et sauvages – des feuilles y sont emmêlées –, mais les pointes sont émoussées, comme si elles avaient reçu récemment quelques coups de ciseaux. Qui lui a coupé les cheveux ? Il ne leur manque qu'un coup de brosse pour qu'ils retrouvent leur lustre d'antan. Mon regard se porte à nouveau sur les feuilles. Je l'imagine courant à travers une forêt pour recouvrer sa liberté, se heurtant aux arbres, à leurs branches qui lui attrapent les cheveux. Elle pose les mains sur ses genoux.

— Olivia, où étais-tu ?

Elle jette un coup d'œil par la fenêtre, puis se lève gracieusement et s'en approche. Sa chambre donne sur la pelouse. Au bout, il y a un portail qui ouvre sur un petit champ puis sur des kilomètres et des kilomètres de forêt au-delà. Là où, selon la police, l'homme se cachait. C'est par ce portail qu'il est entré dans notre jardin.

— Je t'ai manqué ?

La réponse sort de ma bouche, honnête et vraie.

— Tous les jours.

Elle regarde par-dessus son épaule et sourit. Je lui souris, moi aussi. C'est un moment aussi singulier que bienvenu. Un rayon de lumière traversant un ciel sombre et agité. Je suis triste de penser à tous ses sourires que je ne n'ai pas vus.

Je m'approche, désireuse de lui poser une main réconfortante sur le bras, mais je retiens mon geste parce qu'elle me semble étrangère. Je veux refaire sa connaissance. Je veux la comprendre.

— Qu'est-ce qui t'est arrivé, Olivia ?

Elle détourne le visage. Le silence se prolonge entre nous. Je m'apprête à lui reposer la question lorsqu'elle passe devant moi et prend une bougie sur la commode.

— On a tellement de choses à se dire.

Elle hume la bougie avant de la retourner et de lire l'étiquette.

— Crème brûlée. Bon sang, c'est divin. On devrait aller au restaurant et commander une crème brûlée. Tu en as déjà mangé ?

— Oui, mais…

— J'ai hâte de goûter. On pourrait aller où ? Quand ?

— Olivia…

— Ce week-end, ça t'irait ?

— Non.

Son sourire disparaît et je me sens coupable de ne pas me prêter à ce jeu de faux-semblants.

— S'il te plaît, arrête de faire comme si tout était normal.

Son regard se durcit. Elle repose la bougie.

— Tu n'es pas contente que je sois rentrée ?

— Bien sûr que si.

— Alors, pourquoi on ne pourrait pas tout simplement apprécier le fait que je sois enfin ici avec toi ?

Elle m'observe, de ses grands yeux bleus suppliants. Ça suffit presque à me faire ravaler mes questions, mais elles ne feront que me brûler le gosier.

— Pourquoi tu ne veux pas que papa et maman appellent la police ?

— À quoi ils m'ont servi, les flics, jusqu'à présent, Caitlin ? rétorque-t-elle. J'ai disparu pendant seize ans et ils ne m'ont pas retrouvée. Comment ils pourraient m'aider maintenant ?

Elle est en colère et j'en suis soulagée, car la colère est plus saine qu'un simulacre délirant de normalité. Au moins, c'est honnête.

— Ils retrouveront l'homme qui t'a enlevée et l'empêcheront de t'enlever à nouveau.

Elle secoue la tête.

— Je veux juste que les choses soient comme avant. Je ne veux pas revivre ce qui s'est passé. Je veux être… normale. Comme toi, achève-t-elle en croisant mon regard.

La culpabilité m'envahit parce que je ne peux pas remonter le temps et échanger ma place contre la sienne. Je ne peux pas lui rendre toutes les années qu'il lui a volées, mais je refuse d'être aussi inutile maintenant que je l'ai été à l'époque.

— Olivia, si on appelle la police, il ne te fera plus jamais de mal. On…

— Non, me coupe-t-elle d'une voix d'acier pleine de défi. J'ai dit « non ».

J'inspire profondément, pour m'armer de patience.

— Qu'est-ce qui t'est arrivé ? Qui est ce type ?

La gorge nouée, elle détourne encore une fois le regard. Elle semble rétrécir. Se cacher dans sa chemise.

— Je ne veux pas parler de lui.

Nous tombons dans un silence tendu.

Quelques mois après la disparition d'Olivia, la police avait envisagé une fugue. Que l'homme au masque et le Garçon du Bus soient la même personne. Ils se seraient rencontrés. Il était plus âgé. Ils seraient tombés amoureux et elle aurait pris la poudre d'escampette avec lui. Cela aurait expliqué pourquoi personne d'autre, pas même Florence, n'avait entendu parler du Garçon du Bus. Les flics avaient envisagé de réduire l'enlèvement à une mise en scène destinée à m'abuser. Je n'avais pas souscrit à cette hypothèse. Pas une seconde. Ni ceux qui connaissaient Olivia. Elle était aimée au sein de notre famille, elle n'aurait jamais voulu nous quitter, pour personne. Mais aujourd'hui, en voyant sa réticence à impliquer les autorités, je me demande si la police n'avait pas raison.

— C'est le garçon ?

Elle relève la tête.

— Quel garçon ?

— Le Garçon du Bus. Celui qui t'a donné le journal.

Elle fronce les sourcils.

— Le journal intime, j'insiste. Le vert, avec une abeille dorée ? Il a disparu la même nuit que toi.

Elle me jette un regard dénué d'expression.

— Tu ne te souviens pas de lui ?

Ce n'était pas censé être accusateur, pourtant, bizarrement, ça l'est. Même si je ne sais pas trop de quoi je l'accuse.

Elle m'observe, soupçonneuse.

— Peut-être que tu te rappelles mal ce qui s'est passé.

La police m'a fait le même coup au fil des années, insinuant l'inexactitude des détails que j'avais fournis. Bien qu'ils aient ma déposition entre les mains, ils n'avaient pas arrêté de me reposer les mêmes questions, avec la détermination infructueuse de qui revient sans cesse devant un réfrigérateur vide, dans l'espoir de le trouver plein en l'ouvrant.

— Ma mémoire ne me trompe pas.

Nous nous regardons fixement. Elle sait que je ne vais pas laisser passer ça. Je ne peux pas.

— En fait, tu as raison… lâche-t-elle, à croire que le souvenir vient de surgir comme un diable de sa boîte. Il avait une abeille en or brodée dessus, ce journal ? Je pense que le garçon qui me l'a offert avait le béguin pour moi.

Elle ment. Elle ne se souvient de rien, elle se borne à répéter les informations que je lui ai transmises.

Elle se cure les ongles, qui sont pourtant soignés. Ce détail me hérisse. Car j'aperçois un éclair de vernis rose. Du vernis rose… quel genre de ravisseur laisse sa victime se vernir les ongles ? Elle me surprend en train de les observer.

— Je crois que j'aimerais être seule une minute.

Voyant que je ne bouge pas, elle ajoute :

— S'il te plaît.

Et je pars, le malaise rampant sur ma peau.

8

Caitlin Arden

En bas, papa et maman sont dans la cuisine et échangent à voix basse. Voyant que je m'attarde, papa ferme la porte. Les joues en feu, je rejoins Oscar dans le salon. Il tape frénétiquement sur son téléphone, tellement absorbé qu'il ne me remarque pas tout de suite. Beaucoup trop accaparé par son travail, il est toujours sur sa messagerie électronique. En m'approchant, cependant, je constate que ce n'est pas la lueur blanche de sa boîte mail, mais plutôt celle de ses notes. Sentant ma présence, il verrouille son téléphone pour que l'écran s'éteigne et l'empoche d'un air coupable.

— Ce n'est pas grave, je lui glisse. Ce n'est pas parce que ma vie s'est arrêtée que la tienne doit faire de même.

Il pousse un soupir soulagé mais secoue la tête.

— Je tapais juste quelques mots pour le travail. Et je suis tout à toi.

Il se lève et m'enlace, embrassant le sommet de mon crâne. Je respire son odeur, et le sentiment de malaise commence à s'estomper.

— Comment ça s'est passé avec Olivia ?

— Bien, je mens.

Il se recule pour scruter mon visage.

— Qu'est-ce qu'elle a dit ?

Avant que je puisse répondre, j'entends la porte de la cuisine s'ouvrir. Un instant plus tard, maman apparaît dans le salon. Elle fronce les sourcils.

— Où est Olivia ?

Oscar s'écarte. Papa rejoint maman dans l'embrasure de la porte. Et même entourée de mon fiancé et de mes parents, je me sens soudain incroyablement seule.

— En haut.

Maman est atterrée.

— Tu l'as laissée seule ?

— Elle est à l'étage, pas au bout du monde, je réplique.

Mais maman sort déjà précipitamment de la pièce.

Papa secoue la tête en me regardant.

— J'espère que tu n'as pas soumis Olivia à un interrogatoire.

Blessée et frustrée qu'il puisse penser cela de moi, je réponds d'un ton impassible :

— Pas aujourd'hui. J'ai laissé mon matériel de supplice de la noyade chez moi.

À mes côtés, Oscar se raidit. Si mon père est souvent froid ou méprisant à mon endroit, je ne proteste que très rarement ; cependant, avec tout ce qui se passe, j'ai du mal à tenir ma langue.

Papa commence à me réprimander, mais je ne l'écoute pas. Mon attention est ailleurs, focalisée sur un bruit domestique, quotidien, qui d'habitude s'estompe en arrière-plan. En cet instant, pourtant, j'ai les cheveux qui se hérissent dans la nuque.

— Qu'est-ce qui ne va pas ? me demande Oscar.

Je fronce les sourcils.

— Est-ce que c'est… Tu entends la douche ?

— Oui, je crois que…

Je cours hors de la pièce pour gravir l'escalier quatre à quatre, comme quand j'étais enfant. Je déboule sur le palier. J'entends qu'on me suit, papa ou Oscar, je ne sais pas. Maman sort de la salle de bains, referme la porte derrière elle, une pile de vêtements dans les bras. Je pose les yeux sur la chemise à carreaux et mon ventre se retourne.

— Olivia est en train de prendre une douche ?

Ma mère est déconcertée par ma question.

— Oui.

— Oh, mon Dieu !

Je m'élance vers la porte mais elle se met en travers de mon chemin.

— Qu'est-ce qui te prend ? crie-t-elle.

Toute la frustration et la fureur des dernières heures se déversent en moi.

— Tu es stupide ou quoi ?

— Caitlin ! aboie papa dans mon dos.

— Olivia est en train de faire disparaître les preuves.

— Les preuves ? souffle maman, paniquée à présent.

Elle se tourne vers son mari, qui vient se planter à côté d'elle.

— Oui, je m'écrie. Oui, les preuves. La police doit l'examiner. Prélever des échantillons. De l'ADN.

Mais maman ne comprend pas. Elle n'a pas les idées claires. Je soutiens le regard de mon père, espérant que son ressentiment ou ses reproches à mon encontre ne l'emporteront pas sur la logique.

— Papa, s'il te plaît, il faut qu'on appelle la police avant de réduire leur enquête à néant.

Il sait que j'ai raison. Lèvres pincées avec sévérité, il réfléchit à ses options.

— Olivia nous a demandé d'attendre, insiste maman comme si elle citait les Saintes Écritures.

— Ça n'a pas d'importance. Mince alors, Olivia est une scène de crime ambulante.

— C'est ta sœur ! hurle papa.

S'il a envisagé de m'écouter il y a quelques secondes, c'est terminé à présent, devant ma brusquerie.

— Mais…

— Caitlin, me chuchote Oscar à l'oreille.

Je lui jette un coup d'œil. Il m'adresse un petit signe de la tête, m'implorant de cesser d'insister.

Alors, enfin, la coupe est pleine. Je ne peux pas rester dans cette maison de fous une seconde de plus.

— Je pense que je ferais mieux de partir. Saluez Olivia de ma part.

J'attends près de la voiture, en proie à un sentiment d'irréalité. Oscar est demeuré légèrement en arrière. Je l'imagine en train de s'excuser auprès de mes parents pour cet accès de colère, promettant de revenir plus tard. Nous roulons en silence. C'est seulement lorsque les bâtiments en pierre calcaire cèdent la place à des champs verdoyants qu'Oscar prend la parole.

— Tes parents sont sous le choc. Ils attendaient qu'Olivia rentre à la maison depuis très longtemps et maintenant que c'est le cas, ils ne veulent rien tenter qui puisse lui faire regretter d'être revenue.

— Je sais.

Silence.

— Ça va devenir plus facile, Caitie.

— Ils doivent prévenir la police. L'homme qui l'a enlevée est toujours dans la nature. Bon sang, elle s'est échappée ou il l'a laissée partir ? Et s'il l'a laissée partir, pourquoi maintenant ?

Il hausse les épaules.

— Qu'est-ce qu'elle t'a dit ?

Je déglutis. L'aveu refuse de sortir : je l'ai bouleversée au point qu'elle m'a pratiquement chassée de son ancienne chambre.

— Je lui ai demandé où elle était passée pendant tout ce temps.

Il me coule un regard.

— Et qu'est-ce qu'elle a répondu ?

— C'était bizarre.

— Bizarre ?

— Elle est restée vague. Elle avait plus envie de me parler de crème brûlée que de me donner des réponses. Elle n'a pas voulu me révéler où elle était allée, qui il était, ni comment elle est revenue à la maison.

Il acquiesce lentement.

— Elle ne se taira pas éternellement. Elle n'est rentrée que depuis quelques heures.

— Je sais, mais…

Je m'interromps, essayant de comprendre le sentiment qui s'insinue sous ma peau.

— Elle ne se souvenait plus très bien de la fameuse nuit, de la dernière conversation que nous avons eue. Elle n'avait aucune idée de ce dont je parlais quand j'ai mentionné le journal intime ou le Garçon du Bus.

Il tourne brusquement la tête vers moi.

— Tu lui as posé toutes ces questions ?

— Oui.

— Pourquoi ?

Pour une raison qui m'échappe, il est agacé.

— Parce que je veux savoir ce qui est arrivé à ma sœur.

Il secoue la tête.

— Tu ne peux pas t'attendre à recevoir toutes les réponses sur-le-champ. Tout le monde est en train de s'adapter et il faudra du temps à Olivia pour s'ouvrir. Elle a été séparée de sa famille et de toi pendant plus longtemps qu'elle n'a vécu avec vous.

Le souffle coupé, je m'efforce de rester calme. Je ne sais pas comment il ne m'est jamais venu à l'esprit que ma sœur a passé plus de temps avec son ravisseur qu'avec nous, sa famille. Seize ans. Je prends conscience à cet instant que ce sentiment de malaise rampant est dû au fait qu'Olivia ne me donne pas l'impression d'être Olivia, mais une inconnue. Parce qu'elle en est une. Je connaissais la fille qu'elle était avant son enlèvement, mais pas la femme qu'elle est devenue.

Je regarde fixement par la vitre. Nous ne sommes restés qu'une heure à Blossom Hill House. Il est encore tôt, mais il fait déjà trop chaud. La sueur ruisselle le long de mon dos et s'accumule dans le pli de mes genoux. Oscar et moi demeurons silencieux. Je repasse ses paroles dans ma tête, et me constate blessée qu'il prenne le parti de mes parents. Le temps ne joue pas en notre faveur. Il saisit bien l'urgence de la situation, quand même. Le danger que court ma famille si nous n'agissons pas maintenant. C'est comme si, certaine que l'herbe était verte, je les entendais me déclarer qu'ils la voyaient rouge sang. Même si j'ai raison, je le sais, je ne peux me résoudre à les trahir en prenant les choses en main. Des mains qui brûlent de fouiller dans mon sac, de sortir mon téléphone et d'appeler la police.

Maintenant que nous sommes arrêtés devant notre maison, Oscar a les yeux fixés sur le pare-brise. Je le vois compter mentalement jusqu'à dix avant de parler. Il ne me regarde pas.

— Ne fais pas quelque chose que tu pourrais regretter, Caitlin.

À l'intérieur, il nous prépare un thé à tous les deux. Il est distrait, il sort son téléphone pendant que la bouilloire chauffe, ses pouces volent sur l'écran. Il a une échéance importante pour un projet qui l'enthousiasme. Son visage s'illumine dès qu'il en parle. Je ne sais pas grand-chose à ce sujet, mais ce dont je suis certaine, c'est qu'il travaille dessus depuis longtemps. Je lui enjoins de se remettre à la tâche.

— Tu es sûre ? demande-t-il.

J'acquiesce, parce que je n'ai pas envie de rester assise devant un thé tiédasse à disséquer cette matinée étrange.

— Mes parents vont évidemment annuler la réunion annuelle, mais on retournera chez eux ce soir.

— Bien sûr, dit-il d'une voix plus douce que dans la voiture. Tes parents finiront par appeler la police, Caitie. Ils ont juste besoin d'un peu de temps.

Il m'embrasse et j'attends le déclic indiquant la fermeture de la porte de son bureau pour prendre les clés du véhicule et sortir.

9

Caitlin Arden

Florence vit dans une maisonnette géorgienne de trois chambres doubles, en plein centre de Bath. Daniel, son fiancé, s'offusque si quelqu'un ose qualifier leur propriété d'appartement. Au fil des ans, Florence a fréquenté des hommes et des femmes. J'ai toujours pensé qu'elle se fixerait avec quelqu'un de créatif, à son image. Un artiste un peu bohème, avec des tatouages et des piercings. Je les ai imaginés vivant ensemble dans un entrepôt rénové, un genre de loft avec briques apparentes. Mais elle est heureuse aux côtés de Daniel dont la garde-robe se compose de costumes sombres et de chemises blanches impeccables, et dont la créativité se limite à une occasionnelle cravate à motifs. Cela dit, il est gentil et il a toujours tout fait pour que je me sente la bienvenue. Il est gestionnaire de fonds spéculatifs, mais si quelqu'un me mettait un pistolet sur la tempe et me demandait d'expliquer en quoi consiste exactement son activité, je le prierais d'abréger nos souffrances et de me flinguer parce que je n'en ai pas la moindre idée.

Dehors, il fait chaud, il y a du bruit. Une foule se rassemble pour l'ouverture du carnaval d'été. Artistes, gymnastes et danseurs, cracheurs de feu et contorsionnistes défilent aujourd'hui dans cette rue, jusqu'à Victoria Park où la fête foraine les attend. Je tergiverse sur le trottoir en contrebas de la maisonnette, faute de savoir comment annoncer à Florence le retour d'Olivia. Elle sera incrédule, comme moi, et pleine d'espoir également. Il y aura des questions, des tas de questions auxquelles je ne peux pas répondre. Et même si je suis consciente que mes parents seront furieux, je dois apprendre la nouvelle à Florence, parce qu'elle sera outrée, elle aussi, que la police n'ait pas été informée de la réapparition d'Olivia : peut-être que sa conviction renforcera la mienne et me donnera l'élan nécessaire pour appeler moi-même la police.

J'appuie sur la sonnette. Daniel ouvre. Quoique surpris de me voir, il est trop poli pour me demander la raison de cette visite à l'improviste. Sans rien dire, j'entre et j'enlève mes baskets. Il y a des clubs de golf près de la porte. Je trouve très bizarre que le monde continue de tourner alors que quelque chose d'énorme est en train de se produire. Le matin même où ma sœur disparue et présumée morte revient dans ma vie, il s'apprête à passer quelques heures agréables à taper dans des balles avec des bâtons en métal qui coûtent plus cher que mes échéances mensuelles pour rembourser mon crédit.

Sur le trajet jusqu'au salon, mon cœur tambourine si fort dans ma poitrine que j'en sens les pulsations sur mes lèvres. Le secret du retour de ma sœur déferle dans mes veines. Daniel me parle, mais je ne comprends pas un traître mot de ce qu'il dit, alors je hoche la tête. Pour tenter de reprendre pied, je me concentre sur les couleurs qui m'entourent. Murs chauds terracotta. Canapé vert olive. Coussins beiges, dodus et accueillants. Métal doré : chandeliers et poignées de tiroir, appliques murales et bibelots. Du doré. De l'or comme celui de ses cheveux. Ma poitrine se serre et j'enfonce mes orteils dans le doux tapis crème.

Puis Florence entre dans la pièce, tenant ce que je suppose être un autre scénario, des Post-its fluo glissés entre les pages. Elle fronce ses sourcils bruns.

— On avait prévu un truc ? Je savais que tu venais ?

Je secoue la tête, sans parvenir à répondre. Il y a tant de choses en moi, qui tourbillonnent et se tordent, que j'ai envie de les expulser dans un hurlement de banshee.

Florence et Daniel échangent un regard.

— Vas-y, dit Florence à son fiancé. Tu seras en retard si tu ne files pas maintenant.

Il l'embrasse sur la joue, mais continue de me couver d'un regard inquiet.

— C'était chouette de te voir, Caitie.

Quand il est parti, elle demande :

— Est-ce que… tout va bien ?

La vérité est sur le bout de ma langue, mais je vois la bouche de mon père se tordre de colère et les yeux gris larmoyants de ma mère, alors je la ravale. Florence prend place à côté de moi et je respire l'odeur réconfortante de son parfum Jo Malone. Elle m'en a acheté un flacon comme cadeau de fin d'études. Elle m'a accompagnée dans les petits comme dans les grands moments. Des moments où Olivia ne pouvait jouer un rôle. Ces dernières années, Florence a été une sœur pour moi. Je sais que je peux lui faire confiance, pourtant les mots me restent coincés dans la gorge.

— Qu'est-ce qui s'est passé ? insiste-t-elle doucement.

Et soudain, il m'est impossible de demeurer assise. Avec la sensation d'être un ressort qui se détend, je me lève d'un bond et je commence à faire les cent pas.

— Tu as déjà pensé à ce que ça ferait si elle revenait ?

Quelques secondes de silence, puis :

— Qui, Olivia ?

Je hoche la tête.

— Bien sûr, répond-elle. Tout le temps.

Elle se lève et dépose le scénario sur la table basse. Inquiète, elle a le souffle coupé par l'impatience.

— Caitie, qu'est-ce qui se passe ?

— J'ai imaginé la scène. Chaque jour. Parfois, je négocie avec un dieu auquel je ne crois même pas. « Ramenez-moi ma sœur et vous pourrez m'enlever vingt ans de vie. Ramenez-la et je renoncerai à tout ce que je possède. Je me promènerai pieds nus dans la ville si je peux juste avoir un jour de plus avec elle. »

J'arrête de faire les cent pas et je m'approche de la fenêtre pour tourner mon visage vers le soleil, bien que j'aie froid et ne sente pas sa chaleur.

— J'aurais fait n'importe quoi pour ramener Olivia à la maison. Mais ensuite, je pensais à ce qu'elle devait avoir vécu. À toutes ces années composées de toutes ces secondes, minutes et heures. À ce qu'on lui avait fait.

Ma respiration s'accélère, s'intensifie.

— La raison pour laquelle les hommes enlèvent des jeunes filles n'est pas un secret. Ni un mystère. Pas besoin d'être un génie. Et quand je me figurais le mal qu'il lui avait fait, je comprenais qu'elle reviendrait changée, et je me demandais…

J'inspire. J'expire. Je sens les mots se bloquer dans ma gorge comme des éclats de verre.

— Je me demandais s'il ne vaudrait pas mieux qu'elle soit morte.

Le silence tombe autour de nous comme un nuage de cendres brûlantes. Je ne peux pas regarder Florence. Je n'arrive pas à croire que j'aie sorti cette tirade à voix haute. Je sens mon amie bouger derrière moi. Je sens la chaleur de son corps dans mon dos. Proche, mais pas au point de me toucher. J'observe le flot de badauds. Le cortège est arrivé, des danseurs en costumes éclatants, ornés de plumes et de paillettes. La foule est plus dense maintenant, bordant les rues de part et d'autre de la route. La musique est très forte, mais pas assez pour étouffer les pulsations de mon sang qui s'accélèrent.

— J'ai toujours espéré que sa mort, le cas échéant, avait été rapide, je reprends. Indolore. Qu'elle ne l'avait pas vu venir.

Je pose ma tête contre la vitre chauffée par le soleil. Je m'imagine en train d'y enfoncer mon front jusqu'à ce qu'elle se fendille. Je m'imagine tombant dans le vide, éclatant comme une pastèque sur la chaussée brûlante en contrebas.

— Comment je pourrais la regarder dans les yeux en sachant que j'ai souhaité sa mort, Florence ?

Le silence se prolonge. Le rouge vif amené sur mon visage par cet aveu honteux imprègne mes vêtements, tache ma peau, s'infiltre sous mes ongles.

— C'est bon, murmure-t-elle en prenant ma main dans la sienne.

Nous nous tenons côte à côte. Elle serre mes doigts dans les siens. Elle me rassure.

— Tout va bien se passer…

Elle a l'air tellement sûre d'elle que je la crois presque.

— L'Anniversaire est toujours difficile, ajoute-t-elle.

Ma langue est coulée dans le plomb. Annoncer à Florence qu'Olivia est de retour revient à m'engager à appeler la police. Je ne peux pas lui infliger ce que mes parents m'ont fait subir. Je ne peux pas accabler Florence de cette nouvelle monumentale et lui arracher la promesse d'en supporter silencieusement le poids.

J'ouvre la bouche, sans trop savoir ce que je vais dire, quand le téléphone de Florence vibre sur la table basse derrière nous. Elle s'éloigne pour le récupérer.

— C'est qui ? je demande, inquiète qu'il s'agisse de mes parents, ou d'Oscar, désireux de me retrouver.

— Personne, répond-elle trop vite.

— Qui ? j'insiste en m'approchant pour jeter un coup d'œil à l'identité de l'appelant. C'est ton agent.

À contrecœur, elle acquiesce. Le téléphone continue de vibrer dans sa main.

— J'attendais de savoir si je serais la narratrice du prochain livre de Noah Pine, mais…

— Réponds.

— Caitie…

Je lui prends le téléphone, j'accepte l'appel puis le lui tends. Elle m'adresse un petit sourire reconnaissant avant d'articuler silencieusement :

— Je fais vite.

Et elle disparaît dans le couloir. Je retourne me planter devant la fenêtre. Qu'est-ce que je fais là ?

Je devrais être avec Olivia. Peut-être que si je retourne à la maison maintenant, je pourrai les convaincre de prévenir les autorités. Une fois dissipé le choc de la réapparition de ma sœur, mes parents comprendront, c'est sûr. Ils appelleront la police pour qu'une enquête soit ouverte et son ravisseur retrouvé. Mais si, entre-temps, il revenait la chercher ?

La panique s'empare de moi, il faut que je parte. Il faut…

Mon ventre se noue.

Dans la rue, la foule avance lentement sur le trottoir, suivant la queue du cortège. L'attention de tous est fixée sur les artistes. De tous sauf d'une personne, toute de noir vêtue, en jean et manteau à capuche. Chaudement pour la chaleur estivale. Cette personne est trop large d'épaules pour être une femme. Trop grande. Le regard de l'homme est braqué sur la maisonnette. Sur moi. Les gens s'agitent autour de lui. Il est un trou noir dans une mer de couleurs en mouvement. Le soleil éclabousse son masque vénitien. Un masque que j'ai déjà vu. Son long nez et ses sourcils froncés par la colère ont hanté mes cauchemars. Il n'est pas noir, comme je l'avais cru dans l'obscurité de notre palier, lorsqu'il a enlevé ma sœur. Il est bleu nuit. Le bleu marine le plus profond et le plus sombre.

Une corde de peur se resserre tant autour de ma poitrine que je ne peux bientôt plus reprendre mon souffle. J'ai de nouveau dix ans, je suis paralysée, je le regarde kidnapper ma sœur. Je le regarde ruiner ma vie.

Une main me saisit par-derrière et je pivote, les poings levés pour repousser mon agresseur.

Florence recule d'un bond.

— Caitie !

Le cœur battant, je me retourne vers la fenêtre. Mais il n'est plus là.

— Non, je halète. Non.

Il était là. Je l'ai vu. Alors, je traverse le salon en courant et je sors dans le couloir, Florence sur mes talons. Je ne m'arrête pas pour enfiler mes baskets. J'ouvre la porte d'entrée d'un coup sec et je dévale l'escalier pieds nus. Florence m'appelle. Je continue à courir, déterminée à rattraper l'homme masqué. J'ouvre la porte d'entrée pour me jeter dans la clarté aveuglante. Il y a du bruit. Les gens sont ivres, gauches et brûlés par le soleil. Je descends les marches de pierre d'un pas chancelant et je me fraye un chemin dans la foule. Le cortège du carnaval est maintenant plus loin dans la rue. Je traverse la chaussée en trottinant et je me plante là où il se tenait il y a quelques instants. Je pivote de gauche à droite, sans repérer pour autant le moindre signe de lui. Pour ce que j'en sais, il a pu ôter son manteau noir à capuche et le fourrer, avec le masque, dans un sac. Il pourrait être n'importe qui dans cette foule.

Florence m'attrape par le bras pour m'obliger à lui faire face. Je me dresse sur la pointe des pieds et m'efforce de voir par-dessus ses épaules.

— Caitie, qu'est-ce qui se passe, merde ?

— L'homme qui a enlevé Olivia surveillait ton immeuble, je réponds, toujours à la recherche de ce trou noir.

— Quoi ?

Je me défais de son emprise et commence à marcher dans la rue, pas encore prête à renoncer.

— Je savais qu'il reviendrait la chercher.

Florence se jette en travers de mon chemin.

— Il reviendrait chercher qui ?

— Olivia !

Confusion. Choc. Je lis tout cela sur son visage. Comme je n'ai pas de temps pour les explications, je pivote à droite et je gravis au pas de course les marches d'un perron pour avoir une meilleure vue sur la foule. Mais mon perchoir n'est pas assez élevé. À côté de moi, il y a une balustrade en fer forgé. Comme j'entreprends de l'escalader, Florence referme ses doigts sur mon poignet et me ramène vers elle.

— Qu'est-ce que tu fais, là ? Dis-moi ce qui se passe, s'il te plaît. Tu me fiches la trouille.

Je fixe ses grands yeux marron et c'est terminé, je ne peux pas garder le secret une seconde de plus.

— Olivia est revenue.

Son visage se vide de ses couleurs.

— Quoi ?

— Elle a surgi chez mes parents de bonne heure ce matin.

Elle secoue la tête.

— Tu es sûre ?

— Mes parents refusent d'appeler la police parce qu'Olivia le leur a défendu. Elle refuse de dire où elle était, ce qui lui est arrivé ou comment elle s'est enfuie. Elle fait semblant de ne se souvenir de rien de cette nuit-là et parle de crème brûlée.

— Caitie…

Mon esprit virevolte toujours. Une panique froide et moite se répand comme un brouillard à travers ma poitrine, tandis que j'ai des visions de l'homme masqué se glissant par les portes-fenêtres de la maison de mon enfance, une lame serrée dans une main gantée. Je l'imagine se faufilant dans le couloir, jusqu'à la chambre de mes parents. J'entends leurs cris. Je vois la lame traverser la peau et les muscles, se loger dans l'os. Cette fois, il veillera à ce qu'Olivia n'ait plus personne vers qui retourner. Ma détermination se renforce. Je prends le téléphone de Florence et je fais ce que j'aurais dû faire depuis des heures : j'appelle la police.

10

Elinor Ledbury

Ledbury Hall grouille d'inconnus. Traiteurs et décorateurs, barmen et serveurs. Ils rampent dans la maison d'Elinor comme des fourmis sur un pique-nique, qu'ils gâtent intégralement. Elle se tient sur le grand palier et les regarde aller et venir, transportant des caisses de vin et des arrangements floraux ostentatoires. Ils préparent la fête dont l'oncle Robert a délégué l'organisation moyennant rétribution. L'entreprise pharmaceutique pour laquelle il travaille a récemment fusionné avec l'une de ses semblables et il s'agit de leur premier événement social.

— Il n'a pas le droit d'accaparer notre maison comme ça.

Heath apparaît à ses côtés. Elle ne le regarde pas. Elle l'a à peine regardé depuis qu'elle l'a surpris avec la brune, cette Sofia, dans le magasin de musique. Il n'a rien remarqué, il a abandonné Elinor tous les jours de la semaine et lui ment chaque fois sur sa destination. Elle sait qu'il couche avec elle, mais elle ne peut se résoudre à l'affronter. Elle a trop peur que ses récriminations le poussent à s'éloigner davantage. Qu'il parte et ne revienne jamais.

— Ledbury Hall est à nous.

— Pas avant un an, réplique-t-elle froidement, juste pour le blesser. Tu as invité quelqu'un ?

— Non, répond-il comme si c'était évident. Et toi ?

— Peut-être.

Il se raidit et ouvre la bouche pour l'interroger, mais l'oncle Robert se tient dans le vestibule, à beugler leurs noms. Elinor se presse. Comme toujours, Heath prend son temps.

La peau de l'oncle Robert est légèrement humide de sueur. Elinor n'arrive pas à déterminer s'il est exalté ou stressé par sa fête.

— J'ai fait livrer de nouvelles tenues dans vos chambres pour ce soir.

Elinor est parcourue d'un frémissement d'excitation. Elle n'a presque jamais de nouveaux vêtements. La plupart des habits qu'elle porte sont ceux de son frère ou proviennent des vestiges de la garde-robe ayant appartenu à sa mère. À côté d'elle, Heath ricane.

— Cette fête est très importante, insiste l'oncle Robert. Je veux que vous vous comportiez bien tous les deux. Mes collègues doivent absolument voir en nous une famille heureuse.

— Tu veux qu'on mente pour toi, cher oncle ? demande Heath, sur un ton où l'ennui le dispute à l'ironie.

L'oncle Robert s'approche et pointe un doigt sur eux.

— Je suis sérieux, mon garçon. Comporte-toi bien.

Heath répond par un sourire moqueur et méprisant.

— Mais j'ai déjà promis à Elinor de me comporter de façon abominable.

L'oncle Robert serre le poing. Les yeux de Heath flamboient d'une lueur de défi : il est prêt à en découdre, mais les coups de poignard échangés entre Heath et son oncle commencent généralement par traverser Elinor. Alors qu'elle a toujours été pétrifiée par les colères de leur oncle, Heath y est immunisé. Il a reçu plusieurs corrections de sa part, quand il était enfant, mais il est plus vieux maintenant. Plus fort. Et l'oncle Robert le sait. Au prix d'un effort certain, il baisse le poing. Lentement, il se détourne et entre à grands pas dans son bureau.

Furieuse contre son frère qui a poussé leur oncle à bout, Elinor monte directement dans sa chambre. Elle s'apprête à fermer la porte, quand Heath l'en empêche d'un mouvement plein d'adresse. Il croise son regard et se glisse à l'intérieur.

— Qu'est-ce qui ne va pas ?

Elle s'assied et s'adosse à la tête de lit.

— Moi non plus, je n'ai aucune envie qu'il y ait tous ces gens dans notre maison, murmure-t-il.

Elle choisit de ne pas saisir la perche qu'il lui tend. Elle veut qu'il éprouve la solitude qui est la sienne, à elle, chaque fois qu'il la quitte pour rejoindre Sofia. Elle l'ignore et attrape son livre, mais la relation secrète de son frère la rend tellement furieuse, sans parler du fait qu'il a, comme toujours, délibérément froissé leur oncle, que les mots se brouillent sur la page. Heath lui prend le livre des mains et s'assied sur le bord du lit.

— Combien de fois je t'ai dit de ne pas lire de romans d'amour ?

— Parce que tu ne crois pas en l'amour ?

Il la fixe d'un regard si intense qu'elle en a le souffle coupé.

— Parce que j'y crois, au contraire. Parce que la seule chose que ces livres t'apprendront, c'est que les histoires d'amour sont aussi courantes et faciles à trouver que des pièces de monnaie rouillées.

Elle essaie de se lever, mais il la bloque avec son bras.

— C'est juste de la guimauve. Des mensonges. Rien de ce qui vaut la peine n'est facile, Ellie. Rien.

Elle est sur le point de demander si elle a assez de valeur pour qu'on veuille l'avoir, elle, mais elle se mordille la lèvre pour s'en empêcher, car ce n'est manifestement pas elle que désire son frère. C'est la fille aux cheveux noirs du magasin de musique. Sofia.

— Laisse-moi tranquille.

Il hausse un sourcil, étonné par sa brusquerie, et sa bouche se tord sur un sourire amusé, comme s'il était aux prises avec les griffes d'un chaton.

— Qu'est-ce qui ne va pas ?

— Toi, s'emporte-t-elle. Il faut toujours que tu cherches l'oncle Robert. C'est juste une fête, Heath, et elle a de l'importance.

— Tu t'es demandé pourquoi ? Il s'imagine que notre argent lui donne du pouvoir, mais il a clairement besoin de nous. Ce soir, sœurette, le pouvoir nous appartient.

— Je m'en fiche du pouvoir. Je veux… Je veux…

Je veux que tu aies envie de moi, pense-t-elle, sans se résoudre pourtant à le dire.

Le visage de Heath s'adoucit.

— Qu'est-ce que tu veux, Elinor ?

Elle a la gorge nouée.

— Je veux que tu fasses ce que demande l'oncle Robert. Que tu te comportes au mieux pour qu'on puisse ressortir de cette horrible soirée en un seul morceau.

Il scrute ses traits, en quête d'une réponse. Elle craint de lui céder s'il insiste davantage.

— OK, lâche-t-il simplement. Comme tu voudras.

Lorsqu'il part, elle sort la veste de Flynn de sa cachette, sous son lit, et l'enfile. Pendant les longues heures où son frère l'a abandonnée, cette dernière semaine, elle s'est surprise à récupérer ce vêtement afin d'en inhaler l'odeur de café et d'agrumes. Pour une raison qu'elle ne s'explique pas, elle se sent moins seule ainsi.

11

Caitlin Arden

Le bruit des nombreux reporters, journalistes et cameramen postés devant Blossom Hill House est incessant. Comme le martèlement de la pluie en automne, ou le bourdonnement d'un ventilateur en été. Combien de temps encore vont-ils faire de nos vies les affaires de la nation ? Cette histoire, au centre de laquelle se trouve ma sœur à la beauté obsédante, signifie qu'un répit est loin d'être à notre portée.

Une semaine s'est écoulée depuis que j'ai appelé la police. Depuis qu'ils sont arrivés à la maison de mes parents et ont emmené tout le monde pour interrogatoire. Comme on pouvait s'y attendre, mon père était furieux. À en juger par son expression, alors qu'il est assis en face de moi dans la chaleur suffocante de leur salon, il l'est toujours. Nous restons silencieux, à écouter les voix de trop d'inconnus s'élever et s'éteindre dans leur jardin. La police est dehors aussi, qui les retient tous. Ce matin, j'ai été réveillée en sursaut par des cauchemars où des journalistes se déversaient dans la maison telle une invasion de cafards, dégringolaient par les fenêtres et les portes, se grimpaient les uns sur les autres, tout en hurlant leurs questions sur des aigus à briser le verre. Et parmi eux, debout et parfaitement immobile, l'homme masqué.

Je cligne des yeux pour effacer l'image, mais le visage en colère de mon père ne m'offre guère de répit. Ses doigts se resserrent sur l'anse de sa tasse tandis qu'un journaliste particulièrement tonitruant lance ses questions aux rideaux tirés du salon. Papa me fixe avec les deux billes vertes et dures qui lui tiennent lieu de prunelles.

Je gigote, mal à l'aise sur mon siège, impatiente que maman et Olivia reviennent du commissariat. Je jette un coup d'œil à mon téléphone, ignorant tous les messages d'amis qui ont vu les nouvelles – j'ai une dizaine d'appels manqués de Gemma –, pour vérifier l'heure. La matinée a laissé place à l'après-midi, apportant une chaleur moite.

— Elles ne devraient pas tarder à rentrer, dis-je.

Il ne répond pas, se contente de froncer les sourcils et de siroter son thé. La tristesse m'envahit, car, naïvement, j'ai cru qu'avec le retour d'Olivia, notre famille redeviendrait ce qu'elle avait été et que le froid entre mon père et moi se dissiperait. Ce n'est pas le cas. En fait, les routes qui nous séparent sont plus verglacées et plus dangereuses que jamais.

Il y a une raison pour laquelle mon père s'est éloigné de moi après l'enlèvement d'Olivia. Je n'ai jamais eu le courage d'en parler. Peut-être que je ne le ferai jamais.

Je cherche quelque chose à dire, mais je n'ai pas les mots pour réparer ce qui a été brisé. Je ne peux pas revenir en arrière ni annuler ma décision de prévenir la police et, même si j'en avais la possibilité, je ne le ferais pas. Au moins, maintenant que la maison est encerclée, nous sommes en sécurité. Olivia est en sécurité. N'est-ce pas important pour lui ?

— L'homme masqué n'osera plus s'approcher, à présent.

Il détourne le regard. Ce petit signe de rejet me serre le ventre. À mon avis, il ne croit pas que j'aie vu quelqu'un devant l'immeuble de Florence, ce jour-là. Il pense probablement que j'ai tout inventé afin d'avoir un prétexte pour appeler la police au plus tôt. Mon père est du genre à vouloir tout contrôler, et je l'ai perdu en désobéissant à ses instructions de ne pas impliquer les autorités. Il craint peut-être que sa décision de ne pas réagir sur-le-champ nuise à son image.

La porte d'entrée s'ouvre. Avec le mouvement, une vague de bruit s'engouffre, le cliquetis des appareils photo et le grondement de l'excitation ambiante. Puis le battant se referme et la vague reflue. J'imagine à nouveau les cafards se jetant sur le bois, s'écrasant contre lui.

Maman apparaît dans l'embrasure de la porte, l'air exsangue.

— Des vautours, siffle-t-elle. J'aimerais qu'ils nous laissent tranquilles.

Papa va la réconforter, non sans me décocher un regard accusateur. La culpabilité m'empourpre les joues.

Olivia entre dans le salon, fixant, renfrognée, la pile de prospectus qu'elle a dans les mains. Bon sang, ce qu'elle est belle. Son visage est anguleux et symétrique, ses cils longs et épais, recourbés. J'avais raison à propos de ses cheveux. Il a suffi d'une douche et d'un peigne pour qu'ils retrouvent leur perfection soyeuse et dorée.

Papa se tourne vers elle.

— Coucou, ma chérie.

Il y a plus de chaleur dans ces trois mots adressés à Olivia que dans la demi-heure passée ensemble avant son arrivée.

Mais elle ne répond pas, cela dit, car elle lève les yeux et me voit. Son visage se fend d'un large sourire plein de dents.

— Tu es là.

Elle passe devant maman, ignore complètement papa. Je me lève. Elle m'entoure de ses bras. Les brochures qu'elle tenait se froissent entre nous tandis que j'enlace sa fine silhouette. Je ressens une pointe de satisfaction en constatant qu'elle n'est pas allée vers papa, qu'elle a préféré venir directement vers moi. La petite satisfaction que vous ressentez lorsqu'un chat dédaigne tous les autres genoux au profit des vôtres. Le sentiment d'avoir été choisie par une créature sauvage et convoitée.

J'inhale l'odeur sucrée de son shampooing à la cerise. Par-dessus son épaule, je vois papa et maman échanger un regard. *Rien*, lance-t-elle à notre père. Maman m'a dit hier qu'elle espérait profiter des trajets aller et retour au commissariat aujourd'hui pour soutirer plus d'informations à Olivia. Âgée désormais de vingt-neuf ans, c'est une adulte, et la police n'a pas à partager avec nous les détails de l'enquête ni à nous répéter tout ce qu'Olivia a divulgué sur sa captivité. Par conséquent, nous ne savons pas grand-chose. Chaque fois que l'un d'entre nous tente de lui parler, elle adopte la posture remarquablement immobile d'un bronze mutique. Maintenant que la réalité de la réapparition de sa fille s'est installée dans son univers, maman veut absolument découvrir ce qui s'est passé. Papa, quant à lui, a soif de normalité. Ils se chamaillaient quand je suis partie de chez eux, hier : maman insistait pour qu'ils exigent d'Olivia plus de détails, tandis que papa lui demandait de la laisser tranquille. Mais moi aussi, je veux savoir. Nous ne comprendrons jamais vraiment ce qu'a été la vie d'Olivia au cours des seize dernières années, mais le choix de l'ignorance ne sera bénéfique pour personne.

— Tu m'as manqué, murmure-t-elle.

— N'abîme pas ces trucs, dit maman, en débarrassant Olivia des prospectus froissés. Qu'est-ce que c'est que ça ? reprend-elle en attrapant une petite carte de visite crème dans la pile.

— Un nouveau thérapeute, répond Olivia d'une voix ennuyée. C'est l'agent de liaison avec les familles qui m'a donné ses coordonnées. Les rendez-vous commencent cette semaine.

Maman fait la grimace.

— Un autre thérapeute ?

Olivia soupire.

— Oui, je suis tellement détraquée qu'ils m'ont alloué une équipe entière de professionnels de la santé mentale. J'en ai, de la chance, hein ?

Un silence gêné et stupéfait s'installe.

— Tu n'es pas… détraquée. Tu es juste… tu es…

La panique se lit dans les yeux de maman.

— On monte ? me chuchote Olivia.

Le téléphone de papa sonne. Il se racle la gorge et disparaît dans la cuisine pour prendre l'appel. Probablement le travail. Le conseil municipal lui met la pression pour qu'il revienne.

— Je vais nous préparer à déjeuner, annonce maman avec une bonne humeur forcée.

— Pas faim, réplique Olivia.

— Je peux faire des lasagnes. C'est toujours ton plat préféré, non ?

— Je n'ai pas faim, répète Olivia sans émotion.

Derrière elle, maman a l'air piquée au vif. Olivia ne le remarque pas ou s'en moque.

— Alors, dit-elle à la place, il est où, Oscar ?

— À Londres, je réponds en essayant de croiser le regard de maman pour m'assurer que ça va.

Mais Olivia se décale vers la droite, l'évinçant de mon champ de vision.

— Qu'est-ce qu'il fait à Londres ?

— Réunion de travail

Elle s'illumine.

— On devrait se faire un petit voyage à Londres très bientôt.

— Quoi ? s'insurge maman d'une voix stridente. Tu ne peux pas aller à Londres. Ce n'est pas…

Olivia m'attrape par la main et m'entraîne hors du salon, dans le couloir puis l'escalier. En haut, je jette un coup d'œil au rez-de-chaussée. Maman est au pied des marches, se tordant les mains, le visage peiné. La culpabilité me serre le ventre, comme toujours lorsque je la vois anxieuse ou contrariée, quand bien même je n'en suis pas la cause. J'aurais accepté les lasagnes même si j'avais mangé un bon rôti quelques minutes avant sa proposition, juste pour lui faire plaisir.

Olivia m'entraîne dans sa chambre. Elle a commencé un collage sur le mur derrière son lit. Des images de notre enfance, de nos dernières vacances à Chypre, de nous deux flottant dans la piscine sur des matelas gonflables roses, d'elle et Florence faisant la queue pour voir les Spice Girls, d'elle et moi vêtues de pulls de Noël assortis et entourées de cadeaux, adressant un sourire rayonnant à l'objectif. Papa est sur le côté, tout juste visible dans le cadre, tenant un sac-poubelle ouvert, prêt à ramasser tous les emballages jetés.

Sur le lit, il y a une pile de ses agendas. Olivia hausse les épaules, bien que je n'aie pas posé de question.

— Papa les a descendus du grenier pour moi. Je voulais me souvenir.

— Tu pourrais demander, j'objecte gentiment. S'il y a quoi que ce soit que tu désires savoir ou…

Elle acquiesce.

Je repère un agenda que je connais bien. Pelucheux et violet. Le mien. Olivia ramasse les différents carnets et les remise dans un carton mité avant de glisser le tout sous le lit. Je me souviens de sa réaction, il y a des années, lorsqu'elle m'a surprise avec son journal intime à l'abeille d'or. Une partie puérile de moi voudrait plisser les yeux et tendre calmement la main, paume vers le haut, à attendre qu'elle me rende mon agenda, comme elle l'a fait autrefois pour son journal intime. Est-ce que la panique et la culpabilité vont s'emparer d'elle aussi ?

— Tu l'as lu ? je demande, impérieuse.

Haussement d'épaules nonchalant.

— Ben, il était dans le carton. Maman a dû penser qu'il m'appartenait.

— Mais toi, tu savais que non.

Elle rougit de culpabilité et j'éprouve un petit frisson d'irritation à réprimander ma grande sœur. Pourtant, je ne suis pas agacée. Pas vraiment. Je n'ai tenu ce journal que quelques semaines avant de le transformer en un énième carnet de croquis.

— J'étais curieuse. J'ai raté des tas de choses de ta vie. Quand je suis partie, tu n'avais jamais embrassé un garçon et maintenant… Maintenant, tu es fiancée. Tu es adulte et j'ai raté tout ça.

Elle secoue la tête, incrédule, en même temps que ses yeux se posent sur ma main gauche. Je m'en veux de l'avoir taquinée à l'instant. J'ignore quoi dire face à ces tristes faits. J'effleure les mots qui me viennent à l'esprit, comme autant de fleurs le long d'une allée, sans savoir laquelle cueillir. Cependant, avant que je puisse les effeuiller, elle enchaîne, le regard fixé sur la fenêtre derrière moi :

— Tout le monde a continué sa vie après cette nuit-là.

Nos existences se sont poursuivies, certes, mais uniquement dans le sens où nos cœurs ont continué à battre. En revanche, le rythme en a été modifié, plus rapide d'une certaine manière, avec des palpitations de panique.

— Chaque instant sans toi a été une torture, Olivia, j'avoue honnêtement. Je me demandais où tu étais, si tu rentrerais un jour à la maison, s'il te laisserait partir. Je…

— Ta robe est ravissante, me coupe-t-elle, esquivant habilement le sujet de son ravisseur.

Elle jette un coup d'œil nerveux à sa tenue d'emprunt. Un autre vêtement de l'armoire de maman, trop grand, trop large au niveau de la poitrine, bâillant sous les aisselles et flottant autour de sa taille étroite.

— Je pourrais t'apporter certains de mes vêtements, je propose. Ils seront peut-être un peu grands pour toi, eux aussi, mais…

Elle se laisse tomber sur son lit et se ronge l'ongle du pouce.

— Peut-être. J'aimerais avoir mes propres vêtements. Depuis que je suis revenue, je n'ai même pas l'impression d'être une vraie personne.

Je m'assieds à côté d'elle.

— Qu'est-ce que tu veux dire ?

— Je me sens comme une poupée, qui porte des vêtements que je n'ai pas choisis. On me dit où aller, quoi manger, quand manger. La police, les psys et les médecins me tarabustent non-stop. Je ne prends aucune décision par moi-même. En fait, je ressemble moins à une poupée qu'à un sac de preuves.

Elle rit jaune. Je baisse le regard sur mes mains, pleine de remords, me rappelant que je l'ai froidement qualifiée de scène de crime ambulante, le premier jour. Je lève les yeux. M'aurait-elle entendue ?

— Maman m'étouffe, déplore-t-elle. Elle me traite comme une enfant.

— Elle t'aime à la folie. Elle s'occupe de toi et te prépare des lasagnes… C'est comme ça qu'elle te le montre, je m'empresse de répliquer pour prendre la défense de maman.

Pourtant, je me suis moi-même sentie étouffée par ses soins. C'est tellement absolu que j'ai parfois eu l'impression d'être ensevelie sous une centaine de couvertures de laine épaisse. Réconfortée au départ, avant de me sentir perdue et d'avoir du mal à respirer.

— Tu as raison, admet Olivia d'un ton contrit.

Et j'éprouve une pointe de regret de l'avoir poussée à remettre en question ce qu'elle ressent.

— Je suis déraisonnable. Je suis…

— Maman peut être un peu excessive, je l'interromps, avant de me mordre la lèvre, choquée d'avoir ainsi poignardé ma mère adorée dans le dos.

Puis Olivia sourit et quelque chose se cristallise entre nous. Quelque chose de sororal qui apaise l'emprise impitoyable de la solitude.

Olivia ramène une jambe sous elle et se penche en affichant un air conspirateur.

— Oui, en effet, confirme-t-elle. Elle est partout. Tout le temps. J'aimerais qu'on puisse aller faire quelque chose de notre côté, toi et moi. S'éloigner de tout le monde.

— Moi aussi.

Elle rayonne.

— Vraiment ?

J'acquiesce.

Dans la seconde qui suit, elle se lève, descend du lit et ressort le carton d'agendas glissé dessous. Elle prend le mien sur le dessus, l'ouvre et feuillette les pages jusqu'à ce qu'elle trouve ce qu'elle cherchait.

— Qu'est-ce que tu fais ? je demande.

Apparemment satisfaite, elle me sourit et referme le carnet avant de le jeter sur la commode. Puis elle se penche par l'embrasure de la porte et appelle maman à grands cris, comme elle le faisait quand elle avait treize ans.

Maman est en haut de l'escalier quelques instants plus tard, impatiente et pleine d'espoir.

— Tout va bien ?

Olivia acquiesce.

— Désolée pour tout à l'heure, dit-elle d'une voix suave. Les visites au commissariat me mettent toujours d'humeur bizarre, je n'aurais pas dû m'en prendre à toi.

— Tu n'as pas besoin d'être désolée, ma chérie, dit maman. Si je peux faire quoi que ce soit, tu sais que je suis là.

La bouche d'Olivia se retrousse sur un petit sourire satisfait.

— J'aimerais beaucoup des lasagnes pour le dîner, si tu es toujours d'accord pour en préparer ?

— Bien sûr.

— Et Caitie va rester manger avec nous.

Maman me jette un coup d'œil.

— Tu es sûre ?

— Tout à fait, ce serait génial.

— Parfait. J'adore quand on est tous ensemble. On se croirait revenus comme avant, ajoute Olivia en la serrant fort dans ses bras.

Les yeux de maman s'écarquillent de surprise, puis une expression de sérénité se peint sur son visage et elle enlace à son tour sa fille.

— Caitie me parlait justement d'un délicieux cheese-cake de la boulangerie Butterwick à Bristol. Elle m'a dit que c'était le meilleur qu'elle ait jamais mangé.

Elle ment, je n'ai jamais parlé de Butterwick. Ça doit forcément être le détail qu'elle cherchait à l'instant dans mon journal. Déconcertée, je regarde la scène se dérouler.

— Mon Dieu ! s'exclame maman. Oui, cela fait longtemps que nous n'avons pas mangé de gâteau de cet établissement.

— On pourrait en avoir un ce soir ? Pour le dessert ?

— Eh bien… La boulangerie se trouve de l'autre côté de Bristol, s'inquiète maman.

— Ce n'est pas trop loin ? demande Olivia, image même de l'innocence.

Maman jette un coup d'œil à sa montre.

— C'est à une heure de route. Il faudrait que je parte maintenant pour être sûre d'arriver avant la fermeture.

Olivia fait une moue qui n'aurait pas déparé chez une petite fille modèle.

— Je n'ai pas eu faim de la journée et Caitie m'a parlé de ce cheese-cake chocolat-orange, alors je ne pense plus qu'à ça.

— Bon…

Le regard de maman passe d'Olivia à moi, sa détermination faiblit au profit de l'instinct qui la pousse à faire plaisir à sa fille.

— Je suppose que je peux y aller, capitule-t-elle.

Olivia sourit.

— Merci, maman. Tu es la meilleure.

Maman savoure le compliment, dont la chaleur lui fait monter le rose aux joues.

— Je dirai à votre père de bien rentrer à l'heure du bureau. On pourrait transformer ça en excursion, peut-être s'arrêter pour prendre un café en chemin.

— En fait, Caitie et moi, on peut rester ici ? Je ne me sens pas d'affronter encore la presse aujourd'hui.

La déception de maman est rapidement remplacée par de l'angoisse.

— Toute seule ?

— Je ne serai pas toute seule, je serai avec Caitie, insiste-t-elle en se rapprochant de moi au point que son bras effleure le mien. Et puis, il y a la police dehors. Tout ira bien, non ?

— Oui, dis-je, taraudée néanmoins par une pointe d'inquiétude. Absolument.

Qu'est-ce qu'Olivia est en train de mijoter ?

Maman n'a manifestement aucune envie de nous laisser seules ici. Bien que nous soyons adultes maintenant, elle nous voit comme des gamines. Cette fameuse journée, elle nous a embrassées pour nous dire au revoir et n'a retrouvé qu'une seule fille. Elle se mord la lèvre.

— Du moment que vous êtes sûres…

Même si l'homme au masque m'inquiète, je me rappelle que nous sommes entourées de policiers. Nous acquiesçons toutes les deux.

Quelques minutes plus tard, elle est partie et nous nous retrouvons seules.

— C'était quoi, ce cirque ? je demande lorsque nous entendons la voiture quitter l'allée.

Mais Olivia descend l'escalier en trottinant et déboule dans la cuisine.

Elle prend mon sac à main et me le tend.

— Tu t'es garée où ?

— Pourquoi ?

— Parce qu'on va faire du shopping, ma petite.

J'ouvre la bouche. La referme.

— On ne peut pas.

— Bien sûr que si. On va à Bath et on sera de retour avant maman. Elle ne saura même pas qu'on est parties.

— Mais…

— Ils ne peuvent pas me garder éternellement enfermée dans cette maison. Sinon, au bout du compte, j'aurai échangé une prison contre une autre.

— Olivia…

— Je revois Florence la semaine prochaine et je ne peux pas y aller dans une énième robe Marks & Spencer de maman. Pas question, assène-t-elle, le menton haut. Alors, soit tu viens avec moi, soit j'y vais toute seule.

L'idée qu'elle s'aventure seule dans le monde fait monter l'angoisse au fond de mon ventre. Il est toujours dehors, en liberté. Maintenant que je l'ai vu devant l'immeuble de Florence, je suis sûre qu'il fera tout pour la récupérer. Il nous traque à nouveau. Je n'ai pas le choix.

12
Elinor Ledbury

Elinor entend les gens arriver en bas. Un millier de papillons battent des ailes au creux de son ventre. Peut-elle feindre une maladie et passer la soirée dans sa chambre ?

Heath frappe une fois à la porte avant de se glisser à l'intérieur. Il sourit en la voyant. Elle porte la robe choisie par l'oncle Robert. L'épais velours épouse sa silhouette mince et le bleu marine s'harmonise avec ses yeux. Heath se repaît du spectacle, son regard s'attarde sur la fente renversante qui découvre ses longues jambes. Pour une fois, il reste sans voix.

— Alors ? lui demande-t-elle.

— À couper le souffle.

Elle sourit, même si elle lui en veut toujours d'avoir poussé leur oncle à bout et de l'avoir systématiquement abandonnée pour aller retrouver Sofia. Elle est tout de même contente que Heath soit là ce soir. À contrecœur, elle lâche :

— Tu n'es pas mal, toi non plus.

Le costume gris ardoise est d'une coupe chic et lui va bien. Son frère est d'une beauté classique. Le genre de visage que les sculpteurs grecs ont taillé dans le marbre. Elle croise son regard dans le miroir. Ce frère sournois, élégant, perfide, qu'elle a toujours aimé. À qui elle se sent en train de pardonner. Après tout, c'est avec elle qu'il est ce soir, pas avec Sofia.

Elinor ne s'est jamais trouvée dans un espace avec autant de gens. Elle a l'impression qu'ils tourbillonnent autour d'elle en cercles de plus en plus concentriques. Ils se rapprochent sans cesse. Une mer de diamants, d'eau de toilette et de visages inconnus qui l'engloutit. La panique lui vrille le ventre et elle tend la main pour trouver son frère à tâtons. Il passe un bras rassurant autour de sa taille et la serre contre lui.

Ledbury Hall brille de mille feux. Dans chaque pièce, il y a des guirlandes lumineuses et des bougies dorées. Des bougies effilées dans des chandeliers en laiton, de petites bougies flottantes dans des récipients remplis d'eau, des bougies cylindriques dans de hauts vases. L'air est empli de l'odeur maladivement suave des fleurs. Elles sont disposées dans des coupes en cristal et dans des calices sur toutes les surfaces disponibles. Le bar est installé dans la bibliothèque et un quatuor à cordes joue dans la salle de réception. Elle prend une profonde inspiration, puis ferme les yeux, mais Heath l'entraîne. Elle s'attendait à ce qu'il sorte une bouteille de whisky et à ce qu'ils s'enfuient tous les deux à l'étage dès que possible, au lieu de quoi il passe sans transition d'une conversation à l'autre, se fondant dans cette fête comme s'il en était l'hôte. Un mondain chevronné. Il est l'incarnation même du charme, les invités sont attirés par lui. Elinor se surprend à plisser les yeux sous l'effet de son charisme. Même l'oncle Robert est impressionné. Il se tient debout, rayonnant de fierté, tandis que Heath discute du deuxième principe de la thermodynamique avec un gentleman rougeaud à la cravate flamboyante. Bien qu'académiquement parlant, Elinor puisse participer à la conversation, les mots lui restent en travers de la gorge, collés à la commissure de ses lèvres comme du caramel. C'est seulement maintenant qu'elle constate le gouffre béant qui la sépare de son frère. Il a passé beaucoup plus de temps qu'elle dans le monde et cela se voit. Il offre à ces étrangers son esprit et son beau sourire aux dents blanches, tandis qu'elle demeure plantée dans un mutisme d'idiote à ses côtés.

Elle s'efforce de se replonger dans la conversation. L'oncle Robert est parti, mais au moins quatre personnes ont rejoint leur groupe en son absence. Elinor ne peut s'empêcher de songer à l'hydre : coupez-lui une tête et deux autres surgiront à sa place. Elle veut juste être seule avec son frère.

— Les meilleurs brownies se trouvent au Nom Café à Worcester, déclare Heath à sa cour.

— J'ai entendu parler de cet endroit, confirme une femme au beau sourire, vêtue d'une robe rouge. C'est un joyau caché.

— Des brownies, se moque l'homme corpulent à ses côtés. Oh, Anna, qui mange des brownies ?

— Moi, lance Heath en souriant.

— Tu ne m'y as jamais emmenée, intervient Elinor à sa propre surprise.

— Eh bien, si mon mari ne veut pas manger des brownies avec moi, peut-être que vous et moi pourrions organiser une expédition là-bas, plaisante Anna, le regard plongé dans celui de Heath.

Elle a au moins quinze ans de plus que lui, mais elle le reluque comme une écolière énamourée. Elinor décide qu'elle n'apprécie pas cette femme.

— Notre oncle nous cherche, déclare-t-elle en passant son bras sous celui de Heath.

Tous deux se faufilent à travers la foule. Lorsqu'ils se sont suffisamment éloignés, elle reprend :

— Tu es vraiment allé dans un café à Worcester ?

— Oui.

Elle le regarde fixement.

— Quand ?

Il hausse les épaules, prend deux verres à un serveur qui passe et lui en tend un. Elle a droit à de l'eau, lui à du vin. Elle fronce le nez.

— Tu n'as pas l'âge de boire, lui rappelle-t-il.

— Mais on boit toujours, quand on est ensemble.

— Pas en public.

Elle avale une gorgée d'eau, regrettant de n'avoir pas plutôt un martini fruits de la passion. Son frère concocte les meilleurs cocktails au monde. Puis elle aborde le sujet qu'il s'efforce d'éviter.

— Quand est-ce que tu es allé à Worcester pour manger des gâteaux ?

— Pas des gâteaux, corrige-t-il. Des brownies. Quand est-ce que je suis allé à Worcester pour manger des brownies.

— Quand ? demande-t-elle pour la troisième fois.

— Il y a deux-trois semaines.

— Tu étais *par hasard* dans ta voiture et tu es tombé *par hasard* sur un petit joyau caché qui vend les meilleurs brownies de Worcester ? résume-t-elle avec incrédulité.

Il ne répond pas, se contentant d'un sourire énigmatique.

— Pourquoi tu ne m'as pas emmenée ?

Soudain, elle sait : parce qu'il y a emmené Sofia. En colère contre lui, mais pas assez courageuse pour admettre la raison de son courroux, elle crache :

— Je pensais que tu ne voulais même pas de cette fête, mais tu n'es que sourire à fossettes et charme.

— Parce que tu me l'as demandé, dit-il en lui caressant les cheveux. Tu as plus de pouvoir sur moi que tu ne l'imagines.

Avant qu'elle puisse répliquer, Heath est accosté par l'oncle Robert et un autre de ses collègues. Ils l'entraînent au bar. Elinor les suit d'un pas chancelant, mais l'oncle Robert la fusille du regard.

— Va donc te montrer sociable, Elinor, ordonne-t-il à voix basse. Tu n'es pas son fidèle petit toutou.

L'humiliation lui brûle les joues. Elle arrache un verre de vin à un autre serveur de passage et, avant que son oncle puisse l'en empêcher, elle le vide. Un puissant raz-de-marée de chagrin l'envahit, qui la pousse à se mettre en quête d'autres boissons.

Plus tard, elle se tient dans un coin, cherchant à se fondre dans les murs, mais il y a toujours des yeux sur elle. Des hommes qu'elle ne connaît pas et qui sont trop vieux pour la contempler comme ils le font. Elle quête le regard de son frère mais ne le trouve jamais. Elle se distrait en prêtant l'oreille aux conversations autour d'elle, sautant de l'une à l'autre comme on change de stations de radio.

— Je dois dire, Antony, que la fête est impressionnante, conclut un homme, épaisse moustache et lourde montre d'aspect coûteux.

Antony hausse un sourcil.

— Mais est-ce que ce sera suffisant pour gagner les faveurs du conseil d'administration ?

— Ils veulent un père de famille à la tête des opérations pour renforcer leur nouvelle image familiale. Je pense que Robert a prouvé sa valeur, en exhibant les orphelins qu'il a élevés.

Il boit une gorgée de son whisky.

— Le conseil d'administration veut aussi de la richesse, quelqu'un qui puisse investir et côtoyer la clientèle adéquate. C'est sûrement un avantage pour Johnathan Jones ?

L'homme à la moustache étend un bras pour désigner tout Ledbury Hall.

— Regardez autour de vous. Robert possède manifestement une fortune considérable.

— J'ai entendu dire qu'il n'était que l'administrateur de ce domaine, réplique l'autre d'un ton hautain. De l'argent qui ne lui appartient pas.

— Sauf s'il met les gamins hors circuit.

Les deux hommes s'esclaffent.

— S'il perd son travail, ajoute Antony d'une voix sombre, il pourrait bien se retrouver hors circuit lui-même.

— Le conseil d'administration a bien précisé que cette fusion signifiait qu'il n'y aurait qu'un seul poste de directeur des opérations.

— Robert Brent, Johnathan Jones, lâche Antony en haussant les épaules. Ce sont tous les deux des salauds sans pitié.

— Mais l'un d'entre eux doit partir.

Ils échangent un regard.

Elinor décide qu'elle en a assez entendu et s'éclipse. Heath avait raison, ce sont eux deux qui ont le pouvoir ce soir. L'oncle Robert a besoin qu'ils se comportent au mieux afin d'entériner son image de père de famille et de gagner ainsi les faveurs du conseil d'administration pour conserver son emploi. Il travaille pour son entreprise depuis vingt-cinq ans. C'est toute sa vie.

Elle part à la recherche de Heath, sans être sûre de vouloir partager avec lui ce qu'elle vient d'apprendre. Même si Heath prétend qu'elle détient un pouvoir sur lui, elle n'est pas certaine qu'il soit en mesure de résister à l'occasion de causer du tort à l'oncle Robert, et elle fera presque tout pour éviter une confrontation entre eux. De plus, elle aime savoir quelque chose que son frère ignore.

Elle se déplace dans la foule, à sa recherche, mais il demeure introuvable. La musique, les gens et la chaleur de tant de corps commencent à accélérer les battements de son pouls. Est-il monté à l'étage ? S'est-il réfugié dans sa chambre avec une bouteille de whisky ? Peut-être l'attend-il. Mais quand elle pousse la porte de la chambre de son frère, la déception s'enfonce en elle comme une pierre dans l'eau. Il n'est pas là. Elle fait les cent pas, redoutant la simple idée de redescendre sans lui. Prise de panique, elle ouvre la fenêtre. C'est alors qu'elle le voit. Heath sur l'allée de gravier, dans la lueur ambrée du manoir. Il n'est pas seul. Sofia est avec lui. Elle porte une longue robe de soie noire et de dentelle. Elle est habillée pour la fête. Pourquoi son frère aurait-il invité sa petite amie secrète à Ledbury Hall alors qu'il ne l'a jamais mentionnée devant Elinor ?

La jeune femme croise les bras et secoue la tête en regardant l'allée. Bien qu'à distance de la scène, Elinor voit qu'ils se disputent. Heath la prend par les épaules, mais elle se dégage de son emprise et commence à s'éloigner de la maison. Heath lui saisit le poignet pour l'obliger à se tourner vers lui. Il l'embrasse. Sofia ne résiste pas. Elle est de l'argile entre ses mains expertes : moulée à lui, modelée par lui. La jalousie est une poignée de cailloux verts aux arêtes dures dans la bouche d'Elinor : ils menacent de lui briser les dents. Alors elle se détourne de la fenêtre et regagne les paillettes de la fête en bas.

13

Caitlin Arden

Blossom Hill House est isolée : il n'y a que deux autres maisons dans notre ruelle. Le portail du jardin, derrière, ouvre sur un étroit sentier commun que nous traversons pour atteindre le petit terrain appartenant à nos voisins, Ray et Eileen Butler. Il est privé, mais les Butler en ont toujours laissé l'usage aux membres de notre famille. Lorsque nous étions enfants, il était impeccable : la pelouse était magnifiquement entretenue et les grands parterres délimités par des planches regorgeaient de fruits et de légumes. Maintenant que nos voisins ont vieilli, l'endroit a sombré dans l'anarchie. L'herbe nous arrive à mi-jambe, les plates-bandes sont stériles et la remise dans le coin tombe en morceaux. Sa peinture verte cloque et se fendille.

Olivia me précède, ma main dans la sienne, tandis qu'elle traverse le champ à grandes enjambées. Le soleil tape sans pitié, si fort que ma peau rosit. La sueur perle sur ma lèvre supérieure, s'accumule dans le creux de mon cou et derrière mes genoux.

Nous nous trouvons à l'orée des bois. Ils sont sombres et denses, taillis sauvages parsemés de trous. Nous nous y étions perdues, une fois, lorsque nous étions très jeunes, et je ne m'y suis plus aventurée depuis. Les arbres se serrent les uns contre les autres, leurs branches sont épaisses et leur voûte si impénétrable que, même durant les journées les plus ensoleillées, la lumière s'y fraye à peine un chemin. Il est difficile de s'y orienter.

— Olivia, je ne sais vraiment pas comment atteindre les rues par là.

Elle esquisse un sourire.

— Moi si.

Mais je ne suis pas convaincue. Percevant mon hésitation, elle réduit l'écart entre nous. Je plonge mes yeux dans les siens. Lacs glaciaires et cieux d'été, myosotis et pétales de bleuets.

— Tu ne me fais pas confiance, Caitie ?

*

Les bois sont aussi obscurs que dans mon souvenir. Le peu de lumière qui filtre est dorée et scintille dans la soie des cheveux d'Olivia. L'écorce mord mes bras nus pendant que nous nous faufilons entre les troncs. De petites branches basses m'éraflent les joues. Au moins, il fait plus frais. J'inspire l'odeur humide de la terre. On ne perçoit que le bruit de notre respiration et le craquement des brindilles sous nos pieds. J'ai l'impression que nous sommes à mille lieues de la maison, alors que nous l'avons quittée il y a seulement vingt minutes. Ici, qui nous entendrait crier ? L'effroi me glace la peau quand je pense à l'homme masqué. La police a dit qu'il était entré par les portes-fenêtres à l'arrière de la demeure, qu'il avait dû traverser les bois et le champ. Pour la première fois, il me semble que nous parcourons le chemin qu'il a emprunté avec Olivia la nuit où il l'a enlevée. J'imagine ma sœur trébuchant à ses côtés, les doigts de son ravisseur qui la meurtrissent, la piqûre de la lame contre sa gorge. J'imagine les pierres et les brindilles tranchantes entaillant ses pieds nus, le rugissement de son pouls à ses oreilles, la noirceur de ces bois l'enveloppant comme un bandeau. Je me suis tellement tendue que je le sens derrière moi, tout près. Je me retourne, le cœur au galop. Il n'y a rien d'autre que des arbres et de la terre, et quelque chose de petit et de sauvage qui détale dans les fougères.

Je commence à parler pour me distraire.

— Comment tu connais si bien ton chemin à travers ces bois ?

— Florence et moi, on se retrouvait ici, parfois. On cueillait des fleurs et des feuilles pour fabriquer des parfums ou, après avoir visionné une fois de trop *The Craft : Les Nouvelles sorcières*, des potions. Un philtre d'amour, la plupart du temps. Florence tombait toujours amoureuse. Il y avait Jacob et Lawrence, Jessica et Eve. On n'est jamais perdu quand on a des repères. Regarde, dit-elle en accélérant jusqu'à ce que nous arrivions dans une minuscule clairière.

Il y a là une petite cabane pourrie, dans un état bien pire que la remise des Butler. Elle est à moitié achevée, un mur est complètement manquant, comme si elle avait été abandonnée à la hâte. Le toit enfoncé est recouvert d'une épaisse couche de mousse. Les panneaux de bois restants sont fendus et usés par le temps. Des vignes grimpent sur les côtés. Un pot de peinture rouge, tout rouillé, a été oublié près de la porte. Olivia me sourit, pleine d'assurance et de triomphe.

— Voilà la cabane : on n'est plus très loin.

Et elle a raison. Bientôt, nous sortons de la forêt et débouchons sur la rue.

— Bon, lâche-t-elle en m'offrant un sourire éblouissant. Où est ta voiture ?

Bath grouille de touristes. Munis d'appareils photo, de sacs à dos, de sacs de courses et vibrants d'attentes, ils marchent trop lentement dans la rue principale bondée, s'arrêtant tous les quelques pas pour prendre en photo un énième beau bâtiment. Je craignais qu'Olivia ne se sente dépassée par tant de monde, au lieu de quoi elle pétille d'enthousiasme.

Bien que la cohue fasse encore monter la chaleur d'un cran, l'anonymat qu'elle nous confère est le bienvenu.

Redoutant qu'Olivia soit reconnue sur-le-champ – son visage est partout, aux informations, sur les sites web et les blogs, sur les réseaux sociaux et dans les journaux –, j'ai fait un saut au supermarché dès notre arrivée et je lui ai acheté un grand chapeau de soleil et des lunettes noires. Les gens, surtout les hommes, la remarquent toujours, mais pas parce qu'elle est la jeune Arden disparue, non, parce qu'elle est belle. Le genre de beauté que vous apercevez de l'autre côté de la rue et qui reste dans votre mémoire longtemps après son passage.

Dans la première boutique, elle prend des brassées de soie, de lin et de dentelle. Tout lui va, à elle qui est grande et mince. En quittant les vêtements de maman pour ceux qu'elle a choisis elle-même, elle est devenue pleine d'assurance, plus heureuse. À la caisse, je me dépêche de trouver ma carte de crédit, en m'efforçant de ne pas blêmir devant le montant de la note, quand Olivia en sort une de son sac à bandoulière et la tend à la caissière. « Myles Gregory Arden » : tel est le nom embossé au recto. Comment Olivia peut-elle avoir la carte de crédit de notre père ? Elle tape le code confidentiel et la transaction est terminée. Bientôt, nous nous retrouvons dans la rue, portant trois sacs étincelants avec d'épaisses cordes en guise de poignées. L'air conditionné me manque immédiatement. La chaleur monte du trottoir, collante et dense.

— J'allais payer, lui dis-je.

Elle sourit.

— Pas la peine.

— Je n'arrive pas à croire qu'il t'ait donné sa carte, je reprends, m'efforçant d'imaginer papa, raisonnable et soucieux de ses finances, se contenter de la lui tendre et de lui autoriser toutes les folies qui lui passeront par la tête.

— Ce n'est pas comme si je lui avais coûté un centime au cours des seize dernières années, si ? fait-elle en haussant un sourcil taquin. Jalouse ?

— Non, je mens, parce que je ne peux pas me résoudre à admettre que c'est le cas.

Non que je veuille ou même que j'aie besoin de l'argent de mes parents, c'est plutôt que si tel était le cas, il ne m'aurait jamais prêté sa carte.

— Je suis affamée, annonce Olivia, alors que nous nous faufilons entre les badauds d'une rue animée. Faire les courses, ça donne une faim de loup.

Maman étant toujours en mission cheese-cake, nous avons le temps de nous arrêter pour déjeuner avant de rentrer à la maison.

— Un thaï ? suggère-t-elle. Ou un italien ? Autrement, je ne dis jamais non à une pizza.

Je souris, sachant exactement où je vais l'emmener.

Le restaurant est celui où Oscar et moi réservons pour les grandes occasions. Il a de hauts plafonds, des tables en marbre, des chaises à haut dossier et un plancher dont les lattes de bois sombre étincellent. En général, il faut réserver plusieurs semaines à l'avance, mais le gérant, parent d'un élève de mon école, nous ouvre la porte.

— Cet endroit est hyper chic, murmure Olivia. Tu viens ici souvent ?

Je secoue la tête.

— Ils ont des desserts incroyables.

— Ils n'ont que des choses incroyables, réplique-t-elle en regardant autour d'elle.

La dernière fois qu'elle s'est assise dans un restaurant remonte au dernier été que nous avons passé ensemble. J'essaie de me souvenir. Ça ne devait pas être quelque chose de plus classieux qu'un McDonald's ou, à la rigueur, un Pizza Express. Je suis heureuse de pouvoir faire ce geste pour elle, l'emmener dans un endroit charmant où elle n'est jamais allée.

Olivia commande un martini fruits de la passion. Comme je conduis, je me sers de l'eau avec la lourde carafe en verre.

En la voyant boire son cocktail à petites gorgées, je me demande si c'est la première fois qu'elle goûte à l'alcool. Je guette sa réaction, mais elle vide son verre aussi facilement que s'il s'agissait d'un jus de fruits.

Notre planche à partager arrive. Fromage corsé, charcuterie, pain frais. Au moment où je mords dans le pain au levain le plus cher que j'aie jamais mangé, je prends conscience que ce repas ressemble à celui que nous avons partagé dans la prairie, juste avant qu'elle soit enlevée. J'ai passé des années à croire, à croire vraiment, que je ne la reverrais jamais. Qu'elle ne reviendrait pas. Je suis heureuse que la vie ait démenti ma certitude. C'est le premier jour depuis plus de dix ans que je ne suis pas emportée par des vagues de solitude. Assise en face de ma sœur, je ressens un contentement lisse, brillant et lustré.

— Je n'arrive pas à imaginer que tu sois adulte à ce point, lâche-t-elle en faisant tourner son pain dans l'huile d'olive. Maman m'a dit que tu étais prof.

J'acquiesce.

— Institutrice dans une école primaire.

— Comment c'est ?

J'évite son regard vif et intéressé pour étaler du beurre sur une tranche de pain au levain et y ajouter avec précaution un morceau de brie.

— Il n'y a pas grand-chose à dire, j'élude. Tu connais le dicton : ceux qui ne savent rien faire finissent enseignants.

Elle repose son pain.

— L'enseignement ne te rend pas heureuse.

C'est une affirmation, pas une question, mais je réponds quand même :

— Si…

Sauf que non. Pendant le trimestre, le dimanche m'apparaît comme une sorte de purgatoire, au cours duquel la peur me ronge les tripes. Puis arrive le soulagement doux et féroce du dernier jour de chaque trimestre, où je sais qu'en dehors de quelques heures de travail préparatoire, j'ai un sursis de quelques semaines au moins.

— Tu mens, dit-elle simplement.

Crânement.

Elle a raison. Je ne sais pas pourquoi je n'ai pas été honnête avec elle. Je suppose qu'au fil des ans, j'ai pris l'habitude de dire ou de faire des choses qui, me semble-t-il, rendront les autres heureux. À commencer par nos parents. J'ai passé des années à me rapetisser pour faire de la place à leurs désirs, à leurs projets, à l'idée de ce qu'ils aimeraient me voir devenir. Mais Olivia n'est pas maman. Elle n'est pas papa. C'est ma sœur. Je ne veux pas la décevoir.

— Enseigner n'est pas ce que je voulais faire de ma vie.

— Alors pourquoi tu es instit ?

— Pour maman. Mamie et elle étaient enseignantes, tu te rappelles ?

— Sauf que maman a cessé de l'être.

— Oui, mais seulement parce que c'était difficile pour elle d'être entourée de tant de filles de ton âge après ton enlèvement. N'empêche, j'ajoute en haussant les épaules, elle l'aurait pris personnellement si l'une d'entre nous n'avait pas suivi leurs traces.

— Et comme je n'étais plus là, il n'y avait que toi.

Il y a dans sa voix des excuses qui font ricocher la culpabilité en moi. Je ne devrais pas me plaindre. Olivia s'est fait voler tout le début de son existence. On l'a privée de tous ses choix. De nous deux, c'est moi qui ai fait la meilleure affaire.

— Alors, qu'est-ce que tu as envie de faire de ta vie ?

Je bois une gorgée d'eau et secoue la tête.

— Ça n'a pas d'importance.

— Je veux savoir. Si je m'en fichais, je ne t'aurais pas demandé. Et puis, tout s'est arrangé, non ? Je suis de retour maintenant. Je veux te connaître, Caitie. Je veux connaître ma sœur.

Elle prend ma main dans la sienne.

Elle est si sincère que je n'ai pas d'autre choix que d'être honnête. Plus honnête que je n'ose l'être avec qui que ce soit d'autre.

— Je veux voyager, peindre, voir le monde entier.

Elle se raidit, son expression s'assombrit. Retirant sa main de la mienne, elle entreprend de remplir nos verres d'eau.

— Qu'est-ce qui ne va pas ?

— Rien.

— Rien ?

Elle repose la carafe si énergiquement que les gens de la table voisine nous jettent un coup d'œil.

— Je viens à peine de rentrer que tu me parles de partir.

— Non, Olivia. Ce n'est pas… Je ne vais nulle part.

Elle scrute mon visage. Au bout d'un moment, elle semble se détendre un peu.

— D'ailleurs, on pourrait voyager ensemble, dis-je en réfléchissant tout haut. On pourrait danser sur de la musique de rue à La Nouvelle-Orléans, nager avec des tortues à Bali, explorer le Louvre à Paris.

Cette perspective est loin de l'enthousiasmer comme je m'y attendais, elle se montre plutôt sceptique, voire renfrognée.

— Juste nous deux ?

J'acquiesce.

— Et Oscar ?

Je secoue la tête.

— Il a fait tous ses voyages pendant son année sabbatique. Il aimerait partir encore, mais comme il est fils unique, ce serait difficile pour ses parents s'il disparaissait pendant des mois. C'est le genre de prévenance qu'il a.

— D'accord, fait-elle avec légèreté, mais son regard est acéré. Mais en fait, il ne pense qu'à sa famille. Pas à toi. Pas à ce que toi, tu voudrais.

— Eh bien, bon…

Je n'achève pas ma phrase, surprise par sa vision de mon fiancé.

— Il sait que tu veux voyager mais il fait passer sa famille en premier, c'est ça ?

Je ris sans conviction.

— J'imagine qu'on peut voir ça comme ça.

— Il y a une autre façon de voir les choses ?

J'ouvre la bouche. La referme. J'hésite, parce que son point de vue n'est pas dénué de pertinence. Il y a environ un an, forte du succès de Wanderlust Illustrations et brûlant de voyager loin, j'ai renoncé à toute prudence et demandé à Oscar s'il accepterait au moins de partir quelques mois. Il a refusé, invoquant notre crédit et nos parents, qu'il a présentés comme des obstacles insurmontables, affirmant qu'il serait irresponsable et égoïste de partir. Pourtant, je cherche en bégayant les mots pour le défendre.

— Ses parents ont besoin de lui.

Je fourre un raisin dans ma bouche.

Elle penche la tête d'un côté.

— Ils sont vieux ? Malades ? Financièrement dépendants de lui ?

Je mords dans le raisin. Qui éclate dans ma bouche. Son goût est amer.

— Non, rien de tout ça, c'est juste…

Je pense à ses parents. À la façon dont ils le dorlotent. L'étouffent, même. Ils me parlent de leur fils comme s'il s'agissait d'un étalon de concours, qui m'avait été prêté à seule fin de reproduction. Ils insistent pour nous inviter à déjeuner tous les dimanches, même pendant les mois d'été, et nous ne pouvons jamais refuser une invitation sans qu'ils nous rappellent leur cautionnement de notre maison. Rien ne vient d'eux sans contrepartie. Et, devant les Yorkshire puddings et les pommes de terre rôties, sa mère me dit des choses du genre : « Oscar ferait un père merveilleux. Ce serait vraiment dommage qu'il n'ait jamais l'occasion de l'être. » Comme si j'étais la seule raison pour laquelle ils n'ont pas une nichée de petits-enfants adorables à leurs pieds. La vérité, c'est qu'Oscar ne s'intéresse pas aux enfants. Il évite les bébés comme s'ils étaient des voitures piégées, allant jusqu'à changer de table au restaurant si nous sommes assis trop près d'un bambin. Bien sûr, il n'admettra jamais rien de tel devant ses parents, parce qu'il ne veut pas les décevoir. Je suis sûre que lorsqu'il se retrouvera au pied du mur, tout comme moi avec les miens, il fera tout ce qu'il faut pour les apaiser, même si son cœur n'y sera pas. Peut-être que cela devrait me déranger davantage, mais à ce stade de ma vie, bébés et routines du coucher me traversent rarement l'esprit.

— C'est juste quoi ? insiste ma sœur.

— C'est juste qu'Oscar est proche de sa famille. Ils ne seraient pas contents qu'il disparaisse, même pour quelques mois.

— Tu aurais du mal à t'éloigner de papa et maman ?

— Je ne sais pas. Je me plais à penser que si je fais quelque chose que j'aime avec quelqu'un que j'aime, ça ira.

Je hausse les épaules, histoire de minimiser ma déception.

— Mais bon, je reprends, chacun gère les choses à sa façon.

La table voisine de la nôtre est occupée par un couple qui rit fort. Ils ne se lâchent pas la main. Olivia les remarque aussi et ses yeux tombent sur leurs alliances. Devant leur incapacité à cesser de se toucher, j'imagine que ce sont de jeunes mariés. Bien différents de ces couples silencieux qui, après tant d'années, n'ont plus rien à se dire.

— Pourquoi tu n'as pas encore épousé Oscar ?

Je manque de m'étouffer avec mon eau.

— Quoi ?

— Oh, allez, Caitie. Pourquoi ?

Je croise son regard. Il est pénétrant. Intense. Comme si elle pouvait lire mes pensées aussi facilement que des mots sur une page.

— Je ne me sentais pas de faire un grand mariage ni de me marier sans toi.

Elle reste silencieuse, le visage indéchiffrable.

— Je comprends, dit-elle prudemment, sur le ton apaisant qu'un thérapeute pourrait employer avec un patient particulièrement difficile. C'est logique. Mais je suis là, maintenant. Donc vous allez bientôt vous marier ?

Je m'arrête et j'accorde à cette question la réflexion qu'elle mérite. Je me suis toujours dit que si je ne me précipitais pas vers l'autel, c'était à cause de l'absence d'Olivia. Ce n'était pas un mensonge. À l'époque, j'étais persuadée de dire vrai. Mais Olivia est de retour et je n'ai toujours pas envie de commencer un tableau de mariage sur Pinterest ou de passer des heures à choisir les invitations parfaites. Pas parce que je n'aime pas Oscar. Je l'aime. Vraiment. Et pas de la manière dont certaines de mes amies en parlent, où leur relation s'apparente à un vieux pull-over plein de bouloches, qu'elles gardent parce qu'il est confortable. De leur point de vue, il est plus facile de s'accrocher à quelque chose d'usé plutôt que de sortir et de trouver un nouvel habit, même s'il peut leur aller mieux. Oscar m'enthousiasme toujours. Il est exactement le compagnon auquel j'aspire. Pourtant l'épouser signifie fermer la porte à mes rêves de voyages, parce que les gens mariés ont des racines, ils sont un seul arbre, pas deux. Ils sont stationnaires, ce qui les rend forts.

— Je ne pense pas être prête pour le mariage.

Elle hausse vaguement l'une de ses fines épaules.

— Peut-être qu'Oscar n'est tout simplement pas le bon.

— Si, j'insiste, sentant la vérité de cette affirmation.

— Je songe à te trouver le mari idéal.

Elle me sourit en faisant sauter le dernier raisin dans sa bouche.

La serveuse arrive et débarrasse nos assiettes vides. Le visage d'Olivia s'illumine.

— On commande un dessert ?

Je suis saisie par le genre d'impatience que l'on ressent lorsqu'on sait avoir offert le cadeau idéal et qu'on a hâte de voir l'autre l'ouvrir. Pile à cet instant, la serveuse revient avec le dessert que j'ai commandé en secret à notre arrivée. Elle le pose devant nous.

Olivia sourit jusqu'aux oreilles.

— Caitie, c'est bien ce que je pense ?

Je hoche la tête.

— Ton souhait…

Elle s'empresse d'attraper sa cuillère.

— Je n'arrive pas à croire que tu aies fait ça pour moi.

— C'est juste une crème brûlée.

Ses yeux brillent.

— Non… Non, c'est bien plus que ça. Tu es la seule qui m'écoute vraiment. J'ai pensé à toi tous les jours. Tous. Les. Jours.

Son expression est féroce. Brute.

— On ne sera plus jamais séparées, me dit-elle, sincère. Je te le promets.

Et je la crois.

Je lui fais signe de commencer. Elle tapote la croûte caramélisée avec sa cuillère jusqu'à ce qu'elle se fendille. Nous échangeons un sourire et nous attaquons. Au bout de deux cuillerées seulement, je me rappelle pourquoi je ne commande jamais ce dessert.

— Est-ce que c'est à la hauteur de tes espérances ? je lui demande.

Elle se mord la lèvre, ses yeux bleus pétillent d'amusement.

— Ç'a un goût de crème pâtissière figée et de sucre brûlé.

— C'est de la crème pâtissière figée et du sucre brûlé.

Nous renonçons à la crème brûlée et commandons à la place un fondant au chocolat. L'entremets est riche, épais et noir. Je règle l'addition avec théâtralité. Si quelqu'un m'avait prédit il y a un mois que je déjeunerais avec ma sœur dans un magnifique restaurant de Bath, j'aurais pris ce quelqu'un pour un fou.

Dehors, l'air immobile est chaud. J'ai hâte de me glisser dans ma Fiat climatisée. Nous commençons à marcher vers le parking quand Olivia m'entraîne dans un autre magasin.

— Il faut qu'on rentre, je proteste, avant de m'arrêter parce que le souffle frais d'un ventilateur apaise ma peau brûlante.

Je mets quelques secondes à comprendre que nous sommes dans une boutique de mariage. La moquette est blanche, les murs sont blancs, les robes sont blanches, même les œuvres d'art accrochées aux murs présentent différentes nuances de blanc. En fait, il y a tellement de blanc que si je plisse les yeux, je peux m'imaginer que nous nous trouvons quelque part dans un paysage enneigé de l'Alaska.

— Qu'est-ce qu'on fiche ici ? je murmure vivement.

Olivia me répond par un sourire plein de malice.

Une grande femme aux cheveux noirs et bouclés, trop parfumée, vient nous accueillir.

Je me retourne pour partir quand Olivia pose une main sur mon bras.

— Ma sœur se marie. Nous aimerions voir ce que vous proposez.

— Olivia…

Elle se tourne vers moi avec de grands yeux implorants.

— S'il te plaît.

Lui dire non, c'est comme donner un coup de pied à un chiot : impensable. Je regarde l'heure.

— Vingt minutes, je la préviens.

Elle rayonne.

On nous sert des flûtes de champagne et on nous apporte un assortiment de truffes au chocolat et de petits gâteaux luxueux.

Nous passons en revue le tulle et la dentelle, la soie et la mousseline, le velours et le satin. Certaines étoffes sont magnifiques, d'autres hideuses. Je choisis une monstruosité en plumes sur le portant et les yeux d'Olivia s'écarquillent d'horreur.

Je suis encore en train de passer les tenues en revue, tâchant sans succès de m'imaginer marchant jusqu'à l'autel dans l'une d'elles, quand je remarque Olivia et la vendeuse qui transportent des robes dans une cabine. Une sonnette d'alarme retentit dans ma tête. Je traverse la pièce pour chuchoter à Olivia :

— Qu'est-ce que tu fabriques ?

— Il faut que tu en essaies au moins une.

— Non, certainement pas.

Elle prend mes mains dans les siennes.

— Caitie, lâche-t-elle avec un mélange d'autorité et de désespoir, j'ai raté des tas de choses de ta vie. Des événements énormes. La dernière fois que je t'ai vue, tu venais juste de retirer les petites roues de ton vélo et maintenant tu sais conduire. Tu vas te marier et je veux y participer. S'il te plaît, essaie une robe pour moi.

Et comment pourrais-je lui refuser cela ? Quel genre de personne, quel genre de sœur serais-je si je laissais mon propre malaise, irrationnel, à l'idée de me marier l'empêcher de se sentir la bienvenue dans ma vie ?

Malgré moi, alors que je passe la première robe, les battements de mon cœur commencent à s'accélérer d'impatience. Je ne me suis encore jamais vue en robe de mariée. Je suis nerveuse, désireuse d'avoir l'air d'une belle mariée, même si je n'ai pas l'intention de franchir le pas dans l'immédiat. Je suis cruellement déçue. En sortant de la cabine d'essayage, je sais déjà que ça ne va pas.

Olivia attend sur la chaise en velours, un deuxième verre de champagne à la main. Lorsqu'elle me voit, elle se mord la lèvre pour s'empêcher de rire.

— C'est affreux, je commente.

— N'exagérons rien.

Je tire sur la jupe bouffante. Gigantesque. Si ample que je pourrais abriter une famille d'orphelins sous ce satin trop brillant.

Elle fronce le nez.

— Comment on appelle ces grands vêtements en rouleaux de papier hygiénique ?

Je la foudroie du regard.

— Les poupées en papier toilette… Du genre de celles que Nan avait dans sa salle de bains ?

— Oui, c'est à ça que tu ressembles.

— Mince, c'est bon, on arrête.

Olivia, qui rit ouvertement à présent, se lève d'un bond.

— Encore une. S'il te plaît.

Pendant que j'attends, je décide que je déteste les robes de mariée et je fais le vœu d'épouser Oscar dans les vêtements les plus confortables possibles. Autant commencer comme on a l'intention de poursuivre. Ce n'est pas comme si, en rentrant à la maison, il allait me trouver tous les jours en train de faire la vaisselle dans une tenue en soie à trois mille livres de chez Mulberry, si ?

Olivia écarte le rideau de la cabine d'essayage et se glisse à l'intérieur en tenant un tissu ivoire. Je veux l'attraper, mais elle l'éloigne de moi en le cachant derrière son dos.

— Ferme les yeux, me dit-elle.

J'ouvre la bouche pour protester.

— Ferme, répète-t-elle, plus vigoureusement cette fois.

Impatiente de retourner au plus vite à la voiture, j'obéis. Elle m'aide à m'habiller. Ses mains sont douces, apaisantes même. Elle se tient dans mon dos, tout près. J'inspire son parfum floral et suave. Je la laisse me conduire hors de la cabine d'essayage. Le lourd rideau effleure mon épaule lorsque nous le franchissons. Elle me fait pivoter et j'imagine que je suis face au miroir.

— Prête ? murmure-t-elle.

Le cœur battant à tout rompre, j'ouvre les yeux, fixe mon reflet et ravale un souffle.

— Olivia... C'est magnifique ! je m'exclame d'une voix étonnée.

La coupe est idéale, façon tenue de Cendrillon avec ses pantoufles de vair : un ample décolleté en V et des manches d'ange flottantes. De délicates feuilles de vigne brodées serpentent le long du corsage et autour de la taille. Je me tourne vers le miroir et je reste bouche bée devant l'époustouflant bas du dos. Des boutons minuscules, absolument parfaits, descendent jusqu'à une petite traîne, ornée d'autres feuilles de vigne enchevêtrées. C'est romantique, saisissant et tout à fait divin.

Olivia s'avance derrière moi. Dans le miroir, nos yeux se croisent, les siens scintillent sous la lumière tamisée des spots. C'est seulement maintenant, alors que nos deux reflets côte à côte se renvoient leurs regards, que je m'aperçois que nos yeux sont presque de la même nuance de bleu. Olivia est le genre de beauté que l'on ne trouve que dans les pages des contes de fées ou dans les légendes. Le genre qui pousse les princes à tuer des dragons ou à lancer un millier de navires sur les flots. Quand j'étais enfant, la beauté de ma sœur ne me dérangeait pas, mais peut-être que si nous avions grandi ensemble, elle aurait été gênante à l'adolescence, voire à l'âge adulte. Pourtant, cette robe a invoqué une sorte de magie, car pour la première fois de ma vie, je me sens assez à l'aise pour sortir de l'ombre d'Olivia et, au lieu de craindre la brûlure du soleil, je le laisse me réchauffer.

— Tu es parfaite, Caitie, murmure-t-elle. Il restera sans voix.

Je renfile mes vêtements, qui me paraissent bien ternes par rapport à la robe ivoire dont je suis tombée inopinément amoureuse. Lorsque je sors, mon sac à l'épaule, je vois qu'Olivia est fascinée par une autre tenue. En soie, la robe dénude les épaules avant de se terminer sur un col bénitier. Elle est élégante et classique. Magnifique. Olivia l'effleure du bout des doigts. Faute de m'avoir entendue, elle ne se rend pas compte que je suis à quelques mètres d'elle. Son expression – un désir douloureux – me donne l'impression de déranger.

— Exactement comme la mienne, murmure-t-elle.

— Quoi ?

Elle sursaute et se retourne vers moi.

Je fais un pas vers elle.

— Qu'est-ce que tu viens de dire ?

Nous nous regardons, prises dans le tourbillon de ses paroles.

« Exactement comme la mienne. »

Est-ce qu'elle... Olivia est-elle mariée ? Mon regard se pose instinctivement sur sa main gauche, comme si une alliance allait soudain y apparaître. Mais il n'y a pas d'anneau. Aucune marque sur sa peau laissée par des années à en porter un. Rien.

Elle se détourne alors de moi et s'éloigne rapidement. Poussant la porte, elle regagne la rue. Occupée à replacer des robes sur un portant, la vendeuse lève les yeux. Je m'élance en courant à la poursuite de ma sœur. La chaleur torride de cette fin d'après-midi me pique la peau. Devant moi, j'aperçois Olivia quelques secondes avant qu'elle ne soit éclipsée par tout un groupe de buveurs qui sortent d'un pub, non sans renverser un peu de leurs pintes sur le trottoir. Je les contourne d'un pas chancelant, le cœur battant à la vitesse d'une mitraillette. Je l'appelle. Elle ne s'arrête pas, ne ralentit même pas. Je me mets à courir et me heurte presque immédiatement à un autre mur de badauds. Des touristes qui descendent du bus. Je slalome entre eux, mais quand je parviens à me libérer, c'est *lui* que je vois. De l'autre côté de la rue, marchant sur le trottoir : je reconnais instinctivement sa haute et large silhouette. Il est habillé de noir de la tête aux pieds, la capuche relevée pour cacher son visage. Parmi le flot de piétons en shorts et t-shirts, il se distingue avec ses vêtements surdimensionnés, au tissu sombre et épais. Tête inclinée, il observe ma sœur. Se cale sur son rythme. Elle ne se doute de rien, gazelle malgré elle, traquée par un prédateur. Derrière lui, la cohue gronde aussi fort que le sang dans mes veines.

Je m'élance à sa suite en criant son nom, repoussant des épaules les badauds occupés à faire du lèche-vitrine et ignorant les jurons qu'ils marmonnent à mon encontre.

— Olivia ! je hurle.

Elle hésite suffisamment longtemps pour que je réduise l'écart entre nous. J'enroule les doigts autour de son poignet pour l'obliger à s'arrêter. Elle est terrifiée. Tremblante. L'a-t-elle vu, elle aussi ? Je me retourne, mais l'homme en noir, celui que je sais être son ravisseur, a disparu. Je regarde avec incrédulité la foule des passants, sans que la peur reflue en moi.

— On rentre à la maison.

14

Elinor Ledbury

Elinor prend un autre verre de vin au bar et le vide d'un trait. La boisson est tiédasse et amère. Lorsqu'elle est sûre de ne pas être observée, elle se penche et attrape un verre à eau et une bouteille de vodka ouverte. Une fois le verre rempli d'alcool, elle déambule dans la fête en sirotant des gorgées bien plus importantes qu'elle ne le devrait.

Anna, la séduisante femme en rouge avec qui Heath a discuté tantôt, se matérialise aux côtés d'Elinor.

— Ils sont très beaux, dit-elle en désignant de la tête les deux cadres fixés au mur.

Dans chacun d'eux se trouve un papillon : un monarque et un morpho bleu. Il y en avait trois auparavant, mais Elinor, alors âgée de neuf ans, en avait fait tomber un du mur avec une balle que l'oncle Robert lui avait explicitement demandé de ne pas lancer dans la maison. Terrifiée, elle était restée plantée devant les éclats de verre et le cadre brisé, le sombre papillon Jezebel gisant tout fripé au milieu des débris. Ces cadres étaient parmi les seuls objets personnels que l'oncle Robert conservait à Ledbury Hall. Heath l'avait trouvée là, avait essuyé ses larmes avec son pouce, puis avait nettoyé le désordre. Mais l'oncle Robert était rentré avant que Heath ait pu terminer.

— Qui a fait ça ? avait-il demandé sur un ton calme et posé.

Pourtant, les enfants avaient vu son poing se serrer. Entendu l'inflexion dangereuse de sa voix.

Elinor avait commencé à balbutier une explication lorsque son frère s'était avancé.

— C'est moi, avait-il déclaré. Je jouais avec le ballon. Je suis désolé. Je…

L'oncle Robert lui avait flanqué une gifle. Une marque d'un vilain rouge était apparue sur la joue de Heath. Il avait relevé le menton et lancé un regard d'acier à leur oncle. Un regard qui semblait trop adulte pour un enfant de douze ans. L'oncle Robert désirait que Heath se recroqueville et, comme celui-ci ne réagissait pas de la manière attendue, il l'avait frappé à nouveau. Cette fois, avec son poing. Heath était tombé à genoux, s'était protégé le visage et avait éclaté en une tempête de sanglots.

Elinor est tirée de ses souvenirs par Anna.

— Votre oncle est très fier de vous.

— Ah bon ? s'étonne-t-elle, sans prendre la peine de masquer son incrédulité.

— Oh, tout à fait. Robert n'arrête pas de louer la beauté et l'intelligence de sa nièce et de son neveu. Il nous a dit qu'à huit ans, vous aviez appris le latin ? Qu'il vous l'a enseigné lui-même pendant son congé sabbatique ?

— C'est vrai, confirme Elinor d'une voix qui lui paraît très lointaine et dénuée d'intonation.

L'automne au cours duquel leur oncle avait déclaré que les petits Ledbury devaient apprendre le latin avait été le pire de la vie d'Elinor. Ils étaient obligés de rester assis sept heures par jour dans la bibliothèque, six jours par semaine, à ne faire que du latin : des phrases latines, de la grammaire latine, écouter des cassettes en latin. Lorsqu'ils se trompaient, il leur abattait une règle en bois sur le dos de la main, jusqu'à ce que leur peau se déchire. N'empêche, même alors, Heath s'était occupé d'elle, corrigeant les erreurs qu'elle commettait dans ses contrôles quand l'oncle Robert regardait ailleurs. Voilà avec quelle pédagogie ce cher oncle leur avait appris le latin.

— C'est adorable de sa part de s'intéresser autant à vos études. Il vous prépare bien pour l'avenir. Qu'est-ce que vous voulez être plus tard ?

Elinor se retourne vers les deux papillons restants, beaux et morts, piégés pour toujours dans cette maison. Elle pense à son frère dont les mains ont autrefois ramassé les éclats de verre et corrigé son latin, ces mains qui, en ce moment même, explorent le corps d'une autre femme, à quelques mètres seulement de l'endroit où elle se trouve. Elle boit la dernière goutte de vodka, qui brûle en descendant dans son gosier.

— Aimée, répond-elle.

La fête tourne autour d'elle comme un manège. Dans un coin de la salle à manger, Elinor se balance, inhalant l'odeur trop sucrée et étouffante des bougies parfumées à la vanille. Elle veut s'isoler des gens et de la musique. Elle a désespérément besoin d'air frais, mais dehors, dans le jardin, se trouve la grande gloriette chauffée qui abrite encore plus de joyeux inconnus. Elle ne s'enfuira pas vers l'avant du manoir. Pas avec Heath et Sofia sur l'allée de gravier.

Tout ce qui l'entoure semble s'éloigner. L'air s'épaissit, l'empêchant de respirer. Elle tend un bras pour se stabiliser. Quelqu'un lui saisit le coude. Elle lève les yeux… et découvre le visage incroyablement beau de son frère.

— Tu vas prendre feu, dit-il en éloignant d'elle une grande bougie.

— Oups, fait-elle.

— Oups, en effet, confirme Heath dont les lèvres se pincent. Tu es ivre ?

Elle ne voit pas la nécessité de mentir.

— Eh ouiii. Et toi ?

— Bon sang, Elinor, grommelle-t-il tout en parcourant la salle des yeux. À quoi tu pensais ?

Elle fixe ses lèvres et les imagine ravageant la bouche de cette fille. La trahison la brûle comme la vodka. Et il y a quelque chose d'autre. Quelque chose de froid, d'aigu et de profondément triste : le sentiment de n'être pas aimée par la personne qui la connaît le mieux au monde.

— Tu étais où ? bafouille-t-elle.

— Ici.

— Non, pleurniche-t-elle. Tu étais dehors. Avec elle.

Il écarquille légèrement les yeux. Avant qu'il ne puisse répondre, ils sont accostés par un homme aux joues rougeaudes et aux cheveux grisonnants.

— Vous devez être Elinor et Heath, dit-il. Les enfants de Brent ?

— Sa nièce et son neveu, rectifie Heath en douceur.

— C'est cela. Charles Vine. Je fais partie du conseil d'administration.

Il tend la main à Heath, mais son regard se porte sur Elinor.

— Je n'avais pas saisi que vous étiez aussi proches de l'âge adulte, reprend-il. Heath, quel âge avez-vous ?

— Vingt ans.

— Merveilleux, réplique-t-il distraitement, le regard toujours rivé sur Elinor, dont il prend aussi la main. Et vous, ma belle ?

— Dix-sept.

— Vraiment ? fait-il en clignant des yeux qu'il pose ensuite sur sa poitrine. Je vous aurais donné davantage.

Charles bat à nouveau des paupières, abandonne sa main, puis s'éclaircit la voix.

— Mon plus jeune fils est ici. Vous devriez le rencontrer. Je pense que vous auriez beaucoup de choses en commun.

— Pourquoi ? fait-elle d'une voix traînante. Il a aussi des seins ?

Charles pâlit et balbutie une réponse qu'Elinor ne saisit pas. Heath présente ses excuses à l'homme et entraîne sa sœur dans un coin pour la piéger entre une autre table où se consument des bougies et de lourds rideaux qui descendent jusqu'au sol. Les larmes lui montent aux yeux.

— De l'eau, aboie-t-il en s'éloignant d'elle, mais elle panique.

Elle ne veut pas qu'il la quitte encore. Alors, elle s'élance, mais la pièce, qui tourbillonne, la fait trébucher, se heurter à la table. Celle-ci bascule avant de s'écraser au sol dans un grand fracas. La cire chaude lui éclabousse le bras et lui arrache un cri de douleur. Elle est à terre. Heath s'agenouille à ses côtés. Elle a vaguement conscience qu'une foule se rassemble.

Puis un hurlement déchire l'air, assez fort pour faire bourdonner les oreilles d'Elinor.

La pièce est en proie à la panique.

Heath remet Elinor debout. Elle jette un coup d'œil pardessus son épaule et voit les flammes lécher les rideaux. Son frère la pousse loin du feu. La foule se déverse de la salle à manger pour converger vers le couloir. Sur une table voisine, Heath s'empare d'un seau dont la glace a presque fondu et la renverse sur les tentures, à une hauteur que les serpents des flammes n'atteignent pas. Elle pense d'abord qu'il a raté son coup, puis elle comprend qu'en mouillant le tissu, il a stoppé la progression du brasier. Les flammes crachent et sifflent. Elinor pivote sur elle-même, à la recherche d'un autre seau d'eau. Elle tend la main vers un vase de fleurs, mais elle est maladroite et trop ivre. Le vase bascule. Heath s'en saisit et jette l'eau sur les flammes. Tous deux regardent le feu s'éteindre. Les rideaux sont noircis et fumants.

Puis Elinor est à genoux, rendant ses tripes sur le parquet. Elle fixe la flaque d'alcool et d'acide qui imprègne les motifs de l'onéreux tapis. Les chaussures vernies de Heath apparaissent, dangereusement proches de la petite mare de vomi. Il s'accroupit et enlève sa veste de costume, dont il se sert pour lui tamponner la bouche. Il y a tant de chagrin en elle. Elinor se demande si, en s'enfonçant les doigts dans la gorge, elle pourrait aussi se vider de ce sentiment.

Il passe un bras autour de sa taille et l'aide à se redresser. Une nouvelle vague de nausée déferle. Elle ferme les yeux pour s'en protéger, posant la tête sur son épaule chaude.

Elle entend une voix masculine.

— Les pompiers sont en route.

Le ton sec de l'oncle Robert traverse sa stupeur alcoolisée.

— Tout est maîtrisé, lâche-t-il. Ce n'est pas nécessaire.

Puis elle sent une odeur de fumée de cigare et d'eau de toilette. L'oncle Robert est tout près.

— Qu'est-ce qui s'est passé ? Qu'est-ce qu'elle a ?

Sa voix est un sifflement silencieux qui lui rappelle celui des flammes.

Elle n'ouvre pas les paupières. Elle tourne son visage vers le torse de son frère et se blottit contre lui. Puis on la guide vers le couloir et l'escalier. Elle trébuche.

— Passe-la-moi, exige Robert qui l'arrache à Heath.

Cette fois, lorsqu'elle est reprise à son frère, elle ouvre brusquement les yeux. Elle ressent une vive douleur là où les doigts de l'oncle Robert s'enfoncent dans son bras. Il commence à la traîner dans l'escalier, hors de la vue des invités rassemblés dans le froid glacial, sur la pelouse de la maison.

En haut de l'escalier, l'oncle Robert la plaque contre un mur.

— Tu as tout gâché.

Il fulmine, sa rage brûle plus fort que le brasier qui a détruit leurs rideaux.

— Comment oses-tu m'embarrasser à ce point ? Devant mes collègues ? Devant le conseil d'administration ?

Sa poigne se resserre et elle pince les lèvres pour s'empêcher de crier.

— Tu as la moindre idée de ce qui est en jeu ?

Il la secoue, lui arrachant un gémissement.

— Tu l'as trouvé où, cet alcool ?

— C'est une fête. Il y en a partout, intervient Heath, avant d'ajouter un mensonge : Je l'ai laissée boire un verre de vin ou deux.

L'oncle Robert s'en prend à Heath.

— Tu as tellement soûlé ta sœur de dix-sept ans qu'elle a failli mettre le feu à la maison, ricane-t-il. Vos parents seraient fiers de vous.

Heath fait un pas menaçant vers leur oncle. Une fine couche de glace se forme sous la peau d'Elinor. Elle se dégage de l'emprise de l'oncle Robert, mais elle ne tient pas vraiment debout et tend les bras vers son frère, comme une enfant. Il l'attire à lui et la serre contre sa poitrine.

— Je vais la mettre au lit.

— Tu peux bien la noyer dans l'étang, pour ce que j'en ai à faire, hurle l'oncle Robert.

Elinor sent ses jambes décoller du sol. Heath l'éloigne de son oncle, mais la voix de ce dernier les suit dans le couloir, venimeuse et grave :

— Je m'occuperai de toi plus tard, mon garçon.

15

Caitlin Arden

La circulation sur le chemin du retour vers Blossom Hill House est épouvantable. Un terrible accident a eu lieu quelque part. Notre route est déviée, encore et encore. Je jette un coup d'œil à la pendule. Maman va bientôt rentrer. Nous n'arriverons jamais à la maison avant elle.

Tout à l'heure, je me suis tellement laissée emporter par l'excitation d'une virée shopping avec ma sœur que je n'ai pas réfléchi à l'essentiel. Par exemple, comment expliquer la présence de sacs de vêtements neufs. Cela étant, si papa ne voulait pas qu'elle se procure de nouvelles affaires, pourquoi lui prêter sa carte de crédit ? Je suppose qu'ils avaient l'intention de l'accompagner. Cela aurait été un voyage méticuleusement planifié, et non une course improvisée à travers le champ voisin et vingt minutes à errer dans les bois. Ils seront furieux que nous soyons parties sans les prévenir. Ce qui est ridicule. Nous ne sommes pas deux sales gamines qui enfreignent un couvre-feu. Nous sommes des adultes. Des femmes assez âgées pour boire, conduire et prendre un crédit. Pourtant, cette terreur enfantine de décevoir mes parents me pèse. Et, si je suis juste envers eux, cette situation est difficile à gérer – parce que, même si Olivia est effectivement adulte, elle est aussi vulnérable. Face aux médias, face à son ravisseur masqué, face à tout inconnu susceptible de la reconnaître. Mais peut-être que si je peux rentrer avant maman et ramener Olivia saine et sauve, nos parents auront moins de raisons d'être en colère.

Je repense à l'homme tout en noir. C'était lui. J'en suis sûre. Je jette un coup d'œil à Olivia. Elle fixe la fenêtre avec obstination. L'a-t-elle vu ? Et c'était quoi, son commentaire sur la robe de mariée ?

« Exactement comme la mienne. »

Ma sœur est-elle mariée à son ravisseur ?

Mon téléphone se met à vibrer frénétiquement dans le sac que j'ai accroché à la banquette arrière. Inutile d'y jeter un regard pour savoir que l'appelant n'est autre que maman. Je commence à le chercher à tâtons, mais Olivia, sortant de sa rêverie silencieuse, me lance :

— Ne réponds pas. Tu es en train de conduire. Ce n'est pas illégal de prendre un appel en conduisant ?

Elle a raison, mais mon cœur continue de bégayer d'angoisse dans ma poitrine.

— Si je ne réponds pas, elle va péter un plomb.

Olivia lève les yeux au ciel et se tortille pour récupérer mon téléphone. Puis elle appuie sur le bouton latéral jusqu'à ce que l'écran s'éteigne.

— Tu l'as éteint ? je demande, étonnée.

Je crois n'avoir jamais éteint mon téléphone quand maman appelle, trop effrayée à l'idée de la voir partir en vrille. Redoutant trop la colère de papa si je me hasardais à ignorer maman. Trop coupable du rôle que j'ai joué dans la disparition de leur aînée.

— De rien, fait-elle, pince-sans-rire, en remettant mon téléphone dans le sac qu'elle laisse tomber à ses pieds.

Comme nous n'avons pas le temps de traverser les bois et de courir à travers champs, j'annonce à Olivia que je vais me garer dans la rue. Mais, juste avant d'arriver en vue de la maison, je m'arrête. C'est ma dernière chance de lui parler avant que nous soyons entourées par les médias, puis par nos parents.

Elle fronce les sourcils et se redresse sur son siège.

Prenant une profonde inspiration, je me lance :

— Tu es mariée ?

Elle est comme tétanisée, à croire que ma question est un couteau dans sa paume.

— Tu ne dois le dire à personne.

J'ai la tête qui tourne sous l'effet de la confusion, des questions, du sentiment écœurant que la police avait raison et que ma sœur a choisi de s'enfuir avec un petit ami secret. Ce qui signifierait que l'enlèvement a été mis en scène pour que j'aie une histoire à raconter à nos parents et à tous ceux qui se poseraient des questions sur elle. L'homme qu'elle a épousé est-il le Garçon du Bus ? C'est lui qui lui a donné le journal intime. Peut-être qu'elle y relatait leur histoire. Peut-être cela explique-t-il pourquoi ils l'ont emporté quand ils se sont enfuis.

— Ce n'est pas ce que tu crois, me dit-elle. Ce mariage n'était pas… légal. Il n'est pas enregistré ou quoi que ce soit d'autre. C'était juste lui et moi et… et…

Je m'oblige à poser ma question malgré mes lèvres engourdies par le choc.

— Cette nuit-là, tu l'as suivi de ton plein gré ?

— Non, réplique-t-elle fermement. Je ne t'aurais jamais quittée comme ça. Je n'ai jamais voulu te quitter.

Donc, qui que soit cet homme, il l'a bel et bien enlevée, mais cela ne signifie pas nécessairement que c'était un inconnu.

— Tu le connaissais ?

— Non.

— Mais tu l'as épousé ?

— Il voulait faire les choses correctement. Il voulait qu'on se marie d'abord.

— D'abord ? j'insiste.

Elle rougit.

Les implications de ce simple mot s'insinuent sous ma peau comme le grouillement d'un millier de cafards.

— Quel âge tu avais ?

Elle déglutit.

— Seize ans.

La bile monte, épaisse et rapide, mais j'essaie de rester impassible. Je ne veux pas qu'elle confonde mon dégoût pour cet homme avec une aversion que j'éprouverais à son encontre à elle.

Elle arrache des bouts de peau autour de ses ongles jusqu'à s'en faire saigner.

— Je n'étais pas censée te parler du mariage. C'était l'une des conditions. C'est la règle. J'avais promis de ne rien dire. Il va être furieux… Il…

Elle enfouit le visage dans ses mains et crispe tant les doigts que ses jointures blanchissent. Elle respire trop fort, trop rapidement, on dirait le halètement d'un animal blessé.

Je détache ma ceinture et me tourne vers elle, me rapprochant autant que possible, malgré le levier de vitesse qui s'enfonce dans ma cuisse. Je m'oblige à parler avec calme.

— Olivia… Olivia, regarde-moi.

Elle obéit. Je prends sa main et la presse sur ma poitrine, juste au-dessus de mon cœur.

— Concentre-toi sur ma respiration, lui dis-je. Cale-toi sur son rythme.

Je respire lentement et profondément. J'inspire et j'expire. Mon thérapeute faisait ça avec moi, chaque fois que j'avais une crise de panique au cours d'une séance particulièrement difficile. Je me rappelle encore la peur débilitante, la crispation de mes muscles, le contrôle que j'imaginais avoir sur mon corps et qui m'échappait complètement alors que les pensées déferlaient à la vitesse de mes respirations haletantes. Au bout de quelques minutes, la poitrine d'Olivia se soulève et s'abaisse en même temps que la mienne. Je conserve sa main entre mes paumes, mais je la repose doucement.

— Je suis désolée, murmure-t-elle.

— Tu n'as aucun besoin de t'excuser.

Ses longs cils noirs sont mouillés de larmes.

— Tu sais garder un secret ?

Mon pouls s'accélère. Se voir confier un secret, c'est comme si quelqu'un vous demandait de vous occuper de son bébé : c'est un fardeau, mais vous éprouvez également de la fierté à vous voir chargé de quelque chose d'aussi précieux.

— Je ne dirai rien à nos parents si tu me promets de te confier à la police. Ils auront plus de chances de l'attraper s'ils ont toutes les informations. Tu veux qu'il aille en prison, non ?

Elle acquiesce.

— Je leur ai tout raconté. Bien trop pour mon confort personnel, honnêtement. Si je ne dis rien à personne d'autre, c'est que je ne veux pas être prise en pitié. Je ne veux pas être définie par l'enlèvement, parce que c'est tout ce que les gens verront quand ils me regarderont.

Je comprends ses réticences. J'ai passé les seize dernières années à essayer de ne pas être uniquement la sœur de la jeune Arden disparue. Je n'utilise même pas mon vrai nom au travail, donc j'accepte de taire son secret à papa et maman.

Elle m'adresse un petit sourire soulagé.

— Tu m'as manqué, Caitie.

— Tu m'as encore plus manqué.

— C'est impossible.

À mon grand soulagement, je constate que la foule devant Blossom Hill House est beaucoup moins nombreuse. Certains journalistes sont sans doute partis couvrir l'accident qui s'est produit à proximité. Nous sortons de la voiture et nous précipitons vers la porte d'entrée. Les journalistes nous encerclent. Nous sommes accueillies par une symphonie de cliquetis d'appareils photo et de questions vociférées. Ces gens n'ont même pas l'air humains. Ce sont des corps avec des appareils Canon à la place de la tête. Je garde un bras autour de ma sœur, pour la serrer contre moi alors qu'ils nous engloutissent. Encerclées comme nous le sommes, nous ne pouvons qu'avancer péniblement. Je crie pour leur demander de bouger « s'il vous plaît », mais ma voix est noyée dans la cacophonie. Puis la foule se fend et un officier de police commence à écarter les journalistes désespérés qui cherchent à nous attraper. Des mains se posent sur nous. Nous guident. Enfin, on nous fait entrer dans la maison, dont la porte est aussitôt claquée.

Immédiatement, maman est là, m'arrachant Olivia des bras pour l'envelopper. Avec un soulagement palpable, papa regarde sa femme étreindre leur fille. Puis ses yeux se tournent vers moi et le soulagement se transforme rapidement en fureur. Toujours la fureur.

— Qu'est-ce qui t'a pris ?

— Olivia avait besoin de nouveaux vêtements. On n'est parties que quelques heures.

— Sans nous le dire ? Sans le leur dire ?

Il tend la main vers le policier qui se tient maladroitement en marge de ce mélodrame. Quelqu'un devrait lui offrir un siège et un seau de pop-corn.

Je jette un coup d'œil à Olivia. Elle a l'air inquiète. Je ne sais pas si elle redoute que je revienne sur ma promesse ou que je dise à nos parents que l'excursion était son idée.

— Je suis désolée, je marmonne à l'intention de papa.

À côté de moi, maman agrippe la main d'Olivia, examinant son visage comme un commissaire-priseur chargé de vérifier qu'une pièce inestimable n'a pas été endommagée.

— Elle va bien, je lui assure. On va bien toutes les deux.

— Comment tu peux être aussi irresponsable ? crache mon père.

Olivia ouvre la bouche pour me défendre, mais je m'empresse de la devancer.

— Je n'ai pas réfléchi, je proteste d'une petite voix.

Ma sœur fronce les sourcils et je lui lance un regard qui lui intime le silence. Il a décidé que c'était moi la fauteuse de troubles. Il est furieux contre moi parce que ça l'arrange. Laissons-le faire. Un peu plus ou un peu moins, quelle différence maintenant ? Il a passé les seize dernières années à être en colère contre moi. Un jour supplémentaire n'y changera rien.

— C'est moi qui ai insisté pour qu'on aille faire des courses. On a traversé les bois, histoire de ne pas être vues. Je pensais qu'on serait rentrées avant que quelqu'un ne le remarque.

— Eh bien, ça s'est remarqué, aboie-t-il en me fourrant son téléphone sous le nez.

Je comprends tout. Un article en ligne, truffé de clichés de nous à l'heure du déjeuner, nous montre en train de faire les magasins. Je n'ai même pas remarqué que quelqu'un nous photographiait. Je me sens violée. Jamais de ma vie je n'ai été suivie et photographiée par des inconnus.

— Tu prétends avoir aperçu son ravisseur rôder autour de l'immeuble de Florence, et pourtant tu pensais inoffensif de vous aventurer dans les bois ? Les bois où il l'a entraînée la nuit où elle a été enlevée ? Je ne suis même pas certain que tu aies seulement vu ce type, achève-t-il en lâchant un soupir furieux.

— Bien évidemment que si, je m'indigne.

Pendant un instant, j'envisage de lui parler de l'homme vêtu de noir. Celui qui, j'en suis sûre, suivait Olivia à Bath. Mais cela ne ferait que me plonger davantage dans la poêle chauffée à blanc du courroux paternel.

— Honnêtement, Caitlin. Ce n'est pas la bonne façon d'attirer l'attention.

Il pousse un profond soupir, comme si j'étais l'équivalent humain d'une migraine.

La douleur fuse en moi : j'ai l'impression qu'il vient d'enfoncer l'extrémité brûlante d'un gros cigare dans ma peau.

Maman détourne ses yeux d'Olivia, assez longtemps pour se rendre compte de mon malaise. Elle fusille son mari du regard.

— C'est injuste, Myles.

— Elle se comporte en dépit du bon sens depuis qu'Olivia est revenue, tu l'as dit toi-même.

Le visage de maman se vide de ses couleurs, mais elle ne nie pas.

Un sentiment de trahison se propage en moi comme une mousse sombre. Je me suis habituée au mépris de mon père, mais je ne m'attendais pas à cela de la part de ma mère. Pendant mes années d'adolescence, mon père a veillé à ce qu'il n'y ait pas le moindre millimètre d'espace où je puisse faire un pas de travers. Je devais être la fille parfaite, parce qu'il pensait que je leur avais volé celle qu'ils avaient. Je n'ai jamais voulu ajouter à leurs soucis. Alors, pendant que mes amies allaient à des fêtes, embrassaient des garçons, buvaient de la vodka bon marché et ne respectaient pas le couvre-feu, je restais à la maison. Pendant qu'elles s'inscrivaient à leurs cours de rêve dans des universités de rêve, je suivais un cursus qui, je le savais, plairait à ma mère, dans une université proche de leur domicile. Et pendant que mes amis voyageaient en Europe, profitant de leur année sabbatique, je postulais à des emplois dans la région. Pourtant, alors même que je repliais des morceaux de moi, que je nous rétrécissais, mes ambitions et moi, afin de pouvoir m'insérer dans la boîte qu'ils avaient construite pour moi, mon père voyait mes efforts à travers le prisme de la déception. Ce n'était jamais assez. Je n'en faisais jamais assez. J'avais consenti tous ces sacrifices pour qu'ils se tiennent ici et me disent que je cherchais à attirer l'attention, que j'étais difficile, parce que pour la première fois de ma vie, je leur désobéissais.

Olivia ouvre à nouveau la bouche, mais je secoue la tête. Ma cause ne vaut pas le souffle qu'elle va dépenser pour me défendre. Elle ne sait pas que notre père me rend responsable de son enlèvement.

Un mois après le drame, j'ai entendu nos parents parler.

— On a une liste de numéros d'urgence épinglée sur le réfrigérateur ! s'emportait papa. Comment Caitlin a-t-elle pu être aussi stupide ? Aussi égoïste ?

J'ai été dévastée d'entendre ce qu'il pensait de moi.

— Elle n'a que dix ans, Myles, a protesté maman d'un ton doux et apaisant. Elle était terrifiée.

— Olivia aussi. Elle, elle était terrifiée. Elle…

Il s'est mis à sangloter. De gros sanglots déchirants. À cause de moi. Notre père posé, confiant, inébranlable, était en train de s'effondrer parce que j'avais été stupide et égoïste. Et à partir de ce moment-là, j'ai eu la conviction que l'homme masqué n'avait pas enlevé la bonne fille. J'aurais préféré qu'il m'arrache à notre maison. Je pense que mon père le souhaitait aussi.

Les choses que j'ai entendues ce soir-là ont agi comme un poison, asphyxiant lentement notre relation jusqu'à ce qu'il ne reste plus que les miettes de ce que nous avions autrefois.

Ce souvenir et la douleur de la trahison de ma mère me font basculer. Les murs de cette demeure semblent se refermer sur moi. Je ravale ma colère et ma souffrance, puis je tourne les talons et je quitte la maison.

Personne ne cherche à me retenir.

16

Caitlin Arden

Six jours après la confrontation avec mes parents, je ne suis toujours pas retournée à Blossom Hill House. En revanche, j'ai demandé à un coursier de déposer chez eux mon ancien téléphone portable pour Olivia. Elle m'appelle tous les soirs. Papa et maman n'ont pas été ravis. Ils veulent l'envelopper dans du coton et la protéger du monde entier, mais elle n'est plus une adolescente, et pour qu'elle ait ne serait-ce qu'une petite chance de mener une vie normale, elle doit être exposée à des choses banales, quotidiennes, comme les téléphones portables, les dîners au restaurant et les sorties shopping. À l'avenir, elle voudra peut-être faire une carrière, avoir une maison, un mari, un enfant… ou non. Peut-être voudra-t-elle voyager et voir le monde. Et nos parents doivent l'y autoriser. Je ne leur permettrai pas de limiter ses ambitions comme je les ai laissés faire avec les miennes.

J'ai essayé de ne pas trop broyer du noir, mais les paroles de papa, comme quoi je cherche à attirer l'attention et que je suis difficile, sont autant d'aiguilles incandescentes plantées en moi. Oscar a rendez-vous à l'extérieur avec un client, si bien que le calme ambiant m'offre trop de temps pour gamberger. Au prix de gros efforts, je parviens à repousser toute pensée portant sur mes parents, comme on balaie d'un revers de la main les feuilles de papier sur un bureau encombré. Munie d'une tasse de thé à la menthe, je monte à l'étage, dans le petit débarras que j'ai transformé en espace de travail. Le mur du fond est lambrissé et peint en vert sapin. J'y ai adossé le bureau en bois de manguier que j'ai chiné au marché, ainsi qu'une chaise vintage en osier. Il y a des œuvres d'art : des gravures et des fleurs séchées, de petites aquarelles originales et des broderies encadrées. En face de la porte se trouve une armoire fermant à clé où je range mes projets en cours pour Wanderlust Illustrations, des cahiers d'exercices en lambeaux et des dossiers terriblement ennuyeux remplis de plans de classe et de schémas de cours. Je branche le ventilateur – la canicule est telle dans le Somerset que je pourrais faire frire un œuf sur le rebord de la fenêtre – et je m'assieds à mon bureau, avec l'intention de m'attaquer à une partie de mon travail scolaire pour la rentrée de septembre qui se profile à l'horizon. Mais au bout d'une demi-heure, je m'ennuie presque à mourir et l'appel de Wanderlust Illustrations est trop puissant. Je sors mon téléphone et me connecte au site web.

Depuis le retour d'Olivia, j'ai négligé ma page et ma boutique en ligne. Ayant un arriéré de commandes, je passe quelques heures à les transmettre à mon imprimeur à Bristol. Il se charge aussi de leur expédition, moyennant dix pour cent sur chaque envoi. Tout l'argent que je gagne avec Wanderlust est placé sur un compte épargne. La somme commence à être rondelette. Je ne sais pas exactement pour quoi j'économise. Dans un premier temps, j'ai pensé à un voyage. Mais si la probabilité que j'abandonne mon fiancé, mon travail et ma famille pour parcourir l'Europe sac au dos était faible avant le retour d'Olivia, elle est aujourd'hui réduite à zéro.

Il y a des dizaines de commentaires concernant mon dernier article, tous revenant à me demander où je suis passée. Certains supputent même que je ferme mon entreprise. Je ne réponds pas. Au lieu de quoi, je consulte la galerie de mon téléphone pour trouver une photo de ma dernière œuvre que je n'ai pas encore téléchargée, et je la poste en ligne. En l'espace de quelques minutes, je reçois une avalanche de réactions, toutes positives. Je souris, et la joie atténue un peu la brûlure des mots de mon père.

J'entends la clé dans la serrure. Quelques minutes plus tard, Oscar est dans mon bureau, me tirant de ma chaise pour presser ses lèvres sur les miennes. Lorsqu'il s'écarte de moi, il y a de l'espièglerie au fond de ses yeux sombres.

— Prépare deux-trois affaires, je t'emmène quelque part.

St Ives est magnifique, jalonnée de glaciers et de boulangeries pittoresques, de galeries d'art en bord de mer et de rues pavées sinueuses. Je passe une heure à St Ives Bookseller et j'en ressors avec un sac rempli de livres de poche. Nous nous installons dans le plus beau des cottages avant de nous promener en ville, en flânant dans les librairies, les galeries d'art et les petites boutiques. Nous partageons un cornet de frites et nous nous asseyons sur un banc surplombant la plage. Une brise souffle de la mer et, pour la première fois depuis des semaines, je n'ai pas l'impression de respirer l'air aride recraché par un four ouvert. Nous observons les gens. J'aperçois un homme à la coupe mulet qui lance une balle à un labrador bondissant.

— Joli chien, commente Oscar.

— Très, j'acquiesce en prenant une autre frite. Mais trop gros.

Oscar fait la grimace.

— Tu préférerais un chihuahua ?

— Trop petit.

— Un lévrier ?

— Trop osseux.

Il éclate de rire.

— Qui es-tu ? La Boucle d'or du monde canin ?

Je souris.

— Les cockers, voilà les chiens parfaits.

— On pourrait en prendre un.

— Vraiment ?

— Oui. Je travaille à la maison presque tous les jours ; toi, tu as les vacances scolaires.

— On ne devrait pas commencer plus modeste ? Un poisson rouge, un hamster ou quelque chose comme ça ?

— Pourquoi ?

Je hausse les épaules.

— Un chien, c'est un engagement énorme.

— Et on est engagés, réplique-t-il avant de marquer une pause. Non ?

— Bien sûr que si.

— Sinon, on pourrait peut-être prendre un éphémère pour animal de compagnie. C'est facile à gérer, ça ne vit que vingt-quatre heures. Tu pourrais t'engager à t'occuper d'une bestiole comme ça ?

— Absolument, on l'appellerait Egbert.

Oscar rit, mais son rire n'atteint pas ses yeux. J'aimerais beaucoup accueillir un chien, mais j'imaginais alors notre foyer rempli des bibelots rapportés de nos voyages. Un chien, tout comme un mariage, c'est un item que je pensais cocher sur ma liste une fois que j'aurais vu plus de choses à travers le monde. Après les avoir peintes. Les avoir vécues. Mais j'ai promis à Olivia de ne pas partir. D'une certaine manière, à la seconde où j'ai accepté de me fiancer à Oscar, je lui ai fait la même promesse. Sauter dans un avion et disparaître pendant des mois n'est plus une option. Je devrais quitter mon emploi et, sans revenus, comment pourrais-je couvrir la moitié de notre crédit ? Ce serait égoïste d'attendre d'Oscar qu'il paie la note. Et puis, l'éloignement qui résulterait de ce voyage représente aussi un obstacle important…

— Donc tu veux vraiment un chien ? je redemande, essayant de détacher mes doigts de la ficelle qui m'attache à mes fantasmes de voyage.

Il faut que j'y renonce, que je les regarde s'envoler dans le ciel comme un ballon perdu.

— Je veux vraiment que toi et moi, on construise quelque chose de durable, qu'on se marie. Qu'on ait un chien, ajoute-t-il en contemplant la plage. On pourrait se marier ici, sur le front de mer. Cet automne, par exemple.

C'est bientôt. Très bientôt. Serai-je capable de dépêtrer mes doigts de cette corde en deux mois seulement ?

— Qu'est-ce qui presse à ce point ? je demande.

— On est fiancés depuis presque trois ans, Caitie, lâche-t-il, impassible.

Coupable, je détourne le regard.

— Je veux t'épouser. Le plus tôt sera le mieux. Le mariage est important, insiste-t-il. Il nous donne plus de crédibilité.

— Auprès de qui ? Pour quoi faire ? Je ne crois pas que le chien se préoccupera de savoir si on est mariés ou non, je nuance pour tenter de détendre l'atmosphère.

Ses parents lui mettent-ils la pression ? Ils pensent que je ne suis pas assez bien pour leur précieux fils. Je ne le prends pas personnellement, ils n'ont jamais aimé aucune des précédentes partenaires d'Oscar. Mais peut-être espère-t-il que les petits commentaires cesseront une fois que nous serons mariés.

Il baisse la tête pour croiser mon regard, sourcils froncés par la solennité.

— Tu veux toujours m'épouser ?

— Tu sais bien que oui. Je n'aurais jamais accepté qu'on se fiance sinon.

Et c'est vrai.

Je n'ai jamais aimé quelqu'un comme j'aime Oscar.

— Je pensais juste que tu hésitais parce que la journée serait difficile sans Olivia. Mais maintenant… ajoute-t-il en haussant les épaules. Les choses sont différentes. Elle est revenue.

— En effet, je concède en choisissant soigneusement mes mots pour ne pas le blesser. Mais elle n'est revenue que depuis quelques semaines. On ne pourrait pas la laisser s'installer d'abord ? Attendre que l'attention des médias retombe un peu ?

Il me regarde fixement, mâchonnant cette requête comme s'il s'agissait d'un morceau de cartilage, mais il finit par l'avaler. Puis il soupire, résigné.

— Bien sûr, tu as raison. Pardon. Je ne sais pas ce qui m'est passé par la tête. C'était une idée stupide.

Je prends ses mains. Des mains qui connaissent mon corps presque aussi bien que moi. Qui m'ont tenue lorsque je me suis ouverte à lui à propos de ma sœur. Qui m'ont appris à jouer du Billy Joel à la guitare.

— Pas stupide, je réplique. Certainement pas.

Il se détend un peu et je m'apaise à mon tour.

— On pourrait fixer une date. L'année prochaine, à la même époque, peut-être ?

La déception se lit sur son visage.

— OK, l'année prochaine.

Nous nous taisons et recommençons à observer l'homme et son labrador.

— Ce chien est magnifique, j'admets. Mais on ne peut pas en dire autant de la coupe mulet de son propriétaire.

Il arque un sourcil.

— Tu n'es pas fan ?

— Les mulets sont le moyen de contraception le plus efficace que je connaisse.

— Tu penses que ça ne m'irait pas ?

— Ça ne va à personne. Ça appartient aux années 1980.

— Ce type vient en fait des années 1980.

Je fronce les sourcils.

— Il est plus jeune que nous.

— C'est un voyageur temporel, déclare Oscar avec un sourire amusé.

Je me penche vers lui, heureuse que la tension se soit dissipée comme ce sable qu'on secoue d'une serviette de plage.

— DeLorean ou Tardis[1] ?

— Brassards magiques. Tu les enfiles et…

Il jette les mains en l'air, doigts écartés.

— … pouf ! Il est ici pour déclencher la révolution des mulets. C'est le fondateur de la SOREM.

— La SOREM ?

— La Société de Reconnaissance du Mulet.

Je souris. J'adore ce côté farfelu chez mon fiancé. Je désigne d'autres personnes et Oscar concocte des histoires hilarantes à leur sujet. Je ris encore lorsqu'il se lève, ramasse les restes de nos frites et les jette à la poubelle. Il me prend la main et nous déambulons le long du front de mer.

— Tu es bon à ce jeu-là, je constate. Inventer des histoires sur les gens. Je ne savais pas que tu étais aussi créatif.

— Je suis concepteur de sites web, réplique-t-il en feignant de s'offusquer.

— Je sais, mais c'est de la création informatique. C'est différent.

— J'aimais écrire autrefois. J'avais rejoint la société d'écriture créative à l'université.

— Je ne savais pas.

Il hausse les épaules.

— J'ai laissé tomber après la deuxième année.

— Pourquoi ?

— Je devais me focaliser sur l'obtention de mon diplôme. Papa n'était pas d'accord pour que je me concentre sur autre chose. Grand-père possédait le magasin de produits fermiers avant lui et avait toujours eu l'intention de le transmettre à papa, si bien qu'il a eu le sentiment d'avoir un chemin tout tracé dans la vie. J'imagine qu'il avait l'impression d'être

1. Il s'agit de deux machines à voyager dans le temps, la première issue de la trilogie cinématographique américaine *Retour vers le futur*, la seconde de la série télévisée britannique *Doctor Who*. (NdT).

pris au piège. Il voulait mieux pour moi. Il m'a encouragé à me lancer dans l'informatique parce qu'il savait que ce serait lucratif. De manière générale, il y a plus de possibilités d'emploi dans le domaine de la technologie que dans celui de l'écriture.

— C'est aussi ce que mes parents pensaient d'un diplôme de littérature anglaise par rapport à un diplôme d'art.

Vouloir faire plaisir à ses parents fait partie des instincts universels. *Idem* pour l'ouverture automatique de la bouche quand on s'applique du mascara.

Sur la plage en contrebas, une grappe d'adolescents se lancent un frisbee. Il y a une glacière pleine de bières et les restes d'un barbecue. Deux filles se détachent du groupe pour faire la roue sur le sable. Elles crient et rient quand l'une d'elles tombe et atterrit sur le dos. Je ne pense pas avoir jamais été aussi insouciante. Je n'ai jamais volé le chapeau d'un garçon ni ne l'ai jamais mis sur ma tête pour qu'il me poursuive. Je n'ai jamais fait le mur. Je n'ai jamais subtilisé de vodka chez mes parents pour la boire en partageant la bouteille avec un ami. L'anxiété de ma mère et l'austérité de mon père m'ont ancrée à la maison.

— Ça va ? demande Oscar en serrant ma main.

— Oui, c'est juste que… Je n'ai jamais été comme eux.

Son regard se porte sur les adolescents.

— Ivre ?

Je lui réponds par un petit sourire.

— Insouciante. Rebelle. Je devais être parfaitement sage pour faciliter la vie de mes parents. C'était épuisant.

— Tu as l'impression d'avoir raté quelque chose ?

— Des trucs insignifiants. Les fêtes et les soirées pyjama rendaient maman anxieuse. Mais également des choses plus importantes. Comme l'endroit où j'ai étudié et où j'ai choisi de vivre après avoir décroché mon diplôme. Je suis restée dans les environs parce que c'était important pour elle. Je suis consciente de mes privilèges.

J'ai grandi dans une belle maison. J'ai fréquenté une bonne école. Mes parents m'aimaient. Ils ont subvenu à mes besoins. Mais j'ai toujours eu l'impression de traîner un poids derrière moi.

Je m'empêche d'aller plus loin, car si j'imagine ce poids, c'est elle. C'est Olivia. J'ai grandi attachée au cadavre en décomposition de ma sœur présumée morte. Je l'ai trimballée à l'école, ses yeux écarquillés me fixant depuis le sol de la classe pendant que nous apprenions le théorème de Pythagore. Chaque soir, j'ai trimballé son corps froid et raide dans l'escalier jusqu'à ma chambre, où elle se couchait à côté de mon lit, grise et putréfiée. Elle était toujours là le matin, me saluant de son regard laiteux. Je l'ai trimballée au petit déjeuner où je mangeais lentement et mécaniquement des céréales tandis qu'elle moisissait sur le carrelage sous ma chaise.

— Mais Olivia est rentrée, dit-il en me tirant de ma rêverie. Tu peux lâcher ce poids. Tu peux tout faire, tout être. Tu as bien fait de continuer à pratiquer ton art, Caitie. Peut-être qu'un jour, tu pourras te concentrer sur Wanderlust Illustrations et abandonner complètement l'enseignement.

— Cela signifierait une baisse de salaire, au moins pendant un certain temps.

— Peu importe. On se débrouillera. J'y veillerai.

— Mes parents n'approuveraient pas que je laisse tomber ma carrière.

— Parfois, la seule personne qu'il faut satisfaire, c'est soi-même. C'est ta vie, tu dois la vivre pour toi.

Et c'est là que je vois le bon côté des choses : ce n'est pas parce que je dois renoncer à mon désir de parcourir le monde que je dois abandonner mon ambition de faire carrière en tant qu'artiste. Oscar me soutient énormément. J'ai la chance d'être avec quelqu'un qui m'emmène dans de belles stations balnéaires et qui, sur une plage de sable, m'encourage à construire une existence que j'aime. Je sens ma gorge se nouer. C'est une affection pure et sans complication. Je l'embrasse, un baiser profond, lascif, exactement ce qu'il me faut. Il passe les mains sous mon t-shirt et remonte le long de mon dos nu.

— Retournons au cottage, je murmure contre sa bouche.

Il se détache doucement de moi.

— J'ai quelque chose à te montrer d'abord. Tu m'accompagnes un peu ?

Il se lève et me conduit jusqu'à la plage. Je retire mes sandales. Le bruit des vagues qui roulent sur le rivage est apaisant. La brise soulève mes cheveux, qui dansent autour de mon visage. Nous passons devant des adolescents exaltés, mais je les remarque à peine, je me concentre sur Oscar. Il frémit d'impatience. Nous arrivons à une volée de marches en pierre taillées dans la falaise. Nous tournons, laissant le velours de la mer à notre droite, et parvenons sur une corniche, un chemin construit par l'homme qui se déploie parmi les rochers déchiquetés et les blocs polis par les flots. Le soleil couchant est une ligne de feu qui sépare la mer et le ciel. Oscar me serre la main, les yeux fixés devant lui. Je suis la direction de son regard. C'est alors que j'aperçois un chevalet de bois avec une toile vierge. Au-delà, une vue de carte postale sur la mer de Cornouailles.

— C'est toi qui as organisé ça ?

Il sourit et me pousse vers le chevalet, puis se débarrasse de son sac à dos, qu'il ouvre pour révéler des fournitures artistiques. Peintures acryliques, pinceaux neufs, craies.

— Tu as un sacré talent, Caitie. Tu n'as pas dessiné depuis des semaines. Vas-y.

L'amour que j'ai pour lui bouillonne. Je l'embrasse et me demande comment je peux avoir autant de chance.

— Je n'arrive pas à y croire… Merci !

Je m'empare des tubes de peinture et me tourne vers le chevalet.

Et pour la première fois de ma vie, la vague de solitude tombe doucement, comme de la pluie. Une pluie fine et sans conséquence. Je ne me noierai pas, pas maintenant. En fait, l'averse ne me mouillera même pas. J'ai retrouvé ma sœur. J'ai Oscar, toujours. La seule chose qui ait plus de valeur que d'être aimée, c'est d'être reconnue par quelqu'un. Vraiment reconnue. Et il me connaît très bien. Je ne me serais jamais accordé un tel cadeau, dans une période aussi troublée pour ma famille ; pourtant j'en avais besoin et Oscar le savait.

Plus tard, alors que ma peinture sèche près de la porte, Oscar me fait couler un bain et nous sert un verre de vin à chacun. Mais le vin ne m'intéresse pas. C'est lui que je veux. N'empêche, je me déshabille et me plonge dans l'eau chaude. Quand il me voit, quand son regard se porte sur mon corps nu et mouillé, il resserre ses doigts autour du pied des verres, puis il les pose et, sans me quitter des yeux, se dénude à son tour.

Avant d'entrer dans la baignoire, il s'arrête un instant, sourit et secoue la tête comme s'il n'arrivait pas à croire à sa chance.

Je le chevauche. Nous nous embrassons. La peinture se décolle de ma peau et devient un arc-en-ciel en se diluant dans l'eau de la baignoire, qui prend des nuances rose pivoine, indigo, violet et bleu vif. Mon désir pour lui me consume comme une fièvre. Nous faisons l'amour. Ou plutôt nous essayons, car la baignoire n'est pas aussi grande que je le pensais. Mes genoux se cognent contre les parois et les robinets s'enfoncent dans mes côtes. Nous glissons et rions de ces obstacles. Puis nous passons à la douche où il me presse contre le mur carrelé et frais, dont le contact me fait haleter contre son épaule mouillée.

Le lendemain matin, nous prenons notre petit déjeuner au Beach Café Bar. Nous nous asseyons dehors et buvons des tasses de café en attendant l'arrivée de notre repas. La chaleur est étouffante aujourd'hui, mais la brise marine nous apporte un soulagement par intermittence. Oscar fait défiler l'écran de son téléphone lorsqu'il murmure :

— Mince alors !

Certaine qu'il s'agit encore d'un client difficile, je ne lève pas les yeux de mon propre téléphone pour demander :

— Il y a un problème ?

— Caitie, tu as vu ça ?

L'inquiétude qui se dégage de son ton me noue le ventre. Dès que j'ai son téléphone entre les mains, mes entrailles vrillent carrément. C'est un article sur Olivia. Un journaliste à deux balles y exhume la théorie longtemps enterrée selon laquelle Olivia n'a jamais été kidnappée et qu'il s'agissait plutôt de la fugue d'une adolescente énamourée avec un petit ami plus âgé qu'elle. Je survole l'article, sachant que c'est un déballage de saletés, mais la colère me monte à la tête quand je vois les photos d'Olivia et moi dans la boutique de mariage. D'après l'angle et la résolution des images, il est évident qu'elles ont été prises par la vendeuse. Elle n'a pas laissé paraître qu'elle avait reconnu ma sœur. C'est une atteinte infâme à la vie privée. Des photos prises sans notre consentement, comme si nous étions des animaux dans un safari. Cet article sera un poignard de plus que mon père me lancera quand l'envie lui en prendra. Bouillonnante, je repousse le téléphone vers Oscar. Puis une idée malsaine me vient à l'esprit. Je lui arrache l'appareil. Je fais défiler et défiler l'écran, lisant attentivement chaque mot, le cœur battant. Je suis soulagée, immensément soulagée, que la vendeuse n'ait pas entendu le commentaire d'Olivia sur la robe de mariée. La presse s'en serait donné à cœur joie.

— Ça va ? demande Oscar.

J'acquiesce et lui rends le téléphone.

Il se penche et baisse la voix.

— Qu'est-ce qui se passe ?

Je tais la révélation du mariage d'Olivia depuis une semaine. Elle s'est insinuée sous ma peau comme un parasite. Je regarde Oscar et je sais que je peux lui faire confiance. Il est mon fiancé et sera un jour mon mari. Il gardera le secret d'Olivia. Alors je m'ouvre à lui. Je lui parle de l'homme que j'ai vu deux fois. Je lui dis ce que je sais. Tout ce qu'Olivia m'a révélé. Et ça me fait du bien d'expulser le secret.

Il en reste bouche bée, à l'évidence totalement incrédule.

— Mariée ?

— Pas légalement. Apparemment. Je n'arrête pas d'y penser.

Il hausse tant les sourcils qu'ils se confondent presque avec la racine de ses cheveux. Les mains sur la nuque – si bien que ses biceps frottent contre le coton de son t-shirt –, il s'adosse à son siège.

— Mince, lâche-t-il. C'est énorme. Épouser une fille de seize ans ? Simon est complètement dérangé.

Je reste immobile, la tasse en suspens avant d'avoir atteint mes lèvres.

— Simon ?

Son visage se vide de ses couleurs. Troublé, il fait voleter ses yeux autour de mon visage.

— Qui est Simon ? j'insiste.

Il ouvre la bouche. La referme.

— Ne te mets pas en colère.

L'inquiétude s'infiltre en moi par tous les interstices de mon corps.

— Dis-moi.

Il laisse échapper un soupir.

— Ma cousine, Rachel, son mari travaille pour la police. Je l'ai croisé. On a discuté. Il a supposé que j'en savais beaucoup plus qu'en réalité et il m'a confié des trucs qu'il n'aurait pas dû. Il était mortifié. Dès qu'il s'est rendu compte de son erreur, il m'a fait promettre de ne rien répéter, ni à toi ni à personne d'autre.

Il passe les doigts dans ses cheveux blonds.

— C'est grave. Il pourrait perdre son poste, Caitie.

Ma respiration s'accélère.

— Qu'est-ce qu'il t'a dit ?

Il secoue la tête.

— J'ai promis.

Je repose ma tasse si brusquement que le café en éclabousse le bord. La femme assise à la table voisine lève les yeux.

— C'est de ma sœur qu'il s'agit.

Il se passe la main sur le visage. Il ne veut rien me dire, mais a-t-il le choix ?

— Olivia appelait son ravisseur Simon, mais il ne lui a jamais donné son nom de famille. Elle a été enfermée dans une petite maison de campagne, en plein milieu des bois. Elle ignore où, mais d'après les informations qu'elle a données, la police concentre ses efforts sur la forêt de Dean… Voilà. C'est tout ce que je sais.

Il lève les mains, comme qui se rendrait à l'ennemi. Un serveur arrive avec notre repas. J'attends qu'il reparte.

— Elle ne m'a pas parlé de ça.

— Elle l'a confié à la police. C'est ça, le plus important. Caitie, tu ne dois surtout pas parler à Olivia ou à tes parents de ce que je viens de te dire.

J'acquiesce, même si j'ai très envie d'en toucher deux mots à ma sœur. Comment ai-je réussi à me décharger d'un secret pour aussitôt me charger d'une demi-douzaine d'autres ? Oscar s'arme de ses couverts pour découper ses gaufres au bacon et au sirop d'érable. Mon ventre se rebelle à cette vue. Je le regarde, cet homme à qui, il y a quelques minutes à peine, j'étais persuadée de pouvoir faire confiance. Pourtant, il m'a caché toutes ces informations avec une facilité déconcertante.

Sentant le poids de mon attention sur lui, il lève les yeux.

— Qu'est-ce qu'il y a ?

— Tu m'as menti.

— Je ne t'ai pas menti. Je ne t'ai pas dit ce que je savais, OK, mais je ne t'ai pas menti.

— Tu as vraiment l'intention de discuter sémantique ?

Il s'adoucit.

— Tu as raison. Écoute, je voulais te le dire, mais je ne pensais pas que c'était une bonne idée de te donner toutes ces informations en insistant pour que tu les caches à ta famille. J'essayais de te protéger.

Je ricane.

— Je ne t'ai pas demandé de me protéger, Oscar.

— Je sais, je suis désolé. Mais il n'y avait pas que ça. Je ne voulais pas que mon beau-frère perde son travail, ses revenus, à cause d'une erreur commise en toute honnêteté. Je suis désolé de te l'avoir caché. Vraiment. Mais j'avais les mains liées. Tu comprends, non ?

En acceptant les raisons de sa tromperie, j'ai un peu l'impression d'avaler des couleuvres. Il pose sa main sur la mienne et je résiste à l'envie de la lui arracher.

— Bien sûr, je fais en m'obligeant à sourire. Je ne répéterai rien.

Satisfait, Oscar entame son petit déjeuner. Mais je suis trop distraite pour manger.

Simon.

Un prénom parfaitement banal. Ni infâme ni menaçant. Simon, l'homme derrière le masque, qui a tenu un couteau sous la gorge de ma sœur. Qui l'a enlevée et a détruit ma famille. Simon, qui a épousé une enfant et l'a enfermée dans une cabane au fond des bois. Simon, qui a pénétré une jeune fille terrifiée. Simon, qui n'est pas fait de fumée et de malveillance, mais de sang et d'os. Je m'imagine face à lui, face à cet homme ordinaire que j'appelle par son nom ordinaire, juste avant de lui enfoncer un couteau dans la poitrine. J'imagine la lame tranchant la chair et les tendons, s'enfonçant dans l'os. Ce n'est pas très différent de la découpe d'une pièce de bœuf. Je ramasse mon couteau à beurre. Il brille au soleil. Je le retourne entre mes mains et je sais que je pourrais le faire, s'il le fallait. Je pourrais tuer le ravisseur de ma sœur.

17

Caitlin Arden

Le mardi suivant, je suis chargée d'aller chercher Olivia après sa séance de thérapie à Bath. Elle m'envoie un message pour me demander de la retrouver dans un café au bout de la rue du cabinet de son thérapeute. Je ne l'ai pas vue depuis notre virée shopping improvisée, ni depuis qu'Oscar m'a parlé de Simon. Même si je brûle de lui dire ce que je sais, de lui poser toutes les questions que cette révélation a fait remonter, je ne veux pas la forcer à se confier avant qu'elle soit prête. Pourtant, ce que je lui tais s'apparente pour moi à une trahison. Comme si j'étais une voyeuse observant une scène intime, dissimulée derrière des rideaux.

Je descends la rue principale. De chaque côté, les bâtiments de couleur crème brillent au soleil. Les gens se déversent sur les trottoirs devant les pubs et boivent du cidre dans des pintes remplies de glaçons. Ils sont bruyants, effrontés, à la limite de l'ivresse. C'est le premier jour du mois d'août et la chaleur pulse à travers la ville. Portes et fenêtres sont ouvertes, mais il n'y a pas de brise. Le temps que j'arrive au salon de thé, je suis épuisée et flétrie.

Je repère Olivia d'emblée. Elle porte l'une des tenues achetées lors de notre virée shopping. Elle a l'air différente. Sûre d'elle. On ne devinerait jamais qu'elle a passé plus de dix ans de sa vie enfermée dans une cabane au fond des bois. Elle a opté pour une longue jupe couleur rouille et un top crème qui laisse entrevoir son ventre bronzé et tonique. Sa tenue est parachevée par des lunettes de soleil foncées et des baskets blanches. Elle a attaché ses cheveux en une queue-de-cheval basse peu soignée. Si je me coiffais comme ça, je ressemblerais à Gaston dans *La Belle et la Bête*. Sur elle, tout est chic, sans qu'elle ait à déployer le moindre effort.

Quand elle me voit, son visage se fend d'un sourire. Nous nous enlaçons.

— Tu es splendide, je commente.

Elle s'écarte et esquisse une petite révérence.

— Eh bien, merci. Toi aussi.

Je compare à sa tenue la robe d'été à fleurs que je porte, humide de sueur après ma marche rapide depuis la voiture : ma sœur ne fait que se montrer polie, mon apparence est ennuyeuse dans sa banalité.

— Merci, je lâche.

Je suis sur le point de suggérer que nous regagnions la voiture lorsqu'un homme tourne au coin de la rue, appelant ma sœur par son nom. Il est grand, large d'épaules, brun, vêtu d'une chemise blanche impeccable et d'un pantalon bleu marine. Ses longues jambes avalent rapidement la distance. Il nous rejoint, sourire éclatant de blancheur, et tend une sacoche en cuir noir au fermoir doré.

— Vous aviez oublié ceci, dit-il à Olivia.

Elle se saisit du sac.

— Que je suis donc bête. Merci.

Mon regard passe de l'un à l'autre.

— Et vous êtes ?

Il se tourne vers moi, interloqué par la sécheresse de mon ton. Ses yeux sont vert olive, encadrés par de longs cils noirs, du genre de ceux que je ne peux espérer reproduire qu'après quatre couches de mascara coûteux.

— Docteur Gideon Temple, se présente-t-il avec une pointe d'accent irlandais.

Il me tend une main que je prends. Elle est bien plus grande que la mienne et, étonnamment, sa peau est plus douce aussi.

— Vous devez être le thérapeute, je comprends.

Lorsqu'il sourit, il n'est que fossettes.

— J'aime à penser que ma vocation ne s'arrête pas là, mais oui, je suis thérapeute.

Son duvet de barbe est un peu plus foncé que les boucles couleur café de ses cheveux, et porté par une mâchoire hollywoodienne carrée avec une fossette au menton. Il est plus âgé, fin de la trentaine peut-être, mais c'est le genre de personne séduisante qui attire l'attention.

— Vous devez être sa sœur ?

Je souris.

— Oui, en effet.

— Eh bien, sa sœur, je suis ravi de vous rencontrer enfin.

— Caitie.

— Caitie, répète-t-il lentement, comme s'il s'agissait d'un carré de chocolat noir fondant sur sa langue.

Il relâche ma main, mais ma paume picote encore de son contact.

— Je lui parle beaucoup de toi, déclare Olivia.

— Uniquement en bien, j'espère ?

— En très bien, confirme-t-il.

Je le dévisage. Son regard est si intense que j'ai l'impression de me tenir trop près d'une cheminée.

— Le docteur Temple voulait d'ailleurs te parler, Caitie, intervient Olivia.

— Vraiment ?

Il lui jette une œillade incertaine.

— Eh bien…

— Je vais aller commander les boissons pendant que vous discutez, dit-elle. Quelqu'un veut quelque chose ?

Nous secouons tous les deux la tête. Elle plonge dans la cohue du salon de thé.

— Vous me vouliez ? je commence avant de le voir sourire et de rougir en prenant conscience des mots que j'ai employés. Vous vouliez me parler ?

Il semble sur le point de s'excuser.

— Oui, j'allais organiser un rendez-vous avec vous dans mon bureau, pas vous piéger dans la rue sans prévenir. Olivia souhaitait… que nous ayons une conversation.

— Elle était impatiente, je rectifie.

Il sourit d'un air entendu.

— Et puis elle a « oublié » son sac et nous voilà. Elle est pleine de ressources.

— Manipulatrice, je suggère.

Ce n'est pas la première fois qu'Olivia joue les chefs d'orchestre en nous menant tous de sa baguette. Elle a très habilement piégé notre mère pour l'envoyer à des kilomètres de la maison, afin que nous puissions nous carapater toutes les deux.

— Vous êtes très perspicace.

— Et vous très diplomate.

L'air est chargé de chaleur, de voix et de quelque chose d'autre. Quelque chose qui grésille et siffle entre nous. Il a de beaux yeux. Pas olive comme je le pensais. Ils sont plus clairs que ça, limpides, tels des tessons vert jade.

Puis il se racle la gorge. La tension jaillit et crépite avant de se dissiper.

— Trouvons un moment pour que vous puissiez venir dans mon bureau afin que nous parlions d'Olivia. La semaine prochaine, peut-être ?

J'ai le ventre noué. Une semaine ? Je ne peux pas attendre aussi longtemps. Je veux absolument découvrir ce qu'Olivia souhaite que nous évoquions à son sujet.

— On peut parler maintenant ?

Il jette un coup d'œil au trottoir presque désert.

— S'il vous plaît, j'insiste.

Il est réticent. Je suppose que les thérapeutes n'ont pas pour habitude d'avoir des conversations confidentielles en pleine rue, mais il n'y a personne pour nous entendre dans les parages. Alors, secouant la tête comme s'il n'arrivait pas à croire qu'il cède à mes exigences, il me pousse dans un recoin et lâche :

— À votre avis, comment Olivia s'en sort-elle ?

Je prends un moment pour réfléchir à ma réponse. Je veux dire quelque chose de perspicace et d'intelligent. Pour l'impressionner. Pourquoi voudrais-je l'impressionner ? Échouant à trouver quoi que ce soit, j'opte plutôt pour l'honnêteté :

— Elle est résiliente. Elle semble s'adapter rapidement, bien plus vite que je ne l'aurais cru possible. En la voyant aujourd'hui, on ne se doute pas de ce qu'elle a vécu. Elle ressemble à n'importe quelle autre belle jeune femme d'une vingtaine d'années dans cette ville.

Je laisse mes mots en suspens dans l'espace qui nous sépare et je l'observe attentivement pour capter sa réaction. J'ignore pourquoi, je veux savoir s'il est d'accord pour convenir que ma sœur est belle. Il garde une expression soigneusement neutre, attendant que je continue. C'est un homme que le silence ne dérange pas.

— Mais elle évite de parler de lui, de sa vie entre ses mains, elle donne l'impression d'un volet qui se referme. Elle ne parle qu'à la police.

Il incline la tête, mais l'infime changement dans son attitude m'indique que je me trompe. Bien sûr que je me trompe.

— Je suppose qu'elle ne confie pas ses secrets seulement à la police. Il est évident qu'elle vous parle aussi.

— C'est mon travail. Il est parfois plus facile de se décharger sur un inconnu que sur ses proches.

Il est étrange de penser que cet homme en sait plus que moi sur la vie de ma sœur. Je les imagine ensemble dans son cabinet, parquet sombre et murs sombres, et elle qui s'ouvre et s'épanche. Elle déverse tout dans ce bureau, les horreurs de ces dernières années giclent de ses veines et se déposent en gouttes et en flaques sur le parquet de chêne massif. Elle saigne sur lui et saigne encore et, tandis qu'il panse ses blessures, pour tenter de les guérir avec son doctorat et sa capacité à s'asseoir confortablement dans des gouffres de silence, plein des douleurs, des chagrins et des secrets épineux d'autrui, il tombe amoureux d'elle. Comme tout le monde. Comme tout le pays. Il connaît ses moindres recoins alors que je n'en ai qu'un aperçu approximatif. Je lui demande donc :

— Et à votre avis, à vous, comment s'en sort-elle ?

— Elle ne dort pas. Elle a des terreurs nocturnes. Elle a…

Il s'arrête un instant, réfléchissant attentivement à ce qu'il va dire.

— … elle a du mal avec vos parents.

— Elle trouve maman étouffante.

— Elle vous l'a dit.

— C'est ma sœur.

Il y a une sécheresse dans ma voix, signe que je suis sur la défensive et je déteste ça. Olivia n'est pas la corde dans une partie de tir à la corde. Ce n'est pas une compétition.

— Vous ne violez pas le secret médical ?

— Olivia veut que je partage quelques éléments de ce dont nous avons discuté.

— Quelques éléments ?

Il acquiesce, fronce ses sourcils bruns. Je sens qu'il m'évalue. J'ai toujours été fière de détenir les fragments les plus précieux et les plus brillants de la personnalité d'Olivia. Mais ils appartenaient à la jeune fille qu'elle était avant, pas à la femme qu'elle est devenue. Cet homme, ce parfait inconnu, en sait plus sur elle que moi.

— Ce type d'affaire est très spécifique, déclare-t-il. Exige de la nuance. Mais il n'est pas rare que la personne absente pendant longtemps ait du mal à se réinsérer dans son ancienne vie. La perte des repères, les sentiments de colère et de solitude sont tout à fait normaux.

Je lève les yeux vers lui.

— De solitude ? je demande. Olivia se sent seule ?

L'idée que ma sœur se sente seule m'emplit d'horreur. Je connais la solitude, son goût, son odeur et sa forme. Les griffes du désespoir sous le désir de s'en débarrasser comme d'une peau morte. La solitude est la forme de pauvreté la plus pénible.

— Oui, confirme-t-il.

Mon cœur palpite d'urgence dans ma poitrine.

— Qu'est-ce que je peux faire ?

Il se balance d'un pied sur l'autre, un peu mal à l'aise.

— Olivia pense qu'il serait plus facile pour elle de s'adapter si vous reveniez vivre dans la maison familiale. Temporairement, bien sûr.

Je reste muette. Retourner à Blossom Hill House. Délaisser Oscar pour vivre avec ma mère – pire, avec mon père. Je ne me suis jamais sentie aussi seule que durant les années où j'ai vécu dans cette maison après l'enlèvement d'Olivia. Chaque soir, pendant le dîner, mon père riait et souriait avec ma mère, mais il me regardait à peine. Si jamais nous nous retrouvions tous les deux dans une pièce, ne serait-ce que quelques minutes, il se plongeait dans l'examen de son téléphone ou dans un livre. Les fois, heureusement rares, où maman rendait visite à sa sœur à Worcester, papa me tendait plusieurs billets de vingt livres et m'envoyait passer le week-end chez Florence. Il ne s'est jamais montré cruel, du moins pas ouvertement, ni d'une manière perceptible par autrui, mais j'ai senti les lames de rasoir qui s'insinuaient dans l'espace entre nous : un seul faux pas nous vaudrait un millier de coupures sanglantes. Lorsque je me suis échappée pour aller à l'université, aussi locale soit-elle, la vie sur le campus m'a donné de la place pour respirer. Je ne veux pas retourner à Blossom Hill House. C'est au-delà de mes forces.

— Il faudra que j'en parle à mon fiancé, j'élude.

Un éclat de déception passe sur le visage de Gideon, mais il est aussi fugace qu'une lueur de phares dans le lointain, puis il disparaît.

— Bien sûr.

Je jette un coup d'œil à sa main gauche. Son annulaire sans anneau. Quand je lève le regard, je le surprends à fixer le solitaire sur le mien.

Comme gêné d'avoir été pris sur le fait, il lève le menton et demande :

— Comment gérez-vous tout cela ?

— Ça va.

Nouveau silence. Il attend. Je me force à rester muette. Immobile pour ne pas montrer à quel point ce mutisme me met mal à l'aise. Ses lèvres se retroussent, juste un peu. Il sait.

— Si vous avez besoin de parler, il vous suffit de me contacter.

Olivia sort du café avec deux boissons glacées. Sourire aux lèvres, elle m'en tend une. Je les regarde, Gideon et elle : ils feraient un couple remarquable. Plus à leur place sur un tapis rouge que dans une rue bruyante.

Nous prenons congé de Gideon et nous partons. Alors que nous approchons du bout de la rue, je jette un coup d'œil en arrière et je tente d'ignorer le tourbillon de satisfaction qui monte en moi quand je vois qu'il me suit du regard.

18

ELINOR LEDBURY

Plus d'une semaine s'est écoulée depuis la fête. L'oncle Robert est parti tôt le lendemain matin, avant que Heath ou Elinor ne se lèvent. Celle-ci a poussé un soupir de soulagement, se souvenant de la menace de leur oncle de s'occuper de Heath plus tard. Pourtant, leur oncle n'est pas revenu à Ledbury Hall le week-end suivant.

— Bon débarras, a commenté Heath. Peut-être qu'il nous laissera enfin tranquilles.

Mais Elinor s'est inquiétée. Chaque dimanche, l'oncle Robert leur donne de l'argent. C'est ainsi qu'ils paient la nourriture et les autres produits de première nécessité. Que feront-ils sans cet argent ? Tout ce qui leur appartient est entre ses mains.

— Je vais m'en occuper, a déclaré Heath.

Et c'est ce qu'il a fait, revenant à la maison le lendemain avec des sacs de fruits et de légumes frais, de la viande provenant de la boucherie de la ville. Même si Elinor lui en est reconnaissante, elle prend presque tous ses repas seule, quand elle a de l'appétit. Heath s'en va chaque jour pendant des heures. Ni l'un ni l'autre n'a mentionné Sofia depuis la nuit de l'incendie. Elinor se sent toujours coupable des ennuis qu'elle a causés, aussi ne se plaint-elle pas lorsqu'il part tôt et rentre tard avec ce parfum floral qui lui colle à sa peau.

C'est le début de la matinée. Heath est déjà parti et la maison est propre. Elle se réfugie donc à la bibliothèque avec un livre. Elle a tout juste lu un chapitre quand la sonnette retentit dans le couloir, la faisant sursauter. Elle peut compter sur les doigts d'une main le nombre de fois où quelqu'un a actionné cette sonnette. Elle se dirige vers l'interphone et appuie sur le bouton pour parler au visiteur qui se trouve à la porte.

— Allô ?

— Elinor ? fait une pointe d'accent irlandais. Vous avez toujours ma veste ?

— Flynn ?

— Vous avez collectionné combien d'autres vestes appartenant à des Irlandais ?

Elle sourit.

— Je viens. Vous m'accordez cinq minutes ?

Elle grimpe à l'étage, récupère la veste de cuir sous son lit et en caresse la doublure en peau de mouton. Elle rechigne à la lui rendre, même si elle sait ne pas avoir le choix. Avec un soupir, elle prend un pull-over plus épais dans son tiroir et le passe. L'air de février est si glacial qu'on pourrait le casser en deux. À la porte d'entrée, elle lace ses bottes de cuir, met un bonnet et une écharpe, puis s'engage dans l'allée. Elle transporte la veste de Flynn, mais il fait si froid, même avec son gros pull, qu'elle l'enfile.

Un mélange de nervosité et d'excitation accélère un peu les battements de son cœur. Elle remonte l'allée d'un pas rapide. Il l'attend au portail, les mains enfoncées dans les poches de son jean pour se réchauffer. Il porte un gros chandail en maille qui a la couleur des biscuits à la crème. Ses cheveux sombres et brillants dépassent de sous son bonnet de laine rouille. Dès qu'il l'aperçoit, il lui adresse un sourire éclatant.

Elle sourit à son tour, même si elle est plus nerveuse qu'excitée.

— Comment ça va ? demande-t-il.

— Je suis en disgrâce, répond-elle honnêtement.

Elle ne sait pas trop pourquoi elle se montre si franche. Peut-être la solitude lui délie-t-elle la langue. Peut-être est-ce simplement un soulagement d'entendre la voix d'une autre personne. Peut-être que sa proximité l'empêchera de se fondre rapidement dans le néant à l'instar d'une empreinte de doigt sur du verre froid, pense-t-elle.

Il fronce les sourcils.

— Ça craint.

— En effet.

— Je pensais aller à la patinoire de Rawcliffe. Ça vous dirait de m'accompagner ? Vous auriez l'occasion de me raconter tout ça.

Voyant qu'elle hésite, il ajoute :

— Je vous laisserai même garder ma veste un peu plus longtemps.

Elle jette un coup d'œil au manoir, indécise, puis elle se figure son après-midi dans le silence, à déambuler toute seule dans l'immensité de cette vieille maison, et l'idée lui est si insupportable qu'elle se tourne vers Flynn et acquiesce.

La patinoire est une installation éphémère, mise en place pour un mois en hiver. Flynn paie leur entrée et ils s'asseyent sur un banc de bois, le temps de lacer leurs patins de location. C'est un jeudi après-midi, donc il n'y a pas foule. Seule une poignée de patineurs chancellent ou glissent sans effort sur la glace. Des guirlandes lumineuses zigzaguent au-dessus de la patinoire et brillent dans un ciel d'une blancheur de lait.

Ils avancent d'un pas titubant sur le sol en caoutchouc et s'engagent sur la glace.

— Tu as déjà patiné ? demande-t-il.

Ils ont décidé de se tutoyer. Elle acquiesce. Six années de suite, Heath les a fait entrer dans la patinoire de York après les heures d'ouverture afin qu'ils aient l'endroit pour eux. Chaque nuit, ils patinaient pendant des heures, rentrant chez eux au lever du soleil. Mais pas cet hiver. Pas depuis qu'il passe une grande partie de son temps auprès de Sofia.

Flynn pose une main sur le coude d'Elinor.

— Tu peux te tenir au rebord si…

Elle lui décoche un sourire et s'élance, les lames fendant facilement la glace. Elle est à la fois calme et rapide. Légère et puissante. Quant à la musique, sa force est lancinante, les lumières au-dessus scintillent. Elle tourne et patine à reculons, quêtant Flynn du regard. Il la contemple, bouche bée. Elle sourit, comme un joueur de cartes sur le point de révéler une quinte royale, et vérifie par-dessus son épaule qu'elle a assez d'espace. Elle patine alors vers le centre, lève une jambe en arabesque et tournoie. De plus en plus vite, ignorant le tremblement de ses muscles.

Les yeux écarquillés, Flynn est stupéfait. Elle rejette la tête en arrière et rit, boostée par l'adrénaline. Personne d'autre que Heath ne l'a jamais vue sur la glace. Les quelques patineurs présents se sont écartés sur les côtés de la patinoire. Elle est un peu gênée maintenant et pense à retourner vers Flynn, mais la façon dont il la contemple, comme si elle était une créature mythique, lui donne un frisson mille fois préférable à la solitude dévorante dans laquelle elle est engloutie, piégée, depuis des semaines. Elle s'élance donc à la poursuite de ce frisson, décrivant des cercles plus dynamiques. Son cœur bat la chamade et ses cuisses brûlent tandis qu'elle évolue sur la patinoire. Elle sent tous les regards braqués sur elle, entend les brefs hoquets de la foule lorsqu'elle saute. Elle est en apesanteur. Un avion en papier, un flocon de neige dans le vent, une plume à la dérive. Son patin atterrit proprement et elle est accueillie par des applaudissements.

Ses jambes tremblent et sa cheville lui donne l'impression d'être en guimauve. Bien qu'Elinor n'ait pas l'habitude d'être le centre de l'attention, elle se perçoit comme une marguerite en train de se déployer au soleil.

Elle revient vers Flynn.

— Si j'avais su que tu étais aussi nulle en patinage, je ne t'aurais jamais emmenée, lâche-t-il, pince-sans-rire.

Elle éclate de rire et tous deux commencent à faire des tours de patinoire ensemble. Elle lui explique qu'elle avait l'habitude de venir avec son frère, mais omet de préciser qu'ils entraient par effraction.

— Alors, c'est vrai qu'il n'y a que ton oncle, Heath et toi ? demande-t-il.

— Exact.

— Vous êtes proches ?

— Mon frère et moi, oui.

— Mais il ne t'a pas parlé de Sofia ?

— Non.

Elle essaie de ne pas laisser transparaître l'irritation dans sa voix.

— Je ne l'ai rencontré que quelques fois, mais il n'a pas raconté grand-chose, pas même à ma cousine.

— Pourquoi le ferait-il ? réplique-t-elle, tranchante.

— Parce qu'ils sont ensemble, répond-il, comme si elle se montrait délibérément belliqueuse, ce qui est sans doute le cas.

— Je ne sais rien d'elle.

— Qu'est-ce que tu veux savoir ?

— Rien, rétorque-t-elle.

Tout, pense-t-elle.

— Et toi, tu as des frères et sœurs ?

— Deux frères. Je suis le benjamin.

— Tu as grandi en Irlande ?

— Jusqu'à l'âge de cinq ans. J'ai emménagé ici quand ma mère a décroché un poste de directrice d'école.

— Et ton père, il est toujours dans les parages ?

Il acquiesce.

— Mes parents sont heureux en ménage. Ils fêteront leur vingt-neuvième anniversaire de mariage le mois prochain.

Quel effet cela faisait-il d'avoir des parents ? Une cellule familiale solide et complète ? Elle regrette de ne pouvoir tenter l'expérience. Ne serait-ce que l'espace d'un court instant. Juste pour savoir.

— Je parie que vous avez aussi un golden retriever.

Il rit.

— En fait, c'est bel et bien le cas. Une femelle, qui s'appelle Honey.

Son oncle leur a interdit d'avoir un chien. Il est allergique. Heath a promis de lui en offrir un dès qu'ils seront en pleine possession du domaine. Elle aimerait un chien à la langue pendante et aux oreilles de velours. Un compagnon qui s'assiérait à côté d'elle pendant qu'elle lirait, qui se promènerait à ses côtés dans le domaine. Un chien qui ne partirait pas à la première odeur de chienne en chaleur.

— Tu as un emploi ? demande-t-elle à Flynn.

— Je suis étudiant.

— Du monde ? fait-elle avec un sourire.

— De l'université d'York.

— Impressionnant. Qu'est-ce que tu étudies ?

— À ton avis ?

Elle hausse les épaules.

— Je n'en ai aucune idée.

— Devine.

Elle se souvient du guide de voyage de l'Afrique du Sud dans sa voiture, rangé dans le compartiment du côté conducteur.

— La géographie ?

Il esquisse un petit sourire.

— Non. Essaie encore.

— La géologie.

— La géologie ? répète-t-il en ricanant. Ça sort d'où, ça ?

— Tu as prétendu m'avoir laissé une pierre violette.

— J'ai prétendu ?

Il plaque une main sur sa poitrine, feignant l'indignation.

— Je l'ai vraiment laissée, je le jure.

— Je ne l'ai jamais trouvée.

— Tu as cherché ?

Elle sourit.

— D'accord. Alors une dernière tentative.

— L'art ?

Il a l'air surpris, puis il sourit.

— On n'entre dans les cours d'art à l'université que si l'on promet de se couper une oreille.

— Van Gogh serait fier.

Flynn s'arrête sur le côté de la patinoire et se penche pour rajuster son patin.

— Pourquoi l'art ?

— La peinture sur tes mains. Je l'ai remarquée quand tu conduisais.

— La peinture…

Il se lève et regarde ses ongles.

— Merde ! grommelle-t-il en grattant les résidus noirs autour de ses cuticules. C'est du vernis à ongles, explique-t-il. Je pensais avoir tout enlevé.

— Tu as décidé que le noir n'était pas ta couleur ?

— Mon père déteste que je le porte. Soi-disant que c'est réservé aux femmes.

— Je ne crois pas que le vernis fasse de la discrimination.

— Moi non plus, convient Flynn qui continue pourtant à se curer l'ongle. Enfin, c'est surtout mon grand-père qui est contre. Il est avocat. Très sérieux. Très traditionnel.

— Peut-être qu'il est juste jaloux. Propose-lui de lui vernir les ongles aussi.

Flynn sourit.

— D'autres suppositions ?

Elle secoue la tête.

— Et si je t'en parlais devant un chocolat chaud ? Je connais un endroit pas très loin d'ici.

Ils choisissent une minuscule table pour deux devant la fenêtre. Elinor a l'impression d'être dans un aquarium ou dans un zoo. Le petit coffee-shop du village se distingue par son mobilier en bois foncé, ses briques rouges apparentes et ses photos de latte artistiques sur les murs. Au centre se trouvent un grand canapé orange moelleux et deux fauteuils en peluche autour d'une table basse. Le coffee-shop n'est pas bondé, mais pas vide non plus. Il y a des mères qui font sauter leurs bébés sur leurs genoux, de petits groupes d'amis qui parlent fort, un couple qui se tient par la main de part et d'autre d'une table voisine tout en échangeant à voix basse. Il y a tant d'amour dans la façon dont l'homme regarde la femme que le cœur d'Elinor se serre.

Elle pense à Heath et Sofia, ensemble quelque part, en ce moment. Il ne sait pas qu'Elinor a quitté le domaine, non seulement sans lui, mais en compagnie de quelqu'un d'autre. Elle est consciente que les gens qui la voient ignorent jusqu'à l'existence de Heath. Parfois, elle a l'impression que leurs vies sont si étroitement imbriquées que si l'un d'entre eux venait à disparaître, l'autre ne tarderait pas à suivre. Toutefois, dans ce coffee-shop, elle n'est pas seulement la sœur de Heath Ledbury. Elle pourrait être n'importe qui. Flynn serait alors son petit ami, son patron ou même son frère. C'est une pensée excitante et libératrice. L'espace d'un instant, elle s'est détachée de son quotidien avec Heath et se laisse emporter dans une autre. Une vie faite de rendez-vous au coffee-shop et de baisers sans complications.

Flynn commande leurs boissons. Elle prend le temps de l'examiner. Il est beau avec son sourire en coin, sa bouche large et appétissante, mais ce qui séduit le plus Elinor, c'est la sensation qu'il lui procure, rayonnant comme un sou neuf tout brillant. Ou aussi exaltant qu'une montgolfière. Ou que de la neige vierge. Il n'est pas souillé par la tragédie ou par la perte. Il déborde d'une énergie qu'elle espère contagieuse, car plus elle passe de temps dans le monde, plus le fossé qui la sépare des autres devient évident.

Flynn regagne leur table avec deux énormes chocolats chauds, garnis d'une épaisse couche de crème fouettée, de guimauves moelleuses et même de copeaux de chocolat. Elinor se plaque les mains sur la bouche, ravie, puis les abaisse pour prendre la boisson, et lui lance un regard radieux.

— Tu as le plus beau des sourires, commente-t-il.

Le compliment lui fait monter le rouge aux joues et elle détourne les yeux.

Il s'éclaircit la voix.

— Médecine.

— Quoi ?

Elle bat des paupières, certaine d'avoir raté quelque chose.

— Mes études.

Elle opine.

— Tu veux être médecin ?

— Je suis intéressé par la partie santé mentale de la profession. Tu sais, psychiatre ou quelque chose comme ça.

— Tu veux passer tes patients dans des camisoles de force et les enfermer dans des salles capitonnées ?

— Je veux aider les gens. Ça a l'air d'un tas de conneries, mais…

— Non, pas du tout.

Ils se regardent et une espèce de courant électrique passe entre eux. Il baisse lentement les yeux sur ses lèvres, réchauffant la peau d'Elinor aussi sûrement que si elle se prélassait au soleil. C'est un sentiment qui l'excite et la terrifie à la fois.

— Je pars pour une année de stage en Afrique du Sud, se hâte-t-il d'expliquer.

Il scrute son visage, qu'elle vide soigneusement de toute expression, malgré la déception qui tourbillonne en elle.

— D'où le guide de voyage, conclut-elle.

Il acquiesce.

— Mais pas avant septembre.

Elle sourit, soulagée qu'il ne l'abandonne pas dans l'immédiat.

Ils sirotent leur chocolat chaud. Elle lèche la crème sur sa lèvre supérieure et il suit le mouvement des yeux.

— Et toi ? demande-t-il. Qu'est-ce que tu projettes de faire ?

À vrai dire, elle n'y a jamais vraiment réfléchi, pensant son avenir tout tracé. Heath et elle ont parlé à l'infini de l'héritage qu'ils allaient enfin toucher, mais ils n'ont jamais imaginé à quoi ressembleraient leurs journées par la suite. Jusqu'à présent, elle n'avait pas pris pleinement conscience que les jours allaient se transformer en semaines, en mois, en années, en décennies.

— Je ne sais pas.

— Je suppose qu'avec une maison aussi grande, tu n'as pas besoin de travailler.

— C'est vrai.

— Mais tu ne vas pas t'ennuyer ? Tu n'as pas besoin d'un but ?

Elle lui jette un regard consterné.

— J'en ai un, figure-toi.

Embarrassé et pris de remords, il baisse les yeux.

— Bien sûr, je ne voulais pas… Je suis désolé.

Elle boit son chocolat à petites gorgées, mais il lui brûle la langue. Lorsque Heath a eu dix-huit ans, l'oncle Robert l'a bombardé de brochures universitaires. Son frère les a feuilletées paresseusement et s'est empressé de les jeter, déclarant qu'il préférait attendre son héritage plutôt que de partir étudier. Elinor n'a pas discuté. Mais elle a lu chaque page de ces brochures comme s'il s'agissait de livres d'histoires, s'imaginant sur un campus verdoyant à la périphérie d'une nouvelle ville, assise avec un groupe d'amis et épluchant de lourds manuels, un enchevêtrement de surligneurs colorés au centre de leur cercle. Une vie qui lui semblait plus fantastique que tout ce que Tolkien avait pu écrire.

— Comment on est censé savoir ce qu'on veut faire ? demande-t-elle d'une petite voix.

— Je suppose qu'on réfléchit à ce qu'on aime dans la vie et on cherche à l'atteindre.

— Lire, dit-elle au bout d'un moment. J'aime lire.

— Littérature anglaise, alors ?

— Probablement. Je joue aussi du piano, ajoute-t-elle avant de froncer les sourcils et de rectifier. Je jouais du piano.

— Qu'est-ce qui s'est passé ?

Autodidacte, elle a utilisé les livres de la bibliothèque et écouté les vieilles cassettes de ses parents. Un week-end, l'oncle Robert l'a entendue jouer. Il est devenu obsédé. Les week-ends suivants, il s'est enfermé des heures durant avec elle dans la salle de réception, l'obligeant à jouer les mêmes morceaux sans relâche jusqu'à ce qu'elle en ait le bout des doigts meurtri. Il l'observait, un verre de scotch à la main. Plus il buvait, plus il se montrait exigeant et impatient. Elle en était à un crescendo rugissant lorsque, furieux, il a rabattu le couvercle. Si elle n'avait pas retiré ses doigts à toute allure, il les aurait brisés.

— Pourquoi tu as arrêté de jouer ? insiste Flynn.

Elle hausse les épaules.

— Mon oncle m'a gâché tout le plaisir que j'y prenais.

Il ne réplique rien, attendant qu'elle continue. Elle se souvient d'une autre des cruelles leçons inculquées par son oncle. « Ton père a pu se la couler douce grâce à sa belle gueule et à tous les autres dons héréditaires dont ton gredin de frère et toi constatez la présence dans le miroir, avait-il ricané. À l'instar de vous deux, il a gaspillé son intelligence et son talent. La beauté se fane, l'éclat engendre l'héritage. Ne l'oublie pas. »

Elinor soupire.

— Mon oncle pense que si l'on est doué pour quelque chose, on doit y exceller. Viser la perfection, même.

— Il a l'air d'être un homme difficile à satisfaire.

— Horriblement difficile.

— Et tu te sens en disgrâce à cause de lui ?

— À cause de moi, nuance-t-elle. Je me suis soûlée à la fête qu'il avait organisée dans le cadre de son travail et j'ai mis le feu aux rideaux sans le faire exprès.

Elle reste immobile, pour ne pas manquer la réaction de Flynn. Va-t-il se détourner d'elle avec dégoût et la planter là pour qu'elle rentre par ses propres moyens ? Non. Il penche la tête, les yeux pétillant d'amusement, et dit :

— Ce que tu me décris là, ça m'a l'air d'un mardi normal, en fait.

La nuit commence à tomber. Flynn la raccompagne chez elle. Au portail, elle veut ôter sa veste, mais il lève une main.

— Garde-la, proteste-t-il. Elle te va mieux qu'à moi.

Elle jubile. Elle a apprécié cette journée en sa compagnie. Une aventure inattendue et parfaite. Portée par la vague de son excitation, elle se penche et presse sa bouche sur la sienne. Un baiser très bref. Elle s'écarte rapidement et voit la chaleur dans les yeux de Flynn. Il se penche lui aussi, avide d'un autre baiser. Elle se sent désirable, puissante, même. Deux impressions qu'elle n'a pas ressenties depuis longtemps. Elle ouvre le portail, mais il lui attrape doucement le poignet.

— Je peux te revoir ? demande-t-il. Demain ?

— Lundi, accepte-t-elle.

Lorsqu'il est parti, elle se faufile par le portail et décide de passer un peu de temps à chercher la fameuse pierre violette avant qu'il ne fasse trop sombre. Il ne lui faut que quelques minutes pour la trouver en balayant la fine couche de neige qui recouvre les cailloux. Elle n'arrive pas à y croire. Elle la glisse précautionneusement dans sa poche puis se dirige vers Ledbury Hall, avec la sensation d'être un cerf-volant libéré de sa ficelle. Elle aperçoit le manoir, mais aussi la voiture de son oncle qui remonte l'allée dans sa direction. Elle recule d'un pas chancelant. La voiture ralentit et les lèvres minces de son oncle se tordent sur un rictus sardonique, il plonge son regard dans le sien, les yeux allumés d'un éclat malveillant. Puis il accélère à nouveau, en direction du portail.

Elle se retourne vers la maison. L'effroi se répand en elle lorsqu'elle aperçoit la voiture de Heath garée devant. Elle court, se souvenant de la menace de son oncle. *Je m'occuperai de toi plus tard, mon garçon.* La porte d'entrée est grande ouverte. Elle appelle son frère par son nom.

Silence.

Le genre de silence qui règne dans un cimetière.

— Heath ! crie-t-elle à nouveau, courant de pièce en pièce, à sa recherche.

Il ne répond rien. Parce qu'il ne peut pas. Elle le trouve gisant sur le sol de la cuisine, dans une mare de sang. Un tuyau de plomb abandonné à côté de lui.

19

Caitlin Arden

Je vais chercher Florence à la gare. Ses cheveux forment un court rideau de soie d'encre, s'arrêtant à mi-chemin entre sa mâchoire et sa clavicule. Ses lèvres, habituellement peintes en rouge, sont d'un rose brillant. Elle porte une longue robe bleu pâle à volants étagés, avec d'amples manches et un dos ouvert. En lin. Coûteuse.

— Magnifique, je commente alors qu'elle se glisse sur le siège passager.

Elle se mordille la lèvre.

— Ce n'est pas un peu trop ?

Je sors du parking de la gare.

— Je ne crois pas.

— Je suis hyper nerveuse. Pourquoi à ce point ?

— Parce que tu ne l'as pas vue depuis seize ans. Mais ça va bien se passer. Je t'assure.

Elle est secouée d'un petit rire fébrile.

— Et vous êtes certains qu'il s'agit d'Olivia ?

Je détourne les yeux de la route pour voir si elle est sérieuse.

— Évidemment.

— Je vérifie juste. Je veux dire, c'est un choc, non ? Je ne pensais pas la revoir un jour.

Elle soupire bruyamment, comme pour dissiper sa nervosité. C'est nouveau. Florence, d'ordinaire, c'est plutôt certitude et café corsé. Ambition et fantaisie.

— Quoi qu'il en soit, je suis désolée que nous ayons dû nous y reprendre à deux fois. Olivia n'a pas été trop contrariée ?

Je secoue la tête.

— Non. Elle a hâte de te voir. Elle comprend que tu aies dû travailler. À ce propos, comment c'était, à Londres ?

— Agité, sale, encombré.

Elle se lance dans une diatribe sur l'horreur des trajets en métro. Je n'écoute que d'une oreille en slalomant entre les bus qui avancent en couinant et les joggeurs déterminés qui courent devant moi.

— Mais je suis contente d'y être allée, dit-elle. Ce nouveau livre de Noah Pine devrait encore être un best-seller. Je n'arrive toujours pas à croire que j'ai été choisie pour enregistrer l'audio. Et il n'est même pas sorti qu'on me demande déjà de prendre en charge d'autres bouquins.

— C'est génial. Ta mère doit être ravie.

Florence rayonne.

— Comme il se doit.

Je l'envie un peu d'avoir grandi avec une mère qui soutenait ses rêves. Même quand ces rêves consistaient à devenir actrice à Broadway. Susan n'a pas poussé sa fille à enseigner ou à exercer un métier technique et sans âme au motif qu'il était bien payé. Florence aime sa mère, mais je ne pense pas qu'elle puisse jamais vraiment apprécier la chance qu'elle a d'avoir été ainsi encouragée à choisir la voie qu'elle voulait dans la vie et qu'on lui ait joyeusement tenu la main lorsqu'elle l'a empruntée, que cette voie conduise à une impasse ou à la poule aux œufs d'or.

— Tellement de choses ont changé en si peu de temps, lâche-t-elle.

— Oui, tu as fait ta première grande percée en tant que lectrice… J'ai retrouvé ma sœur perdue depuis longtemps.

— Tu y crois, toi, qu'il y a seulement trois semaines, on s'est retrouvées dans notre bar pour débattre de savoir si je devais me faire appeler Odell-Fox ou Fox-Odell ?

Je secoue la tête et m'insère dans le flot de voitures qui traverse Bath et son tortueux système de sens uniques à la vitesse de l'escargot.

— Tu m'as manqué, dit-elle.

— Tu m'as manqué aussi.

— Vraiment ?

— Oui, je réponds en vérifiant mon rétroviseur. Pourquoi tu me poses la question ?

Dans mon champ de vision, elle hausse une épaule toute fine.

— Olivia est de retour.

— Et ?

— Et j'en ai conclu qu'il n'y aurait pas autant de place pour moi dans ta vie. À juste titre, c'est évident.

— Il n'y a rien d'évident là-dedans. Pour moi, tu es une sœur au même titre qu'elle. Tu le seras toujours. Le retour d'Olivia n'y change rien.

— Sérieux ?

— Oui ! Tu es l'une des personnes les plus importantes de ma vie, Florence. Je veux dire, mince, je te connais depuis que j'ai sept ans. Ça fait dix-neuf ans. Si notre amitié était une personne, elle serait assez âgée pour boire. Elle ferait la queue pour entrer dans un club et elle n'aurait même pas besoin d'une fausse carte d'identité.

Florence rejette la tête en arrière et éclate de rire.

Je continue :

— Elle serait assez âgée pour voter. Pour conduire. Pour piloter un avion. Elle pourrait acheter des cisailles en toute légalité et avoir des relations sexuelles.

— J'espère qu'elle ne confondrait pas trop les deux derniers.

Je souris.

— Alors… reprend-elle. Ce que tu es en train de me dire, c'est que notre amitié est assez vieille pour tailler légalement une pipe ?

— Oui.

Nous rions aux éclats maintenant. Mon amour pour elle pétille. Florence fait partie de ma famille dans tous les sens du terme. Tous les sens, sauf celui du sang.

— C'est juste que je n'ai pas de sœur, me dit-elle, mettant complètement son âme à nu pour moi, mais avec toi dans ma vie, j'ai l'impression d'en avoir une.

La circulation est à l'arrêt. Je serre le frein à main et me tourne sur mon siège pour lui faire face, car j'ai besoin qu'elle prenne la mesure de ma sincérité.

— Et ça, ça ne changera jamais.

À la maison, j'envoie Florence dans le jardin avec un pichet de Pimm's glacé avant de monter chercher Olivia. Lorsque nous sommes arrivées, maman nous a dit qu'elle décompressait dans sa chambre, après une visite particulièrement éprouvante au poste de police ce matin. Je m'attendais à la trouver recroquevillée sur son lit, épuisée et à vif, au lieu de quoi elle est en train de fermer le dernier bouton en bois de sa robe ivoire. La coupe en est ample et romantique, avec une ceinture à la taille et des manches ballons. C'est perturbant, ce qu'elle est belle ; elle l'est un peu plus chaque fois que je la vois : ses cils sombres, son visage bien découpé, ses longs cheveux dorés, et l'assurance de son maintien. Je m'étais dit que si elle revenait un jour, elle serait une coquille vide, timide et maladroite, incertaine face au monde qui l'entoure. Ce n'est pas le cas. Gideon a parlé de terreurs nocturnes et d'anxiété, de ses difficultés à gérer le quotidien et de sa solitude, mais en la regardant en cet instant, nul ne s'en rendrait compte.

Je sens sa minceur lorsque nous nous étreignons, sa robe se froisse quand nos deux corps se touchent. Je la hume : mûres et jasmin de nuit.

— Tu m'as vraiment manqué, murmure-t-elle dans mon épaule.

— Toi aussi, je fais chorus lorsque nous nous séparons.

— J'ai un autre rendez-vous avec Gideon cette semaine. Papa et maman reprennent le travail, ça te dérangerait de passer encore une fois me récupérer ?

— Absolument pas.

Je me perche sur le lit d'Olivia. Elle fait tourner le porte-bijoux sur sa coiffeuse. Je reconnais le collier qu'elle choisit. Il s'agit d'une émeraude montée sur une délicate chaîne en or. Maman l'adorait : c'était grand-père Aubrey qui l'avait offert à Nana pour leur premier anniversaire de mariage. J'ai supplié ma mère de me donner ce collier un millier de fois et elle m'a toujours répondu : « Il sera à toi quand je serai morte. »

— Ça va ? demande Olivia.

Je fronce les sourcils. Je sens les rides de la désapprobation se graver en profondeur sur mon front.

— Oui, tout va bien, je mens en m'efforçant de sourire malgré la jalousie qui me ronge.

Je sais que ce n'est pas bien de l'envier, car il est probable qu'Olivia ait vu le collier et que, comme moi, elle en soit tombée amoureuse. Après tout ce qu'elle a vécu, comment maman aurait-elle pu lui refuser l'émeraude ?

— Tu es sûre, parce que…

— Gideon m'a paru génial, je l'interromps pour tenter de changer de sujet.

— Oh, oui, il est vraiment à l'écoute.

— Ce n'est pas ce que les thérapeutes sont censés faire ?

— Oui, mais certains sont plus convaincants que d'autres. J'en vois trois régulièrement, et c'est le seul qui semble se soucier réellement de ce que je ressens et de ce que je veux, plutôt que d'insister pour obtenir des détails juteux et morbides. Je sors des autres rendez-vous avec l'impression d'être un citron qu'on vient de presser.

J'acquiesce.

— Il n'a rien à voir avec le thérapeute que j'avais l'habitude de consulter.

— Comment ça ?

Je repense à cette femme démodée au visage rougeaud, qui sentait la naphtaline et n'arrêtait pas de remonter une paire de lunettes bon marché sur son nez crochu. Je m'éclaircis la gorge.

— C'est juste qu'il a l'air jeune.

Elle fait la grimace.

— Fin de la trentaine, je dirais.

Je rougis.

— Eh bien, l'âge mis à part, je suis contente qu'il t'aide.

Elle s'empare d'une brosse dans le tiroir et la passe dans ses cheveux.

— Tu le vois comme quelqu'un avec qui il est facile d'échanger ?

J'acquiesce.

— Et de quoi avez-vous parlé ? demande-t-elle.

— Quand ?

— Devant le coffee-shop.

Sa voix a une légèreté suggérant que ma réponse ne l'intéresse pas tant que ça, mais la tension qui redresse ses épaules la trahit.

— Parce que vous avez causé un bon moment.

Elle cherche à savoir si Gideon a insinué que je devais retourner vivre à Blossom Hill House. Naïvement, j'espérais que cette idée s'évanouirait et disparaîtrait complètement, à l'instar des glaçons dans un verre d'eau.

— Il m'a demandé si je pouvais envisager de séjourner ici quelque temps.

La gorge nouée, je redoute la nouvelle que je dois annoncer.

— Mais je ne peux pas. Je suis incapable de revenir vivre chez papa et maman.

Elle s'immobilise, sa brosse à cheveux à la main.

— Pourquoi ?

— J'ai un fiancé, une maison à moi.

— Mais il ne s'agirait que de quelques semaines, insiste-t-elle. Jusqu'à ce que tu retournes à l'école. Oscar s'y opposerait ?

À dire vrai, je ne lui en ai même pas parlé, parce que je me refuse catégoriquement à vivre à nouveau avec ma famille.

— Il n'est pas comme ça. Il ne m'empêcherait pas de faire quoi que ce soit.

— À part voyager.

— Olivia, je gronde, piquée au vif.

— Alors quoi ? Pourquoi tu ne reviendrais pas ici pour un temps ?

— Parce que Blossom Hill House n'est pas ma maison. Plus maintenant. Je ne peux pas abandonner toute ma vie.

Son expression tourne à l'aigre.

— Bien sûr. Parce que bon, quel genre d'adulte fonctionnel se retrouve célibataire, sans emploi, à vivre chez ses parents ?

Elle fait claquer la brosse sur la coiffeuse.

Je me lève.

— Ce n'est pas ce que je voulais dire. Je suis désolée de ne pas t'avoir beaucoup vue ces derniers temps. J'ai évité de venir ici depuis ma dispute avec papa, mais je vais faire un effort. Je viendrai tous les jours.

S'ensuit le silence le plus long et le plus froid du monde.

Olivia est hérissée par la déception et la colère.

— Fais ce que tu as à faire, Caitlin.

Caitlin. Elle ne m'appelle jamais Caitlin.

Elle lisse sa robe.

— Florence est là ?

J'opine.

— Génial.

Elle se retourne et se dirige vers la porte.

— Je vais chercher des verres et on pourra…

Elle tourne les talons. Lève le menton. Déterminée. Résolue.

— En fait, je crois que je préférerais passer un peu de temps seule avec elle. Il est probablement plus facile de renouer avec sa meilleure amie d'enfance lorsque ta petite sœur ne traîne pas dans les parages.

Sur quoi elle part sans se retourner.

Je m'élance à sa poursuite, mais maman me rattrape au pied de l'escalier.

— Je peux te dire un mot ?

Je passe devant elle. Je ne vois pas Olivia, mais je l'entends récupérer des verres dans le placard de la cuisine.

— Qui a eu l'idée de prendre la carte de crédit de papa, le jour où ta sœur et toi êtes allées faire des courses ?

Je suis distraite, impatiente de rattraper Olivia avant qu'elle ne sorte dans le jardin.

— C'est papa qui la lui a donnée.

— Tu ne l'aurais pas prise dans son bureau ?

J'entends les portes-fenêtres s'ouvrir.

— Tu n'as pas fait ça ? insiste-t-elle.

Je détourne mon regard de la porte de la cuisine et vois que maman fait anxieusement tourner son alliance autour de son annulaire.

— Pas fait quoi ?

Elle inspire entre ses dents, irritée.

— Pas pris la carte de crédit de ton père ?

— Non. Je viens de te dire qu'il l'avait donnée à Olivia.

Elle détourne les yeux.

— Il ne l'a pas fait ? je demande.

Il y a une seconde de silence.

— Si, si, dit-elle avec un sourire. Tu ne rejoins pas les filles dans le jardin ?

Les « filles ». Comme si elles avaient encore treize ans. Je hoche la tête et traverse rapidement le couloir pour gagner la cuisine et m'arrêter devant les portes-fenêtres. Olivia et Florence se tiennent debout sous les rayons du soleil, à s'admirer mutuellement. Florence porte une main tremblante à sa bouche. Puis elles s'étreignent. Elles sont un enchevêtrement de cheveux, de souffles, de rires doux et incrédules. Elles s'accrochent l'une à l'autre. Et je vois l'instant. Je vois le moment où chacune s'insère parfaitement dans la vie de l'autre. Où les seize dernières années de séparation se dissolvent. Florence recule, serrant toujours les mains d'Olivia, comme si elle redoutait de voir ma sœur disparaître si elle la lâchait ne serait-ce qu'une seconde, mirage fondant sous les rayons trop ardents du soleil. Puis elles s'étreignent à nouveau. Fort. Très fort.

Je reste une demi-heure dans la fraîcheur de la cuisine avant de m'aventurer dehors pour les rejoindre avec un pichet de boisson glacée. Après tout, il était prévu que nous passions du temps toutes les trois ensemble. Les fruits coupés en tranches et les glaçons s'entrechoquent dans le pichet pendant que je traverse le jardin. Elles ne lèvent même pas le regard à mon approche. Elles rient, tête contre tête. Je reste près de la table jusqu'à ce qu'Olivia lève les yeux vers moi, un sourire resplendissant sur les lèvres. Mais il ne m'est pas destiné, ce sourire. C'est un vestige de l'éclat allumé par la compagnie de Florence et je me nourris des miettes de la plaisanterie qu'elles viennent de partager.

Elle reprend rapidement son sérieux. Son sourire se flétrit dans la chaleur de l'après-midi.

— Tout va bien ? s'enquiert-elle sur le ton qu'on emploierait pour demander : « Qu'est-ce que tu fous ici ? »

— Tout va bien, je réponds en serrant si fort l'anse du pichet que ma main commence à me faire mal.

Sous l'effet de la gêne, l'air autour de nous prend la raideur d'un cadavre. J'ai remonté le temps, je suis la petite sœur pot de colle et pénible, qui tient absolument à traîner avec Olivia et son amie cool. Sauf que c'est différent maintenant.

Ça devrait l'être en tout cas. Florence est mon amie. Elle est mon amie à moi seule, depuis seize ans.

— Merci, lâche Olivia, dont le regard se porte sur la cruche que j'ai entre les mains.

— Oh, de rien.

Je pose le cocktail sur la table comme si j'étais une serveuse.

Elles me sourient : elles attendent que je parte. Leur rejet m'écorche la peau et je tourne les talons. Mais Florence m'attrape alors le poignet et me dit :

— Je viendrai te dire au revoir avant de m'en aller.

— Tu n'as pas besoin que je te ramène chez toi ?

— Daniel va venir me chercher.

— Génial.

Je les regarde toutes les deux, avec l'espoir qu'elles me demandent de rester.

— Bon, ben… je vous laisse.

Dès que je commence à remonter l'allée du jardin, leur bavardage reprend.

Je me retrouve seule dans la cuisine.

Maman me demande de l'aider à descendre des cartons du grenier. Ils sont pleins d'albums photos et de vieilles vidéos de famille. Je suppose qu'ils sont destinés à Olivia. Je suis en train d'empiler le dernier carton poussiéreux sur le palier lorsque je les entends toutes les deux franchir les portes-fenêtres. Elles gloussent. Je me dirige vers l'escalier pour pouvoir parler à Florence avant son départ. Je ne suis pas encore au milieu des marches quand je vois Florence embrasser Olivia sur la joue avant de disparaître par la porte d'entrée.

Elle ne m'a pas dit au revoir. Elle a oublié. Je reste là, à fixer l'endroit où se trouvait mon amie quelques secondes plus tôt : j'ai l'impression d'être un pull-over qui gratte et qui serre, qu'on a remisé dans un tiroir avant de l'oublier.

Olivia se retourne et me voit hésiter. Les battements de mon cœur s'accélèrent. Que va-t-elle dire ? Mais elle me jette à peine un regard en montant l'escalier. Elle passe sans même frôler mon épaule.

Un instant plus tard, la porte de sa chambre se referme.

20

Caitlin Arden

Cela fait quatre jours qu'Olivia et Florence se sont retrouvées, et si ça a été silence radio de la part de ma sœur, j'ai eu droit à un petit « Désolée, je suis très occupée. On se voit bientôt ! » de la part de ma meilleure amie. Pourtant, maman m'a dit hier soir au téléphone que Florence était restée à la maison toute la journée avec Olivia. Et je redeviens une enfant, assise devant la porte de la chambre de ma grande sœur, brûlant d'être intégrée à son univers. J'essaie de m'occuper, mais Oscar travaille plus que d'habitude, et même la création de nouveaux imprimés pour Wanderlust ne suffit pas à me sortir de ma foire aux lamentations.

Inquiet que je n'aie pas mis le nez dehors ni n'aie vu qui que ce soit depuis des jours, Oscar m'a suggéré de passer un coup de fil à Gemma quand il est parti ce matin, pour une réunion à Londres. Le problème, c'est que je me sens vraiment nulle et terne, et je sais que je ne suis pas de bonne compagnie. Si je pouvais me racheter auprès d'Olivia, je me sentirais peut-être mieux, mais je l'ai blessée en lui annonçant que je ne reviendrais pas à Blossom Hill House. Or, à moins de me plier à ses exigences, je ne peux pas arranger les choses. J'aurais peut-être dû accepter, mais combien de temps me faudrait-il rester jusqu'à ce qu'elle consente à me voir repartir ?

Je m'assieds sur le canapé et je fais défiler mes réseaux sociaux sans réfléchir. Je scrolle, je scrolle et je scrolle encore. J'ignore mes messages. Depuis le retour d'Olivia, ils proviennent surtout de personnes à qui je n'ai pas parlé depuis des années et qui tentent de masquer leur curiosité morbide derrière de l'inquiétude. Je suis déçue de ne pas avoir eu plus de contacts avec Florence. Depuis l'enlèvement, je me sens un peu plus sombre que tous ceux qui m'entourent, comme si le fait d'en avoir été témoin avait laissé sur moi une tache visible sur un endroit important, un endroit qui signifie que je ne suis pas assez insouciante pour être drôle ou facile à vivre. Mais cela n'a jamais gêné Florence, parce qu'elle savait ce qui était arrivé à Olivia, elle avait connu ma sœur, et elle comprenait donc sans que j'aie à lui expliquer quoi que ce soit.

Je clique sur les profils de mes amis de l'université. Evie a posté une poignée de photos de son fils de six mois. Avant, son fil d'actualité fourmillait d'images de Maple, son petit cocker anglais blond, ou de ses aventures d'escalade, de ses week-ends avec son mari, de ses week-ends avec des amis, de ses brunchs et de ses fêtes d'anniversaire, de ses photos de cocktails et du *road trip* qu'elle avait entrepris l'été dernier avec sa cousine à travers l'Amérique. Aujourd'hui, il n'y a plus que des photos de son fils en position horizontale : allongé sur un tapis d'éveil coloré. Couché dans son berceau. Dans les bras de quelqu'un. Âgé de six mois, il a moins de deux ou trois expressions, pourtant il y a tellement d'images de lui que le fil d'Evie ressemble à un jeu des sept erreurs… sans les différences. Comme si toute sa personnalité avait été expulsée par son vagin en même temps que le bébé, et qu'elle avait transformé son placenta en comprimés comestibles. Même sa photo de profil, c'est un cliché de son enfant.

Je me souviens que lors de la fête organisée en vue de la naissance de ce bébé, Florence avait offert à Evie un panier cadeau ainsi qu'une carte sur laquelle on pouvait lire « Désolée de te voir partir », ce que tout le monde avait trouvé hilarant. Pourtant, c'était assez bien vu, car depuis la naissance de son fils, Evie s'est débarrassée de toutes ses amies sans enfant pour les remplacer par d'autres mères.

« Elle est de l'autre côté du mur maintenant, avait constaté Florence après qu'Evie avait annulé un déjeuner avec nous pour la troisième fois. Je suis bien contente d'avoir dépensé soixante-dix livres pour le tire-lait qu'elle voulait et d'avoir enduré cinq parties de *Labour or Porn.* »

Je clique sur ma dernière conversation avec Evie. Mes quatre derniers messages sont restés sans réponse. J'en envoie un autre, lui demandant comment ils se portent, elle et son bébé.

Puis je navigue sur la page de Gemma. Elle a posté une photo d'elle en randonnée avec une légende proclamant qu'elle savoure les vacances scolaires. En regardant son sourire chaleureux et amical, j'ai du mal à comprendre pourquoi, à l'inverse de tous les autres gens, Florence lui a aussitôt été hostile.

« Gemma ne serait pas un peu collante ? a-t-elle demandé après l'avoir rencontrée à ma fête de fiançailles. Je l'ai entendue te demander d'aller à un concert de Katherine Ryan, alors qu'on a dit qu'on la verrait la prochaine fois qu'elle sera à Bath. Tu réserves les billets ou c'est moi qui m'en charge ? »

Mais comme Florence est distraite par Olivia, il faut que je consacre plus de temps aux autres. J'appelle Gemma. Qui répond à la cinquième sonnerie.

— Waouh ! Caitie. Ça va ?

— Oui, très bien, je me demandais juste si tu étais dans le coin pour qu'on déjeune ou qu'on aille se promener.

— Aujourd'hui ?

— Oui, si tu es libre ?

Silence.

— Je vois Sarah cet après-midi, lâche-t-elle, comme si je devais savoir de qui elle parle.

— Sarah ?

— Newbury.

Je me redresse.

— Tu la connais, non ? demande-t-elle.

Je suis contente qu'on soit au téléphone et qu'elle ne puisse pas voir mon visage.

— Oui, bien sûr que je connais Sarah. Je vous ai présentées toutes les deux à ma fête de fiançailles, il y a quelques années.

— Exact ! On parlait justement de ça hier, avec Sarah. On ne se souvenait plus de l'occasion. Une fête de fiançailles, c'est logique.

— Qu'est-ce que vous allez faire, toutes les deux ? je demande poliment, même si cette conversation amène un goût amer sur ma langue.

— Une virée shopping pour son enterrement de vie de jeune fille, le mois prochain.

Silence.

Je peux pratiquement l'entendre prendre conscience de son erreur. Je ne suis pas invitée à l'enterrement de vie de jeune fille de Sarah. Sarah, que je connais depuis le lycée. Sarah, que j'ai accompagnée dans sa rupture avec Wesley après qu'elle avait passé un an à s'automédicamenter à base de coups d'un soir et de tequila. Je savais qu'il leur était arrivé, à Gemma et à elle, de passer du temps ensemble après avoir fait connaissance, mais j'ignorais qu'elles étaient devenues amies. Des amies proches. Plus proches que Sarah et moi.

— Tu peux venir si tu veux, suggère Gemma, en essayant de sauver la situation. Je vais demander à Sarah si elle est d'accord et ensuite…

— Non, je la coupe, car je ne veux pas d'une invitation inspirée par la pitié. Ce n'est pas grave. On se verra une autre fois.

— Bien sûr.

— On pourrait déjeuner la semaine prochaine ?

Quelques secondes de silence. Puis :

— Je jette un coup d'œil à mon agenda et je te rappelle ?

Sa réticence est palpable. D'accord, j'aurais pu, j'aurais dû, consacrer plus de temps à mon amitié avec Gemma, mais je n'ai jamais été méchante avec elle. Nous ne nous sommes jamais disputées, il n'y a même pas eu le moindre désaccord entre nous. Pourquoi se montre-t-elle si froide ?

— Est-ce que tout… Est-ce que ça va ? je lui demande.

Le silence se prolonge à l'autre bout de la ligne.

— Caitie, répond-elle d'un ton las, pourquoi je n'étais pas au courant que tu avais une sœur ?

Je sens mon cœur s'agiter sous l'effet de la panique. J'ouvre la bouche mais rien ne sort.

— Je n'en avais aucune idée, poursuit-elle dans un murmure. Tu ne me l'as jamais dit.

— Peu de gens le savent…

Je m'enfonce dans le silence. J'ai envie de lui parler de l'océan de solitude où j'ai toujours un orteil plongé, qui enfle parfois et m'aspire dans ses ténèbres tortueuses. Une solitude qui m'inonde les yeux, les oreilles et la bouche. J'ai envie de lui dire que cela a commencé la nuit où Olivia a été enlevée. Que j'ai peur que quelque chose ne tourne pas rond chez moi, vraiment pas rond, et que si je laisse les gens franchir la porte, la puanteur de l'humidité et de la pourriture les fassent détaler. Alors la solitude ne me laissera jamais remonter à la surface pour inspirer une bouffée d'air. Mais je n'explique rien. Je ne peux pas. La peur est comme du ruban adhésif sur ma bouche. Je me contente donc de lâcher :

— Ça n'a jamais été facile d'en parler.

— Oui, soupire-t-elle. Je suppose que c'est le genre de chose que l'on ne confie qu'à ses amis très proches.

Elle se tait à son tour. *Dis quelque chose,* je pense. *N'importe quoi.*

— Écoute, il faut que j'y aille. Sarah me tuera si je suis en retard.

Lorsqu'elle raccroche, je reste assise dans l'épais silence de la déprime.

Mais presque aussitôt, mon téléphone vibre : un appel entrant. C'est Olivia. Au début, elle ne parle pas. Je n'entends que le bruit de la circulation et ses halètements frénétiques.

Devinant que quelque chose cloche, je me lève d'un bond.

— Olivia ?

Elle ne parle toujours pas, cependant je sens sa peur se propager sur la ligne. Une seconde plus tard, je suis dans le couloir, j'enfile mes sandales et j'attrape mes clés de voiture.

— Où ? Je viens te chercher.

— Je ne sais pas, répond-elle entre deux souffles paniqués. Je suis montée dans un bus, puis j'ai marché. Je me suis perdue. Je…

Elle sanglote si fort que je n'arrive pas à la comprendre.

— Envoie-moi un *pin*, que je puisse te retrouver.

— Je ne sais pas ce que c'est.

Évidemment.

— OK, décris-moi ce que tu vois.

Comprenant qu'elle se trouve à Bradford-on-Avon, je lui demande de m'attendre dans le parc près du canal.

Vingt minutes plus tard, je repère Olivia près du pont, adossée au mur qui surplombe la rivière. Elle porte un t-shirt trop grand et un short avec des baskets dont les lacets sont lâches. Je l'imagine enfoncer ses pieds dedans avant de s'enfuir de la maison. Dès que je l'atteins, je la prends dans mes bras. Elle s'accroche à moi. Il y a quelques feuilles dans ses cheveux, ce qui m'indique qu'elle s'est échappée par les bois et qu'elle a dépassé la cabane abandonnée. Ses respirations frénétiques sont trop superficielles. Je lui dis d'inspirer par le nez et d'expirer lentement par la bouche, mais elle sanglote si fort qu'elle n'y arrive pas. J'écarte les mèches moites de son visage sans les relâcher. Des badauds ralentissent en passant près de nous pour nous examiner. Je les ignore.

— D'accord, je la réconforte. Concentre-toi sur les choses qui t'entourent et, à voix haute, commence à nommer les choses et les couleurs que tu vois.

Elle pleure encore, le visage rougi, strié de larmes collantes.

— On va faire ça ensemble. C'est moi qui commence, j'annonce en regardant autour de moi. Un banc bleu marine.

J'attends. À travers ses larmes, elle réussit à avoir l'air complètement déconcertée. Je nomme un deuxième objet.

— Un toboggan jaune.

Elle suit mon regard jusqu'à l'aire de jeux située de l'autre côté du parc.

— De… De l'herbe verte.

— C'est ça ! j'acquiesce, lui adressant mon sourire le plus encourageant de maîtresse d'école primaire. C'est ça, génial ! Des roses rose pâle, j'ajoute puisque c'est à nouveau mon tour.

Lentement, je retire mes mains de son visage, mais elle les prend dans les siennes.

Ses paumes sont moites.

— Rouge, souffle-t-elle. Une balançoire rouge.

— Un pont de pierre grise.

Ses doigts se resserrent sur les miens. Elle secoue la tête. Elle glisse une nouvelle fois, ses yeux s'emplissent de larmes. Je jette des regards désespérés autour de moi.

— Tournesols auréoline.

Elle fronce les sourcils.

— Quoi ?

— Tournesols auréoline, je répète.

— Auréoline, fait-elle en souriant. Ce n'est pas une couleur.

— Si. C'est la couleur de ces tournesols.

— Auréoline…

Elle s'esclaffe.

— Pourquoi tu rigoles ?

— Tu ne pouvais pas choisir quelque chose de normal ?

— Comme quoi ?

Elle rit encore plus fort.

— Comme jaune !

— J'ai dit « jaune » tout à l'heure. Toboggan jaune. Arrête de rire. C'est une couleur. Une couleur normale.

— Auréoline, chantonne-t-elle. Auréoline, auréoline, auréoline.

Je me mets à rire moi aussi, car plus elle le scande, plus le mot semble ridicule.

— C'est plus chaud que le jaune. Plus joyeux. Ensoleillé.

— Auréoline ensoleillé, parvient-elle à lâcher entre deux éclats de rire.

Et nous voilà parties toutes les deux, à rire si fort que nos épaules tremblent. Les passants nous dévisagent, ce qui ne fait que redoubler notre hilarité. Et même si j'ignore encore ce qui a provoqué la crise de panique chez Olivia, je baigne dans la chaleur de savoir que quand ma sœur a eu besoin de quelqu'un, c'est vers moi qu'elle s'est tournée. Que, au moins pour elle, j'ai de l'importance.

Elle m'explique qu'elle a eu un entretien très difficile au poste et que quand elle est rentrée à la maison, maman ne l'a pas lâchée. Elle est furieuse que tout le monde soit allé de l'avant alors qu'elle est restée coincée dans le passé, toujours traitée comme une enfant par ses parents. Elle demande, presque pour elle-même, si elle aura un jour une vie normale. Nous parlons pendant près d'une heure, en déambulant dans le parc sous une chaleur accablante.

Nous nous dirigeons vers la rue principale, désireuses de boire un verre.

— Ici ? s'enquiert Olivia, en désignant d'un signe de tête un café décoré de corbeilles de fleurs accrochées sur le devant de sa vitrine.

— Parfait.

— Je peux attendre dehors ? Je n'ai pas envie de gérer une foule pour l'instant.

Je prends deux bouteilles d'eau dans le réfrigérateur du café et les apporte au comptoir.

Puis je m'arrête, paralysée par le choc.

Dans le coin, au fond de l'établissement, il y a Oscar. Il n'est pas à Londres. Et il n'est pas seul. En fait, il déjeune en compagnie d'une autre femme. Mince et bronzée, avec des cheveux blonds et le genre de longues jambes que les hommes rêvent de voir enroulées autour de leur taille. Je les regarde tous les deux. La femme dit quelque chose que je n'entends pas mais qui doit être hilarant parce qu'Oscar rit si fort que les coins de ses yeux se plissent.

— Ohé, m'interpelle la caissière d'une voix indiquant que ce n'est pas la première fois qu'elle essaie d'attirer mon attention.

Je m'avance d'un pas chancelant. Tandis qu'elle scanne les bouteilles d'eau, mon attention se reporte sur mon fiancé en plein rendez-vous secret avec une femme que je ne connais pas. Entre eux, une part de gâteau au chocolat. Un seul dessert. Deux cuillères. Oscar est penché en avant, sa main à quelques millimètres de la sienne. J'en ai assez vu. Une fois que j'ai payé, je sors.

Olivia et moi nous dirigeons vers le parking.

Les mains tremblantes, je m'empare de mon téléphone et consulte l'agenda que je partage avec Oscar. Il est censé se trouver à Southbank pour rencontrer Sam, un nouveau client.

Je lui envoie un message.

Comment ça va, à Londres ? Les réunions se passent bien ? Sam te semble quelqu'un de bien ?

J'attends nerveusement une réponse. Il me corrigera. Il me dira qu'il y a eu un changement de programme, que, fait cocasse, il se trouve en fait à Bradford-on-Avon et que oui, Sam est géniale, mais qu'elle n'est pas aussi jolie que moi, ni aussi drôle, ni aussi baisable.

Mon téléphone vibre.

Tu connais Londres, surpeuplée et décevante. Les réunions se déroulent à merveille ! Il connaît vraiment son affaire. N'oublie pas qu'on dîne avec ma mère ce soir. Papa n'est pas là, il n'y aura que nous trois.

Je relis son message une dizaine de fois. « Il » connaît vraiment son sujet, pas « elle », « il ». Et Londres… Oscar prétend se trouver à Londres. A-t-il une liaison ? Cette pensée me remplit d'un chagrin si énorme qu'un bruit étranglé monte de ma gorge.

Olivia relève la tête. Elle a vidé sa bouteille d'eau.

— Ça va ?

J'acquiesce, déglutis, et j'acquiesce encore. Puis je repousse le mépris et la trahison au fond de moi.

— Allons-y.

21

Caitlin Arden

Oscar m'annonce que son train a du retard et qu'il me retrouvera directement chez ses parents pour le repas. Depuis le retour d'Olivia, j'ai fait l'impasse sur quatre rôtis du dimanche avec les Fairview. C'est notre dîner de rattrapage et j'ai promis d'être là. Si je n'y vais pas, Oscar saura que quelque chose cloche et il aura alors le temps de concocter une histoire. Un autre mensonge, encore mieux ficelé. Le prendre au dépourvu est le meilleur moyen d'obtenir la vérité.

Je fais beaucoup plus d'efforts pour me préparer que d'habitude. Je prends une douche et me lave les cheveux avec un shampooing volumateur. J'utilise mon masque de soin intense et je m'assieds sur le sol de la douche, le temps qu'il pénètre. Je me rase les jambes avec le rasoir d'Oscar, car oui, c'est un fait : les rasoirs pour hommes sont meilleurs et moins chers que ceux vendus aux femmes. J'exfolie et j'hydrate. Puis j'enfile une nouvelle robe d'été vert sauge, que j'ai payée très cher. Je prends le temps de me maquiller, même si cela risque de me mettre en retard. En appliquant sur ma peau un anticerne qui réfléchit la lumière, je feins de croire que tous ces efforts ne sont destinés qu'à moi, un acte d'amour-propre, et non une tentative désespérée pour que mon fiancé infidèle me trouve plus attirante que la femme avec laquelle il a secrètement partagé un gâteau au chocolat aujourd'hui. Je recourbe mes cils et je me passe une poudre bronzante sur les joues. J'accomplis tous ces préparatifs avec un verre de vin à la main. Comme il descend rapidement, je m'en sers un autre. Une fois vidé ce deuxième verre, je réserve un Uber.

S'il a une liaison, je le quitte. Il le faudra bien, même si l'idée de ne plus avoir Oscar dans ma vie fait tourner le vin à l'aigre dans mon ventre creux. Oscar est drôle, ambitieux. Il fait attention à chaque détail de la personne que je suis. Mais c'est assurément un menteur, et très probablement un fiancé infidèle. J'essaie de m'imaginer en train de le tromper. La sensation du poids d'un autre homme sur moi. La pression de nouvelles mains sur mon corps. Quand je lève les yeux vers le visage de cet autre homme, c'est un visage que je connais, des iris vert jade et des fossettes, des boucles et un début de barbe couleur café. Une pointe d'accent irlandais à mon oreille alors qu'il plonge en moi.

J'attends l'Uber plantée dans le couloir, devant le bureau d'Oscar. Je n'ai jamais fouillé dans ses affaires auparavant. Je n'ai jamais exploré son téléphone ni fait défiler ses écrans. Je n'en ai jamais eu besoin. Mais maintenant… je repense à la femme blonde avec qui il était. Déterminée à ne pas être prise pour une idiote, je me glisse dans son bureau. Je me sens mal à l'aise, ridicule et coupable en entreprenant de déplacer des objets sur son espace de travail. Son ordinateur portable n'étant pas là, j'ouvre ses tiroirs et j'enfonce les mains jusqu'au fond, explorant leurs parois à tâtons. Je ne déniche que de la papeterie et des blocs-notes à moitié utilisés. Pas de sous-vêtements féminins, ni de préservatifs, ni rien d'autre qui puisse suggérer une infidélité de sa part. Je m'apprête à refermer le tiroir quand je vois un coffret argenté. Je m'en saisis. Il est rond avec de minuscules roses gravées sur le couvercle.

À l'intérieur se trouve une mèche de cheveux blonds nouée par un ruban vert foncé.

Mon ventre se tord quand je revois la femme blonde avec laquelle il était aujourd'hui.

Helen m'accueille à la porte d'entrée. Elle a les mêmes cheveux blond sable et les mêmes yeux sombres que son fils. Comme toujours, elle porte une combinaison-pantalon. Je suis prête à jurer qu'elle en possède une dans toutes les couleurs possibles. Je l'embrasse sur la joue et j'essaie de ne pas penser au fait qu'elle doit se dévêtir entièrement chaque fois qu'elle a envie de faire pipi.

Oscar est dans la cuisine. Je reste un peu près de la porte, tâchant de me ressaisir avant de suivre sa mère à l'intérieur. Je ne veux pas qu'Oscar perçoive mon humeur. Je ne veux pas lui parler de ce que je sais avant que nous soyons rentrés chez nous.

J'inspire, j'expire.

Puis j'entre.

Je souris.

Il y a un vin français luxueux dont je ne peux pas prononcer le nom et un plateau de fromages français luxueux qui se marieront sans aucun doute parfaitement avec le vin français luxueux. Oscar se tourne vers moi et je suis emportée dans le souvenir de notre rencontre, autour d'un plateau de fromages au magasin de la ferme. Il était mince, bronzé et le sourire qu'il m'a adressé m'a fait frissonner. Certaines personnes attendent toute leur vie qu'on leur sourie comme ça. Est-ce qu'il lui offre aussi ce sourire, à cette femme ?

Il m'embrasse. Je l'imagine faisant de même avec la blonde. Je me sens mal, mais je gratifie Helen et Oscar de mes fossettes et de mon charme.

Nous mangeons. Nous parlons. Ou plutôt, ils parlent et j'écoute, hochant la tête chaque fois que c'est nécessaire, mais derrière tout ce cinéma, je suis en colère et ma rage ne cesse d'enfler. Je devrais me concentrer sur Olivia, pas sur ma relation. Pas sur ce dîner. Comment peut-il être aussi égoïste et malhonnête ? Je m'efforce d'accorder le bénéfice du doute à l'homme que j'aime : il n'a peut-être pas de liaison, mais dans ce cas, pourquoi mentir ?

Toutes ces interminables soirées de travail. Toutes ces fois où il a mis son téléphone hors de ma portée lorsque j'entrais dans une pièce ou bien a brusquement refermé son ordinateur portable. Le nouveau projet mystérieux sur lequel il travaille en permanence.

J'attrape mon verre pour en vider le fond et je saisis la nouvelle bouteille pour le remplir à nouveau.

— Les préparatifs du mariage ont-ils avancé ? demande Helen, afin de me ramener dans la conversation.

Cet engagement est la seule chose dont elle daigne discuter avec moi. Chaque fois que je change de sujet, elle est déçue, à croire que mes fiançailles avec son fils sont la caractéristique la plus déterminante de ma personnalité.

Je freine des quatre fers.

— Non.

— Oh, c'est bien dommage.

Elle boit une gorgée de vin.

— Vraiment dommage. Vous devriez vous dépêcher tous les deux, ajoute-t-elle comme si nous étions des écoliers à la conduite répréhensible. Vous ne voulez pas faire partie de ces couples qui passent leur vie à n'être que fiancés. Tu souhaites que tes enfants portent le même nom de famille que toi, n'est-ce pas, Caitie ?

Je lui lance un regard noir.

— Pourquoi mes enfants ne porteraient-ils pas mon nom ?

Silence. Helen remue, mal à l'aise, sur son siège. Elle n'a pas l'habitude que je la défie. Je soupçonne depuis longtemps qu'aux yeux des Fairview, je suis une pièce de rechange bon marché, un accessoire remplaçable dans la vie d'Oscar, et s'ils m'ont jugée adéquate, c'est uniquement parce que je suis souple. Mais j'en ai assez d'être « souple ». Souple pour mes parents, qui choisissent le chemin qu'ils veulent me voir emprunter. Souple pour ses parents à lui, en organisant mes week-ends autour d'eux et en ravalant mes répliques lorsqu'ils font des commentaires désuets et offensants. Souple pour lui, en réduisant mes propres ambitions et en les remisant sous l'escalier telle une planche à repasser pliable, afin de lui laisser plus de place, à lui comme à ses exigences. Se montrer souple est épuisant.

— Pourquoi mes enfants ne porteraient-ils pas mon nom ? je demande à nouveau.

Je sens la brûlure du regard d'Oscar me perforer le crâne.

— Eh bien, dit Helen, les mères donnent le nom du père à leurs enfants.

— Pourquoi ?

— C'est tout simplement ce qui se fait.

J'ouvre la bouche pour répliquer que si c'est moi qui dois subir les nausées matinales, les seins douloureux et les brûlures d'estomac, qui subis le traumatisme de l'accouchement et dois être recousue après, je ne couronnerai pas mon bébé du nom de son père juste parce que c'est « ce qui se fait ». Pour répliquer qu'à part son sperme, un homme ne contribue en rien à la croissance d'un fœtus et à la naissance d'un bébé. Pour répliquer que s'il sort de mon corps, il portera mon satané nom. Mais Oscar me devance.

— En fait, on a décidé d'une date pour le mariage, annonce-t-il avec une bonne dose d'enthousiasme. Ce sera l'été prochain.

Helen saisit cette distraction étincelante à pleines mains.

— C'est merveilleux ! s'écrie-t-elle avec un sourire radieux à l'adresse de son fils. Comme c'est excitant ! Finalement, je ne serai peut-être pas la dernière de mes amies à avoir des petits-enfants. Mais un an, ce n'est vraiment pas beaucoup, Caitie, il faut à tout prix que tu t'organises.

J'attrape maladroitement mon verre et constate qu'il est presque vide.

— J'ai été un peu distraite par cette histoire de sœur perdue et retrouvée.

Silence. Oscar s'éclaircit la voix et s'apprête à emporter la bouteille de vin, mais j'enroule mes doigts autour du goulot.

Il me regarde comme si je ne devrais pas être dans l'état où je suis. Personnellement, je me trouve très bien. Je ne suis pas ivre. Enfin si, un peu, mais tout à fait dans les limites autorisées.

Helen pose son verre sur la table et m'adresse un signe de tête compatissant. Pourtant, je vois une lueur de joie dans ses yeux, l'excitation qu'elle ressent à l'idée de savourer un ragot juteux.

— Et comment va-t-elle ?

— Maman… grommelle Oscar en secouant la tête.

— Tu m'as interdit d'évoquer Olivia à moins que Caitie ne le fasse. Eh bien, Caitie a mis le sujet sur le tapis.

— Olivia a du mal, en fait. J'ai dû l'aider à combattre une crise de panique aujourd'hui, je déclare. Mais elle n'aime pas parler de ce qui s'est passé. Pour être honnête, si vous voulez des informations sur ma sœur, interrogez Oscar. Il en sait plus que moi.

Il se raidit.

Elle fronce les sourcils.

— Qu'est-ce que tu veux dire ?

— Le mari de Rachel travaille pour la police. Il a confié à Oscar des choses qu'il n'aurait pas dû. Des choses que même mes parents ignorent.

Le dénoncer comme ça, c'est mesquin et je ne suis pas fière de moi, surtout que j'ai promis de rester muette sur le sujet, et peut-être que je le regretterai une fois sobre, mais pour l'instant, ça m'amuse de le voir se tortiller.

— De ta cousine Rachel ? lui demande Helen.

Il avale un morceau de pain à l'ail et acquiesce.

— Mais je croyais que Tim travaillait dans une agence immobilière à Midsomer Norton ?

Ma peau se hérisse. Lentement, je me tourne vers Oscar. Il évite mon regard. Est-ce encore un de ses mensonges ? Si ce n'est pas le mari de Rachel qui lui a communiqué ces informations, alors qui ? Et comment en sait-il autant sur ma sœur ?

— Il a changé de travail l'année dernière, lui répond-il.

— J'ai croisé Tim le mois dernier et il ne m'en a rien dit, objecte-t-elle. Mais je suppose que Rachel et lui ont été très occupés récemment. Cela me fait penser, Caitie, ma chérie, tu leur as envoyé un cadeau ?

Je détourne mon attention de mon fiancé.

— À qui ?

— À Rachel et Tim.

— Pourquoi je…

— Rachel vient d'accoucher.

Comment se fait-il qu'en tant que femme, lorsque vous décrochez un partenaire, vous écopez en même temps de tout un tas de corvées administratives ? La nécessité de retenir des dates importantes et de vous charger des cadeaux et autres cartes destinées à sa famille à lui. D'une certaine manière, les femmes deviennent les assistantes non officielles et non rémunérées de leur partenaire.

— Tu n'as pas dit à Caitie que Rachel et Tim avaient eu leur bébé ? Je t'avais demandé de la prévenir.

Helen le réprimande gentiment, comme le font les mères pour gronder leurs fils, parce qu'il leur est presque impossible d'être vraiment en colère contre leurs parfaits petits garçons.

— J'ai oublié. Ça a été très mouvementé, au travail.

Je me tourne vers lui.

— Oui, tu travailles beaucoup sur ce nouveau projet « passionnant », ces derniers temps, et tu as passé la journée à Londres, accaparé par toute une série de réunions, c'est ça ?

Il rougit.

— Eh oui !

— Toute la journée, j'insiste. À Londres ?

Il fronce les sourcils, cherchant à comprendre où je veux en venir. Je le fixe, bouillonnante, confuse, brûlant de savoir pourquoi il ment. Helen, qui ne soupçonne rien de la tension, nous montre son téléphone, dont Oscar se saisit.

— La petite Violet, annonce-t-elle. Elle n'est pas magnifique ?

— Oh que oui, ravissante ! s'enthousiasme-t-il.

Je ricane.

Sentant leur regard sur moi, je secoue la tête en direction d'Oscar.

— Pourquoi fais-tu semblant de t'y intéresser ? Tu détestes les bébés.

Il bafouille.

— Non, ce n'est pas vrai.

— Tu m'as sorti que les bébés pleuraient beaucoup pour des créatures qui ne payaient pas de loyer ou ignoraient ce qu'est l'inflation. Tu as dit que tous les bébés ressemblaient aux balloches fripées dont ils sont issus.

— Oscar, gronde sa mère avec plus de dureté, tu n'as pas tenu ce genre de propos, j'espère ?

— Non. Non.

Il me lance un regard noir et je lui réponds tout aussi férocement. Il ment avec une facilité déconcertante. Très déconcertante. Il baisse la voix.

— Qu'est-ce qui te prend ?

— Et toi ? dis-je. Arrête de mentir. Arrête, point.

J'écarte le bras. La cruche que je renverse dans le mouvement se fissure. L'eau se répand sur la table.

Oscar s'excuse auprès de sa mère et je tente maladroitement de nettoyer le désordre. Après tout, ce n'est pas la faute de la cruche si mon fiancé est un crétin doublé d'un fourbe.

— Je vais la ramener à la maison, annonce Oscar à sa mère, comme si j'étais un bambin dont la sieste n'a que trop tardé.

Je me tiens dans le couloir à présent, dont les murs se balancent autour de moi. Tous deux discutent à voix basse dans la cuisine, probablement de moi et de l'état dans lequel je me trouve.

Puis Oscar et moi sommes dehors. Un bras autour de ma taille, il me guide dans la rue. Si je regarde par-dessus mon épaule, je sais que je verrai sa mère debout dans l'allée, observant la scène avec inquiétude et se disant qu'elle avait bien raison d'avoir des réserves à mon sujet. Elle se convaincra que si elle m'en veut, c'est parce que je n'ai pas encore revêtu de robe de mariée, parce que mon comportement de ce soir a été pour le moins imprévisible, mais en réalité, c'est parce que si les mères sont honnêtes avec elles-mêmes, elles pensent que personne n'est assez bien pour leurs fils.

Malgré le crépuscule qui touche à sa fin, la chaleur de la journée persiste. Une fois que nous avons tourné au coin de la rue, hors de sa vue, Oscar m'oblige à m'arrêter.

— C'est quoi ce bordel, Caitie ?

D'un mouvement d'épaules, je me dégage de son emprise.

— Qu'est-ce que tu as fait aujourd'hui ? Vraiment ?

— J'ai travaillé.

— À Londres ?

Je vois le déclic se faire. Il sait que je sais. Il rétropédale.

— Pour l'essentiel, oui. Je suis revenu dans le Somerset en début d'après-midi.

— Et tu es allé à Bradford-on-Avon.

— Et alors ? Tu m'espionnes maintenant ?

Il me lance un petit rire incrédule qui me fait grincer des dents.

— Non. J'étais là-bas avec ma sœur. Je t'ai vu partager un dessert avec une autre femme.

— Donc tu t'es retrouvée par hasard à Bradford-on-Avon, pile dans le café où je déjeunais ? Tu veux me faire croire ça ? s'insurge-t-il, avec une irritation qui s'échappe de lui comme une toux. Je n'arrive pas à imaginer que tu me suis. Ce n'est pas normal, Caitie.

— Comment tu peux tordre ainsi les faits ? Je t'ai vu. Avec elle.

Il se rapproche de moi. Trop près. Il est en colère, vraiment en colère.

— Arrête de tourner autour du pot. Tu n'as qu'à me poser la question franchement, putain !

J'ai la gorge complètement nouée. C'est un nouveau territoire pour nous. Oscar et moi ne nous disputons pas. Nous nous chamaillons. À propos des nombreux sous-verre qui jonchent la maison et qu'il n'utilise jamais, à propos des serviettes mouillées que je laisse traîner sur le lit, mais nous ne nous disputons pas. Je lève le menton et rencontre ses yeux noirs.

— Est-ce que tu as une liaison ?

Il ouvre la bouche, comme s'il n'arrivait pas à croire que je lui pose la question qu'il m'a poussée à poser.

— Tu es cinglée ! Je n'ai pas de liaison.

Et il est si sincère, si convaincant, qu'il serait facile de lui faire confiance. De s'excuser pour mon comportement affreux de ce soir et de passer la semaine prochaine à faire amende honorable, mais il a quand même menti et s'est montré évasif. S'il n'a pas de liaison, je suis sûre qu'il me cache quelque chose.

— Alors, qui était cette femme ? Et pourquoi tu m'as menti en prétendant être allé à Londres ?

— JE N'AI PAS MENTI, hurle-t-il.

Puis il s'éloigne de moi, vraie boule de frustration. Je fixe son dos, observant la montée et la descente frénétique de ses épaules alors qu'il tente de se maîtriser. Je jette un coup d'œil dans la rue pour déterminer si quelqu'un, l'ayant entendu, est sorti voir ce qui se passait. Ce n'est pas le cas. Oscar se retourne et m'affronte à nouveau.

— Je n'ai pas menti. Je ne t'ai simplement pas fait un compte rendu de toutes les heures de ma journée. J'étais à Londres ce matin. J'ai enchaîné les réunions.

— Et qui est cette femme ?

— Quelqu'un avec qui je travaille.

— Dans tes textos, tu en parlais au masculin.

Il jette les mains en l'air.

— Une erreur, rien de plus.

— Elle s'appelle comment ?

— Samantha.

Ce qui colle avec le nom figurant sur le calendrier d'Oscar : Sam. Je commence à le croire, et le remords s'insinue en moi. Pourtant, je dois être sûre.

— Elle travaille pour quelle entreprise ?

Il marque une pause. De quelques secondes seulement. Puis :

— Pour Adaline Fray Interiors.

Je vois le mensonge. Comme un petit animal qui détale dans l'obscurité.

— Je suis en train de concevoir leur nouveau site internet. Sam est leur responsable marketing. C'était un rendez-vous d'affaires.

J'acquiesce, tout en sachant qu'il m'enfume.

— Et c'est ça, le projet pour lequel tu es si enthousiaste ?

— Ils ont récemment fait l'objet d'un article dans *Vogue*. C'est une grosse affaire. Un gros client.

Il secoue la tête. La déception se dégage de lui par vagues.

— Tu m'as vraiment mis dans l'embarras, ce soir. Tu nous as fait honte à tous les deux. Tu as bu combien de verres ?

L'humiliation colore mes joues. J'ai bu plus que je n'aurais dû, plus que je ne le fais normalement. Le vin clapote en moi en même temps que la mortification. Sa version des faits, ses explications, tout cela est logique. Pourtant, j'ai l'impression qu'il n'est pas totalement transparent.

— Et la mèche blonde que j'ai trouvée dans ton bureau ?

Il se raidit.

— Tu es entrée dans mon bureau ?

Je ravale ma gêne.

— Ils appartiennent à qui, ces cheveux ?

La fureur se dégage de lui comme un jet de vapeur.

— À moi.

— À toi, je répète, incrédule.

— Oui, de ma première coupe de cheveux quand j'étais gosse. Maman me les a offerts pour mon dix-huitième anniversaire.

Je cherche le mensonge sur son visage.

— J'ai juste… Je pensais…

— Quoi ? Que ma prétendue maîtresse et moi échangions des mèches de cheveux ?

Il ferme les yeux, se pince l'arête du nez comme pour conjurer une migraine.

— Honnêtement, Caitie, ça te ferait du bien de prendre rendez-vous avec le thérapeute de ta sœur.

Une pointe de douleur fuse en moi, comme s'il venait de renverser du thé brûlant sur mes genoux.

— J'en déduis que tu avais bu quelques verres avant de venir chez maman ?

J'acquiesce, sérieuse.

— Donc tu as laissé la voiture à la maison ?

Autre hochement de tête solennel.

Il soupire.

— OK. Donc on rentre en train.

Puis il pivote et commence à s'éloigner. Je le regarde partir. Il ne se retourne pas pour voir si je le suis. Il devient de plus en plus petit avant de disparaître à un autre coin de rue. Il est parti. Mais je n'ai pas l'impression d'être seule. Je sens des yeux sur moi. En me retournant vers la maison d'Helen, j'avise, là-bas, au bout de la rue, une silhouette vêtue de noir qui m'observe. Une silhouette au nez trop long pour être naturel. Je ressens aussitôt le pincement de quelque chose de viscéral et de sombre. Je tourne le regard à la recherche d'Oscar mais il est hors de vue. Quand je pivote à nouveau vers l'autre extrémité de la rue, l'homme masqué a disparu.

22

Elinor Ledbury

Elinor appelle une ambulance pour son frère. L'attente est angoissante, mais elle sanglote de soulagement quand les gyrophares bleus arrivent à toute vitesse vers le manoir. Les urgentistes lui demandent ce qui s'est passé. Heath et elle ont fait le pacte, des années auparavant, de taire les accès de colère de leur oncle, au cas où les services sociaux s'en mêleraient et voudraient les séparer, alors elle ment, en racontant à la police et au corps médical qu'elle ne sait pas qui a agressé son frère.

À l'hôpital, après des heures passées seule et terrifiée, les ongles rongés à vif, elle s'entend dire que même si son frère a une entaille à l'arrière de la tête, des côtes meurtries et une constellation de marques et de coupures, il s'en sortira. L'oncle Robert n'avait jamais attaqué l'un d'eux aussi sauvagement. Et tout est la faute d'Elinor. Elle arpente les couloirs du service, d'une blancheur aveuglante, et le regret pulse en elle comme un second cœur. Elle déteste l'odeur chimique et inconnue des antiseptiques et de l'eau de Javel. Le bruit des médecins et des infirmières qui se précipitent dans tous les sens. Les semelles de leurs chaussures qui crissent sur le linoléum. Le bip des innombrables machines.

Il lui est impossible de se réchauffer, même si elle porte encore la veste de Flynn. Seulement, elle a maintenant des taches de sang sur les poignets. Elle enfonce les mains dans ses poches et y trouve le bout de papier plié avec un numéro de téléphone et quelques mots :

Si jamais tu as besoin de cours de patinage sur glace. Flynn

Elle sourit timidement alors que les larmes lui montent aux yeux. Puis elle se met en quête d'un téléphone.

Il la rejoint en moins d'une heure. Elle lui fait promettre de ne pas lui demander si elle va bien et lui interdit de parler de ce qui s'est passé. Elle ne veut pas y penser et pas non plus avoir à lui mentir. Elle se languit de la simplicité de leur après-midi à la patinoire, puis dans la chaleur d'un coffee-shop.

Elinor le conduit dans la petite pièce qui jouxte la salle d'attente principale, où elle a passé la plus grande partie de la soirée. Elle a été attirée là par les chaises en plastique aux couleurs vives et la fresque murale représentant une prairie. C'est seulement lorsque Flynn lui fait remarquer qu'ils se trouvent dans la zone de récréation destinée aux enfants qu'elle constate la présence de la boîte de jouets à moitié vide, cachée dans un coin. Elle rougit mais ne cherche pas pour autant à rejoindre la section déprimante et terne réservée aux adultes. D'ailleurs, il n'y a pas d'enfants ici. Juste Flynn et elle. Il lui offre un thé sans goût au distributeur, qu'elle prend dans ses mains tremblantes sans pour autant se résoudre à le boire.

— Je… Je n'ai pas parlé de Heath à Sofia. Je me suis dit que tu ne voudrais pas trop de monde autour de toi.

Elle acquiesce, soulagée. Elle n'avait même pas pensé à Sofia.

— Heath l'appellera quand il en sera capable.

— Et votre oncle ? Il doit être dans tous ses états. Il est en train de rentrer de Londres ?

Elle blêmit.

— Oui, ment-elle. J'ai trouvé ta pierre violette, ajoute-t-elle pour changer de sujet.

Son visage s'illumine.

— Tu plaisantes ?

Elle secoue la tête, un petit sourire au coin des lèvres.

— Le destin, conclut-il. C'était le destin.

Elle envisage de lui faire remarquer que les pierres ne bougent pas et ne s'envolent pas sous les rafales, que, du moment où il l'a posée à un endroit, elle y sera toujours dans dix ans, mais elle se tait, de peur de gâcher la romance qu'il appelle de ses vœux.

— Je n'ai pas lu ce truc depuis des années, dit-il en se levant pour attraper un livre relié sur la petite étagère en face d'eux.

— Qu'est-ce que c'est ?

— *Raiponce.*

Voyant qu'elle ne réagit pas, il ajoute :

— « Raiponce, Raiponce, mets tes cheveux à la fenêtre. »

— Je ne l'ai jamais lu.

Il retourne le livre.

— Tu lui ressembles.

Elle le lui prend des mains et en feuillette les pages.

— Et donc… Ledbury Hall est la tour où je suis retenue prisonnière ?

Il hausse un sourcil.

— Cela fait de Heath, ou de ton oncle, la méchante enchanteresse ?

La gorge nouée, elle détourne le regard.

Il se racle la gorge.

— La prochaine fois, tu me diras que tu n'as jamais vu un film de Disney.

— Un film de Disney ?

Il la regarde bouche bée.

Elle se déplace, mal à l'aise, avec l'impression d'échouer à un test.

— *Cendrillon*, *La Petite Sirène*, *Pocahontas* ?

Elle hausse les épaules. Elle n'aime pas qu'on lui rappelle qu'elle a été élevée dans un monde différent des autres.

Avant Flynn, cela ne l'avait jamais dérangée, mais avec Heath qui la délaisse de plus en plus, Elinor se voit désormais comme une fleur en manque de soleil, qui essaie de s'épanouir dans la nature. Cela étant, les différences que Flynn souligne, au lieu de lui donner la sensation d'être une fleur, la mettent plutôt dans la peau d'une mauvaise herbe indésirable.

Flynn sourit.

— Ne t'inquiète pas, on peut régler ça.

Sa colère s'enflamme comme une allumette frottée.

— Je ne suis pas un problème à régler.

Il rougit.

— Je ne voulais pas dire…

Elle soupire. Maintenant, la culpabilité vient s'ajouter à la culpabilité. Elle est tendue, sauf que Flynn n'y est pour rien.

— Je suis désolée, c'est juste que… Je me sens très mal. Ce qui est arrivé à Heath est ma faute.

— Pas du tout. Tu n'aurais pas pu empêcher quelqu'un d'entrer par effraction chez vous et de blesser ton frère sans être blessée toi-même. Personne n'aurait exigé ça de toi. Elinor, tu es une bonne personne, une sœur attentionnée. En appelant une ambulance, tu lui as probablement sauvé la vie.

Elle se met à pleurer. Il s'accroupit devant elle et lui prend le visage dans ses mains. Les mains de Flynn sont très chaudes alors qu'elle a encore très froid.

— Elinor…

Elle l'embrasse. Il lui rend son baiser. Elle enroule les bras autour de son cou ; lui descend les mains jusqu'à sa taille. Elle ne pense pas aux filles piégées dans les tours, ni aux frères gisant dans une mare de sang, ni aux tuyaux de plomb. Elle ne pense qu'à la bouche de Flynn sur la sienne. Il a un goût de thé, de menthe et d'avenir radieux.

23

Caitlin Arden

J'ai parlé à la police de l'homme masqué, mais ils se sont montrés sceptiques et n'ont rien voulu entreprendre sous prétexte que j'avais bu et qu'Oscar n'avait vu personne. Cela a provoqué une nouvelle querelle entre nous deux.

— Si ça se trouve, tu prétends avoir vu ce type pour détourner l'attention de notre dispute, m'a-t-il lancé après le départ de la police.

— Tu insinues que je mens, que j'invente cette histoire de ravisseur de ma sœur pour arrondir les angles de notre relation ?

— Sérieusement, Caitie, va consulter quelqu'un, parce que ton père a raison : ce n'est pas la bonne façon d'attirer l'attention.

J'ai déménagé trois jours après le dîner chez sa mère, et maintenant je vis à Blossom Hill House, dans ma chambre d'enfant, conformément aux désirs d'Olivia. L'endroit ne ressemble plus du tout à ce qu'il était. Les murs sont vert olive et un énorme tapis crème recouvre le parquet. La literie et les rideaux font alterner le beige et le gris pâle. Une grande bougie White Company trône sur la commode, emplissant la pièce d'une douce fragrance florale.

Hier soir, je suis passée dans la chambre d'Olivia pour lui souhaiter bonne nuit et je l'ai trouvée en train de feuilleter un exemplaire de *Raiponce*. Cela m'a ramenée à l'époque où nous étions petites. Vivre avec mes parents me donne l'impression d'être redevenue une enfant : on m'appelle pour dîner, maman fait irruption dans ma chambre sans frapper, je dois affronter la réprobation de papa si j'ose consulter mon téléphone à table. C'est un peu trop. Et même si la situation est tendue entre Oscar et moi, je me retrouve à regretter de ne pas être à la maison avec lui. Il a été choqué quand je lui ai annoncé mon départ, mais il ne s'y est pas opposé. Cela dit, à part notre voyage à St Ives, nous ne nous sommes presque pas vus ces dernières semaines. Il travaille sans relâche et je passe mon temps à Blossom Hill House. Nous ne nous sommes jamais disputés de cette manière auparavant, et je suis honnêtement heureuse d'avoir autant de pain sur la planche, car cela ne me laisse guère le loisir de m'attarder sur ma relation. Et peut-être qu'une séparation temporaire nous fera du bien. Peut-être que je lui manquerai tellement qu'il me pardonnera de l'avoir accusé d'infidélité. Je grimace, le souvenir me revient par ricochet. Puis je le balaie et me répète avec conviction que tout finira par s'arranger.

Aujourd'hui, je suis assise à la table de la cuisine, à trier de vieilles photos pour les donner à Olivia. Papa et maman sont retournés au travail. La maison est calme. La nuée de paparazzis a pratiquement disparu, leur attention ayant été captée par le meurtre atroce du mari d'une PDG, à quelques kilomètres de là. Ces derniers temps, il n'y a plus qu'un ou deux journalistes devant chez nous et toujours un policier. L'officier de liaison avec la famille nous a assuré que nous serions pris en charge pendant la durée de l'enquête. Sans doute ne peuvent-ils pas promettre de rester jusqu'à ce que Simon soit arrêté, étant donné que son incarcération n'est pas garantie.

Olivia sort avec Florence. Encore une fois. Je n'ai pas été invitée. Encore une fois. Bon, je dois me faire une raison, non ? Elles ont seize années à rattraper. En plus, cet après-midi, j'ai mon premier rendez-vous avec Gideon, le thérapeute d'Olivia. Autrement dit, même si elles avaient songé à me le proposer, je n'aurais pas pu me joindre à elles. Je prends une profonde inspiration pour surmonter la vague de jalousie. Je suis toujours la meilleure amie de Florence. Je suis toujours sa demoiselle d'honneur. Et Olivia est toujours ma sœur. Ça veut dire quelque chose. Et même plus.

Oscar et moi étant séparés, Olivia et Florence étant occupées, je pourrais passer davantage de temps avec Evie et Gemma. Je me rends compte maintenant, pas trop tard j'espère, que si les amies étaient des fleurs, j'ai arrosé, taillé et nourri ma relation avec Florence et j'ai laissé les autres se faner.

Olivia fait irruption dans la cuisine dans une courte robe de soie, avec une paire de lunettes de soleil gigantesques et le pendentif en émeraude autour du cou. J'ai toujours du mal à digérer que maman le lui ait donné alors qu'elle me l'avait promis.

Olivia sort deux bouteilles d'eau glacée du réfrigérateur et en pose une devant moi.

— Cette maison est jolie, commente-t-elle en se penchant pour examiner la photo dans mes mains.

Il s'agit de Hathaway Cottage, à Castle Combe, la maison de vacances de l'oncle Donald. Avec son toit de chaume, ses murs en pierre brun miel et sa porte en forme de « A » flanquée de paniers suspendus, elle semble tout droit sortie d'une carte postale. L'intérieur comporte des poutres apparentes, des sols en tomettes et des tapis douillets.

— C'est où ? demande Olivia.

Je la regarde fixement, déconcertée par sa question. Chaque année à Pâques, nous rejoignions l'oncle Donald, la tante Carol et nos cousins Edward et Josie, mais je vois à l'intérêt sincère, peint sur son visage, qu'elle n'en a aucun souvenir.

— C'est Hathaway Cottage, je réponds lentement, en m'attendant à ce qu'elle se mette à rire et qu'elle me dise qu'elle se moquait de moi, parce que, bien sûr, elle se rappelle.

Mais elle hausse les épaules et se dirige vers l'îlot de cuisine. Je la suis du regard, choquée de cette amnésie. Comment se fait-il qu'elle ait oublié ?

— On y a passé plusieurs semaines chaque année depuis notre naissance, je lui lance, incrédule.

Elle s'immobilise. Puis prend une pomme rouge et brillante dans la coupe à fruits. Elle ne se retourne pas vers moi ni ne croise mon regard. Mon regard ahuri, déconcerté, exorbité.

J'éprouve de nouveau ce sentiment, ce malaise rampant qui m'habite depuis le jour où elle est arrivée ici, avec des restes de vernis rose sur les ongles. Or ce malaise, je l'ai écarté parce que ma sœur était enfin à la maison. Mon cœur bat frénétiquement sous mes côtes. Le silence se tend entre nous, si fortement que je pourrais le pincer comme une corde de violon. Puis, elle fait volte-face et m'offre son sourire et son charme.

— Tu as hâte de voir Gideon aujourd'hui ? Honnêtement, il est brillant.

Je hoche bêtement la tête. Sous ce brusque changement de sujet et sous sa nonchalance, je perçois quelque chose. Quelque chose de sauvage et de trop calme. Quelque chose d'entortillé. Mon esprit s'emballe. Je dois choisir mes prochains mots avec soin.

— Bon, cela fait des années que nous ne sommes pas allées au cottage. Vraiment très longtemps, en fait.

Elle hausse encore les épaules, comme si toute cette conversation l'ennuyait, mais je vois qu'elle m'observe, prenant note de ma réponse de la même manière que j'enregistre la sienne. Elle lance sa pomme en l'air pour la rattraper d'une main.

— Cela fait quelques années qu'oncle Donald et tante Carol envisagent de vendre Hathaway, je poursuis, du ton léger que l'on adopte pour lancer un potin sans importance. Mais ça énerve vraiment Edmund.

J'attends, en retenant mon souffle. Va-t-elle remarquer mon erreur délibérée – Edmund au lieu d'Edward ? Qu'elle n'ait conservé aucun souvenir du cottage est peut-être anodin. Après tout, ce ne sont que des briques et du mortier. Mais il est impossible, totalement impossible qu'elle ait oublié notre cousin. Elle a grandi avec lui. Leurs anniversaires ne sont séparés que d'une semaine. Si elle me corrige, je n'ai aucune raison de m'inquiéter. Mais si elle ne le fait pas…

S'il te plaît, je pense, *corrige-moi.*

— Pauvre Edmund ! s'apitoie-t-elle.

Je ne peux pas croire… non, impossible de croire que mon piège à ours ait refermé ses mâchoires sur elle. Olivia ne s'est rendu compte de rien. En fait, elle se détend visiblement alors que tout mon corps se raidit. Et elle continue à s'enfoncer :

— Mais je suis sûre que ses parents ne vendront pas s'il insiste, non ?

Elle plante ses dents blanches dans la chair de la pomme. Puis son téléphone vibre au fond de son sac.

— Ça doit être Florence, je ferais mieux d'y aller.

Elle dépose un baiser rapide sur ma joue avant de bondir hors de la cuisine et de s'engager dans le couloir. Un instant plus tard, j'entends la porte d'entrée s'ouvrir puis se refermer.

La pièce bascule.

Et le doute s'insinue vraiment pour la première fois.

Cette femme est-elle ma sœur ? Et si ce n'est pas le cas, qui est-elle et que veut-elle ?

24

Caitlin Arden

Suis-je sérieusement en train de penser que la femme qui dort dans la maison de mes parents n'est pas la vraie Olivia ? L'idée est absurde et je la rejette presque aussitôt, mais elle revient sans cesse et je me retrouve à jouer à une version du jeu de la taupe pendant que je me douche et que je m'habille. Finalement, je m'assieds sur mon lit et je prends une minute pour passer en revue toutes les preuves qui m'amènent à penser que cette femme n'est pas ma sœur. Mes réflexions sont un enchevêtrement de colliers entassés au fond d'un sac. Je sors donc mon téléphone et je tape une liste pour essayer de démêler l'écheveau. Je baisse la luminosité de l'écran jusqu'à ce qu'il soit presque gris, parce que j'ai mal à la tête. Je commence à écrire.

1. Elle ne se souvenait pas du journal à l'abeille dorée ni du Garçon du Bus.

Premier signal d'alarme. Je me rappelle la nuit où elle a été kidnappée comme s'il s'agissait de la scène d'un film dont je peux arrêter le déroulé pour le rembobiner. C'est sûrement la même chose pour elle, non ? Lorsqu'elle a nié avoir connu le Garçon du Bus et l'existence du journal intime qu'il lui avait donné, je me suis demandé si elle n'essayait pas de le protéger : il était peut-être son petit ami et ils avaient organisé son enlèvement pour pouvoir s'enfuir ensemble. Peut-être que, dans les années qui ont suivi, cette relation a tourné au vinaigre et qu'elle est revenue. Mais maintenant, je me demande si la raison de son amnésie n'est pas plus simple : elle n'a jamais vécu cet épisode. Après tout, le public n'a pas été mis au courant de l'existence du journal. C'est un détail qui n'est connu que d'une poignée de personnes.

2. Son allure lorsqu'elle est arrivée à la maison.

Ses cheveux avaient été coupés peu de temps avant ; elle avait moins de pointes fourchues que moi. Même son bronzage était plus doré que le mien. Et puis, il y avait ses ongles, courts et soignés, avec des restes de vernis rose. Ce n'est peut-être pas une preuve de quoi que ce soit, mais j'aurais imaginé une victime d'enlèvement plus débraillée ou négligée. Olivia avait l'air de sortir tout droit d'un salon d'esthétique.

3. Elle n'évoque jamais des souvenirs de notre enfance.

Elle me répète continuellement que je lui ai manqué, mais nous ne parlons jamais de nos vies d'avant son kidnapping. Elle parcourt ses vieux agendas et les miens comme s'il s'agissait de romans. Peut-être que c'est exactement ce qu'ils sont, pour elle. L'histoire de la vie de quelqu'un d'autre, et elle les dévore telles des truffes au champagne parce que toute information est utile, surtout quand on joue un personnage.

4. Elle ne se souvient pas de Hathaway Cottage ni de notre cousin Edward.

C'est la preuve la plus convaincante que je possède. Impossible qu'Olivia ait oublié. Il y a de fortes chances que ma sœur ait parlé du cottage et de nos cousins dans ses agendas, mais si cette femme n'est pas Olivia, elle a au moins cinq années d'une vie étrangère à assimiler, à se rappeler et à réciter, ce qui implique probablement des lacunes dans ses connaissances. Des lacunes concernant par exemple les maisons de vacances et les cousins.

Cela dit, est-ce suffisant pour prouver qu'elle n'est pas ma sœur ? Suis-je seulement certaine que c'est le cas ? Ai-je perdu la tête à l'envisager comme une impostrice ? Et si tel est bien le cas, pourquoi suis-je la seule à m'en être rendu compte ? La police a sûrement procédé à un test ADN pour vérifier ses dires… Mais dans le cas contraire, et qu'elle ment sur son identité, pourquoi ? Que veut-elle ? Elle a laissé entendre qu'elle avait été mariée. Je crois que c'est vrai. Elle était mortifiée le jour où elle me l'a avoué et personne ne pourrait jouer le regret cuisant de manière aussi convaincante. Donc, si cette femme n'est pas Olivia, peut-être fuit-elle un mari violent. Peut-être est-ce cet homme que j'ai vu, masqué. Mais pourquoi dans ce cas se réfugier dans une famille qu'elle ne connaît pas ? Peut-être que l'homme qu'elle fuit est si affreux que prendre l'identité d'autrui était le seul moyen pour elle de s'échapper.

Je me passe les mains sur le visage, plus perdue que jamais. On m'a déjà accusée de chercher à attirer l'attention et d'être pénible : je ne peux pas faire part de mes soupçons à qui que ce soit tant que je n'ai pas de preuves solides. Si tant est qu'il y en ait. Le fait est que c'est exactement avec ces traits que j'aurais imaginé Olivia à vingt-neuf ans. Et elle me donne l'impression d'être une sœur. Ça doit compter pour quelque chose… non ? Ou peut-être que j'ai été si seule, si gouvernée par ma culpabilité et si désespérée de la retrouver que je me suis convaincue qu'elle était Olivia parce que c'était plus facile que d'accepter sa disparition définitive.

Je sauvegarde les notes sur mon téléphone, l'esprit encore en train de passer tout cela au crible, à la recherche de la vérité comme d'autres cherchent de l'or.

Lorsque j'entre dans le cabinet de Gideon, je suis sereine. Je m'assieds sur son coûteux canapé deux places, tandis qu'il s'installe dans le fauteuil à haut dossier, en face de moi. S'il n'avait pas de cahier entre les mains, on ne se douterait pas qu'il s'agit d'une séance de thérapie. J'avais raison à propos des meubles sombres, puisque j'ai maintenant sous les yeux un bureau en acajou, des étagères en acajou et une armoire en acajou dans un coin. La pièce est confortable, meublée de canapés en peluche, d'un grand tapis moelleux et de bibliothèques du sol au plafond. Derrière son bureau, une galerie murale expose ses nombreuses récompenses et qualifications.

— Racontez-moi votre semaine, commence-t-il doucement.

Il s'adosse à son siège et les boutons de sa chemise blanche se tendent sur son large torse. Il est si attirant que c'en est perturbant. Peut-être qu'Oscar n'aurait pas autant insisté pour que j'assiste à ces séances s'il avait su que mon thérapeute ne déparerait pas en couverture d'un magazine de fitness.

— J'ai emménagé à Blossom Hill House.

Il fronce légèrement les sourcils, comme s'il était surpris de cette révélation, mais qu'il l'approuvait.

— Et comment ça se passe ?

— Je n'y suis que depuis deux nuits, mais je pense que maman est heureuse de m'avoir à la maison.

— Et votre père ?

Il a trouvé un hématome et il y enfonce le pouce. Je hausse les épaules, désireuse de changer de sujet. Néanmoins, Gideon insiste :

— Vous pensez qu'il n'apprécie pas votre retour à la maison ?

Papa m'a à peine adressé deux mots. Je le surprends souvent à me regarder comme si j'étais une vagabonde sortie de la rue. Il serait facile de mentir à Gideon, mais la facilité n'est pas toujours la bonne solution, et quelque chose en lui

– sa sagesse et son assurance, sa force doublée de perspicacité – me donne envie de me frotter à son attention comme un chat que l'on invite. Je décide d'être honnête.

— Je ne crois pas que mon père m'aime beaucoup.

Cette perle de vérité s'échappe de ma bouche et roule sur le parquet. Il la ramasse et l'examine.

— À votre avis, qu'est-ce qu'il n'aime pas chez vous ?

— Il m'accuse d'être responsable de l'enlèvement d'Olivia.

Je lui raconte la dispute que j'ai entendue entre mes parents après qu'elle a été kidnappée.

— Et vous, vous pensez que ce qui est arrivé à Olivia est votre faute ?

— Bon, ce n'est pas moi qui ai mis le couteau sous sa gorge et qui l'ai emmenée dans les bois, mais je n'ai pas non plus appelé la police quand j'aurais dû le faire.

Il est censé rester neutre ; pourtant, il baisse son carnet et son visage exprime une immense compassion.

— Vous n'étiez qu'une enfant.

Je repousse sa compassion d'un haussement d'épaules, comme un cheval qui refuse une selle.

— Mais je savais qu'il fallait téléphoner à la police en cas d'urgence et je ne l'ai pas fait.

— Vous vouliez que votre sœur disparaisse ?

— Non.

C'est la vérité absolue. Nul n'ignore que même avant la disparition d'Olivia, c'était elle, la star du spectacle. Cela ne me dérangeait pas. J'étais heureuse de jouer le second rôle. Mais quand elle a disparu, moi, doublure qui n'avait pas appris son texte, je n'étais pas prête. Malgré mes efforts, je n'ai jamais réussi à faire aussi bien qu'elle, et mon père le savait.

— Pourquoi n'avez-vous pas appelé la police ? demande Gideon, sans la moindre note accusatrice dans son intonation.

— J'étais terrifiée.

Je m'en souviens maintenant, le genre de peur qui change vos os en ciment.

— Vous n'avez donc pas choisi consciemment de ne pas appeler à l'aide ?

— Non.

— Alors comment pouvez-vous, votre père ou vous, juger de votre responsabilité dans sa disparition ?

— Décision consciente ou non, mon inaction a donné à l'homme masqué la possibilité de s'enfuir avec elle.

— Je ne suis pas d'accord. Quand bien même vous auriez appelé la police immédiatement, il n'est pas du tout certain qu'ils l'auraient pincé, Caitie.

J'enfonce mes ongles dans mes paumes pour m'empêcher de pleurer. Les larmes ne changent pas le passé. Je ne suis plus la même petite fille terrifiée. Gideon se rapproche. J'ai l'impression qu'il veut me toucher.

— N'empêche, mon père pense que c'est ma faute et il me déteste pour cette raison.

Il griffonne sur son carnet.

— En avez-vous déjà discuté avec lui ?

Je secoue la tête.

— Pourquoi ?

J'ai la gorge nouée. Puis je prends une loupe mentale que je passe au-dessus de mes raisons, au-dessus de l'épais givre qui recouvre ma relation avec mon père.

— Je crains que ces reproches ne soient pas ses seuls griefs contre moi.

Cette remarque éveille l'intérêt de Gideon.

— Continuez.

— J'ai peur qu'il soit la seule personne capable de vraiment me voir. J'ai essayé de mener mon existence d'une manière qui plairait à mes parents, mais… Je…

Les mots forment des gouttes de poison sur le bout de ma langue. Je les crache.

— Je leur en veux. J'en veux à mes parents, même si ce n'est pas leur faute. Ils ne m'ont pas forcée à vivre comme ci ou comme ça, mais j'étais consciente que si je suivais mes envies profondes, ils seraient déçus. Et avec la disparition d'Olivia, je leur devais d'être une fille parfaite. Le hic, c'est que je ne suis pas parfaite, je ne suis pas Olivia, et mon père voit bien que mes efforts ne sont qu'une comédie. Il sait qui je suis au fond de moi et cette personne, il ne l'aime pas.

— Et qui est cette personne ?

— Une femme qui désire parcourir le monde et le peindre. Une femme qui se moque de posséder une maison ou d'avoir un revenu stable, du moins pour l'instant. Une femme qui n'est pas sûre de vouloir se marier ni d'avoir des enfants. Qui ne veut pas de racines.

— Pourquoi ?

— Les racines vous ancrent à un endroit et vous fragilisent, car une fois qu'on vous les coupe, vous êtes abattu. Désolé, je parle en dépit du bon sens.

Je ris timidement à travers mes larmes.

Il se lève et prend une boîte de mouchoirs sur son bureau, puis s'accroupit pour m'en tendre un, mais il ne retourne pas à son fauteuil ensuite. Je respire son odeur, sel marin et sauge, citronnelle et peau propre.

— La personne que vous avez décrite n'est pas antipathique.

Si j'incline mon front, il touchera le sien. Sa peau sera chaude. C'est très intime. Je sens la chaleur qui se dégage de son corps. J'ai envie de m'y blottir.

— Mais je ne peux pas être cette personne, j'objecte. Il est trop tard. Si je partais en voyage maintenant, j'abandonnerais la vie que j'ai construite avec Oscar.

— Êtes-vous heureuse, Caitie ?

Cette question me prend au dépourvu : combien de fois vous regarde-t-on dans les yeux en vous demandant si vous êtes heureux ? Combien de fois vous posez-vous cette question-là ?

Je regarde derrière lui, par la fenêtre. C'est très calme, ici, dans cette petite rue reculée. Le genre de silence qui vous oblige à écouter vos propres pensées.

— Parfois, je me demande si je suis capable d'être vraiment heureuse.

En faisant cet aveu, j'ai l'impression de trahir Oscar, car c'est lui qui me rend heureuse et je l'aime tant que l'idée de vivre sans lui arrache l'air de mes poumons. Mais suis-je aussi heureuse que je pourrais l'être ? Gideon patiente. Il veut que j'approfondisse. Je plonge plus loin dans les mauvaises herbes et je trouve ce qu'il attend.

— J'ai des tas de choses merveilleuses – une maison, une carrière, une famille, un fiancé, ma…

J'allais dire ma « sœur », mais je suis maintenant tellement rongée par le doute que je ravale le mot.

— J'ai toutes ces choses et pourtant mon bonheur me semble terne, rien qu'un vague écho du bonheur.

— Votre incapacité à être vraiment heureuse pourrait-elle s'expliquer par le fait que vous ne vous autorisez pas à accéder aux choses que vous désirez réellement ?

C'est vrai. Je sens toute la vérité de cette suggestion. Je me laisse aller en arrière et joue avec l'idée, que je fais glisser sur ma peau comme de l'eau fraîche par un jour de canicule.

— Peut-être que le vrai bonheur, c'est de vivre la vie que l'on désire, comme on le désire, sans se soucier des attentes d'autrui.

Il sourit et je sais que je viens de mettre la main sur un trésor.

— Il suffit d'être plus courageuse.

Lorsque nos regards se croisent, je ressens à nouveau le crépitement de cette vive tension.

Il s'éclaircit la voix et retourne à son fauteuil. Même si ça ne devrait pas, sa proximité me manque immédiatement.

— Vous n'avez pas beaucoup parlé d'Olivia. Comment s'est passé son retour ? Votre nouvelle cohabitation avec elle ?

À cette évocation, mon pouls s'accélère.

— Super.

Il m'observe attentivement.

— Vous n'avez rien à ajouter ?

— Non.

Silence. Je sens mes joues s'échauffer sous son regard.

— Y a-t-il quelque chose dont vous vouliez discuter ?

Je secoue la tête et attrape le verre d'eau sur la table d'appoint.

— Caitie

Il laisse mon nom s'attarder sur ses lèvres, comme s'il s'agissait d'un objet précieux. Ses yeux de jade plongent au plus profond de moi.

— Je suis là pour vous écouter. Pour l'instant, vous êtes mon unique priorité. Tant que nous sommes dans cette pièce, vous avez toute mon attention, mais elle n'est utile que si vous saisissez l'occasion.

Je me passe la langue sur les lèvres.

— Vous allez penser que je suis folle. Vous voudrez me faire interner.

— Vous me semblez parfaitement saine d'esprit.

— C'est une évaluation professionnelle ou personnelle ?

Il ébauche un sourire.

— Les deux.

Je me détends un peu. J'ai besoin de parler à quelqu'un de mes soupçons. Je dois savoir si je peux avoir vu juste.

— Olivia… elle…

Je lutte pour trouver les mots. Je cherche une cuillerée de sucre pour les rendre plus appétissants, mais il n'y a pas assez de cristaux dans tout le Guatemala pour adoucir mes doutes.

— Je ne suis pas sûre que la femme qui est revenue soit vraiment ma sœur.

Silence.

Ma peau se hérisse. Gideon reste parfaitement immobile et s'efforce de ne pas dévoiler ce qu'il pense.

— Je ne comprends pas.

J'ai trop chaud. Beaucoup trop chaud. Je me lève. Je commence à déambuler dans le cabinet.

— Elle prétend être Olivia Arden, mais est-ce que c'est vrai ? Est-ce qu'un test ADN a été effectué pour vérifier ses allégations ? C'est quelque chose que fait la police ?

— Je suis sûr qu'ils auraient prévenu votre famille, en cas de doute sur son identité.

— Mais elle est adulte. Ils peuvent la forcer à donner son ADN ? C'est juste que… Je ne suis pas certaine qu'elle dise la vérité.

Mon cœur bat si fort que je sens mon pouls cogner au bout de mes doigts.

— Pourquoi ?

— Des petites choses au début, et de plus en plus importantes à présent. Ça ne colle pas, c'est tout. J'ai dressé une liste sur mon téléphone. Est-ce que je peux… ?

— Bien sûr.

Je sors l'appareil de mon sac et lui lis les points que j'ai relevés. Je ne sais pas trop comment, nous nous retrouvons assis sur le même canapé. Il m'écoute attentivement et lorsque j'ai terminé, il me demande :

— Vous avez confié vos doutes à quelqu'un ?

— Non, je ne peux pas. Je ne suis même pas certaine que ce soit une preuve de quoi que ce soit.

— Si elle est bien Olivia et que tout ce qu'elle raconte est vrai, elle a subi un terrible traumatisme. Nous ne connaissons pas encore l'ampleur de la contrainte physique qu'elle a endurée. Il n'est pas exclu qu'elle ait été victime d'un traumatisme crânien à un moment donné, et dans ce cas, sa mémoire à long terme pourrait être affectée. Une amnésie concernant certains lieux ou certaines personnes, même s'ils étaient importants pour elle autrefois, pourrait en être la conséquence.

Je regarde le téléphone dans mes mains, avec le sentiment d'être ridicule : cette possibilité ne m'a mêmc pas effleuré l'esprit.

— Vous n'êtes pas folle, Caitie, m'assure-t-il. Si vous avez une intuition, vous devez l'explorer. Aller au fond des choses. Même si vous ne trouvez rien qui corrobore votre théorie, vous parviendrez au moins à mieux comprendre pourquoi vous avez eu cette impression.

J'acquiesce. Le silence s'installe entre nous. Il ne connaissait peut-être pas Olivia avant l'enlèvement, mais en tant que thérapeute, il doit être capable de déchiffrer les gens.

— Vous pensez qu'il s'agit vraiment d'Olivia ?

— Si j'avais des inquiétudes fondées, je les signalerais aux professionnels concernés, rétorque-t-il avec tact.

— Mais si elle était dangereuse, vous le sauriez ? En vous fiant à vos séances, je veux dire.

Il m'adresse un sourire ironique.

— Si quelques conversations suffisaient à détecter un individu dangereux, le monde serait beaucoup plus sûr. En ce moment, vous êtes la mieux placée pour répondre à vos propres questions.

Il se déplace. Si près que son genou se presse contre le mien.

— N'ayez pas peur de jouer le rôle principal dans votre propre vie. Ne soyez pas une personne qui subit les événements parce que c'est plus facile que d'être une personne qui suscite les événements.

25

Caitlin Arden

La voix d'Olivia monte et descend au-dessus de moi. Je suis plantée dans le couloir de Blossom Hill House. Sans faire de bruit, je referme la porte d'entrée et me dirige vers le pied de l'escalier. Je ne distingue pas les mots, mais j'entends l'urgence, la sécheresse de son ton. Je grimpe quelques marches en évitant celles qui grincent. Elle est dans sa chambre, la porte entrouverte.

— Qu'est-ce que je suis censée faire maintenant ? dit-elle.

Une pause.

— Mais elle sait quelque chose. Elle…

Silence. Un silence différent. Pas une pause dans la conversation pendant qu'elle écoute la personne à l'autre bout du fil. Le genre de silence qui hérisse les petits poils sur ma nuque.

Mes entrailles se tordent lorsque le battant s'ouvre. Nos yeux se croisent. Sa surprise en me découvrant se transforme rapidement en colère. Elle claque sa porte et je redescends l'escalier sans bruit. Je fais les cent pas dans la cuisine – comment justifier mon intrusion ? – quand j'aperçois un téléphone portable sur l'îlot. Je m'en saisis. C'est celui d'Olivia. Celui que je lui ai donné. Alors, à qui appartient l'appareil qu'elle utilisait à l'instant ?

— Qu'est-ce que tu fabriques ?

Je sursaute au son de la voix d'Olivia et pivote de son côté. Elle se tient si près de moi que nous sommes presque nez à nez.

— C'est à moi, ça, dit-elle en me tendant la main, paume vers le haut, comme elle l'avait fait avec son journal intime à l'abeille d'or, il y a des années.

À l'époque, elle était détermination et sucre. Aujourd'hui, acier et glace. Une inconnue.

La panique et le sentiment nauséabond d'avoir été prise en flagrant délit tourbillonnent dans mon ventre tandis que je lui abandonne le téléphone.

— À qui tu parlais ?

— Quand ?

— Juste là, tu étais au téléphone.

— Absolument pas.

— Je t'ai entendue.

Son sourire est froid.

— Je n'étais pas au téléphone. Comment j'aurais pu alors que mon téléphone se trouvait en bas ?

— C'est exactement la question que je me posais.

Décidant que la conversation est terminée, elle fait volte-face et ouvre un tiroir de la cuisine.

Mais je refuse d'être congédiée.

— Seuls les trafiquants de drogue ont deux téléphones, Olivia.

Elle se retourne, brandissant un couteau aussi long que mon avant-bras. Une peur froide et moite me traverse lorsque je prends conscience que je suis seule avec elle.

— Eh bien, je ne suis absolument pas au courant.

Puis elle prend une tablette de chocolat noir dans le réfrigérateur et la détaille en petits morceaux. Le bruit du couteau heurtant la planche de bois me met les nerfs en pelote. Elle verse le chocolat dans un bol, abandonnant le couteau sur un côté. J'ai l'impression qu'il symbolise une menace. Elle se déplace vers moi, provocatrice, et simule l'inquiétude.

— Tu as l'air très tendue, Caitie. Tu devrais aller t'allonger.

Puis elle fait sauter un carré de chocolat sur sa langue et sourit comme si elle avait gagné.

C'est une personne complètement différente de celle qu'elle était ce matin. À croire qu'un interrupteur a été actionné en elle. Une actrice changeant de rôle, passant en un instant de la demoiselle en détresse à la méchante sorcière.

Alors qu'elle s'éloigne, j'entends Gideon m'intimer d'être plus courageuse. D'être une personne qui provoque les choses.

— Notre cousin s'appelle Edward. Pas Edmund, je lui lance en reculant.

Elle doit savoir que je vois clair dans son jeu. Qu'elle n'a pas gagné, parce que la partie n'est pas terminée.

Elle s'immobilise, la main qu'elle s'apprêtait à poser sur la porte demeure suspendue. Avec lenteur, elle se retourne et, bien qu'elle semble calme, je constate que j'ai ébouriffé ses plumes parfaitement lisses. Elle réduit la distance qui nous sépare et me dévisage tranquillement, le regard soupçonneux.

— Si tu as quelque chose à dire, petite sœur, vas-y.

C'est un défi. Mon cœur s'emballe, mon souffle s'accélère. Mais je ne peux pas. Les mots restent collés à mon palais. Non parce que j'ai peur ou parce que je pense avoir raison, mais parce que je voudrais vraiment avoir tort.

Son sourire n'est que satisfaction et triomphe.

— Je pensais bien qu'il n'y avait rien.

Je me couche tôt, mais sans arriver à dormir. Je me tourne et me retourne, et me souviens qu'Olivia me lisait *La Princesse au petit pois* lorsque nous étions enfants, sauf que le petit pois qui me meurtrit le dos aujourd'hui est la certitude de plus en plus forte qu'elle n'est pas celle qu'elle prétend être. Si la fille avec qui j'ai partagé une crème brûlée et qui riait en répétant « auréoline » dans le parc m'a donné l'impression d'être ma sœur, ce n'est pas le cas de celle, en bas de l'escalier, qui m'a menti avec un grand sourire. Tous les moments de proximité entre sœurs qui ont précédé la confrontation dans la cuisine n'ont été que des scènes de théâtre. Jusqu'où est-elle prête à aller pour continuer ? Et que me fera-t-elle si elle me pense en mesure de la démasquer ? S'agit-il d'une escroquerie ? Et dans ce cas, quel est son objectif ? L'argent, la gloire, la vengeance ? Mais de quoi cherche-t-elle à se venger ? Et avec qui était-elle au téléphone tout à l'heure ? Je dois mettre la main sur son deuxième portable. Peut-être parlait-elle à l'homme masqué. S'il n'est pas impossible qu'ils soient de mèche, dans quel but se sont-ils ligués ? Et comment jouer à ce jeu si je n'en connais pas les règles ?

Je pourrais faire part de mes soupçons à la police, mais dès l'instant où la nouvelle reviendra aux oreilles de mes parents, ils seront dévastés. Ils pensent avoir retrouvé leur petite fille. Si j'essaie de me dresser entre eux maintenant, on ne me croira pas. J'ai besoin de preuves irréfutables. Il me faut ce téléphone.

Je ne sais pas trop ce qui me réveille, mais je suis arrachée à un rêve dont je ne me souviens pas. Le seul sentiment pire que de se réveiller seule dans le noir est de sentir que l'on n'y est pas seule. Je reste immobile, clignant des yeux pour m'acclimater à l'obscurité de ma chambre. Mon téléphone est sur ma table de nuit, mais la peur m'interdit de l'attraper. J'entends le rythme régulier d'une respiration dans cette pièce. Je sens que l'intrus est là, non loin de moi. Une silhouette se dessine dans mon champ de vision. Le cœur au bord des lèvres, je tourne la tête vers la forme.

— Olivia ? je halète.

Mes yeux s'adaptent à la pénombre, si bien que je distingue les cheveux qui lui descendent jusqu'à la taille et ses membres déliés. Elle se rapproche, fantôme silencieux.

Elle me domine. Une peur écrasante s'abat sur moi, me coupe le souffle et me paralyse. Si ça se trouve, elle a un couteau. Elle pourrait le plonger dans ma chair et mes os et je me viderais de mon sang dans ce lit. J'ouvre la bouche pour implorer sa pitié, mais seul s'en échappe un sifflement. C'est alors qu'elle recule. Elle se dirige vers la porte de ma chambre et sort sans un mot. Quand je suis certaine qu'elle est partie, je me redresse sur les coudes et je fixe du regard l'endroit qu'elle vient de quitter. Mon cœur tambourine toujours. La maison est silencieuse maintenant. Ce n'était pas un rêve. Ce n'était pas… C'en était un ?

Je sors du lit et emprunte le couloir vers sa chambre. La porte est entrouverte et, par l'interstice, je la vois qui dort à poings fermés. Suis-je en train de perdre la tête ?

Regagner mon lit n'est pas une option, je sais que je ne me rendormirai pas. Je descends donc me préparer un thé. Veillant à ne pas faire de bruit, je n'allume aucune lumière pour ne pas réveiller mes parents, mais la bouilloire émet un sifflement de petite fusée au décollage. Le clair de lune qui entre par la fenêtre me permet de trouver facilement les sachets de thé et les tasses. Le temps de m'en remplir une d'eau bouillante, je me persuade que j'ai rêvé la présence d'Olivia dans ma chambre.

Je suis presque sortie de la cuisine, mon thé à la main, quand j'entends « scratch, scratch, scratch » derrière moi. Je m'arrête. L'effroi s'installe au creux de mon ventre et remplace lentement mon sang, centilitre par centilitre.

Le grattement revient, plus fort cette fois.

« Scratch, scratch, scratch. »

Je dois faire demi-tour. Je sais qu'il le faut. Il y a quelqu'un derrière moi et je dois faire demi-tour. Je prends une inspiration. Et lentement, je pivote. Le choc est immédiat. L'homme au masque vénitien est là, appuyé contre la fenêtre de la cuisine. Plus proche de moi maintenant qu'il ne l'a été au cours des seize dernières années. Le long nez recourbé, le front furieux et plissé libèrent en moi cette vieille terreur, qui monte et sort de ma bouche en un cri. Je recule d'un bond, le thé qui déborde de ma tasse m'éclabousse la main. Je hurle à nouveau, mais cette fois sous l'effet d'une douleur fulgurante. J'ai laissé tomber le récipient qui se brise. Le thé brûlant a giclé sur mes pieds nus et mes jambes, ce coup-ci. Au-dessus de moi, un tonnerre de pas frénétiques. Un instant plus tard, ma mère déboule dans la cuisine.

— Qu'est-ce qu'il y a ? J'ai entendu un cri. Ça va ? Qu'est-ce qui s'est passé ?

La lumière qui s'allume m'aveugle momentanément. Papa fait irruption dans la cuisine, Olivia sur ses talons. Trois paires d'yeux, écarquillés par la panique, sont fixées sur moi.

Maman aperçoit la tasse brisée et mes mains rougies par l'eau bouillante.

— Caitie ! s'écrie-t-elle en les attrapant pour mieux les examiner. De l'eau froide. Tout de suite, ajoute-t-elle en m'entendant glapir.

La terreur continue à se tortiller sous ma peau comme une créature vivante, mais je regarde par la fenêtre. Indiquant l'homme masqué. Qui n'est pas là.

— Qu'est-ce qui t'a pris de te préparer du thé dans le noir ? me hurle papa tandis que maman me pousse vers l'évier.

Je recule, me cabrant comme un cheval défiant.

— Non, je balbutie. Non.

Maman cherche de nouveau à m'attraper.

— Arrêtez ! Écoutez, l'homme masqué était ici. À la fenêtre.

— Quoi ? Il est… bredouille Olivia en reculant. Il est ici ?

Papa ouvre la porte-fenêtre sur les cris de maman qui le supplie de rester à l'intérieur. Il sort en trombe, pieds nus et sans arme. Ignorant les cloques et la peau irritée de mes pieds brûlés, je sprinte dans la direction opposée, vers l'officier de police toujours posté dans une voiture devant la maison. Dès qu'il me voit m'engager d'un pas chancelant dans l'allée, il entre en action. Bientôt, je suis de retour à la cuisine, pour attendre, les nerfs en pelote, que mon père et lui aient fouillé le jardin. Olivia s'est enfermée à l'étage, dans la salle de bains, où ma mère tente en vain de la calmer. Si Olivia n'est pas Olivia, elle mérite un putain d'Emmy Award, mais je n'ai pas le temps de m'attarder sur sa performance, car papa et le policier reviennent.

— Il n'y a personne, lâche mon père, sur un ton accusateur impossible à ignorer.

Quand il me regarde, je lis aussi dans ses yeux : « Menteuse. »

26

Elinor Ledbury

L'oncle Robert n'est pas revenu à Ledbury Hall au cours des trois semaines qui ont suivi sa sauvage agression sur Heath. Pendant les quinze premiers jours, ce dernier est resté à la maison avec Elinor, qui s'est occupée de lui, préparant ses repas, s'assurant qu'il prenait ses médicaments, lui faisant la lecture. Ils ont partagé le même lit tous les soirs et Elinor était heureuse d'avoir récupéré son frère, même mal en point. Il faisait des cauchemars, des rêves affreux qui laissaient les draps humides de sueur. Elle s'est excusée encore et encore pour le rôle qu'elle a joué dans le comportement de l'oncle Robert. Elle a répété à son frère la conversation entendue à la fête, expliquant pourquoi ces propos étaient si importants. Heath n'a pas dit grand-chose, mais elle a remarqué qu'il soupesait l'information.

Hier soir, au lit, il l'a serrée contre son torse en murmurant :

— Ça m'a manqué.

— À moi aussi, a-t-elle chuchoté dans l'obscurité.

Au bout d'un moment, il a ajouté :

— C'est un lâche.

Il parlait bien sûr de l'oncle Robert.

— Il suffit de constater la façon dont il s'est faufilé derrière moi. Il est hors de question que cela se reproduise, Ellie. La prochaine fois que je le vois, je le tue.

— Tu ne peux pas, a-t-elle répliqué. Je ne suis pas convaincue qu'on s'en sortirait indemnes.

— Être de peu de foi, a-t-il lâché en lissant ses cheveux étalés sur l'oreiller. Tu étais où ce fameux soir ? Quand je suis rentré, tu n'étais plus là.

La gorge nouée, elle s'est réjouie qu'il ne puisse voir son visage.

— Je me promenais dans le domaine.

Le mensonge avait un goût de cendre noircie sur sa langue.

— Et toi, tu étais où, toute la journée ?

Il a déposé un baiser sur son épaule.

— Je faisais des courses.

Au moins, maintenant, on ment tous les deux, a-t-elle pensé, et elle a pris sa main dans la sienne.

Ce matin, quand elle s'est réveillée, elle était seule. Sachant qu'il était en compagnie de Sofia, elle ne s'est pas sentie coupable d'avoir passé la semaine avec Flynn. Ils se sont promenés main dans la main autour des lacs gelés, sont retournés au cinéma où il avait embrassé le pop-corn salé sur sa bouche, ils ont flâné tout un après-midi dans une librairie. Flynn lui a offert autant de livres de poche qu'elle pouvait en porter. Elle s'attendait à ce qu'il ricane quand elle a parcouru la section des romans sentimentaux. Il n'en a rien fait. Il l'a ramenée à Ledbury Hall et ils ont lu des livres au coin du feu, ses jambes à elle posées sur ses genoux à lui.

En lui faisant visiter le domaine, elle a été surprise de constater son propre attachement à cet endroit, ayant supposé que partager Ledbury Hall avec un autre que Heath serait comme laisser un étranger fouiller dans son tiroir à sous-vêtements. Or ça n'a pas été le cas avec Flynn. Il s'est émerveillé devant les tourelles et les fenêtres à croisillons de plomb, les belles briques rouges et l'arc sculpté de motifs complexes qui forme le porche : il a poussé un long sifflement sur les marches en pierre menant à la maison.

— On peut dire que quelqu'un est riche si sa porte d'entrée est deux fois plus grande que lui.

Elle lui a tiré la langue et l'a entraîné à l'intérieur. Il était curieux mais respectueux, ne touchant à rien avant qu'elle ne lui tende l'objet. Le manoir est rempli de premières éditions, de coussins brodés, de jeux d'échecs en ivoire, de masques de carnaval, d'animaux empaillés montés sur des plaques. Partout, il y a de beaux objets collectés par ses parents au cours de leurs voyages à travers le monde. C'est le buste en marbre d'Aphrodite que Flynn a préféré.

— Il pèse son poids, a-t-il constaté en lui rendant l'objet.

— C'est la déesse grecque de l'Amour.

Alors il l'a embrassée.

Elle l'a conduit sur le toit. De là, on peut voir le domaine sur des kilomètres et des kilomètres, dans toutes les directions. Elle lui a montré la roseraie et l'étang qui a presque la taille d'un lac, avec ses amants de pierre.

— Il t'arrive d'y nager ? a-t-il demandé.

Elle n'a pas voulu admettre qu'elle était trop terrifiée pour essayer, alors elle a répondu :

— Un soir, on devrait apporter des couvertures ici, des bougies, et regarder le soleil se coucher.

Il a souri.

— Absolument.

Ils se sont embrassés encore une fois, sur le toit.

Maintenant, ils sont dans sa chambre, sur son lit. Flynn est sur elle, qui sème des baisers dans son cou. Elle passe une main sous son pull, fait glisser ses ongles sur sa peau chaude. Il gémit, couvrant sa bouche de la sienne. Puis il s'écarte.

— J'ai réfléchi, lui dit-il. Viens avec moi en Afrique du Sud.

Elle éclate de rire.

— Je ne peux pas. Je n'ai même pas de passeport et il y a peu de chances qu'on m'en donne un pour mes beaux yeux.

Mais il est sérieux. Il insiste :

— Je comprends que ton oncle contrôle ton argent, mais il y a des tas d'objets dans cette maison que tu pourrais vendre. Je vois bien que tu te sens seule ici, Elinor. Tu n'as plus à te sentir seule. Pas avec moi.

Il lui écarte les cheveux du visage. Elle a l'impression de se trouver au bord d'un précipice immense, et si elle devait sauter, elle serait en sécurité parce qu'elle aurait la main de Flynn fermement cramponnée à la sienne. Elle l'embrasse à nouveau. Il commence à déboutonner sa robe. Sous la musique, on devine leur souffle excité et haletant. Elle n'entend pas son frère monter l'escalier. Elle ne l'entend pas se planter devant sa porte. Elle ne le remarque que lorsqu'il ouvre le battant d'un coup de pied dans une explosion de bruit. Elinor et Flynn s'écartent brusquement.

Heath agit vite. Il attrape Flynn par son pull et l'arrache du lit, l'envoyant percuter si violemment le mur qu'Elinor craint de le voir passer à travers.

Elle se lève en chancelant.

— Heath !

— Qu'est-ce que tu fous avec ma petite sœur ? grogne-t-il.

— Lâche-moi, crie Flynn. Lâche-moi !

— Heath, arrête ! supplie-t-elle. Laisse-le partir.

Flynn décoche un coup de poing, mais Heath esquive et pivote, le pull de Flynn toujours agrippé dans ses deux mains. Il le pousse contre le mur et approche son visage du sien.

— Elle a quinze ans, putain !

Flynn pâlit, son regard se rive à celui d'Elinor. Il a l'air à deux doigts de vomir. Elle secoue frénétiquement la tête, réfutant le mensonge de son frère.

— Je pense que la police serait très intéressée d'apprendre que je t'ai surpris en train de déshabiller une jeune fille de quinze ans dans ma maison, tu ne crois pas ?

Heath ricane.

— Ce n'est pas… veut-elle répliquer.

Mais sur un regard de son frère, si acide qu'il lui brûle la peau, elle referme la bouche.

Heath relâche Flynn.

Celui-ci, ébranlé, repousse ses cheveux en arrière et la contemple avec un dégoût abject et une déception aussi douloureuse qu'une gifle. Elinor a l'impression que chacun de ses os se brise. Elle veut s'approcher de lui, lui dire que son frère ment, mais elle est clouée sur place par la fureur de Heath.

— Fous le camp, aboie-t-il à Flynn.

Sans rien ajouter, celui-ci s'en va pieds nus, manquant de trébucher en sortant. Heath reste de marbre, muet comme une carpe. Ni Elinor ni lui ne bougent jusqu'à ce qu'ils entendent la porte d'entrée se refermer. Alors, aussi incroyable que cela soit, Heath se met à rire.

— Bon sang, Ellie, c'est ça, ton genre ? Flynn Healy ? On dirait un putain de golden retriever.

Il passe devant elle et se laisse nonchalamment tomber sur son lit, les bras derrière la tête. Il l'évalue.

— Tu pourrais au moins boutonner ta robe, petite sœur.

Les mains tremblantes, elle obéit.

— C'est quoi, ton problème ?

— Tu t'attendais à ce que je me tienne au pied du lit et que je filme ? Ou tu aurais préféré que je me joigne à vous ?

— Ne fais pas comme si de rien n'était, s'emporte-t-elle. Tu lui as menti.

La fausse jovialité de Heath s'évapore et il se lève d'un bond.

— Non, c'est toi qui lui as menti. Qu'est-ce que tu lui as promis ? Un avenir ? Une maison ? Un chiot bondissant et deux enfants ? Tu n'es pas faite pour lui.

Ses yeux ressemblent à deux pointes de couteau qui lui transpercent la peau.

— Tu as baisé avec lui ?

Elle lève le menton.

— Tu as baisé avec Sofia ?

Il s'immobilise, pris au dépourvu, puis réplique :

— C'est Flynn qui te l'a dit.

— Non, je t'ai vu.

Incapable d'empêcher les larmes de lui monter aux yeux, elle secoue la tête, refusant de les laisser couler.

— J'étais inquiète, je suis allée en ville pour te trouver et je vous ai vus tous les deux ensemble.

Il est surpris.

— Tu es allée en ville toute seule ?

— Oui ! Il y a des semaines, parce que je ne suis pas... Raiponce, Heath. Ledbury n'est pas une... une... tour de prison et tu n'es pas mon gardien.

Les lèvres de son frère tressaillent.

— Raiponce ?

— Va te faire foutre.

Elle s'apprête à partir, mais il lui attrape le bras.

— Ce n'est pas ce que tu crois.

— Ah bon ?

Elle lui lance un regard noir et se demande ce qu'aurait été sa vie si elle avait eu une sœur au lieu d'un frère. En cet instant, elle regrette de ne pas en avoir une.

— Sofia ne signifie rien pour moi.

— Tu l'as invitée chez nous, le soir de la fête.

Il secoue la tête.

— Elle s'est pointée, c'est tout. Je l'ai renvoyée. Je ne suis avec elle que parce qu'elle m'est utile.

Elle le repousse d'un haussement d'épaules.

— Mais bien sûr !

Il soupire.

— Elle m'a trouvé un emploi au magasin de musique.

— Un emploi ? répète-t-elle en fronçant les sourcils. Pourquoi as-tu besoin d'un travail ?

— Parce qu'on n'a pas d'argent. Aucune issue. C'est Robert qui a tout.

— Mais quand tu auras vingt et un ans…

— Si j'atteins l'âge de vingt et un ans. Il a tout de même essayé de me tuer.

— Non, il…

— On lui est plus utiles morts que vivants, car si on n'est plus là, l'argent, le domaine, tout lui revient. Donc j'ai trouvé un emploi. C'est là que je vais tous les jours. Je mets mon salaire de côté.

— Pourquoi ?

— Parce que tu es la chose la plus importante au monde, Ellie. La seule chose importante. Je me suis dit que si je pouvais réunir assez d'argent pour qu'on puisse partir, tu serais en sécurité.

Le ventre d'Elinor se serre.

— Tu parles de quitter notre maison ?

— Jusqu'à ce que je sois en âge de revenir et de réclamer l'héritage. Ou, du moins, ma moitié.

Elle sait que si Heath lui a caché cette information, c'est pour la protéger. Pour lui épargner des inquiétudes. Il ne cesse de la protéger. Elle aimerait souligner le fait que l'oncle Robert ne veut pas les voir morts, mais elle ne peut pas, parce qu'après l'incident du tuyau de plomb, elle pense que Heath a raison.

Il soupire.

— Maintenant, je ne serai plus le bienvenu au magasin, une fois que Flynn aura raconté à Sofia ce qui s'est passé.

La culpabilité court sur la peau d'Elinor comme un voile de sueur.

— Écoute, l'oncle Robert n'a pas besoin de la fortune Ledbury. Il a de l'argent, vu la belle carrière qu'il fait.

— Vraiment ? Après ton esclandre à la fête, ça me semble peu probable. Ils donneront le poste à son collègue.

— Johnathan Jones.

— Oui, celui qui n'a pas une nièce pyromane.

Elle enfouit son visage dans ses mains.

— Je suis désolée.

Doucement, il les lui écarte et les prend dans les siennes.

— Je n'ai pas besoin que tu sois désolée. J'ai besoin que tu fasses mieux.

Il l'attire à lui, pour la serrer contre son torse. Elle respire son odeur familière.

— Ne t'inquiète pas pour Robert. Si jamais il te touche, je le tue.

27

Caitlin Arden

L'espoir que j'avais de voir mes dires appuyés s'évanouit le lendemain soir lorsque la police révèle qu'elle n'a trouvé aucune preuve de la présence de l'homme masqué. La caméra de sécurité couvre la porte arrière, mais pas la fenêtre. La police scientifique n'a pas non plus été en mesure de repérer d'empreintes de chaussures dans le jardin. Cela pourrait s'expliquer par le fait qu'il est en grande partie pavé et que la terre est sèche comme de l'os. Aucune empreinte digitale n'a été relevée sur le portail ou sur la vitre, mais l'homme portait sans doute des gants. Ce qu'ils ne disent pas, mais sous-entendent dans des silences qui ne demandent qu'à parler, c'est qu'il n'a peut-être jamais été là du tout et que je suis soit dans l'hallucination, soit dans le mensonge.

Dès que la police est partie, mon père se retourne contre moi, écumant de rage et de ressentiment.

— Qu'est-ce qui ne va pas chez toi ?

— Je l'ai vu, j'insiste. Tu ne me crois pas.

Il me regarde comme si j'étais une enfant hystérique qui prétend que le yéti vit sous son lit.

— Caitie, ma chérie, il ne dit pas qu'il ne te croit pas, intervient maman dans l'espoir d'apaiser la situation.

Ce qui revient à tenter de construire des ponts avec du sable.

— Et toi ? je lui demande avec beaucoup d'espoir, parce que je veux désespérément être crue. Tu me crois ?

Je veux que mon père me prenne dans ses bras et me murmure des choses réconfortantes dans les cheveux comme il l'a fait la nuit où Olivia a été enlevée.

— Personne d'autre ne l'a vu. Absolument personne. Comment tu expliques ça ?

— J'étais seule ici ! Si tu avais été dans la cuisine, ou maman, alors…

— Pourquoi il prendrait le risque de venir jusqu'à cette maison, simplement pour se planter devant la fenêtre avec l'infime probabilité que tu te promènes dans la cuisine ?

Je n'avais pas réfléchi au motif de sa présence ici. Le voir a été un choc si terrible qu'il a éclipsé tout le reste. Papa a raison. C'était un risque – avec la police dans les parages, l'homme masqué aurait pu être attrapé –, alors dans quel but le prendre ? Pour m'effrayer ? C'est peu probable. Je secoue la tête.

— Je ne sais pas.

— Il n'a jamais été là, Caitlin.

— Donc tu penses que je mens ?

Il se rapproche de moi. J'oublie parfois à quel point mon père est grand. Il se dresse de toute sa hauteur, me surplombant dans le couloir.

— Je pense que tu as été le centre de notre attention pendant très longtemps et que maintenant tu ne l'es plus.

L'acide qui coule de sa bouche me fait plus mal que le thé brûlant.

Maman recommence à s'affairer dans le sable, alors que le tsunami menace. Elle pose une main sur l'épaule de mon père.

— Myles, parlons-en demain, quand nous serons moins tendus.

Elle me regarde d'un air implorant. Il vaudrait mieux pour tout le monde que je cède, que je présente mes excuses, que je me plie à son discours selon lequel je suis une menteuse qui cherche à attirer l'attention en refusant de partager mes parents avec ma sœur. J'ouvre la bouche, les excuses sur le bout de la langue, mais j'entends Gideon me conseiller d'être plus courageuse.

— Non, parlons-en maintenant, j'insiste en fixant mon regard sur mon père. Quelle attention m'as-tu accordée pendant mon enfance ? Tu travaillais tout le temps. Je t'ai plus vu ces trois dernières semaines que pendant les seize années précédentes, je constate avec un rire qui sonne creux. J'ai gaspillé une grande partie de ma vie à essayer de gagner ta fierté et pour quoi ? Pour que je reste sans moufter pendant que tu m'accuses d'être une gamine qui cherche à attirer l'attention ?

— Il n'a pas dit ça, rétorque maman.

— Il n'en a pas eu besoin.

Je me tourne vers mon père, m'attendant à d'autres balles, à d'autres insultes, à d'autres colères. Au lieu de cela, il semble vaincu. Ratatiné. J'attends la vague de triomphe... qui ne vient pas. Sa mélancolie est en quelque sorte pire que sa haine.

— Tu nous as tous fait peur, la nuit dernière, Caitie, dit ma mère en ramassant le pistolet que mon père a apparemment laissé tomber.

— C'est moi qui vous ai fait peur ? Et le psychopathe qui s'est introduit dans notre jardin ?

— Caitlin, souffle-t-elle, méfiante et irritée. Il n'y a aucune trace de cet homme.

— Et les bois derrière la maison ? La vieille cabane, ils l'ont vérifiée ? je demande, me souvenant qu'Olivia utilisait cette cabane comme point de repère pour trouver la route.

— Quelle cabane ? s'enquiert maman.

— Celle qui est dans les bois.

Elle fronce les sourcils.

— Un sans-abri l'a construite illégalement il y a dix ans. Je croyais que la municipalité l'avait démolie. C'est dangereux, Caitie, personne ne se cache là-dedans.

L'effroi m'envahit. Dix ans… la cabane n'a que dix ans. Si c'est vrai, comment Olivia en a-t-elle eu connaissance alors qu'elle a disparu il y a seize ans ? Plus de la moitié d'une décennie avant que la baraque n'existe ?

— Maman, intervient Olivia, plantée au pied de l'escalier, ce n'est pas la faute de Caitie.

— Arrête ! je la coupe en me retournant vers elle.

Cette femme est une imposture doublée d'une traîtresse et si elle ne s'était pas mêlée de nos vies, je ne serais pas en train de me disputer avec mes deux parents.

— Ne t'avise pas de me défendre. Tu ne me connais même pas.

— Caitlin ! me réprimande maman.

— Comment tu es au courant de l'existence de cette cabane ? je lui crache.

— De quoi tu parles ?

Bien sûr, elle feint l'ignorance. Je fais une nouvelle tentative.

— Qu'est-ce que tu fabriquais dans ma chambre la nuit dernière ?

Elle fronce le nez.

— Je n'y suis pas allée.

— Si. Je me suis réveillée et tu te tenais au-dessus de mon lit.

Ils échangent tous les trois un regard : on dirait qu'ils ont affaire à une pyromane brandissant un jerrycan d'essence et une boîte d'allumettes.

— Caitie, ce n'était pas moi. Je ne suis pas entrée dans ta chambre. Je ne ferais jamais ça.

— Tu mens.

Ses yeux sont si écarquillés sur son expression d'innocence que ses cils de poupée touchent presque ses sourcils parfaits.

— Je ne mens pas, mais je m'inquiète pour toi.

Elle tend le bras et pose une main condescendante sur mon épaule. Je la repousse d'une claque. Le son se répercute sur les murs. La lèvre inférieure d'Olivia tremblote de façon experte. Mes parents sont horrifiés. Et c'est trop. Beaucoup trop. Je monte à l'étage et je prépare un sac.

***

Rester une nuit de plus à Blossom Hill House, où l'atmosphère est si épaisse que je pourrais la découper en tranches et la servir sur du pain au levain, n'est pas une option. Personne n'a dit un mot lorsque je suis partie, mon sac de voyage en bandoulière. À présent, je suis assise dans la voiture devant ma maison. Maman n'a même pas envoyé l'un de ses messages inquiets du type : « Tu es bien rentrée, ma chérie ? » En fait, ils ont cessé avec le retour d'Olivia. Je n'aurais jamais cru qu'ils me manqueraient.

J'ai laissé un message vocal à Oscar tout à l'heure, pour lui expliquer que je rentrais à la maison, au moins pour ce soir, mais il doit être de nouveau enfermé dans son bureau, écouteurs sur les oreilles, car il n'a pas répondu.

En entrant, je vois que la lumière est allumée dans son bureau. Je l'entends bouger, pourtant il ne répond pas à mon appel. En soupirant, je monte mon sac à l'étage et me change pour mettre le pyjama en soie sur lequel Oscar me complimente toujours. De retour chez moi, à respirer l'odeur familière de notre intérieur, je suis enfin capable de me détendre. La tension s'écoule de moi comme de la neige fondue.

Une forte détonation en bas me fait sursauter. En me penchant par la porte de la chambre, je crie à Oscar :

— Tout va bien ?

J'attends. Et je ne reçois que le silence.

— Oscar ? je crie.

Mon téléphone vibre dans ma main. Je regarde l'identité de l'appelant, confuse : Oscar est en train d'essayer de me joindre. Pourquoi Oscar me téléphone-t-il alors que nous sommes dans la même maison ? Puis je comprends qu'avec ses écouteurs, il n'est sans doute pas conscient que je suis de retour. Je lève les yeux au ciel et réponds à l'appel tout en descendant le voir.

— Je suis à la maison, lui dis-je en guise de salut.

— Désolé, je viens de tomber sur ton message vocal. Je suis en train de rentrer.

Oscar est quelque part, dans un endroit bruyant et bondé.

Devant son bureau, je me fige. La porte est entrouverte, la lumière brille doucement à l'intérieur. Je retiens mon souffle, tendant l'oreille. Quelqu'un est en train de fouiller les lieux. Quelqu'un qui n'est pas Oscar.

— Caitie ? Tu es là ? Tu m'entends ?

Je serre le téléphone, la terreur m'envahit.

— Tu… tu n'es pas à la maison ?

— Non.

Mes entrailles se tordent.

La peur serpente à travers mon corps.

Je regarde la petite clé dans la serrure.

Ma main jaillit, mais avant que je puisse la tourner, la porte s'ouvre d'un coup sec. Je vois le masque une seconde avant d'être projetée sur le côté. Je percute le sol si violemment que tout l'air s'échappe de mes poumons. Mon téléphone s'écrase contre la plinthe, hors de ma portée. La poitrine en feu, je pousse un hurlement contre la latte de bois. Je n'arrive plus à respirer. Sentant qu'il se tient au-dessus de moi, je me jette sur le dos. Il est vêtu de noir : bottes noires et jean noir, gants noirs et sweat à capuche noir. Il est bâti comme une porte de grange. J'ouvre la bouche pour crier, mais il se baisse, m'attrape le poignet et me remet sur pied. Je suis plaquée contre le mur, coincée par son corps de béton. Alors qu'il approche son visage du mien, je fixe les trous noirs où sont censés se trouver ses yeux. Un autre cri monte comme de la bile, mais sa main gantée s'abat sur ma bouche. Je rue et me débats, mais il m'immobilise sans difficulté. Puis tape du pied sur le sol. Une fois. Deux fois.

Trois fois. Hors d'haleine, je vois l'écran brisé de mon téléphone à terre. Mon unique espoir d'appeler à l'aide est désormais en miettes.

— S'il vous plaît, je murmure dans sa main, mais mon appel est étouffé par le cuir.

Son odeur s'accroche au fond de ma gorge et je visualise une peau tendue et ensanglantée. Il s'apprête à me tuer. Je vais mourir dans ce couloir. Je crie de nouveau. Réagissant vite, il me saisit à la gorge, coupant mon appel à l'aide. Pendant plusieurs secondes terrifiantes, je suis incapable de respirer. Il me fait basculer sur le côté et me jette en arrière avec une facilité effrayante. Je tombe dans le bureau d'Oscar où j'atterris en un tas meurtri, secoué de halètements.

L'homme masqué claque la porte. J'entends la clé tourner dans la serrure de l'autre côté. Mais je ne suis pas prise au piège. Je me lève, gagne la fenêtre d'un pas mal assuré et la déverrouille. Dès que je l'ai ouverte, je regarde en contrebas. Dieu merci, le bureau d'Oscar est au rez-de-chaussée. Je grimpe sur le rebord de la fenêtre et je saute.

28

Caitlin Arden

Quand Oscar m'a entendue crier au téléphone, il a appelé la police. Ils m'ont retrouvée en train de courir dans la rue. Ils ont fouillé la maison et n'ont trouvé aucune trace du passage de l'homme masqué. Pas d'effraction, pas d'empreintes digitales, rien. Les portes de devant et de derrière étaient fermées à clé et, lorsque je me suis échappée par la fenêtre, j'ai d'abord dû la déverrouiller.

— Il doit avoir une clé, dis-je à Oscar et à la police.

C'est en effet la seule explication possible.

Je me heurte à un silence perplexe et incrédule.

— Et comment aurait-il pu se la procurer ? demande une policière d'une voix qu'elle ne doit pas trouver condescendante.

Olivia, je pense.

— Je ne sais pas, je réponds.

— Cette théorie ne tient pas, déclare Oscar. À moins que tu n'aies donné nos clés à des inconnus ?

— Bien sûr que non.

— Vous dites qu'il vous a enfermée dans le bureau et que vous êtes sortie par la fenêtre ? insiste la policière, ignorant la tension qui monte entre mon fiancé et moi.

J'acquiesce.

Elle échange un regard avec son collègue.

— Le fait est que la porte du bureau n'était pas fermée à clé, mademoiselle Arden.

Je la considère, abasourdie. Je sais qu'il m'a enfermée. J'ai entendu le clic impossible à confondre de la clé qui tourne dans la serrure.

Oscar soupire.

Je commence à gratter la peau autour de mes ongles. J'aimerais qu'ils cessent de me regarder comme si j'étais un monstre de foire. Pourtant, je ne peux pas leur reprocher leur scepticisme. Rien n'a été dérobé dans la maison. Nos ordinateurs portables et notre télévision, mes bijoux et tout l'argent que nous avons, rien n'a été touché. Au téléphone, Oscar a entendu mon cri pétrifié, mais l'homme masqué est resté silencieux pendant toute la durée de l'agression. Les seules preuves de sa présence chez nous sont le désordre dans le bureau d'Oscar, mon téléphone cassé et les ecchymoses sur mes bras, semblables à des taches d'encre. Mais j'aurais pu me les faire moi-même. La police se prête au moins au jeu en prenant ma déposition. Oscar me tient la main tout au long de la procédure, mais son geste manque de conviction. Il n'y a pas de chaleur dans son contact, pas de réconfort ni de sécurité. La police conclut que j'ai probablement interrompu un voleur en plein saccage, bien qu'aucun agent ne puisse expliquer les portes verrouillées et l'absence d'effraction.

Après leur départ, Oscar s'assied sur le canapé, la tête entre les mains.

Timidement, je m'assieds à côté de lui. J'ai envie de le toucher, de poser une main sur son épaule, mais il y a une gêne entre nous. Je sens qu'il ne veut pas être effleuré. Du moins, pas par moi.

— Caitie, fait-il de derrière ses paumes, tu es sûre d'avoir vu quelqu'un ?

— Je n'ai pas seulement vu quelqu'un, Oscar, j'ai été agressée, je réplique en m'efforçant de cacher mon irritation.

Il gémit, le visage toujours enfoui dans ses mains. Finalement, il lève les yeux et me regarde avec la même lassitude qu'un parent face à un enfant au comportement répréhensible.

— Il t'a agressée, pourtant tu es à peu près indemne, tu ne trouves pas ça bizarre ? Pourquoi entrer chez nous par effraction, rester dans mon bureau, puis t'enfermer dedans et s'en aller ?

Il n'a pas tort. Je le sais, mais c'est bel et bien ce qui s'est passé. Vraiment. Je sens encore sa main gantée plaquée sur ma bouche, l'odeur du cuir et la dureté de son corps qui m'écrase contre le mur. Oscar aurait dû être là. Pourquoi était-il absent de la maison ?

— Tu étais où, ce soir ?

— Je prenais un verre avec des amis.

— Lesquels ?

Il se lève.

— Tu ne penses quand même pas que c'était moi ?

— Non, bien sûr que non. J'ai juste… Quels amis ?

— En quoi c'est important ?

Je n'aime pas qu'il reste debout pendant que je suis assise. Je me lève donc, moi aussi. Oscar se renfrogne. Puis il passe devant moi et gagne le couloir. Je le suis dans la cuisine. Compte tenu de ce que j'ai traversé, je ne sais pas pourquoi je me soucie autant de découvrir avec qui il était et où, mais n'empêche. Je réitère ma question.

Furieux, il met la bouilloire à chauffer et sort deux tasses du placard. Je fixe son dos. Je me languis de l'homme qui a installé un chevalet sur une falaise à St Ives, qui a fait l'amour avec moi dans une baignoire arc-en-ciel, qui a murmuré dans mon dos nu que j'étais belle, que j'étais son univers. Cet Oscar n'est plus là. Celui qui ouvre le réfrigérateur d'un coup sec et jette le lait sur le côté m'apparaît comme un inconnu.

— Qui ? j'insiste.

— Steven et Tim, rétorque-t-il.

— Je croyais que Steven était en vacances ?

Il se tourne vers moi.

— Qu'est-ce que tu insinues ?

L'eau bout, mais nous l'ignorons. Nous nous dévisageons. L'appareil s'éteint de lui-même.

— Rien. Je suis…

Qu'est-ce que j'insinue ? Qu'il collabore avec l'homme masqué ? Que c'est lui qui lui a remis notre clé ? Qu'il a écouté mon message vocal plus tôt qu'il ne l'a admis et prévenu l'homme masqué que je serais seule à la maison ? Peut-être. Ce dont je suis sûre, c'est qu'Oscar me cache quelque chose depuis un certain temps.

— Qu'est-ce que tu ne me dis pas ?

Il me regarde comme si j'étais sa plus grosse déception.

— Pourquoi es-tu en train de déclencher une autre dispute ?

Il n'attend même pas ma réponse et retourne à la préparation du thé. Il ne remplit qu'une tasse. Je me mets au lit seule.

Je passe quelques jours enfermée dans ma chambre. Je ne me douche pas, je ne m'habille pas et tout ce que je mange a le goût de boutons en plastique. Oscar dort dans la chambre d'amis au bout du couloir. Je ne lui demande pas pourquoi et il ne me fournit pas d'explication.

Je pense qu'il a dû appeler mes parents pour leur raconter l'effraction à laquelle il ne croit même pas, car ils débarquent et me traitent comme un miroir à manipuler avec précaution. Le premier qui provoque une craquelure écope de sept ans de malheur.

Papa vient dans ma chambre. Il se tient dans l'embrasure de la porte et m'observe avec pitié et inquiétude. Je ne sais pas trop si c'est préférable au frémissement de sa haine et à sa déception. Nous nous regardons dans les yeux. Il souhaite dire quelque chose. Je le vois rebattre ses mots comme des cartes dans un jeu, à la recherche de la main parfaite. Mais avant qu'il ne la trouve, maman l'appelle depuis le rez-de-chaussée. Il s'attarde un instant et s'en va, emportant ce qu'il voulait me dire.

Maman fait le ménage, elle s'acquitte de toutes les tâches que je n'ai pas réussi à accomplir. Du fond de mon lit, je fixe le plafond, écoutant les pschitt du spray d'encaustique et, quelques minutes plus tard, le bourdonnement continu de l'aspirateur. Je regrette mes dimanches matin paisibles avec Oscar, lorsque nous mettions de la musique et rangions la maison. Nous chantions en chœur, à tue-tête et très faux. Puis, entre le refrain et le couplet, il m'attirait à lui, le plumeau toujours à la main, et me disait qu'il m'aimait.

L'ironie de la situation ne m'échappe pas : la vie qui me manque à présent est celle-là même dont je me plaignais à Gideon, il y a quelques jours à peine. Mais maintenant, seule dans ma chambre à me demander si je ne suis pas en train de perdre la tête, je retombe amoureuse d'Oscar, de notre vie ensemble, comme d'une robe oubliée, redécouverte au fond de l'armoire alors qu'elle est de nouveau à la mode.

Depuis l'effraction, je suis enfermée dans une boucle de peur et d'incertitude. Je redoute l'homme masqué et les souvenirs qui me reviennent par flashs incandescents. Je crains d'avoir perdu mon fiancé et repoussé ma famille et mes amis. Je me demande avec terreur si je ne suis pas en train de devenir lentement folle. Mon esprit ressemble à ces photos, prises à intervalles réguliers, d'une pomme pourrie se décomposant au soleil. Peut-être que tout le monde a raison et que j'ai des hallucinations ? Peut-être que l'homme masqué n'a jamais été là – ni devant la fenêtre de la cuisine de Blossom Hill House ni dans le bureau d'Oscar ? Peut-être que cette femme est ma sœur et qu'inconsciemment, comme l'a suggéré mon père, j'ai du mal à accepter qu'elle rejoigne notre famille. Il se peut que j'invente en conséquence des raisons de la rejeter. Cela semble plus plausible que d'être traquée par un homme portant un masque vénitien que personne d'autre ne peut voir.

La solitude souffle sur moi comme une houle couleur d'encre. À force d'examiner le revers de mes mains, j'en viens à jurer que mes veines sont plus foncées. Je me sens désespérément seule. Le genre d'isolement qui est une douleur physique, aussi réelle que les doigts de l'homme masqué autour de ma gorge. J'ai connu un bref répit lorsque j'ai cru que ma sœur était revenue, mais maintenant que je doute de son identité, je me sens plus seule que jamais.

Je me redresse. Mes couvertures sont humides de sueur et mes cheveux me collent à la tête en touffes grasses. Je ne peux pas rester indéfiniment couchée, enfermée, à me demander si je suis saine d'esprit. Comment puis-je espérer que quelqu'un voie en moi une adulte stable et fonctionnelle si je me tapis au fond d'un lit devenu une sorte de nid ?

Puisque c'est ma seule option, je me douche enfin.

Je ferme les yeux sous le jet d'eau chaude et j'imagine que les dernières semaines de ma vie, la peur et l'incertitude, la suspicion et la solitude, sont en train de s'évacuer de moi comme de la saleté et de disparaître dans les égouts en même temps que la mousse et le shampooing.

Cela fait du bien de porter de vrais vêtements. Je lisse ma robe d'été lilas et j'attache en queue-de-cheval mes cheveux fraîchement lavés. Il fait trop chaud pour que je les laisse lâchés. Mon pyjama taché et moite de sueur gît à mes pieds tel le costume d'un ermite tragique, mentalement dérangé. Je me convaincs que je suis libérée de ce rôle. Ramassant le pyjama, je défais aussi le lit et fourre le tout dans le panier à linge sur le palier.

Puis j'entends des voix dans le couloir, derrière la porte fermée de la chambre d'amis. J'entends le rire d'Olivia. J'entends la voix basse et charmeuse d'Oscar. Une voix dont j'ai senti le murmure contre mon propre dos dénudé. Je m'approche sans bruit. Mon cœur devient un colibri dans ma poitrine lorsque j'atteins la poignée de la porte. Je n'arrive pas à distinguer leurs paroles, mais le ton est clair. Affectueux. Taquin. Leurs rires fusent à nouveau. Une partie de moi veut tourner les talons et s'enfuir, feindre d'ignorer que ma sœur et mon fiancé sont enfermés ensemble dans une chambre, mais une autre partie de moi, celle qui ne peut s'empêcher de regarder fixement les accidents de la route ou de gratter une croûte, tient à savoir. Alors j'ouvre la porte.

Je les vois une seconde avant qu'ils ne se séparent : elle a sa main sur le bras d'Oscar, leurs têtes sont penchées l'une vers l'autre, pendant qu'ils sont assis genoux contre genoux sur le bord du lit. Je me tiens dans l'embrasure de la porte, avec la sensation d'avoir interrompu quelque chose d'intime. Oscar se lève d'un bond, les yeux écarquillés et coupables. Olivia, elle, se redresse lentement, un petit sourire lascif aux lèvres.

— Caitie, tu es debout ! s'exclame-t-il avec trop d'enthousiasme. On s'apprêtait justement à venir te voir. Je me suis dit que j'allais faire visiter la maison à Olivia. Tu veux manger ou boire quelque chose ? Je crois que ta mère est en train de préparer le déjeuner. Sinon, je pourrais aller à l'épicerie. Ça te tente ? Je vais te chercher ton plat préféré ?

J'écoute à peine : mon attention est rivée sur Olivia. *Qui es-tu ?* je songe. *Qu'est-ce que tu veux ? Pourquoi cherches-tu à me faire perdre la raison, ma meilleure amie, ma famille et maintenant mon fiancé ?* Oscar entre dans mon champ de vision pour la dissimuler à ma vue. Il m'entoure d'un bras et commence à me guider hors de la pièce, tout en me frottant le dos comme s'il escortait sa grand-mère atteinte de démence. Je le repousse d'un haussement d'épaules, retrouvant enfin ma voix.

— Bonne idée, va donc à l'épicerie, ça évitera à maman de préparer le déjeuner pour tout le monde.

— Tu veux t'allonger, que je te l'apporte dans ta chambre à mon retour ?

En temps normal, ce serait un geste attentionné de la part d'Oscar. Là, j'ai surtout l'impression qu'il essaie de m'éloigner le plus possible d'Olivia et de ce que j'ai vu.

— Est-ce que j'ai l'air d'avoir besoin de m'allonger ? je réplique gentiment.

Il remarque mes cheveux propres et brossés, ma robe propre et repassée. Je suis assurée. Je suis calme.

— Non, tu as l'air…

Il se tait, peinant à trouver le mot.

Derrière lui, je vois Olivia qui observe la scène avec un petit sourire en coin, apparemment tout droit sortie d'un feuilleton légèrement divertissant sur lequel elle serait tombée en zappant. Je demanderai plus tard à Oscar ce qu'il fabriquait seul dans une chambre avec ma sœur, la porte fermée. Quand nous serons en tête à tête.

— Je vais bien mieux. Tu peux y aller, dis-je à Oscar de la voix que j'utilise pour renvoyer les enfants qui se comportent mal dans ma classe.

Il jette un coup d'œil à Olivia. Ennuyée que j'aie mis fin à une interaction pleine d'électricité avec mon fiancé, elle s'est déplacée vers la commode où elle récupère un rouge à lèvres carmin, égaré là.

Il dépose un baiser maladroit et chaste sur ma joue avant de partir.

Olivia s'applique une couche de mon rouge à lèvres, colorant d'une nuance profonde ses lèvres en bouton de rose.

— Tu sais, dit-elle en admirant son reflet dans le miroir au-dessus de la commode, je comprends enfin ce que tu trouves à Oscar. Il est adorable.

Elle me regarde par-dessus son épaule, sans se départir de son sourire exaspérant, plein de lascivité.

— Il est tellement… attentionné.

— Ne t'approche pas de lui.

Elle fait la moue.

— Mais des sœurs ne sont-elles pas censées partager ?

— Qu'est-ce que tu fais dans ma maison ?

— Ce n'est pas très gentil, Caitie.

— Kitty-Cate, je la corrige.

Elle penche la tête.

— Pardon ?

— Kitty-Cate.

— Arrête de parler chinois, *please*.

— C'est le surnom que tu m'as donné, tu ne t'en souviens pas ?

Elle hausse les épaules et m'adresse un autre sourire narquois.

— Bien sûr que si.

Je réduis la distance entre nous, au point de respirer son parfum de mûre et de jasmin. Je lui prends le rouge à lèvres des mains et je le repose sur la commode.

— Tu ne l'as pas lu dans son journal intime ?

Elle arque un sourcil. C'est la première fois que j'ai le courage, l'audace, de décocher une flèche de suspicion si près de la cible.

— Dis-le, me défie-t-elle.

Elle aime ça, le frisson de la chasse, comme si nous étions un prédateur et une proie.

— Vas-y, petite sœur.

Je lève le menton. Mon cœur s'accélère. L'adrénaline qui pulse dans mon sang, aussi puissante qu'un shot de tequila, m'enhardit et je le sors enfin.

— Je ne suis pas ta petite sœur.

Elle a l'air surprise, puis impressionnée. Elle ne pensait pas vraiment que je l'énoncerais à voix haute. Elle ne se précipite pas pour se défendre ou pour nier. Et j'éprouve un sentiment de victoire en comprenant que j'ai tiré ma première flèche, droit au but et authentique. Elle n'est ni troublée ni inquiète. À voir son visage s'éclairer, on pourrait croire qu'elle attendait ce moment avec autant d'impatience qu'un enfant guettant Noël. Je ne comprends pas à quel jeu elle joue et pourquoi elle a choisi de ne le jouer qu'avec moi.

— Qui es-tu ?

Elle passe devant moi en souriant.

— Si je te le disais, ce ne serait plus drôle.

29

Caitlin Arden

Après le départ d'Olivia et de mes parents, j'ai confronté Oscar. Il s'en est tenu à son histoire, affirmant que s'ils étaient seuls dans la chambre, c'était parce qu'il lui faisait visiter la maison. Je ne l'ai pas cru. Je le lui ai dit. Il m'a traitée de paranoïaque. Il a insisté pour que je retourne voir mon thérapeute.

Oscar est parti pour Birmingham hier soir, juste après notre dispute. Je suis contente d'avoir de l'espace, d'être libérée de l'atmosphère tendue qui s'est installée dans notre maison ces derniers jours. Pourtant, je commence à me sentir comme un lion en cage. Je ne supporte pas l'idée qu'une autre journée s'étire devant moi dans l'ennui des moquettes fraîchement aspirées, de la télévision et du déjeuner pour une personne, tandis que la solitude me poursuit, spectre aux serres crochues, aux dents noircies et à l'haleine glaciale. Alors je sors me promener au parc et je la laisse derrière moi.

Il fait une chaleur étouffante, mais je reste à l'ombre du chemin bordé d'arbres. Dans le coin le plus éloigné du parc, un kiosque à musique a été décoré de ballons, de banderoles et de bannières pour l'anniversaire d'un enfant. Les mères se regroupent, un bébé calé sur leur hanche et un œil sur leurs bambins assez grands pour se poursuivre à travers le parc et se frapper avec des bâtons. Une file d'attente s'étiole sous le soleil, devant le petit café qui sert des glaces et des bouteilles de limonade bien fraîche. Un groupe de jeunes d'une vingtaine d'années savoure un pique-nique composé de sandwichs achetés dans le commerce, de chips et de rosé. Et au milieu de ces hédonistes se faufilent quelques chiens, langue pendante et queue frétillante. Je laisse la douce magie de l'été pénétrer dans ma peau comme une crème solaire.

Mais bientôt, les questions auxquelles je m'étais promis ne pas penser pendant ma promenade recommencent à germer, à se pencher vers moi comme les fleurs sauvages épineuses se tournent vers la lumière. Je suis sûre que cette femme n'est pas ma sœur, elle l'a presque admis dans la chambre d'amis, il y a deux jours, mais elle a convaincu tous les autres du contraire et, pour couronner le tout, elle ressemble à Olivia. Ces yeux. Lacs glaciaires et cieux d'été, myosotis et pétales de bleuets. Comment est-ce possible ? Je me demande à nouveau si « Olivia » et l'homme masqué marchent main dans la main. Si cette femme n'est pas Olivia, alors l'homme masqué ne peut pas être le ravisseur de ma sœur. Qui est-il dans ce cas, et que veut-il ?

Apparaître à la fenêtre de la cuisine et disparaître, s'introduire dans ma maison et disparaître, tout cela ressemble à un jeu. Un jeu dont je suis la seule participante extérieure. Mais pourquoi moi ? Pourquoi se mettre en quatre dans le but de me faire passer pour une menteuse ? C'est très personnel. Ça sent la vengeance à plein nez. Je ne connais personne qui me déteste avec autant de vigueur. Bon, statistiquement, la plupart des femmes sont blessées par leur partenaire, et même si les choses entre Oscar et moi ont la rugosité du papier de verre, nous nous aimons. Il travaille sur un projet secret depuis des semaines… Suis-je ce projet secret ? Olivia et lui étaient bien douillettement installés dans notre chambre d'amis, bien qu'il ait prétendu le contraire. Est-il possible qu'ils aient une liaison et que l'un d'eux ou les deux essaient de me faire fuir ? De me rendre folle ?

Olivia se moque que je la soupçonne de ne pas être ma sœur. Elle ne pense pas non plus qu'on me croira, parce qu'elle est consciente de l'absence de preuves solides. Pourtant, un test ADN me donnerait raison. Mais comment dois-je m'y prendre ? La police peut-elle obliger quelqu'un à donner son ADN ? Ils ne l'envisageraient certainement pas, à moins d'être de ceux qui la suspectent de ne pas être qui elle prétend être. Pour l'instant, on dirait bien qu'il n'y a que moi pour douter de son intégrité. Ma réputation auprès de la police est catastrophique. J'ai vu l'homme masqué à de trop nombreuses reprises sans la moindre preuve. Résultat des courses, ils pensent maintenant que je ne suis pas fiable, que je suis instable.

J'envisage, une seconde seulement, d'approcher mes parents, mais je sais que c'est une impasse. Je ne peux pas prouver qu'elle n'est pas leur fille. C'est ma parole contre la sienne. Elle niera tout : si, elle avait bien reconnu Hathaway Cottage ; non, elle n'ignorait pas que notre cousin s'appelle Edward ; non, elle n'était pas au courant de l'existence de la cabane dans les bois ; non, nous n'avons jamais eu de ces conversations intenses et étranges qui me laissent toujours avec plus de questions que de réponses. Mes parents ont vu s'exaucer les vœux et les prières qu'ils faisaient depuis seize ans : leur fille est saine et sauve. Si j'ai raison en affirmant que cette femme est une impostrice, je leur arracherai Olivia une fois de plus. Me pardonneront-ils un jour ? Dans ce cas, l'ignorance est-elle vraiment un bonheur ? Ou bien la femme qui dort à quelques mètres d'eux chaque nuit est-elle dangereuse ?

J'en suis à mon troisième tour du parc quand j'aperçois Gideon qui se dirige vers moi. Comme il est en plein jogging, ses longues jambes et ses foulées puissantes grignotent rapidement l'espace qui nous sépare. À son approche, je lève une main pour le saluer. Il s'arrête et retire ses écouteurs.

Il est vêtu d'un short et d'un t-shirt fin, bleu marine, trempé de sueur. Il a les cuisses épaisses et musclées d'un joueur de rugby. Quand je l'imaginais hors de son bureau, c'était toujours devant un verre de vin rouge et un steak, pas avec une boisson protéinée et une omelette aux blancs d'œufs.

— Vous courez, je commente. Je n'en avais aucune idée.

Il sourit.

— Je vous avais prévenue que je n'étais pas seulement thérapeute.

— C'est très bizarre de vous voir sans costume.

— Le tweed et les blazers ne sont pas des vêtements de jogging très confortables.

— Ça fait un peu transpirer ?

— Ça limite un peu les mouvements.

Humides, ses cheveux sont encore plus bouclés, mais les côtés restent savamment rejetés vers l'arrière.

— Qu'est-ce que vous faites à Frome ?

— Il y avait un *park run* sur le grand stade.

— Vous avez terminé le *park run* et décidé de venir ici pour continuer votre footing ? Est-ce que quelqu'un vous a déjà dit que vous abusiez de la punition ?

Son sourire s'élargit.

— Je cours depuis quelques années maintenant, réplique-t-il en haussant les épaules. Ça me nettoie la tête.

— Voilà pourquoi je fais tout de travers, je devrais courir ici, pas marcher.

Je regrette immédiatement mon accès d'honnêteté, parce qu'il m'examine, à présent plus attentif, et je suis soudain trop consciente des cernes sous mes yeux.

— Vous aviez besoin de vous changer les idées ?

— Quelque chose comme ça, je réponds en essayant de minimiser mes malheurs. Tout va bien.

Il ne s'en laisse pas conter.

— Comment s'est passée votre semaine ?

— S'agit-il d'une séance impromptue ? Vous allez me facturer cette conversation ?

Je ris pour détendre l'atmosphère, mais c'est un rire nerveux, même à mes propres oreilles.

— Non, pas du tout, c'est juste que vous avez l'air…

— Quoi ?

— Solitaire.

Même si ce n'est pas son intention, le mot me fait aussi mal que s'il m'avait giflée.

La gorge nouée, je tente de repousser la sensation.

— Je suppose que c'est ce qui arrive quand on marche seule.

Il lève la main, juste un peu, puis se ravise. J'ai l'impression qu'il a envie de me toucher. De me réconforter. Pour atténuer ma solitude.

— Ça va ?

— Pas vraiment, j'admets. Je crois que je perds la tête.

Je ne peux pas le regarder en prononçant ces mots, alors je regarde le parc, le kiosque à musique où des enfants sont assis, jambes croisées, captivés par un clown qui fait des animaux en ballons.

— Pourquoi ?

Je lui parle de l'effraction, de l'absence de preuves et du fait que tout le monde me prend pour une menteuse ou pour une malade mentale.

— Mais vous ne souffrez d'aucune blessure ? demande-t-il, pas avec scepticisme, mais mû par une inquiétude réelle.

Je secoue la tête.

— Il m'aurait rendu service s'il m'avait cassé le bras ou quelque chose comme ça. Au moins, j'aurais eu la preuve de sa venue chez moi.

Je ne comprends toujours pas pourquoi il m'a laissée pratiquement indemne. Il était assez fort pour me tuer, même sans arme. Il était si grand, si large et… Mon regard glisse sur Gideon. Lequel a la carrure d'un homme capable de déplacer un piano à queue ou de monter une commode dans un escalier.

— Quoi ? demande-t-il, percevant ma consternation naissante.

Je secoue la tête. Ce n'est pas parce que l'homme masqué et lui ont une carrure similaire qu'il s'agit de la même personne. Il y a encore quelques semaines, il ignorait jusqu'à mon existence. Il n'a aucune raison de me terroriser et de m'agresser. Si je ne fais rien, la paranoïa va m'envahir.

Nous nous écartons pour laisser passer un couple. Ils se promènent main dans la main. L'homme attire la femme à lui. Ils s'embrassent, là, en plein milieu du chemin. C'est une démonstration d'affection naturelle, sans complication. À quand remonte la dernière fois que l'on m'a embrassée comme ça ? Quand je lève les yeux, je vois que Gideon les regarde aussi.

— Avez-vous une femme ? je lui demande parce que, contrairement à lui qui connaît tant de détails tristes et intimes sur moi, je ne sais presque rien à son sujet.

Et je m'interroge. Je poursuis ce désir de plonger au fond d'une vie différente de la mienne : un bref répit pour moi qui dois sans cesse battre des pieds pour demeurer en surface. Il me considère un moment avant de répondre, parcourant mon visage de ses yeux vert jade. Nous nous demandons probablement tous les deux pourquoi je tiens à le savoir.

— Oui, mais nous sommes séparés.

J'attends le signe qui m'indiquera que j'ai enfoncé mes ongles dans une plaie encore en voie de cicatrisation, mais comme il ne bronche pas, je pose une autre question.

— Qu'est-ce qui s'est passé ?

Il hausse un sourcil devant mon audace. Je crains qu'il ne mette un terme à cette conversation, parce que nous ne sommes pas amis. Nous sommes un thérapeute et sa patiente. Cette discussion dans un parc à propos de sa vie personnelle va sans doute à l'encontre du code de conduite auquel il souscrit, mais je sens qu'il ne désire pas non plus voir notre échange s'arrêter.

— Elle était mon univers entier, mais je n'étais qu'une partie du sien. Elle a commencé à avoir des fourmis dans les jambes, à être malheureuse, elle voulait plus que ce que je pouvais lui donner. J'ai dû la laisser partir, conclut-il avec un haussement d'épaules.

— Je suis désolée.

— Elle mérite d'être heureuse. Je ne voulais pas être un frein pour elle.

À dire vrai, je pense qu'Oscar et moi sommes un frein l'un pour l'autre depuis un certain temps. Lui, réticent à voyager, et moi, réticente à marcher vers l'autel. Mais jusqu'à récemment, je crois qu'aucun de nous deux n'avait envisagé de laisser partir l'autre. Mon ventre se serre rien qu'à cette idée.

— À votre avis, vous allez vous remettre ensemble ?

Il me répond par un sourire ironique.

— Elle m'a dit que je devais rencontrer quelqu'un d'autre.

Je grimace.

— Ah, OK.

J'essaie d'imaginer sa femme. Je la vois mince, le genre de femme qui se lève tôt pour faire du yoga et a le corps pour le prouver. Dans mon esprit, elle est intelligente et compétente, médecin ou thérapeute, comme lui. Elle est ambitieuse, toujours à la poursuite du prochain grand objectif, ne s'arrêtant jamais pour apprécier ou se contenter de ce qu'elle a déjà. C'est peut-être pour cela qu'elle l'a quitté.

— Et comment ça se passe avec Olivia ? demande-t-il.

Mon pouls s'accélère à l'évocation de cette femme. Je lui parle de l'appel téléphonique que j'ai surpris et de la conversation que nous avons eue, au cours de laquelle elle a pratiquement admis ne pas être ma sœur. Il m'écoute patiemment, sans porter de jugement. Pourtant, je m'inquiète de ce qu'il pense de moi.

— Je suis une vraie cinglée ?

— Non.

— Vous ne pensez pas que tout ça, c'est dans ma tête ?

— Non.

Il énonce cela comme si c'était un fait. Le ciel est bleu, le feu brûle, j'ai confiance dans ce que vous me dites.

C'est un soulagement d'être crue. Pour la première fois depuis des jours, je respire mieux.

— Pourquoi me croyez-vous alors que tout le monde met ma parole en doute ?

Il s'approche un peu plus. Assez pour que je sente le sel marin et la sauge, le citron et la sueur.

— Parce qu'en vous regardant, je ne vois pas une menteuse.

J'incline mon visage vers le sien.

— Et qu'est-ce que vous voyez ?

Je ne sais pas pourquoi je pose la question, mais l'atmosphère change aussitôt. Devient collante et sombre. Ce n'était pas de la drague, du moins c'est ce que je me dis.

— Merci de me croire, j'ajoute rapidement, avant qu'il ne puisse réagir à la tension crépitante, s'y engouffrer ou s'en éloigner.

Je crois distinguer un éclair de déception, mais qui disparaît avant que j'aie la certitude de mon interprétation.

— Je ne pense pas que vous ayez la moindre raison de me mentir, déclare-t-il.

Nous commençons à marcher ensemble, côte à côte, ce qui, d'une certaine manière, est préférable, car l'intensité de son regard ne peut pas me brûler ; cependant, la chaleur qu'il provoque sur ma peau me manque.

— Donc vous pensez que si vous mettiez la main sur le téléphone qu'utilisait Olivia, vous pourriez prouver qu'elle n'est pas votre sœur ?

J'acquiesce.

— Mais elle est toujours à la maison, ce qui interdit toute recherche.

— Cela ressemble à un défi.

Il reste silencieux un moment, je sens qu'il réfléchit.

— C'est vous qui déposerez Olivia à sa séance avec moi mardi prochain ?

— Non, je…

— Elle doit être à mon cabinet à 9 heures. La séance dure environ une heure et demie.

Le regard fixé devant lui, il parle plus vite que d'habitude.

Il m'aide à déterminer exactement quand elle sera absente de Blossom Hill House pour que je puisse fouiller dans ses affaires sans me faire prendre. J'éprouve une pointe d'affection pour lui.

— Mardi prochain ?

— Mardi prochain.

Nous échangeons une œillade complice. Pour la première fois depuis des semaines, un pan de ma solitude se brise et tombe. Je sens le soleil sur mon visage. Nos pas nous ont ramenés à l'endroit où nous nous sommes rencontrés. Dans le coin le plus éloigné du parc, les enfants de la fête d'anniversaire rient aux éclats. Je regarde autour de moi…

Un caillou me percute le ventre. Au-delà du kiosque à musique, j'aperçois un profil familier qui me fait froid dans le dos : son long nez crochu, sa capuche relevée. L'homme sort du parc et disparaît. Je jette un coup d'œil autour de moi, pour voir si quelqu'un l'a remarqué, mais tous les enfants portent des chapeaux ridicules et des masques d'animaux, s'extasiant des prouesses du clown jongleur. Même certains parents ont revêtu des masques. Si quelqu'un apercevait mon harceleur, il supposerait qu'il s'agit d'un artiste ou d'un invité à la fête.

— Qu'est-ce qui ne va pas ? demande Gideon.

— Près du portail, j'ai cru voir partir l'homme masqué, je…

Gideon sprinte vers la sortie.

Je le suis, me faufilant entre les promeneurs de chiens, les parents avec leurs poussettes et les enfants aux doigts empoissés de crème glacée.

Nous arrivons devant les grilles en fonte. Tellement près de la fête autour du kiosque que j'entends la musique de cirque tintinnabulante provenant du haut-parleur installé derrière le sac à malices du clown.

Gideon sort dans la rue, tournant la tête de gauche à droite. Un couple et deux cockers bondissants gravissent la colline dans notre direction. De l'autre côté de la rue, nichée entre les rangées de grandes et belles maisons géorgiennes aux grandes et belles baies vitrées, se trouve une allée pavée qui mène aux jardins ouvriers.

— Nous ne le trouverons pas s'il est parti par là, dis-je.

Gideon a l'air tenté d'essayer, et l'affection qu'il m'inspire redouble.

— C'est bon, dis-je.

— Ce n'est pas bon, Caitie. Ce n'est pas bon d'être traquée par un cinglé masqué. Ce n'est pas bon qu'il se soit introduit dans votre maison. Ce n'est pas bon qu'il ait posé les mains sur vous. Rien de tout cela n'est bon.

Il brûle d'indignation, de l'urgence de quelqu'un qui se sent vraiment concerné.

— Il s'agit d'une évaluation professionnelle ou personnelle ?

Je pose la question, ainsi que je l'ai fait lors de notre première séance dans son cabinet de Bath.

Je m'attends à ce qu'il réponde : « les deux » avec un sourire malicieux, comme il l'a fait alors, mais il se tourne vers moi, haletant sous l'effet conjugué de l'adrénaline et de son sprint jusqu'au portail. Son regard vert jade est fixé sur moi, inébranlable, et la chaleur qu'il dégage me coupe le souffle.

— Personnelle.

C'est un ronronnement intime, qui m'amène à m'interroger sur l'effet qu'aurait sa barbe à l'intérieur de mes cuisses.

Il ne serait pas bien difficile de me pencher vers lui, de me dresser sur la pointe des pieds et d'embrasser mon thérapeute. Je pourrais chasser la solitude par des étreintes amoureuses, devenir une créature faite uniquement de désir. Sauf que, malgré le froid intense qui s'est installé entre Oscar et moi, je ne pourrai jamais le tromper.

— Il faut que je rentre, je balbutie.

Il ne veut pas que je parte.

— Mon fiancé va se demander où je suis passée, j'insiste, même si Oscar n'est pas à la maison et que je n'ai aucune raison de partir.

— Oui, naturellement, fait-il d'une voix qui vibre de déception.

Et je m'éloigne avant de changer d'avis.

30
Elinor Ledbury

Heath trouve une arme cachée dans une armoire du bureau de l'oncle Robert.

— Est-ce que c'est légal ? demande Elinor.

Elle est à genoux, entourée de dossiers poussiéreux et de feuilles volantes.

— C'est un fusil de chasse, dit-il en soulevant l'arme pour regarder dans la mire.

— Tu sais tirer au moins ?

— Non, répond-il avec un sourire paresseux. Mais j'apprendrai.

Elinor contemple l'arme, gagnée par un malaise. Robert n'est pas revenu à Ledbury Hall depuis six semaines, soit depuis l'agression. Heath a donc saisi l'occasion pour fouiller chaque tiroir, chaque armoire et chaque boîte à la recherche de documents relatifs au domaine. S'ils parviennent à trouver une faille juridique ou même un autre membre de la famille qui puisse prendre la relève en tant qu'administrateur, ils n'auront pas à quitter leur maison. Bien que l'étude des dossiers soit laborieuse, Elinor est heureuse de cette distraction qui l'empêche de s'appesantir sur la perte de Flynn.

— En fait, déclare Heath en passant la courroie du fusil par-dessus sa tête, je vais aller m'entraîner tout de suite.

— Tu vas tirer sur nos terres ? Et si quelqu'un t'entend ?

Elle est incrédule, l'inquiétude palpite sous sa poitrine.

Il arque un sourcil.

— Et à ton avis, qui me dénoncera en premier, les cerfs ou les blaireaux ?

— Ah ah, réplique-t-elle, impassible. Et le jardinier ?

M. Morris et son équipe sont les seuls employés que l'oncle Robert a gardés à Ledbury Hall. Heath fronce les sourcils.

— Il les a tous renvoyés, dit-il. Tu n'as pas remarqué ? Ils ne sont pas venus depuis des semaines.

Elle pince les lèvres, cherchant à comprendre ce que cela signifie. Que se passera-t-il si l'oncle Robert ne revient jamais ? Une fois, après avoir découvert que les Ledbury lui volaient son whisky en cachette, il n'a pas payé la facture d'électricité et ils ont été plongés dans le noir pendant une semaine. Heureusement que ça s'est produit en été : ils ne sont pas morts de froid dans le manoir plein d'échos.

Heath soupire et lui tend la main pour l'aider à se remettre sur pied.

— Je vais prendre soin de toi.

Tout en parlant, il passe les doigts le long de ses bras nus jusqu'à ses épaules. Il appuie son front contre le sien, si bien qu'elle peut compter les petites taches vertes dans ses yeux. Elle voudrait lui demander si le manque de Sofia lui pèse autant que l'absence de Flynn pour elle, mais elle ne peut pas, car ils ont promis de ne plus évoquer les Healy.

Heath a rompu avec Sofia. Elle l'a mal pris : elle a tant appelé le manoir qu'il a fini par arracher la prise du téléphone. Au moins, il est avec Elinor maintenant et l'a été toute la semaine. Ils ont cuisiné ensemble, il lui a appris le *Clair de Lune* de Claude Debussy au piano, ils se sont promenés dans le parc, s'arrêtant au bord du petit lac pour contempler la statue des deux amants enlacés qui se trouve en son centre. Puis Heath a pris Elinor dans ses bras, de la même manière, et il a murmuré contre sa gorge :

— Je t'aimerai. Toujours.

— Très bien, dit-elle maintenant. Mais fais attention. Une balle, c'est très différent d'un tuyau de plomb, et tu n'es pas un chat.

— Je n'ai qu'une vie, dit-il. Pigé.

Il l'embrasse sur le front et disparaît.

31

Caitlin Arden

Je surprends Florence en la devançant au restaurant.

— Tu n'es jamais en avance, s'étonne-t-elle, une fois qu'elle a retiré ses lunettes de soleil.

— Bravo, Caitie, tu es à l'heure, Caitie, je suis si fière de toi, Caitie, je réplique en feignant de l'imiter.

Elle sourit.

Je n'admettrai pas que, si je suis en avance, c'est que, pour la première fois depuis le début de notre amitié, j'étais nerveuse à l'idée de la revoir. Cela fait très longtemps que nous n'avons pas passé de temps seules ensemble. Je me le suis expliqué par le mariage qu'elle préparait, mais ce n'est pas la vraie raison. Avant Olivia, on se parlait presque tous les jours. Après Olivia, j'ai de la chance quand j'ai une conversation avec elle toutes les deux semaines. Si l'attention de Florence était un banquet, on pourrait dire qu'Olivia est arrivée au festin et a tout dévoré, pour ne me laisser que des croûtes et des morceaux de viande grumeleux. Pendant des jours, j'ai rongé mon frein, me demandant quand arriverait mon prochain repas. Maintenant, j'ai l'intention d'en savourer chaque bouchée.

Je m'installe pour profiter d'une matinée avec l'une des personnes que j'aime le plus au monde. Le restaurant est bondé. Les serveurs se faufilent avec adresse entre les tables, portant des assiettes d'œufs pochés et de toasts à l'avocat. Il règne parmi les clients une énergie vive et optimiste, propre au samedi, quand la grisaille du lundi matin semble encore bien loin.

Nos boissons arrivent. Florence lève son verre et nous trinquons.

— Un brunch sans œufs mimosa, ce n'est qu'un petit déjeuner triste et tardif, annonce-t-elle.

Je secoue la tête.

— La seule chose triste dans ce brunch, c'est ton pain au levain sans gluten.

— En prévision du mariage, j'essaie d'éviter une éruption cutanée.

— C'est pour les gens qui veulent que leur nourriture ait un goût de déception.

Elle sourit et je me rends compte qu'elle m'a énormément manqué.

— Comment se déroulent les préparatifs ? Tu as besoin d'aide ?

Ma proposition est sincère. Je me sens seule et je n'ai pas grand-chose à faire. Du moins, rien que j'aie envie de faire. Cette semaine, je devrais participer à des réunions pour que l'actuel professeur de CM1 puisse passer le relais, mais l'idée même de parler de projections de niveau, de plans d'enseignement spécialisé et d'objectifs d'apprentissage m'ennuie à mourir. Et quand je n'évite pas le travail, je suis obsédée par Olivia et l'homme masqué. De temps en temps, mes pensées coupables s'égarent vers Gideon. Ses yeux vert jade, ses larges épaules, son délicieux accent irlandais. Une journée passée à imprimer des menus de mariage serait une distraction bienvenue.

— En fait, tout est presque terminé.

— Vraiment ? Et les petits trucs comme couper les rubans pour les chaises ou préparer les cadeaux ?

— Tout est fait.

— Je suis impressionnée. J'arrive à peine à m'organiser pour aller me brosser les dents chaque matin.

— J'ai eu de l'aide.

— Vraiment ?

Elle acquiesce.

— Olivia.

Un silence inconfortable s'abat sur nous. Je me fraye un chemin entre la douleur, la confusion et l'indignation qui me consume à petit feu. J'essaie d'étouffer les pensées du genre *C'est moi, sa demoiselle d'honneur. C'est moi, sa meilleure amie. C'est moi qui suis censée être celle qui, assise sur le sol de son salon, répartit les confettis dans des cornets de papier journal.*

— Si tu m'avais dit que tu avais besoin d'aide, j'aurais été là. Je te l'ai proposé une centaine de fois.

Elle grimace.

— Je sais, je sais, je n'avais pas prévu qu'elle vienne et qu'elle fasse tout ça avec moi, mais son entretien à l'université s'est terminé tôt, alors…

— Son entretien à l'université ?

— Oui… Olivia entre à l'université de Bath en septembre, elle ne te l'a pas dit ?

Je suis soufflée.

— Pour étudier quoi ?

— L'art.

— L'art ? Tu te fous de ma gueule ?

La question a jailli de moi comme une accusation. Florence fait la grimace. Une grimace bien involontaire. Elle pince les lèvres et secoue légèrement la tête.

— C'est une grande fille, si elle veut suivre un cours d'introduction à l'art, elle en a le droit. Je sais que tu souhaitais aller étudier l'art à l'université, renchérit-elle en portant les yeux sur moi. Mais tu ne l'as pas fait, Caitie.

Je serre les dents.

— Oui, parce qu'après l'enlèvement de ma sœur, je n'avais pas envie d'ajouter à la détresse de mes parents.

J'essaie tant bien que mal de contenir ma frustration, en me rappelant que Florence ignore qu'Olivia n'est pas Olivia. Qu'elle est en fait une menteuse doublée d'une manipulatrice.

— Ils ne sont pas fâchés qu'Olivia étudie l'art. Ils sont contents pour elle, souligne-t-elle.

Je sirote mon verre.

— Peut-être qu'elle suit ces cours pour que vous puissiez vous rapprocher, suggère-t-elle.

Il ne s'agit pas de nouer des liens, Olivia s'amuse avec moi, elle tente de m'agacer jusqu'à ce que je craque, mais pourquoi ? Mes parents et ma meilleure amie lui mangent dans la main et, à en juger par la facilité avec laquelle elle s'est retrouvée seule dans une chambre à coucher avec mon fiancé, elle a également mis Oscar dans sa poche. Et maintenant, elle veut étudier l'art. Pourquoi suis-je allée lui raconter que je rêvais d'être artiste, de peindre le monde et de le parcourir ? C'était une aspiration profonde que je lui confiais, ou peut-être que nous avons toutes les deux agi comme si c'était le cas. J'étais ravie de reprendre mon rôle de petite sœur et elle d'entrer dans son nouveau rôle, celui de la jeune Arden rentrée au bercail. Mais ce n'était que du cinéma. Et même pas de qualité. Il faut que je le dise à Florence. Toutefois, à peine ai-je ouvert la bouche qu'elle me devance.

— Écoute, je dois te dire un truc.

— Vas-y.

— Olivia va jouer au mariage.

Je fronce les sourcils.

— Jouer quoi ?

— Du piano.

Ça n'a aucun sens.

— Olivia ne sait pas jouer du piano.

— Si. Je l'ai entendue. Elle a sauté sur un piano communautaire à Bath et elle a été brillante. Elle jouera le *Clair de*

Lune de Claude Debussy pendant le cocktail qui suivra la cérémonie. C'est le cadeau de mariage qu'elle nous fait.

C'est une erreur. Une énorme erreur. Ma sœur ne sait pas jouer du piano. Notre grand-mère en avait un, mais tout ce que nous avons appris, c'est *Mary Had a Little Lamb.* Avant que je puisse faire valoir mon point de vue, Florence ajoute :

— Et j'ai décidé de demander à Olivia d'être demoiselle d'honneur, elle aussi.

Je manque de laisser échapper mon verre.

— Quoi ?

Notre repas arrive. La serveuse, sentant la tension entre nous, pose nos assiettes et décampe rapidement.

— Ça m'a semblé juste, dit-elle. C'est une situation délicate parce qu'à l'époque, Olivia et moi, on parlait tout le temps du jour de notre mariage. On s'était mises d'accord : on serait demoiselle d'honneur l'une de l'autre.

La vérité, c'est que si Olivia n'avait jamais disparu, Florence et moi ne serions probablement même pas amies. C'est Olivia qui aurait retenu les cheveux de Florence, à sa fête de fin d'études, pendant qu'elle vomissait des shots de vodka verte à paillettes. C'est Olivia qui aurait porté un million de cartons dans l'escalier de son premier appartement. C'est Olivia qui se serait assise avec elle sur le sol de sa salle de bains, à lui tenir la main, en attendant de savoir si ce préservatif percé l'avait condamnée à une vie de nez morveux et de *Peppa Pig*, puis aurait fêté avec elle et une bouteille de champagne très coûteuse l'apparition d'une ligne au lieu de deux. C'est Olivia qui aurait minutieusement organisé un week-end entre filles dans les Cotswolds, week-end qui n'avait pas tout à fait consisté à rassembler des femmes qu'elle connaissait vaguement, mais plutôt à rameuter des chattes.

Savoir que ça aurait dû être elle et jamais moi, ça fait mal.

— Donc, c'est bon, non ? demande-t-elle.

Mais nous savons tous les deux que, si elle se souciait vraiment de mon opinion, elle m'aurait posé la question avant d'aller trouver Olivia.

— Bien sûr, je réponds.

Parce que c'est son mariage et que tout le monde le sait, ce que la mariée veut, la mariée l'obtient sans qu'on remette ses choix en question. Elle continue à parler et je continue à sourire. Mais ce que je ressens, c'est une vague de désespoir. La honte de ne pas être à la hauteur, d'être une fois de plus reléguée au rang de doublure, parce que la star du spectacle est de retour. Florence déclare que ce sera très amusant d'avoir deux demoiselles d'honneur. Que ce sera moins stressant pour moi. Que j'apprécierai son aide le jour J. Elle présente l'entourloupe comme un cadeau bien emballé à mon intention. Mais c'est un cadeau que je n'ai jamais demandé et dont je ne veux pas. Cependant, comme il serait impoli de le refuser, j'élargis encore mon sourire jusqu'à avoir le sentiment d'afficher un rictus de clown.

— Je suis très contente que ça ne te dérange pas, dit-elle. J'étais stressée à l'idée de te l'annoncer.

— Pas besoin de stresser, pourtant.

Nous nous sourions. C'est tendu et malcommode parce que nous savons tous les deux que ça me dérange et que ça la dérangerait aussi.

Olivia, ou plutôt la femme qui se fait passer pour elle, est un parasite, un coucou déterminé à me pousser hors du nid pour pouvoir se gaver et jouir de ma vie. Je plante ma fourchette dans le bacon, dont la graisse grésille encore, et je me rends compte que je n'ai pas du tout faim. Nous sombrons dans un silence inconfortable. J'écoute les femmes assises à la table voisine planifier un mini-séjour en Slovénie. Les doigts me démangent de réserver un billet d'avion pour littéralement n'importe où. Histoire de fuir Olivia, l'homme masqué et Florence aussi. Tous autant qu'ils sont.

— Ça va ? demande-t-elle. Tu as l'air… Tu dors bien ?

Je pense aux couches d'anticerne éclaircissant que j'ai appliquées pour dissimuler les cercles noirs sous mes yeux. Efforts inutiles apparemment.

— Je dors, je mens. Mais c'est plus difficile depuis l'effraction.

Ça, au moins, c'est vrai. Parfois, alors que je suis sur le point de m'assoupir, je sens la main gantée se refermer sur ma gorge, je sens le goût du cuir, et je me réveille en sursaut.

Elle acquiesce.

— Olivia m'en a parlé.

Je ressens une pointe d'agacement en imaginant les histoires qu'Olivia a pu raconter.

— Et qu'est-ce qu'elle t'a dit ?

Visiblement mal à l'aise, Florence choisit soigneusement ses mots, s'efforçant de poncer les bords acérés de ce qu'Olivia lui a rapporté avant de me le répéter.

— Que tu pensais avoir surpris un intrus dans ta maison, mais que la police n'avait rien trouvé.

— Je n'ai pas *pensé* qu'il y avait un intrus chez moi. Je sais qu'il y en avait un. J'ai été agressée.

Elle écarquille les yeux, incrédule ou choquée, je ne sais pas trop.

— Agressée ? répète-t-elle.

— Il m'a plaquée contre un mur et m'a enfermée dans le bureau d'Oscar. Olivia ne t'a pas parlé de ça ?

Elle ne croise pas mon regard, préférant découper une portion d'œufs pochés et de chou kale.

— Mais il ne t'a pas blessée ? Il n'a rien pris ?

Son scepticisme me pique.

— Non, en effet.

Je ne peux toujours pas expliquer pourquoi ni ce que me veut cet homme, mais elle doit absolument savoir que je dis la vérité.

— Il me suit.

Elle repose son couteau et sa fourchette.

— Il te suit ?

— Oui, je l'ai vu il y a quelques jours quand j'étais dans le parc avec…

Je m'interromps : je rechigne à lui parler de Gideon, parce que je sais qu'elle ne comprendra pas.

— Avec ?

— Mon… je commence avant d'hésiter, faute de savoir comme l'appeler. Mon thérapeute.

Elle hausse un sourcil.

— Qu'est-ce que tu fabriquais dans un parc avec ton thérapeute ?

— On s'est croisés par hasard et ce n'est pas vraiment la question.

— Ton thérapeute l'a vu, ce harceleur masqué ?

— Non.

Silence.

Elle s'empare de ses couverts.

— OK.

Sous la table, j'enfonce mes ongles dans mes paumes. Elle ne croit pas un mot de ce que je lui raconte. Je suis une enfant qui essaie de convaincre une adulte qu'elle a vu le Père Noël. Peut-être qu'elle comprendrait, si elle savait qu'Olivia n'est pas vraiment Olivia. Je réfléchis soigneusement à la manière d'aborder le sujet, comme on entre avec précaution dans un bain brûlant.

— Tu trouves qu'Olivia est… comme elle était… avant ?

Elle cligne des yeux, surprise par ce brusque changement de sujet.

— Oui, au point que c'en est remarquable. Je m'étais préparée à une sauvageonne enragée et brisée, le jour où tu es venue me chercher pour la rencontrer, mais elle est… Olivia, conclut-elle en haussant les épaules.

— Olivia… de quelle manière ?

Elle réfléchit un instant.

— Amusante, mais pas frivole. Douce, mais pas timide. Confiante, mais pas arrogante. Elle était exactement la même à l'école primaire.

Elle boit une gorgée de son verre, réfléchissant toujours.

— Je l'ai rencontrée dès mon premier jour d'école, tu le savais ? Je suis arrivée au milieu du CM1 et je n'avais pas d'uniforme. Au bout d'une demi-heure, une fille à l'air méchant est venue me trouver et m'a sorti que ma salopette jaune bouton d'or, c'était pour les bébés.

Je grimace, sachant qu'à cet âge, ce genre de remarque vous flanque une gifle verbale des plus cuisantes.

— Alors Olivia, avec sa queue-de-cheval parfaite, s'est approchée de moi à toute allure pour annoncer à la classe que ma salopette était cool.

Elle sourit à ce souvenir.

— Le lendemain, c'était le jour où l'on pouvait se pointer à l'école en tenue normale et presque tout le monde est venu en salopette, même la fille au visage méchant.

Elle replace une mèche de cheveux derrière son oreille.

— Je ne me suis jamais sentie seule à l'école, avec sa main dans la mienne, pendant qu'on sautillait dans la cour de récréation. Et plus tard, quand on attendait dans notre salle de classe, on partageait une paire d'écouteurs pour écouter Placebo en boucle. Il est rare de rencontrer quelqu'un qui détient autant de pouvoir sur les autres, mais qui choisit de l'utiliser pour élever les gens, au lieu de les rabaisser.

Elle a d'Olivia les mêmes souvenirs que moi. Une sorte d'énergie électrisante. Une personnalité que les autres tenaient absolument à côtoyer. Pourtant, je suis certaine que la fille qui a été arrachée à Blossom Hill House et la femme qui y est revenue seize ans plus tard ne sont pas les mêmes.

— Vous avez parlé de ça, avec Olivia ?

— Qu'est-ce que tu veux dire ?

— Vous avez passé beaucoup de temps ensemble depuis son retour. Vous vous remémorez le bon vieux temps ? Elle se souvient des mêmes choses que toi ?

— Je ne sais pas. Elle… On parle d'un tas de trucs. Pour l'essentiel, on a parlé de Daniel et du mariage. Pourquoi ?

Je me mords la lèvre, hésitante. Mais Gideon m'a crue, non ? Et il ne me connaît même pas, pas vraiment. S'il a foi en ma théorie, en moi, Florence devrait en faire autant, elle aussi.

— Elle ne se souvenait pas de Hathaway Cottage ni de notre cousin Edward.

Son regard se fait perplexe.

— OK…

— Elle connaissait l'existence d'une vieille cabane sur le terrain derrière notre maison, alors qu'elle n'a été construite qu'après son enlèvement.

— Caitie…

— Elle a un deuxième téléphone secret et je l'ai surprise en train de parler de moi à quelqu'un. Elle…

— Arrête, m'implore-t-elle en levant la main comme pour arrêter la circulation. Tais-toi. Écoute, ne dis pas ce que tu t'apprêtais à dire.

Elle repose ses couverts, en colère cette fois.

— Florence…

— Écoute-moi, Caitie. C'est Olivia. Tout le monde le sait. La police, tout le monde. Tu vas passer pour une folle complète et une paranoïaque en prétendant le contraire. Si tes parents découvrent que tu salis leur fille, tu vas te couper complètement d'eux.

Elle me fixe d'un regard à la fois sévère et désapprobateur.

— Ils sont très heureux de l'avoir retrouvée et tu devrais te réjouir, toi aussi.

— Ce n'est pas elle.

Elle ferme les yeux, comme si elle souhaitait me voir disparaître.

— Pourquoi quelqu'un prétendrait-il être Olivia ?

— La célébrité, l'argent, l'attention.

— Quelle célébrité, Caitie ? Elle a refusé toutes les interviews, et tout l'argent qui va avec.

— Je pense qu'elle a volé la carte de crédit de mon père, le jour où on est allées faire du shopping, je réplique, me souvenant de l'interrogatoire auquel maman m'a soumise pendant que Florence et Olivia se retrouvaient dans le jardin.

Distraite, je n'avais pas prêté attention à maman à ce moment-là.

— Tu crois qu'elle se fait passer pour ta sœur pour quelques robes et sacs ?

Elle secoue la tête.

— Je sais que ça peut paraître fou, mais…

— C'est complètement fou.

Elle soupire comme si j'étais une enfant rebelle.

— Un test ADN prouverait que j'ai raison.

Elle ne m'aurait pas regardée autrement si je lui avais annoncé que je ne savais pas compter jusqu'à dix.

— Ils ont fait un test ADN…

Le monde commence à basculer. Je m'agrippe à la table.

— Quoi ?

— Ils ont fait un test, répète-t-elle.

— Comment tu le sais ?

— Clara l'a dit à ma mère.

— Non, je murmure. Ils n'ont pas pu…

— Les résultats n'ont pas été concluants en raison d'un défaut dans l'échantillon et lorsque la police a demandé à pratiquer un nouveau test, une semaine plus tard, Olivia a déclaré qu'elle avait été suffisamment sondée, et tes parents l'ont soutenue.

Je passe la langue sur mes lèvres desséchées.

— Alors, elle a fait exprès de gâter le test. Elle n'est peut-être toujours pas ma sœur.

— Bien sûr que c'est ta sœur. Mince, tu t'entends parler, Caitie ?

Nos regards se croisent. On pourrait croire qu'il vient de me pousser une deuxième tête.

— Tes parents l'ont soutenue, parce qu'ils connaissent leur fille.

Elle attrape son verre déjà vide et y boit sans s'apercevoir qu'il ne contient plus rien.

— Tu es fatiguée. Tu es juste trop fatiguée et tu as du mal à gérer cet énorme changement. Oscar et Olivia ont dit la même chose.

Mon visage flamboie d'indignation.

— Vous parlez tous de moi dans mon dos ?

— Oui, parce qu'on est tous inquiets.

J'éclate d'un rire dur et sec.

— Mais aucun d'entre vous n'est assez inquiet pour écouter ce que j'ai à dire.

— On t'écoute, Caitie, et c'est d'ailleurs pourquoi on est inquiets. Une fausse sœur ? Un harceleur ? Un agresseur masqué que personne d'autre n'a vu ?

Mon téléphone commence à vibrer sur la table. Nous l'ignorons toutes les deux.

— Pourquoi cela semble-t-il si insensé ? Ma sœur a été littéralement enlevée par un assaillant masqué.

Elle fait la grimace.

— Quoi ? je lui demande.

— Olivia ne se souvient pas d'un masque. Elle a dit que la police l'avait interrogée sur le masque lors de son premier interrogatoire. Elle leur a répondu qu'elle n'en avait jamais vu.

Je la dévisage, bouche bée. L'usurpatrice qui prétend être ma sœur mine mes témoignages depuis le début.

— Il était masqué, j'insiste.

— Pas d'après elle.

— Sa version des faits ne compte pas, parce qu'elle n'est pas celle qu'elle prétend ! je crache avec plus de volume et de venin que prévu.

Les femmes de la table d'à côté se taisent.

— Caitie, dit Florence d'un ton apaisant. Tu es sûre de vouloir être ma demoiselle d'honneur ? C'est une lourde responsabilité et je n'ai pas besoin de stress supplémentaire, ce jour-là. Je ne veux pas te rajouter la moindre cause d'inquiétude.

Je la fixe, blessée. Les larmes que fait naître son rejet me piquent douloureusement les yeux.

Cette fois, c'est le téléphone de Florence qui sonne. Elle semble soulagée en décrochant, heureuse de ce bref répit.

— Euh… oui, je suis avec elle en ce moment, dit-elle en me jetant un coup d'œil. Je vous la passe.

Elle me tend son téléphone.

— Ils l'ont trouvé.

C'est maman, dont la voix est tremblante d'émotion.

— Qui ça ?

— Briggs.

Florence se penche pour écouter, une ride entre les sourcils.

— Qui est Briggs… ?

— Simon Briggs. L'homme qui a enlevé Olivia.

Florence se plaque une main sur la bouche.

— La police l'a retrouvé, répète maman.

Je me détends, soulagée. Nous sommes en sécurité. Nous allons tous être en sécurité. Et maintenant qu'ils le tiennent, la vérité va éclater. Il admettra qu'Olivia n'est pas ma sœur. Il avouera qu'il me harcèle et la police lui fera dire pourquoi.

— Il est au poste de police en ce moment ?

— Non, répond-elle. Il est à la morgue.

Je passe du chaud au froid et inversement.

— Il est mort, Caitie. Il est mort depuis des semaines. C'est enfin terminé.

32

Caitlin Arden

Nous nous précipitons chez mes parents. Oscar arrive quelques secondes après Florence et moi. Je ne l'ai pas appelé, mais je soupçonne maman de l'avoir fait quand elle me cherchait. Nous n'avons pas le temps de parler avant d'être conduits dans le salon pour écouter ce que la police a à nous dire. Olivia, à qui on a déjà tout expliqué, monte dans sa chambre avec Florence.

J'ai vu tellement d'agents de police ces dernières semaines qu'ils se confondent tous en une masse d'uniformes noirs et d'expressions sérieuses, mais j'identifie l'inspecteur principal Grimshaw. Il a la cinquantaine bien tassée, des cheveux d'un gris métallique, de larges sourcils rectangulaires et un nez crochu. Il nous explique que, bien qu'Olivia ne connaisse pas le nom de famille de son ravisseur, ils ont pu localiser la propriété de Simon grâce à la description qu'elle a fournie. Apparemment, la maison était exactement comme elle l'a dépeinte, jusqu'aux serrures de la chambre où elle a été enfermée.

— Il y a vingt-trois ans, Simon Briggs était directeur adjoint d'une école de filles dans le Northamptonshire. Un collègue l'a surpris dans un bar du coin en train de se comporter…

L'inspecteur Grimshaw s'interrompt pour s'éclaircir la voix, avant de reprendre :

— De manière inappropriée avec une ancienne élève. Il a démissionné, perdu sa fiancée et s'est tourné peu après vers l'alcool. Un an plus tard, il a vendu sa maison et déménagé. Les archives montrent qu'il a acheté un terrain boisé dans le Gloucestershire.

— C'est là qu'il a gardé Olivia ? demande maman.

Il acquiesce.

— Au moment de sa mort, Simon Briggs était un ermite de cinquante-neuf ans. Survivaliste. On a trouvé un garde-manger contenant suffisamment de provisions pour plusieurs années. Il vivait sans télévision ni téléphone portable, mais il lisait beaucoup. Beaucoup de livres… intéressants, achève-t-il en se déplaçant d'un pied sur l'autre.

Il est difficile de démêler ce qui se passe ensuite : ce que Grimshaw rapporte et ce que j'imagine. Comme s'il m'avait tendu un de ces dessins que l'on peint par numéros. Ses mots forment l'image, mais j'en colorie les détails.

J'imagine la maison de Briggs. Petite et branlante. Il la remplit de livres de poche écornés : une bibliothèque de manuels agricoles, de théories du complot, de fictions érotiques. Heureux d'être débarrassé des imprimés floraux que sa fiancée avait accrochés aux murs de leur maison de ville, il les remplace par des esquisses crues et graphiques de femmes nues. Elles sont toutes jeunes, avec de longs cheveux et des yeux de biche.

— Comment est-il mort ? demande papa, impatient de passer à la scène où le méchant est abattu de façon atroce.

— Nous avons trouvé une fiole de thallium et une bouteille de whisky presque vide à côté du corps, répond Grimshaw.

Papa fronce les sourcils.

— Du thallium ?

— C'est un métal. Un poison. Une façon terriblement douloureuse de mourir.

— Continuez, ordonne papa.

Il veut s'assurer des souffrances de Briggs. Je vois à la lueur fébrile au fond de ses yeux qu'il les espère abominables. Il n'est pas déçu.

— Les symptômes comprennent des nausées, des vomissements et de la fièvre. Certaines personnes se plaignent d'une sensation de brûlure dans la plante des pieds et la paume des mains. La substance finit par provoquer une paralysie qui submerge le corps, annihile les organes un par un jusqu'à l'asphyxie.

S'ensuit un silence abasourdi, le temps que nous digérions ce tableau. Je vois Briggs dans son salon, recroquevillé en position fœtale par des convulsions horribles. Il enfonce son visage dans le tapis usé aux poils moisis et hurle jusqu'à ce que ses poumons le brûlent.

— Il s'est suicidé ? demande maman, stupéfaite.

— Il semble en effet que ce soit le cas, répond Grimshaw. Le thallium n'a pas de goût, mélangé à du whisky, il est facile à ingérer.

— Comment pouvez-vous être sûrs qu'il s'agit d'un suicide ?

C'est ma première intervention. Plusieurs paires d'yeux se posent sur moi.

— Nous avons trouvé une lettre.

— Mais pourquoi le poison ? j'insiste.

— Il y avait bien un fusil de chasse sur les lieux. Le problème, c'est que le canon aurait été trop long pour qu'il le retourne contre lui et se tire une balle. En tant que reclus sans accès à Internet, il a utilisé ce qu'il avait sous la main.

— Et pourquoi aurait-il été en possession de thallium ? je demande.

— On l'utilise parfois pour empoisonner les rats. Briggs avait un garde-manger bien garni à protéger.

Quelque chose en moi refuse d'y accorder foi.

— Pourquoi ne pas se trancher les veines ou se pendre ?

Horrifiés par mes questions directes et morbides, Oscar et mes parents échangent un regard, mais Grimshaw m'examine avec intérêt.

— Ce sont de bonnes questions. Il est possible qu'il n'ait pas eu l'intention de mourir. Le thallium peut mettre plusieurs jours à tuer. Dans l'éventualité où on l'aurait retrouvé à temps pour le sauver, peut-être espérait-il qu'un juge soit plus indulgent à l'égard d'un alcoolique reclus, tellement rongé par le remords qu'il aurait tenté de mettre fin à sa vie.

Je suppose qu'un prédateur sexuel sadique n'inspire guère de compassion. Pourtant, je ne peux pas imaginer que quelqu'un choisisse de mourir si douloureusement, si lentement.

— Savez-vous quand il est mort ? je demande.

L'été a été vraiment très chaud. Depuis combien de temps Briggs cuit-il dans sa maison, empoissé de ses fluides ?

Maman me décoche un regard que j'ignore. Je dois savoir si Briggs est l'homme masqué.

— Nous aurons plus d'informations après l'autopsie, mais il semble qu'il soit mort quelques jours seulement après le retour d'Olivia.

Autrement dit, sa mort remonte à des semaines. Je ne comprends pas. La dernière fois que j'ai vu l'homme masqué, c'était il y a deux jours, dans le parc avec Gideon. Si le ravisseur d'Olivia est mort depuis tout ce temps, qui m'a traquée et pourquoi ? Pourrait-il y avoir plus d'un kidnappeur ? Est-il possible que l'homme masqué et Briggs aient travaillé ensemble ? Mais alors, comment la femme qui prétend être Olivia est-elle impliquée ? Peut-être est-elle l'étudiante avec laquelle Briggs avait une liaison ? Si c'est le cas, où est ma véritable sœur ? Et pourquoi cette usurpatrice me prend-elle pour cible ?

La gorge nouée, je ne regarde ni papa ni maman quand je pose ma question suivante :

— Est-il possible que Briggs ait été assassiné ?

Grimshaw plisse les yeux et les plonge dans les miens.

— C'est une possibilité, lâche-t-il lentement. Mais dans ce cas, notre seul suspect est Olivia.

Mes parents me fusillent du regard. Je sens la brûlure de leurs yeux m'entamer la peau comme le bout incandescent d'une cigarette.

— Non ! s'écrie maman, les yeux écarquillés. Ce n'est pas possible. Vous avez trouvé un message.

Elle semble craindre qu'une unité d'élite de la police ne fasse irruption par les fenêtres et n'emmène sa fille menottée.

— C'est exact. Son ancien employeur nous a fourni un échantillon d'écriture qui correspond à la lettre signée par Briggs.

Si Briggs avait un complice, il y aurait sûrement des preuves à son domicile. Je demande s'ils ont trouvé des traces d'une tierce personne, des empreintes, de l'ADN.

— Juste ceux de Briggs et d'Olivia, me confirme Grimshaw.

Il fronce ses épais sourcils rectangulaires. Si mes questions l'intriguent, elles troublent mes parents. Je voudrais exiger qu'Olivia refasse un test ADN parce que je suis certaine qu'elle n'est pas ma sœur, mais je blesserais immanquablement ma famille. Florence avait raison, ils auraient du mal à me pardonner.

Oscar nous ramène chez nous. Nous ne parlons pas. Il est de nouveau en colère contre moi et je ne comprends pas pourquoi. Dès que nous entrons, avant même de se déchausser, il laisse éclater sa rage.

— Où tu voulais en venir ? Avec toutes ces questions sur un meurtre et sur le fait de passer la maison au peigne fin pour y trouver l'ADN d'un tiers ?

— La police devrait passer la maison au peigne fin, je réplique, ironique. Si l'on se fie à ce que raconte Olivia, c'est une scène de crime.

Il grimace.

— « Si l'on se fie à ce que raconte Olivia » ? Qu'est-ce que tu insinues ?

Nous sommes à moins d'un mètre l'un de l'autre, en train de nous dévisager, pourtant je ne me suis jamais sentie aussi éloignée de lui. Un fossé s'est creusé entre nous ces dernières semaines.

— Oscar, pourquoi as-tu parlé de moi avec Florence et Olivia ?

Il bafouille :

— Parce que ta meilleure amie et ta sœur s'inquiètent pour toi.

— Ce n'est pas ma sœur.

Je ne sais pas vraiment pourquoi j'ai choisi ce moment pour le lui annoncer, mais je me rappelle la réaction de Gideon quand je lui ai fait part de cette conviction. Il ne m'a pas traitée comme si j'étais hystérique. Il m'a écoutée, l'esprit ouvert. Il m'a crue. Je prends conscience que je teste Oscar parce que j'attends la même confiance de la part de mon fiancé.

Mais il me regarde comme si j'avais de l'écume aux lèvres.

— Quoi ?

— Ce n'est pas ma sœur.

— Tu ne crois pas vraiment ce que tu dis.

Je lève le menton.

— Si.

— Bien sûr que c'est ta sœur.

Et me voilà congédiée, mes sentiments écrasés sous sa semelle aussi facilement qu'il effriterait une feuille d'automne.

— Qu'est-ce qui te rend si affirmatif ? À part ta petite aventure dans notre chambre d'amis avec elle et quelques échanges en douce à mon sujet, tu ne la connais pas.

Il secoue la tête, retire ses chaussures avec colère et passe devant moi pour aller dans le salon. Je déteste quand il met fin à une discussion en la quittant, car le problème s'envenime alors telle une plaie rongée par des bactéries. Il m'oblige ainsi à le suivre, pleine de regrets, me repentant et utilisant mes mots comme un antiseptique et une bande de gaze. Alors, bien que je le suive maintenant, je me promets de ne pas m'excuser. Pas cette fois.

Il est assis sur le canapé, occupé à faire défiler son téléphone.

— Tu ne la connais pas, je répète encore.

Il soupire bruyamment et reporte les yeux sur moi.

— Je sais que cette fille est Olivia Arden et pas un… je ne sais pas… un double diabolique.

— Ce n'est pas une fille, c'est une femme. Une inconnue manipulatrice.

— Caitie, c'est ridicule.

— Tu ne m'as même pas demandé pourquoi je pensais qu'elle mentait.

Il enfonce les doigts dans ses cheveux couleur sable.

— OK.

— OK ?

Il fixe le plafond, suggérant par sa posture qu'il n'arrive pas à croire qu'il est en train d'attiser ma folie.

— D'accord. Vas-y.

Je me raidis, tentée de rétropédaler sur-le-champ. Mais comment puis-je espérer qu'il me croie si je ne lui explique jamais ce que je ressens ? J'énumère donc toutes les bizarreries que j'ai identifiées. S'il est d'abord sceptique, ce scepticisme se transforme vite en panique. Il se lève, arpente la pièce dans tous les sens, les yeux fous.

— À qui d'autre tu en as parlé ?

Il règne dans la pièce une énergie nerveuse qui fait battre mon cœur.

— Pourquoi c'est si important ?

— Qui d'autre, Caitie ? s'emporte-t-il.

— Tu me crois ? je demande. Tu crois que ce n'est pas vraiment Olivia ?

— Qui d'autre ? beugle-t-il.

Je me recroqueville, loin de lui. La peur pulse dans mes veines. Voyant que je ne réponds pas, il s'avance à grands pas, désespéré et exaspéré. Sans même réfléchir, je me tourne vers la porte, poussée à fuir par mon instinct. Mais il est plus rapide, sa paume s'abat sur ma droite et referme le battant. Je fixe le chêne de la porte close, consciente que s'il le veut, il peut me faire du mal. C'est une réalité inconfortable à laquelle les femmes doivent se confronter lorsqu'elles sont en compagnie d'hommes : ils peuvent nous faire du mal s'ils le désirent vraiment.

Il en a peut-être envie.

— À qui d'autre tu en as parlé ? redemande-t-il avec une hostilité à peine contenue.

— À Florence.

Je ne lui avoue pas en revanche mes confidences à Gideon. L'instinct qui m'a soufflé de fuir me suggère aussi de taire mon aveu au thérapeute.

— Arrête de creuser. Contente-toi de savourer le retour de ta sœur.

— Ce n'est pas…

— Tu veux vraiment tout gâcher ? aboie-t-il avec une telle animosité qu'une flèche de terreur me traverse.

— Gâcher quoi ?

Le silence rugit à mes oreilles.

— Je sors faire un tour.

Sa main glisse jusqu'à la poignée et ouvre brusquement la porte. Je dois reculer d'un bond pour éviter d'être percutée en pleine face.

Un instant plus tard, la porte d'entrée claque.

Je me tiens dans notre salon, tremblante et nauséeuse. Qu'est-ce que c'était que ça ? D'où venait toute cette colère ?

Je me demande une énième fois ce qu'il me cache. Depuis des semaines, j'ai l'impression qu'il me ment. Je repense à la femme – Sam – avec laquelle je l'ai surpris au café. Où a-t-il dit qu'elle travaillait ? Adaline Fray Interiors ? Dès l'instant où j'ai soupçonné Oscar de me mentir, j'aurais dû appeler l'entreprise pour vérifier son histoire, mais je ne voulais pas croire que mon fiancé me trompait. Maintenant que je redoute sa colère, toutefois, je dois agir. Je vais dans le couloir et sors mon téléphone de mon sac. Après une rapide recherche sur Google, je trouve le numéro, que j'appelle.

— Bonjour, vous êtes en communication avec Adaline Fray Interiors. En quoi puis-je vous être utile ?

— Vous êtes Sam ?

— Malheureusement non, je suis Mel, l'assistante personnelle d'Ada, me répond-elle. Je peux vous aider ?

— Je cherche Sam. Désolée, je n'ai pas de nom de famille à vous donner. Elle travaille dans votre service marketing ?

Une pause.

— Nous n'avons personne de ce nom ici.

Mon ventre se serre.

— Vous en êtes certaine ?

— Nous sommes une petite équipe.

Je m'excuse pour la confusion et je raccroche.

— Il a menti, je lance à voix haute.

Je serre si fort mon téléphone que ma main me fait mal. Et s'il a menti à propos de Sam, sur quoi d'autre encore m'a-t-il menti ? Tous ces faux-fuyants ont commencé après le retour d'Olivia. Cela doit avoir un rapport avec elle. Je me tourne vers son bureau. Je ne me suis encore jamais demandé pourquoi l'inconnu masqué se trouvait dans cette pièce. Il doit y avoir une raison. Peut-être cherchait-il quelque chose. S'il ne l'a pas trouvé, je peux éventuellement y parvenir. Mais quand j'essaie de tourner la poignée, je me rends compte que la porte est verrouillée. Oscar ne la ferme jamais. Je baisse les yeux vers la serrure : la petite clé a disparu.

33

Elinor Ledbury

Heath passe au moins deux heures par jour à s'entraîner au tir sur leur terrain. Il propose à Elinor de lui montrer l'arme, mais le simple fait de la sentir entre ses mains lui donne la chair de poule. Elle ne se fait pas confiance, elle serait bien capable de se tirer dessus accidentellement. Ou sur son frère. Il sort donc seul. Quand il est dehors, elle pense à Flynn. Ils ne se sont jamais aimés comme Heath et elle, mais peut-être qu'avec le temps, ils auraient pu y parvenir. Flynn n'a pas essayé de la contacter, pas une seule fois. Elle a toujours sa veste, la balle rebondissante et la pierre violette. Lorsqu'elle les regarde, elle s'afflige de ce qui aurait pu être. Elle pense aux romans d'amour que sa mère adorait – tous ces amoureux qui tournoient, sauvages, libres et heureux à travers le vaste monde – et la jalousie s'empare d'elle, éclipsant momentanément le chagrin. Elle appuie sa tête sur ses genoux et attend que la douleur passe. C'est ce qui arrive : la souffrance se fond dans le silence de la maison, et Elinor est à nouveau frappée par la justesse des choses, maintenant que Heath est rentré à la maison.

Elle entend une porte s'ouvrir en bas : son frère revient de sa séance de tir. Elle va donc à sa rencontre. Quand son pied se pose sur la dernière marche, elle n'est accueillie que par le silence. Elle s'immobilise dans l'entrée et écoute. Rien. Peut-être s'est-elle trompée, mais alors qu'elle se tourne vers la salle à manger, elle s'arrête, les poils au garde-à-vous sur sa nuque. Elle est sûre d'avoir entendu un mouvement en provenance du bureau, néanmoins comme l'appréhension a scellé sa bouche, elle n'appelle pas Heath. Elle se dirige vers le bruit, tel un papillon de nuit attiré par la flamme. Si la porte du bureau était fermée quand elle est montée à l'étage – Elinor le sait –, elle est entrouverte maintenant. Lentement, elle pousse le battant, d'ores et déjà consciente que ce n'est pas son frère qui se trouve à l'intérieur. Elle fixe la nuque sombre de son oncle. Sentant sa présence, il se retourne et elle comprend qu'il est ivre. Elle le devine à ses joues rosies ainsi qu'à ses yeux injectés de sang. Il a dû conduire de Londres à Ledbury Hall malgré son état d'ébriété. Le teint grisâtre, il arbore une barbe indisciplinée. Il a l'air d'avoir pris dix ans et rapetissé depuis la dernière fois qu'elle l'a vu. Tournant les talons, il se sert un verre.

— Tu en veux un ?

— Il faut que tu sortes d'ici, l'avertit-elle.

Il éclate d'un petit rire sans joie.

— Tu veux que je sorte de ma propre maison ?

Elle s'inquiète de la réaction de Heath s'il trouve l'oncle Robert en revenant. Son cœur frémit dans sa poitrine.

— Tu as fait du mal à mon frère.

— Il a survécu, alors ?

Il bafouille, visiblement déçu, puis il vide son verre avant de s'en servir un autre.

Elle vérifie par-dessus son épaule, regarde le couloir en sachant que Heath est censé rentrer d'une seconde à l'autre.

— S'il te plaît, repars à Londres.

— Je ne peux pas.

Il traverse la pièce en titubant et s'affaisse dans son fauteuil.

— Pourquoi ?

Il boit une gorgée.

— J'ai vendu mon appartement.

— Pourquoi ?

— J'ai perdu mon travail, répond-il en levant son verre. Grâce à toi et à ton misérable frère.

Le ventre d'Elinor tournoie comme le tambour d'une machine à laver remplie de briques. Elle avance dans la pièce pour se tenir devant lui.

— Je suis désolée.

Il lève brusquement les yeux vers elle.

— Génial.

La gorge nouée, elle serre étroitement les mains, tout en baissant le regard.

— S'il te plaît, oncle Robert. Si Heath…

Il abat son verre sur la table d'appoint, ce qui fait clapoter le liquide ambré contre les parois de cristal. Elle a sursauté.

— Il est exactement comme son père : un petit con arrogant, paresseux, suffisant et ricaneur. Mon frère aussi, il s'est reposé sur son physique de star de cinéma. Et regarde où ça l'a mené ! achève-t-il en riant méchamment.

Elle a rarement, voire jamais, entendu l'oncle Robert parler de leur père. Lorsqu'il a emménagé à Ledbury Hall, leur tuteur a fait disparaître toutes les photos de famille et les a brûlées dans le jardin. C'est à ce jour que remonte la haine de Heath pour l'oncle Robert, pense-t-elle. Son frère s'était mis à quatre pattes, au risque de se brûler, pour tenter de sauver quelques clichés. L'oncle Robert s'était contenté de tourner les talons et de rentrer dans la maison, les laissant tous les deux regarder leurs souvenirs, les seules images qui leur restaient de leurs parents, partir en cendres.

— Mes parents étaient fiers comme des paons de leur enfant chéri, crache-t-il. Ils se fichaient bien que je sois doué pour les études. Que j'aille à l'université. Que j'obtienne un poste dans l'une des plus grandes entreprises pharmaceutiques du monde, alors que leur premier-né n'avait fait que conclure un bon mariage et se reproduire. Ils se moquaient complètement de mes réussites, de mon éducation, de ma carrière. Tout cela a cessé d'avoir la moindre importance, après ses noces avec ta mère.

L'oncle Robert se relève et revient en titubant vers le chariot de bar. Il tangue un peu. Elinor sent l'odeur d'alcool qui émane de lui.

— Et tu sais ce qu'il y a de pire ? Le pire, c'est que ça aurait dû être moi avec Alison.

Les y voilà. Elinor l'a toujours soupçonné d'avoir eu un faible pour sa mère. Elle a vu une photo d'elle dans le portefeuille de l'oncle Robert, des années après qu'il avait brûlé les autres.

— Un colis destiné à Ledbury Hall avait été livré par erreur à l'adresse de mes parents. Ma mère m'a demandé de l'y rapporter, mais au moment où je me préparais à le faire, je me suis rendu compte que le colis n'était plus là. Et devine qui s'en était chargé ?

— Mon père.

— BINGO ! Que quelqu'un donne un prix à cette fille ! ironise-t-il avec un rire qui sonne creux. C'est vrai, Nicholas s'est offert un voyage à Ledbury Hall. À la seconde où il a posé les yeux sur ce manoir, Alison était à lui. Elle était trop chouette pour lui, ta mère. D'une gentillesse infinie. Elle parlait toujours en bien de moi. Elle a rapidement mis fin aux commentaires dévalorisants de Nicholas. Sur mon « petit boulot », comme il l'appelait. Il avait même amené nos parents à dénigrer mon poste. La seule chose dont j'ai toujours été fier, c'est ma carrière, et mon frère était déterminé à la ruiner, mais Alison lui a tenu tête.

Elinor avait toujours pensé son oncle froid et insensible, dur comme le granit, mais lorsqu'il parle de sa mère, il devient chaleureux et bienveillant, du sirop d'érable versé sur des crêpes.

— Je l'aurais aimée pour ce qu'elle était, pas pour son argent. Pas pour son style de vie. Pas comme l'a fait ton père.

Elinor a l'impression d'être un prêtre à qui son oncle se confesse, aussi reste-t-elle silencieuse, espérant qu'une fois son récit terminé, elle pourra le faire sortir de la maison avant que Heath revienne.

— C'est mon frère qui a eu l'idée de cette croisière en yacht, même s'il ne savait pas naviguer. Tout ça pour impressionner nos parents. Ils sont morts eux aussi ce jour-là, ajoute-t-il en vidant son verre.

Elinor est choquée. Elle est au courant que ses grands-parents sont décédés, mais elle n'a jamais su comment. Elle pense que la noyade est la pire, la plus terrifiante manière de mourir.

— Je suis désolée, murmure-t-elle, mais il ne semble pas l'entendre.

— La vérité, c'est que les gens comme toi, comme ton frère, gagnent toujours.

Elle fronce les sourcils.

— Les personnes au physique avenant, explique-t-il. C'est un privilège d'avoir votre apparence.

Il attrape une autre bouteille mais la renverse. Elle atterrit sur le tapis avec un bruit sourd.

— J'ai fait de mon mieux. J'ai essayé de vous apprendre à tous les deux à utiliser votre cerveau, votre esprit, autant que votre… que votre beauté, précise-t-il en la regardant. Parce que la beauté se fane, Elinor, mais ton frère refuse d'apprendre, il refuse de rentrer dans le rang, tout comme Nicholas.

Elinor regarde à nouveau la porte, persuadée que son frère va la franchir. Elle traverse la pièce et pose une main sur le bras de son oncle.

— S'il te plaît, pars avant que Heath revienne, supplie-t-elle. Appelle un taxi et…

Il se met à sangloter. Appuyé sur le chariot de bar, les épaules secouées de tremblements.

— Tout ce que j'avais, c'était ma carrière. Mais elle aussi a disparu. Tout s'est envolé.

Elinor ne l'a jamais vu pleurer. Soudain pleine de pitié pour lui, elle pose une main réconfortante dans son dos. Il croise son regard et, pour la première fois, elle y décèle un amour paternel.

— Tu peux être fier de ta carrière, dit-elle. Ton entreprise a eu de la chance de t'avoir.

Le visage de son oncle est strié de larmes. Il se redresse mais chancelle et lui sourit, avec une véritable affection.

— Tu ressembles à ta mère, constate-t-il, attendri, en parcourant son visage des yeux. Tu lui ressembles aussi. Tu as ses yeux. Elle était la plus belle…

Il lui caresse les cheveux.

Du coin de l'œil, elle aperçoit l'ombre de Heath, projetée dans un carré de soleil. L'oncle Robert la voit aussi. Paniqué, il s'éloigne, mais ses doigts se prennent dans ses cheveux et elle crie, effrayée.

Heath soulève le fusil. S'ensuit un déclic.

Les yeux de l'oncle Robert s'écarquillent.

— Attends, Heath, ju…

Une explosion. Du bruit. Du feu. Elinor sent une chaleur lui éclabousser le visage. L'oncle Robert est projeté en arrière. Il s'écrase sur le sol, la poitrine ouverte comme une grenade.

34

Caitlin Arden

J'entre dans Blossom Hill House. Nous sommes mardi. Olivia est à son rendez-vous avec Gideon et mes parents au travail. Je suis seule dans le couloir. Même s'il s'agit de la maison de mon enfance, je m'y sens comme une intruse. La peur accélère les battements de mon cœur. Je commence à ôter mes baskets, puis je m'arrête. Si quelqu'un les remarque près de la porte en rentrant inopinément, il saura que je suis ici alors que le but de cette visite est justement d'entrer et de sortir sans me faire repérer.

Je m'attelle à la tâche dans la chambre d'Olivia, mue par l'espoir de mettre la main sur ce fameux téléphone portable. Il est possible qu'elle le garde avec elle, mais j'espère que non. Je découvrirai peut-être une autre preuve – un passeport ou un permis de conduire caché, n'importe quoi qui puisse m'indiquer sa véritable identité. Je suis surprise en ouvrant son armoire, devant le nombre de vêtements beaux et chers qu'elle possède. Elle a manifestement utilisé la carte de crédit de mon père à plusieurs reprises. Je fouille dans les tiroirs et sous le lit. Je trouve le carton recelant les agendas et je les feuillette, encore une fois furieuse qu'elle ait lu les pensées les plus intimes de ma sœur et s'en soit servie pour manipuler tout le monde et accréditer son histoire. Je remets le tout sous le lit et j'ai beau chercher, je ne découvre rien de compromettant.

Chaque minute qui passe sans rien trouver accroît ma frustration. Le téléphone n'est pas là. Je craque, obligée de me mordre la langue pour m'empêcher de crier. Ma meilleure amie et mon fiancé ne me croient pas. J'ai besoin de preuves. La vérité, c'est que sans ce téléphone, je n'ai aucun moyen de démontrer qu'elle n'est pas ma sœur. Sachant que la police ne procédera pas à un autre test ADN sans raison de douter de la parole d'Olivia, je me demande si je ne pourrais pas faire pratiquer un test de mon côté. Maintenant que je suis seule dans sa chambre, entourée d'objets qu'elle a touchés et utilisés, je suis convaincue que c'est une possibilité. Je sors mon téléphone et je tape dans Google « kits d'ADN à domicile ». Il me suffit de parcourir quelques sites pour comprendre rapidement que si j'ai ses cheveux ou, mieux encore, sa salive, et que je les envoie en même temps que les miens, je pourrai prouver que nous ne sommes pas apparentées. L'espoir m'inonde telle la lumière du soleil. Je me précipite au rez-de-chaussée et attrape deux sachets de congélation dans le tiroir de la cuisine.

De retour dans sa chambre, j'ôte autant de cheveux que possible de sa brosse et je les place soigneusement à l'intérieur d'un sachet. Je vais ensuite dans la salle de bains et j'enlève la tête de sa brosse à dents électrique. Comme papa et maman ont une salle de bains à eux et qu'Olivia est la seule à utiliser celle-ci, je suis sûre que cette brosse à dents est la sienne. Je prends une nouvelle tête identique dans le placard pour remplacer celle que je viens de subtiliser, en espérant qu'elle ne remarquera rien. Les mains tremblantes, j'essaie de glisser mon butin dans le sac, mais tout à ma précipitation, je le laisse tomber. En me penchant pour le ramasser, je constate que quelque chose est coincé sous le lavabo. Non, pas coincé… collé. Je le décolle de la porcelaine et me redresse afin de l'examiner. C'est un petit boîtier blanc qui se loge dans le creux de ma paume. Je l'ouvre. À l'intérieur, une paire d'iris bleu myosotis me fixe, flottant dans une solution transparente.

Je me retrouve catapultée le jour de mes retrouvailles avec Olivia dans le salon de mes parents. J'avais hésité, mais quand mes yeux avaient rencontré les siens, ces prunelles qui m'avaient toujours fait penser à des lacs glaciaires et à des cieux d'été, à des myosotis et à des pétales de bleuets, j'avais été convaincue. Dans mon esprit, ce détail avait confirmé qu'elle était bien ma sœur. Mais ce n'était qu'un faux-semblant. Une supercherie de plus.

Une nouvelle confirmation de son imposture. J'attends l'élan de triomphe que devrait me procurer le fait d'avoir trouvé une preuve, mais il ne vient pas. Au lieu de quoi s'ouvre un gouffre de chagrin qui menace de me faire basculer dans les ténèbres, parce que ma sœur n'est pas revenue et que je suis toujours seule. Comme la colère commence à enfler en moi, je m'en saisis à deux mains : oui, mieux vaut être en colère que d'avoir le cœur brisé. Je referme le boîtier d'un coup sec. Je dois en informer mes parents, mais… et s'ils ne veulent pas croire que j'ai trouvé les lentilles dans sa salle de bains ? Olivia pourrait prétendre que ce ne sont pas les siennes. Je regarde fixement le petit étui en plastique et ma confiance s'évanouit, parce que la preuve que je pense avoir dénichée peut être facilement réfutée. Je vais devoir attendre de recevoir les résultats du test ADN. Même si mes parents demeurent sceptiques à ce moment-là, cela pourra les inciter à faire pratiquer un nouveau test. Je remets le boîtier en place et je pars.

Une demi-heure plus tard, je me gare devant chez moi, mais je n'entre pas tout de suite. Ces derniers temps, notre maison ressemble à un musée rempli de reliques d'une relation disparue depuis longtemps. J'imagine des touristes s'y promenant. C'est ainsi qu'ils vivaient, c'est ainsi qu'ils mangeaient, c'est ainsi qu'ils s'aimaient. Depuis notre dispute d'il y a trois jours, Oscar et moi n'avons presque pas parlé. Lundi matin, il est parti avant que je me réveille.

Il y avait un message sur le plan de travail de la cuisine, m'expliquant qu'il se rendait à Oxford pour une visite à son cousin. Il doit rentrer ce soir et mon ventre se tord à cette idée. À son retour, je vais le confronter au sujet de Sam et exiger la vérité.

Je reste un moment dans la voiture, à mélanger mes nombreuses questions comme s'il s'agissait de cartes de tarot susceptibles de révéler une vérité insaisissable. Olivia – l'impostrice – est liée à Simon Briggs, parce que ses empreintes digitales et son ADN ont été retrouvés chez lui. Il est possible qu'il ait été éliminé et que le message soit un faux destiné à faire croire à un suicide. Toutefois, comme l'a souligné Grimshaw, cela ferait d'Olivia sa meurtrière. Pourquoi aurait-elle assassiné Briggs ? Et pourquoi courir vers ma famille en prétendant être ma sœur disparue ? Et qu'en est-il de mon harceleur masqué ? Est-il possible qu'il soit l'homme qui a enlevé ma sœur ? Mais dans ce cas, pourquoi réapparaître maintenant et pourquoi me suivre, moi ?

Je veux croire que ma vraie sœur est toujours quelque part en vie, et qu'elle se bat pour le rester. Mais une vérité demeure, celle que j'ai ressentie, enfant, la nuit où elle a été enlevée, dans chaque battement de mon cœur, dans chaque respiration, et même dans le rouge vif de mon sang : ma sœur ne reviendra jamais à la maison. Elle est partie.

La climatisation étant éteinte, la chaleur implacable du mois d'août me cuit dans l'habitacle de ma voiture. Je sors. Malheureusement, le ciel bleu sans nuage n'annonce pas de pluie. Je pousse le portail d'entrée, puis je m'arrête : Gemma se tient devant ma porte. Elle a coupé ses cheveux noirs depuis la dernière fois que je l'ai vue. Cette soirée au bar avec Florence, avant le retour d'Olivia, me semble s'être déroulée il y a des années.

— Gemma, je lâche.

Elle sursaute au son de ma voix et se retourne vers moi.

— Tu es là.

J'acquiesce.

— Tout va bien ?

Elle jette un coup d'œil à la porte d'entrée, puis passe devant moi pour gagner le portail.

— Oui, tout baigne.

Dans le silence qui suit, j'essaie de trouver un moyen inoffensif de lui demander ce qu'elle fabrique là. Je suis contente de la voir, mais je ne m'y attendais pas, après notre coup de fil d'il y a trois semaines.

— J'allais te téléphoner avant, mais je ne savais pas quoi dire, explique-t-elle. J'ai pensé qu'il serait plus facile de faire un saut chez toi.

— Ça va ?

Elle acquiesce.

— J'ai juste…

Elle gratte ce qui reste de son vernis à ongles jaune citron.

— Je me suis sentie coupable d'avoir été si froide avec toi. J'ai été blessée quand j'ai découvert aux informations que tu avais une sœur. Je croyais qu'on était des amies proches, mais que tu m'aies tenue dans l'ignorance d'une chose aussi importante…

— On est des amies proches, Gem.

Je songe à tout le temps et à tous les efforts que j'ai investis dans ma relation avec Florence au détriment de toutes les autres, et je le regrette. Mais Florence me connaissait avant cette nuit-là. Et notre chagrin commun d'avoir perdu Olivia signifiait qu'elle me comprenait d'une manière inaccessible à tous les autres, je l'avais appris peu à peu.

— Pourquoi tu ne m'as rien dit ? demande-t-elle.

J'hésite, mais j'entends à nouveau la voix de Gideon, qui me recommande d'être plus courageuse. J'explique donc à Gemma que toute confidence au sujet d'Olivia avait toujours soulevé des questions que je préférais éviter. Des questions empreintes de jugement qui faisaient écho à celles de mon père. Par exemple, pourquoi n'avais-je pas appelé la police tout de suite ? Et je craignais d'être rejetée par autrui comme je l'avais été par lui.

Gemma m'écoute et finit par acquiescer.

— Je comprends pourquoi ça t'empêche de t'ouvrir. Mais écoute, Caitie, les gens qui comptent sont ceux qui ne se précipitent pas pour te juger. Je n'ai pas une moins bonne opinion de toi, maintenant.

Elle fronce les sourcils, pleine de sincérité. Tout en lui adressant un petit sourire, je regrette de ne pas lui avoir fait confiance plus tôt.

— Oscar est sorti. Tu veux entrer pour prendre un café et rattraper comme il faut le temps perdu ?

Elle me jette un coup d'œil.

— Je ne peux pas.

J'éclate de rire.

— Tu crains qu'un Nescafé ne conduise à des produits plus durs comme les lattes et les mokas ?

Elle sourit, mais il y a de la tristesse dans son expression.

— En fait, il y a une autre raison pour laquelle je voulais te voir : je suis venue te dire au revoir. Je prends l'avion demain, je pars en voyage pour quelques mois.

— Et l'école ? je m'étonne, car la plupart des cours reprennent la semaine prochaine.

— J'ai démissionné.

Devant mon expression, elle éclate à son tour de rire.

— Tout va bien. Ce n'était même pas un poste permanent. J'étais vacataire. Et je n'ai passé mon diplôme d'enseignement que parce que je n'avais aucune idée de ce que je voulais faire de ma vie. Pour être honnête, l'enseignement ne me rend pas heureuse. Je n'ai pas pour ambition de gravir les échelons afin de devenir la reine du château le plus petit et le plus sous-financé du pays. Je vais donc voyager, acquérir de l'expérience et repenser mon existence.

Je songe à toutes les fois où je me suis assise dans ma salle de classe, avec la sensation d'être sur le point de crier si violemment et si fort que je risquais de briser ma vie et de m'en extirper comme d'une peau de serpent abandonnée. Je n'ai jamais avoué à personne à quel point je suis malheureuse, surtout dans mon travail, parce que j'ai l'impression que cela reviendrait à trahir mes parents et la vie qu'ils voulaient pour moi. Aujourd'hui, je me retrouve à regretter une fois encore de ne pas m'être confiée plus tôt à Gemma.

— Qu'en est-il de ton prêt immobilier ? Et de trouver un emploi quand tu reviendras ?

Je l'interroge à ce sujet, parce que ce sont les questions qui m'empêchent d'acheter moi-même un billet d'avion.

— Je loue mon appartement et, pour ce qui est du travail, je verrai ça plus tard. Mon amie Cleo possède un studio de fitness aérien et elle a besoin d'un coup de main. Parce que bon, je n'ai même pas trente ans, il est encore temps de changer de voie. Si je dois passer quarante années à travailler, je veux m'assurer que, quelle que soit la carrière que je choisirai, elle me rendra heureuse.

J'acquiesce, en accord avec chacune de ses phrases. Je ne suis pas surprise qu'elle ait décidé de voyager. L'une des premières conversations que nous avons eues, dans la salle des enseignants lors de notre premier stage, portait sur tous les endroits que nous voulions visiter. Je suis heureuse pour elle, bien sûr, mais je l'envie aussi.

— Pourquoi maintenant ?

— J'ai rompu avec Lisa.

Elle lève la main, pour couper court aux condoléances que j'avais sur le bout de la langue.

— Non, ne t'inquiète pas, c'est moi qui ai rompu. Elle voulait qu'on achète un appartement ensemble, mais je ne suis pas prête pour ça. Il y a des choses que je veux faire avant.

Elle est courageuse. Plus courageuse que moi.

— Tu vas me manquer.

— Si tu veux prendre l'avion et me rejoindre pour quelques jours pendant le semestre, ce serait formidable.

Accompagne-la, me murmure ma soif d'ailleurs. *Quitte ton emploi toi aussi et pars.* Mon Dieu, j'en brûle d'envie. Un coup d'œil à la maison me rappelle que je ne peux pas. J'ai Oscar. Mes parents. Qui pourraient être en danger à cause de l'inconnu masqué ou de cette traîtresse d'usurpatrice.

— Oscar travaille dans un bureau maintenant ? demande Gemma.

— Non, il télétravaille en permanence, mais il voyage beaucoup pour rencontrer des clients. Il est à Oxford aujourd'hui, il rend visite à son cousin.

Elle fronce les sourcils.

— Aujourd'hui ?

— Oui. Pourquoi ?

Elle pince les lèvres.

— C'est juste que je l'ai vu à Bath ce matin. Il y a quelques heures, en fait.

Ma peau se hérisse.

— Où ça ?

— J'étais coincée dans les embouteillages à Oldfield Park et il marchait sur Moorland. Il avait un sac avec lui… Peut-être qu'il se rendait à la gare ?

— Non. Il ne doit pas rentrer avant ce soir. Il était seul ?

Elle ouvre la bouche. La referme.

— Je ne veux vraiment pas causer d'ennuis.

— Ne t'inquiète pas, je la rassure, en essayant de garder un ton calme et égal.

— Je l'ai reconnue pour l'avoir vue aux informations.

— Qu'est-ce que tu veux dire ?

Devant son expression sérieuse, un sentiment d'effroi m'envahit.

— Il était avec ta sœur.

Dès que Gemma est partie, je sors mon téléphone pour appeler Oscar, mais j'y renonce quand je vois la demi-douzaine d'appels manqués d'un numéro inconnu. Mon portable est en mode silencieux depuis ce matin. Je craignais d'être trahie par sa sonnerie si quelqu'un revenait à Blossom Hill House pendant mes investigations. À cet instant même, le numéro inconnu rappelle.

— C'est moi, annonce Gideon dès que je décroche. J'ai essayé de vous prévenir. Olivia ne s'est pas présentée à son rendez-vous. Si vous êtes dans la maison, il faut que vous en sortiez au plus vite.

— C'est bon, je suis déjà partie.

Soulagé, il soupire et je ressens un élan d'affection pour lui.

— Vous avez trouvé ce dont vous aviez besoin ?

— Non. Le téléphone n'était pas là, mais j'ai mis la main sur des lentilles de contact. Qui que soit cette femme, elle les a utilisées pour tromper tout le monde.

— Vous devez aller à la police.

— Avec les lentilles ? Il lui suffira de prétendre que ce ne sont pas les siennes. Que feront les flics ? Ils la cloueront au sol pour lui arracher ses lentilles ? Ils ne la soupçonnent même pas de mentir. Personne ne s'en doute. Mais j'ai eu une autre idée.

Je lui parle de la brosse à dents, des cheveux et du kit ADN que j'ai commandé.

— Vous auriez dû le faire il y a plusieurs semaines.

— Je sais, mais ça ne m'avait même pas traversé l'esprit. Apparemment, la police en a fait un, sauf qu'il n'a pas été concluant. J'ai cherché sur Google comment c'était possible ; malheureusement, comme ils l'ont laissée prélever l'échantillon elle-même, elle a pu à dessein ne pas tamponner la zone correctement ou même y ajouter une goutte de savon, d'eau de Javel ou de parfum. Tout cela peut interférer avec le résultat.

J'entends le bruissement d'un tissu et il change d'oreille.

— Faites attention. Elle est peut-être dangereuse. Dès que vous aurez les résultats, prévenez la police. Je dois y aller, mon patient est là.

Nous nous quittons et je rentre chez moi. Sur le sol du couloir se trouve une enveloppe format A4 qui m'est adressée. Je la ramasse. Elle est lourde, près de huit centimètres d'épaisseur. Il n'y a pas de timbre-poste, ce qui signifie qu'elle a dû être livrée en main propre par l'expéditeur. Je jette un coup d'œil à la porte. Est-ce Gemma qui l'a laissée ? Tout en me dirigeant vers la cuisine, je déchire l'enveloppe. Il me suffit de regarder la première page, les lettres noires dactylographiées, pour que mon ventre se torde.

Je feuillette la liasse. Je lis, je lis, je lis. Je n'arrive pas à croire ce que je lis. Une fois le choc passé et la réalité revenue en place, la rage, la trahison et l'insoutenable fêlure de mon cœur prennent le relais, car entre mes doigts tremblants, je tiens le projet secret d'Oscar.

35

Caitlin Arden

J'attends le retour d'Oscar, assise dans la cuisine, devant la table que nous avons choisie ensemble. Je me rappelle avoir passé la main sur le dossier en bois des chaises dans la salle d'exposition, imaginant les dîners que nous organiserions en tant que couple, notre maison regorgeant des rires et des conversations spirituelles de nos amis. Seule dans le silence, la tête pleine de fureur et d'un immense sentiment de perte, je me sens idiote.

Dans les heures qui ont suivi la réception du pli, j'ai lu presque toutes les pages, résistant difficilement à l'envie de les déchirer en lambeaux. Quand j'entends la clé dans la porte d'entrée, le soleil est déjà bas dans le ciel. Oscar sifflote en pénétrant dans notre maison. C'est la chanson qui passait au bar lors de notre premier rendez-vous. Il n'en est pas conscient tandis qu'il retire ses chaussures et traverse le couloir jusqu'à la cuisine. Je sens l'odeur d'un plat rapporté de chez le traiteur. Il a voulu me faire la surprise de mon plat préféré acheté chez Yum Yum Thai à Bath.

— Salut, ma belle, lance-t-il en contournant la table pour venir déposer un baiser sur ma joue insensible.

Je presse mes paumes sur le chêne pour m'empêcher d'essuyer grossièrement l'humidité qu'il y a laissée. Le pas souple, rayonnant, il se dirige vers le plan de travail et commence à déballer le dîner que nous ne mangerons pas – je suis la seule à le savoir pour le moment.

— Tu étais où ? je lance à son dos.

— Tu n'as pas reçu mon message ? Je suis allé à Oxford.

— Tu es rentré quand dans le Somerset ?

Enfin, il s'interrompt. Se tourne vers moi. Nos yeux se croisent. Ce qu'il voit dans mon expression le pousse à reposer son plat de chez le traiteur.

— Ce matin, admet-il.

— Qu'as-tu fait de ta journée ?

Il se gratte la nuque. Il envisage de mentir mais, certain que je sais quelque chose, même s'il ne devine pas quoi exactement, il décide de contourner la vérité.

— J'ai rencontré des gens.

— Tu as « rencontré des gens » ?

Ma voix transpire de froide incrédulité.

Silence.

La tension remonte le long de ses épaules. Il s'est fait prendre. Il ne se rend pas compte précisément à quel point. Il n'a pas remarqué la liasse de feuilles bien nette, posée devant moi sur la table.

— Ce n'est pas ce que tu crois.

Je me penche vers lui.

— Et qu'est-ce que je crois ?

Il lève les bras au ciel.

— Je ne sais pas… une liaison ?

Je ricane, parce qu'une liaison, ça aurait été mieux. Une liaison, je pourrais peut-être la lui pardonner.

— Tu étais avec Olivia.

La surprise éclaire son visage, rapidement suivie par la colère.

— Tu me suis maintenant ?

Il essaie de m'énerver, de contre-attaquer, mais je reste calme.

— Non.

Il me regarde, incapable de voir où je veux en venir. Frustré que je n'aie pas mordu à l'hameçon et que je ne me sois pas lancée dans une nouvelle dispute, il s'efforce à nouveau d'orienter la conversation dans une direction qu'il peut contrôler.

— Suivre son fiancé n'est pas un comportement normal, Caitie.

— Tu étais avec Olivia, je répète, parce que je refuse de me laisser détourner.

Il commence à faire les cent pas. Il veut à tout prix remiser son rendez-vous sous le tapis pour éviter de reconnaître ses tromperies, mais le tapis est tellement bosselé, maintenant, qu'un faux pas entraînerait une mauvaise chute. Un cou brisé. Il n'y a plus de place sous ce tapis. Et alors qu'il croise à nouveau mon regard, il sait qu'il n'a pas d'autre d'option.

— Oui, admet-il.

— Olivia est au courant ? je demande.

Il s'immobilise, fronce les sourcils.

— De quoi ?

J'attends. J'accorde à cette révélation imminente le silence qu'elle mérite. Ou peut-être que je m'accroche aux dernières secondes de notre vie de couple, car dès que j'aurai abattu ma main, il n'y aura plus de retour en arrière possible. Il n'y aura plus de nous. Je pose ma paume sur la pile, que je fais délicatement glisser sur la table vers lui.

— Qu'est-ce que c'est ? demande-t-il.

Je ne réponds pas. Il s'avance et s'empare de la première feuille. Sa bouche dessine un cercle parfait, aussi parfait que l'horreur qui l'envahit. Lentement, il lève les yeux pour rencontrer les miens.

— Comment tu as mis la main là-dessus ?

— Peu importe, Oscar.

La panique sauvage et fulgurante dans ses yeux m'évoque celle d'un rat qui se débat désespérément pour se libérer d'un piège.

Un silence aussi poisseux que de la mélasse nous enveloppe.

— Un livre, Oscar. Tu as écrit un putain de livre sur l'enlèvement de ma sœur.

J'arrache le manuscrit de la table et j'en feuillette les pages, où figurent les conversations que nous avons eues en nous promenant main dans la main à travers un parc ensoleillé ou lors de mardis après-midi de grisaille, dans le sanctuaire de notre maison. Mes pensées les plus intimes, mes insécurités les plus profondes, mes secrets les plus sombres. Tous volés et rédigés, livrés en pâture sans mon consentement au reste du monde. Je laisse retomber le manuscrit d'un coup sec.

Oscar fixe le mur derrière ma tête.

— Tu n'étais pas censée découvrir ça de cette manière.

— Et comment j'étais censée le découvrir ? Lors de la soirée de lancement du livre ou au moment de sa parution en grand format, chez Waterstone's ?

Il ferme les yeux.

— J'ai eu vraiment beaucoup de difficulté à te le cacher.

— Oh, zut, me voilà sans mon violon.

Il ignore mon sarcasme.

— Je voulais te le dire depuis le jour où on s'est rencontrés.

Le sol sous ma réalité se dérobe tandis qu'un nœud d'inquiétude se resserre au creux de mon ventre. Je secoue la tête, parce que ça n'a pas de sens.

— Tu écris ce livre depuis qu'on s'est rencontrés ? Mais tu n'étais même pas au courant de l'existence d'Olivia, à ce moment-là. Tu…

Je m'arrête, me rappelant les billets gratuits pour la soirée fromage et vin à la ferme de ses parents : ils m'avaient été envoyés par courriel dans le cadre d'un concours auquel je n'avais pas participé. Oscar m'avait sorti que c'était le destin. Mais ça n'avait rien à voir. C'était à dessein. Son dessein.

— C'est pour ça que tu as commencé à sortir avec moi… pour mener à bien tes recherches ?

— Caitie…

— C'est tout ce que j'ai jamais été pour toi ?

Je lis la réponse sur son visage avant même qu'il n'ouvre la bouche.

— Oui, je savais qui tu étais avant qu'on se rencontre. J'ai trouvé ton adresse électronique sur Internet. Je ne pensais pas que tu viendrais.

Je tourne mes yeux vers le plafond, battant des paupières pour chasser les larmes. Quelque chose en moi se fracasse, et les éclats se répandent dans mon sang, lacérant et déchirant.

— Caitie, fait-il d'une voix qui se brise, je n'avais pas l'intention de tomber amoureux de toi cet été-là, mais c'est arrivé, et je ne regrette pas une seconde de notre vie ensemble.

Il contourne la table ; cependant, je me lève et m'éloigne d'un pas chancelant, m'agrippant au plan de travail de la cuisine pour me soutenir.

— À St Ives, tu as dit que le mariage nous donnerait plus de crédibilité. Tu ne voulais pas parler de nous en tant que couple, mais de toi en tant qu'auteur.

Il pince les lèvres. J'ai vu juste. La colère me traverse.

— C'est ton éditeur qui t'a aidé à choisir ma putain de bague ?

— Je t'ai demandée en mariage parce que je veux t'épouser.

— Et accélérer notre mariage n'a rien à voir avec le lancement de ton livre ?

Il hésite, juste une fraction de seconde, mais c'est suffisant.

— Non, ment-il.

J'agrippe le plan de travail, si fort que mes jointures blanchissent. Prenant une profonde inspiration, je tente de ravaler ma rage. Elle me brûle comme de l'acide.

— Le mari de ta cousine travaille vraiment pour la police ?

Il rougit.

— Non. J'ai un contact au commissariat.

Et une fois qu'Oscar s'est trahi en me donnant le nom de Simon, il a dû inventer une histoire censée tout expliquer. Je le fusille du regard. Mensonges sur mensonges sur mensonges.

— Et la femme que tu as rencontrée, cette Sam, qui est-ce ?

Il soupire. Secoue la tête.

— Qui est-ce ? j'insiste.

— Mon éditrice.

J'acquiesce.

— De chez Harriers ? J'ai vu leur nom sur la première page, je précise devant son air surpris, avant de poursuivre, impassible. Félicitations. C'est la plus grande maison d'édition du pays, non ?

— Caitie…

— Tu n'as jamais pensé à mes parents ? Ils ont été très gentils avec toi, Oscar.

— Je sais, mais nous pouvons leur expliquer que…

— Nous ? je le coupe avec un rire amer. Et leur expliquer quoi ? Que tu t'es servi de moi ? Que tu m'as trahie ? Que tu as trahi toute ma famille ?

— Ce n'est pas vrai.

Je m'éloigne du plan de travail.

— C'EST LA PURE VÉRITÉ ! je hurle.

Il secoue la tête. Son refus flagrant et arrogant de reconnaître la vérité me met en rage.

— Mes parents n'ont jamais voulu se retrouver dans les médias. Ils ont refusé les contrats avec les chaînes de télévision, les contrats d'édition, tout. La seule interview qu'ils ont accordée à la presse avait pour but de sensibiliser les gens. Mais tu le sais déjà. Je t'ai dit tout ça. Tu crois vraiment qu'ils seraient d'accord pour que tu vendes l'histoire de notre famille, notre traumatisme, au plus offrant ?

— Je savais que si tu réussissais à me pardonner, ils le pourraient aussi.

Et à cet instant, je sens mes côtes craquer, l'os brisé me transperce le cœur parce qu'Oscar ne se rend pas du tout compte de ce qui se passe. Il se comporte comme un labrador que l'on conduit, inconscient, dans la salle du vétérinaire et que l'on place sur un brancard en acier. Un chien qui m'a mordue, qui a fait couler le sang, qui pose maintenant sur moi un regard doux et confiant, gueule ouverte et langue pendante, la queue frétillant avec espoir. Et pendant ce temps, à quelques centimètres de là, une aiguille attend. Je suis incapable de lui pardonner. Je ne peux pas. C'est la fin. Il le faut. Mais j'ai d'abord des questions auxquelles je dois obtenir des réponses. La gorge complètement nouée, je demande :

— Olivia est au courant pour le livre ?

Il acquiesce.

— Harriers souhaitait la faire participer à la rédaction d'un autre livre, mais elle a refusé.

— Waouh, dis-je en feignant la joie. Ton bouquin n'est même pas encore sorti en librairie qu'ils veulent déjà une suite.

Je me passe les mains sur le visage. Je commence à avoir la migraine, mais les révélations continuent à se succéder.

— C'est pour ça que tu étais aussi furax quand je t'ai dit qu'à mon avis, Olivia était une usurpatrice. S'il s'avère qu'elle n'est pas qui elle prétend être, cela nuirait à ta « crédibilité », et à la suite à laquelle tu voudrais la voir participer.

— Elle est Olivia, insiste-t-il. Je l'ai rencontrée aujourd'hui pour discuter avec elle. C'est bien elle. J'en suis certain.

— Qu'est-ce qui te rend si sûr ? Il y a quelques semaines encore, tu ne l'avais jamais rencontrée.

Il passe les doigts dans ses cheveux et se détourne de moi.

L'inquiétude court sur ma peau.

— Quoi ? Qu'est-ce qu'il y a ?

Il n'arrive pas à me regarder.

— Je l'ai connue avant de te connaître.

— Qu'est-ce que tu veux dire ?

Il se racle la gorge et soulève le couvercle de la boîte de Pandore.

— Je suis le Garçon du Bus.

La pièce bascule.

— Non.

— Je ne veux pas te faire de mal, Caitie.

L'émotion m'enserre la gorge.

— Trop tard.

— J'ai passé quelques semaines à Stonemill avec mes grands-parents, l'été où Olivia a disparu. Je l'ai rencontrée dans le bus. On a discuté. J'ai eu un béguin d'écolier pour elle et je lui ai donné le journal à l'abeille d'or.

Je comprends à présent à quel point j'ai vécu la vie de ma sœur. Peut-être seraient-ils tombés amoureux si elle n'avait pas été enlevée. Peut-être aurait-elle consigné leur idylle dans ce premier journal intime, comme il le lui avait suggéré. Peut-être lui en aurait-il offert un chaque année de leur relation. Peut-être auraient-ils acheté une maison et porterait-elle la bague que j'ai maintenant à l'annulaire. Celle qui n'a jamais vraiment semblé m'appartenir. Je suis certaine que si ma sœur n'avait pas été enlevée, Oscar et moi n'aurions jamais formé un couple. La vérité, c'est qu'Olivia était son premier prix et que je n'ai été qu'un lot de consolation. Les larmes coulent. La pièce se brouille sous leur flot. Il vient vers moi, me prend le visage dans ses mains et je le laisse faire. Ces mains qui m'ont aimée. Qui ont repoussé un millier de fois les cheveux de mon visage. Ces mains qui ont monté des meubles en kit, qui m'ont fait tournoyer dans notre cuisine, qui ont caressé l'intérieur de mes cuisses. Ces mains dont je connais le poids, la forme et la largeur aussi bien que je connais les miennes.

— Avec la réapparition d'Olivia, mon éditeur a voulu plus de chapitres. C'est pour ça que j'étais aussi stressé. Toujours à m'emporter contre toi. À me renfermer sur moi-même. Je ne suis pas fier de la façon dont je t'ai traitée. Tu ne peux pas le voir maintenant, mais le jeu en vaudra la chandelle. J'ai fait tout ça pour nous, m'assure-t-il. Tu veux partir en voyage ? Super, on y va, Caitie. On a de l'argent. Harriers me paie grassement… *nous* paie grassement. On peut voyager pendant un an si ça nous chante et continuer à payer la maison. Tu peux quitter ton travail, peindre, te concentrer sur Wanderlust Illustrations si c'est ce que tu veux vraiment.

Il appuie son front contre le mien. Malgré son haleine chaude sur mon visage et la touffeur estivale, ma peau reste froide.

Il m'offre tout ce dont j'ai toujours rêvé. Mais à quel prix ? Je ne lui ferai plus jamais confiance. Je ne saurai jamais si nous sommes ensemble parce qu'il m'aime ou parce qu'il aime ce que je peux apporter à sa carrière.

— Ce que je veux, c'est que tu annules la parution du livre. Dis à Harriers que tu n'es pas intéressé.

Il se fige. Ses mains retombent de mes épaules. Il demeure silencieux. Je sens mon cœur battre à la surface de mes lèvres. Je fixe son torse, trop effrayée pour le regarder dans les yeux. Mais je dois le faire. Je me force à le dévisager et je m'autorise à espérer. Mais il prend cet espoir, cette fragile primevère, et l'écrase dans son poing.

— Je ne peux pas.

Ma poitrine brûle. Se contracte et brûle. Je n'arrive pas à reprendre mon souffle. Il ne m'aime pas assez pour réparer les dégâts qu'il a causés. Il ne m'aime pas assez pour seulement essayer.

— Je ne peux pas, répète-t-il, presque pour lui-même. Je ne peux pas… c'est tout.

Il a parlé d'une voix étranglée, signe probable d'une bataille qu'il mène en lui-même depuis longtemps. Et avant que je ne pose la question, il avait déjà la réponse, il espérait simplement ne jamais avoir à la formuler.

— Je sais que j'ai commis des erreurs dans notre relation, dit-il. J'ai menti. Dès le premier jour. Mais je t'aime. Je t'aime même si tu as fait des erreurs, toi aussi, Caitie. Tu avais plus envie de voyager que de m'épouser. C'est pour ça que tu n'as pas voulu t'engager sur une date.

Peut-être, je pense, mais peut-être aussi qu'une partie de moi savait qu'on ne pouvait pas lui faire confiance. Je sentais qu'il mentait. Sans arrêt. Et chaque fois qu'il s'est fait prendre, il s'est arrangé pour me faire douter de ma santé mentale. Ce n'est pas de l'amour. Ou, du moins, ce n'est pas un amour que je désire. Je sens les mots sortir de ma bouche avant même de prendre conscience que je les ai prononcés.

— Oscar ? Je pense que c'est terminé. On ne peut plus continuer.

Je n'arrive pas à croire que je l'ai dit. Je suis aussi choquée que lui. Il prend à nouveau ma main dans la sienne. Son contact me donnait jusqu'à présent une impression de sécurité. Mais plus maintenant. Terminé.

Puis il lâche prise.

— Tu veux qu'on se sépare ? demande-t-il.

J'acquiesce.

Il regarde le plafond. Sa poitrine se soulève et s'abaisse, puis se soulève à nouveau.

— D'accord.

Je suis un peu déçue qu'il ne se batte pas pour nous. Je chasse les larmes. A-t-il jamais voulu un avenir avec moi ou s'est-il simplement convaincu de le vouloir pour se sentir moins coupable de m'utiliser ? Maintenant qu'il a obtenu ce qu'il voulait de moi, de nous, il est en paix avec la situation. Il se tient au bord d'une vie qu'il a toujours voulue, celle d'un auteur publié. Une vie que ses parents lui ont refusée. Aujourd'hui, cependant, il peut aller les trouver avec l'histoire d'un succès. Si j'en crois ce qu'il a dit à propos de l'argent, il peut quitter la carrière d'informaticien dont il n'a jamais voulu et s'en sortir financièrement. Et tout ce que cette nouvelle vie lui aura coûté, c'est moi. Il était d'accord pour courir ce risque et il va bien falloir que je m'y fasse, moi aussi.

Je prends une inspiration aux relents de trahison, de violation, de colère et de chagrin, puis j'expire tous ces sentiments. Je les laisse partir. Ils reviendront m'assaillir dans des moments de silence pendant des mois, voire des années. Mais pour l'instant, je les expulse dans l'air et je lui demande de faire ses valises.

Je m'assieds à la table de la cuisine et j'écoute les bruits de son départ. Les tiroirs qui s'ouvrent et se referment. Une valise tirée de sous le lit d'appoint. Les produits de toilette récupérés dans la salle de bains. Il apparaît sur le seuil de la cuisine, les yeux rouges et fatigués.

Il lève une main.

— Au revoir, Caitie.

Pendant un instant, la réalité de mon imminente solitude, de mon authentique solitude, me terrifie, et j'ouvre la bouche, à deux doigts de le supplier de rester. Mais je repense alors aux mots qu'il a écrits, à mes mots, qui semblent avoir été arrachés de ma bouche telles des dents, sans anesthésie, et je sais qu'il doit partir.

Je lève le menton.

— Au revoir, Oscar.

Et puis il franchit la porte et je me retrouve seule.

36

ELINOR LEDBURY

Ni lui ni elle ne peuvent penser clairement avec l'oncle Robert étendu sur le sol, une soupe d'entrailles répandue sur le tapis. Ils entreprennent donc de l'en envelopper. De toute façon, le tapis est fichu. Imbibé de sang.

Ils travaillent en silence, ne parlant que quand c'est nécessaire.

— Sa main…

— Je sais. Attrape sa jambe.

— Je l'ai.

Ils le transportent dans les bois de leur domaine. Heath propose de creuser le trou seul, mais Elinor récupère une pelle dans la remise et se met à l'ouvrage à ses côtés. La terre est gelée. Ils creusent pendant des heures dans l'obscurité et le froid. Une fois le travail terminé, leurs vêtements tachés de sang et de terre, Heath tend la main vers Elinor, mais elle la repousse, s'effondre à genoux et vomit sur les feuilles gelées à côté de la tombe. Elle se demande confusément ce que Flynn penserait s'il la voyait en ce moment, qui essuie les vomissures de sa bouche avec une main couverte du sang de son oncle assassiné.

Après avoir brûlé les vêtements qu'ils portaient, ils rentrent au manoir et prennent une douche. Elinor se frotte la peau jusqu'à ce qu'elle devienne rose. Alors que le soleil se lève, emplissant lentement Ledbury Hall, y faisant monter comme une mousse de champagne, ils se jettent dans le grand lit d'Elinor et s'endorment serrés l'un contre l'autre.

Le matin, lorsqu'elle se réveille, elle a la gorge nouée. Elle est seule. Elle part à la recherche de Heath, qu'elle trouve dans le bureau. Un verre à la main, il occupe le fauteuil de l'oncle Robert. Le verre, c'est celui que le désormais défunt utilisait quelques instants avant sa mort. Il est ébréché, après son choc contre le sol et il y a une tache de rouge sur le bord. Heath a des cernes très sombres, couleur prune, sous les yeux. Elinor ne pense pas qu'il ait dormi plus de quelques minutes. Il n'a même pas fermé l'œil, si ça se trouve.

Elle s'accroupit devant lui. L'air est immobile et vicié. Sous l'odeur d'eau de Javel qu'elle perçoit, elle est certaine que flottent les relents métalliques du sang.

— Qu'est-ce qu'on fait si les gens nous interrogent sur l'oncle Robert ? demande-t-elle doucement.

Il avale son whisky.

— Personne ne posera de questions. Il n'avait personne d'autre que nous.

Elle passe la langue sur ses lèvres gercées.

— Sa société ne va pas le chercher ?

— Son ancienne société. D'après toi, ils l'avaient licencié.

— Oui. C'est ce qu'il m'a dit.

— Alors, non.

Silence.

Elle voit bien qu'il désire rester seul, mais elle ne croit pas que le laisser assis, à fixer l'endroit où leur oncle est mort, soit une bonne chose pour lui.

— Je sais que tu ne voulais pas… commence-t-elle avant de déglutir. Que tu ne voulais pas faire ce que tu as fait. Tu pensais qu'il m'agressait. C'était un accident. Tu ne voulais pas le tuer, Heath.

Il la fixe d'un regard dur et vide.

— Si. J'en avais bel et bien l'intention.

Il avale la dernière goutte de son verre, se lève et quitte la pièce.

Elinor fait des cauchemars. Elle rêve de filles enfermées dans de hautes tours et d'hommes qui en tombent, leurs poitrines s'ouvrant comme des grenades. Elle doit se forcer à manger. À faire quoi que ce soit. Elle s'inquiète constamment, craignant que Heath et elle ne se fassent prendre. Qu'ils soient tous les deux arrachés à leur maison et emprisonnés quelque part.

Au fil des jours, puis des semaines, elle voit rarement Heath sans un verre de vin et il est prompt à la colère. Ses crises de fureur se terminent presque toujours par le bris de quelque chose : un verre, un cadre, voire une porte. Elle commence à avoir l'impression de vivre avec un chien enragé : un seul faux pas et elle se fera mordre. Elle comprend, avec une profonde tristesse qui la lacère, que pour la première fois de son existence, son frère n'est pas le refuge où elle se sent en sécurité.

Elle se remémore sans cesse les derniers instants qu'elle a partagés avec l'oncle Robert. Elle a eu pitié de lui. Souhaité le réconforter. Espéré que c'était le début d'une relation plus authentique avec lui. Que les choses seraient différentes. Mieux. Et puis, Heath l'a abattu comme un vulgaire lapin. L'oncle Robert était cruel envers les Ledbury, mais méritait-il d'être assassiné ? Ce n'est un secret pour personne que Heath a supporté le plus gros de la brutalité de leur oncle, mais en le tuant, il les a condamnés tous les deux à une vie d'incertitude et de peur, où ils regarderont toujours par-dessus leur épaule. Pour autant qu'Elinor puisse en juger, ils ont troqué une existence effrayante contre une autre, tout aussi effrayante. Son ressentiment à l'égard de son frère grandit en elle comme une moisissure noirâtre. À cause de lui, elle connaît l'odeur du sang humain. À cause de lui, elle connaît la douleur des muscles après des heures passées à creuser une tombe. À cause de lui, elle ne peut plus se regarder dans un miroir. Mais elle ravale sa colère, car Heath est tout ce qui lui reste.

Plus que tout, elle souhaite s'insérer dans une autre famille et devenir quelqu'un d'autre, définitivement.

37

Caitlin Arden

Cela fait trois jours qu'Oscar est parti. Il séjourne dans un hôtel à Bath. Nous sommes convenus de ne pas annoncer notre séparation tant que je n'ai pas trouvé comment parler de son livre à mes parents. Il sort en octobre, juste à temps pour les courses de Noël. J'ai le ventre noué comme un torchon que l'on essore à l'idée de le voir dans les librairies, les supermarchés, les aéroports. Je pense à mon père, qui a toujours été plus proche d'Oscar que de moi. Je me demande si c'est à moi que l'on fera porter le chapeau pour la supercherie de mon ex-fiancé. Après tout, c'est à cause de moi s'il a pu se rapprocher autant de la famille.

Mes parents étaient fiers quand j'ai acheté cette maison. Je suis sûre qu'ils ne seront pas contents que je la revende. Moi, en revanche, j'en serai ravie. Je n'ai plus l'impression d'y être chez moi. Et ce, depuis des semaines. Je me demande où je vais échouer. Vais-je devoir partager une maison ou pouvoir m'offrir un endroit à moi ? Il y a tant de changements à venir, tant d'incertitudes. C'est le problème avec les ruptures : on ne pleure pas uniquement la personne qu'on aimait, mais aussi la vie qu'on s'était imaginée avec elle. Tout cela est parti, envolé.

La maison est d'un calme absolu, rappel constant que je suis seule. La solitude a toujours été comme une vague qui menaçait de se refermer sur moi et de me noyer, mais depuis le départ d'Oscar, elle s'est transformée en quelque chose de plus sauvage. Un monstre griffu et féroce. Mais je la repousse. Loin. Je n'ai pas le temps de me morfondre, car demain, c'est le mariage de Florence. Dans quelques minutes seulement, je serai en route vers le lieu de la noce pour y passer la nuit avant le grand jour. C'était une idée de Florence. Sa façon à elle de prévenir tout risque de me voir arriver en retard aux derniers préparatifs du matin, ce qui, pour une chronométreuse aussi pointilleuse que mon amie, s'avérerait un péché capital. Le planning est serré entre la coiffure, le maquillage et les photos d'avant mariage, et j'ai promis d'être dans les temps. En dormant dans le bâtiment même, je n'aurai aucune excuse.

Je suis en train de transporter mon sac de voyage jusqu'à la voiture lorsque je remarque un Post-it sous le guéridon du couloir. Je le ramasse.

Il fallait que tu saches. À bientôt.

Je ne reconnais pas l'écriture. Je lis le message plusieurs fois, pour tenter de comprendre d'où il provient ou ce qu'il évoque. Et puis je saisis… le manuscrit. Je me revois maintenant, empruntant le couloir vers la cuisine, déchirant l'enveloppe en papier kraft. Je n'ai même pas vérifié si l'envoi était accompagné d'un message. Mais c'est bien de ça qu'il s'agit, non ? Le bout de papier a dû s'en échapper.

Je n'ai pas vraiment réfléchi à la personne qui avait déposé le livre. Je ne m'en suis pas vraiment souciée. Tout ce qui comptait alors à mes yeux, c'était que les cinq dernières années de ma vie s'étaient construites sur des mensonges et des manipulations. Qui est donc cet expéditeur anonyme ? Et comment a-t-il pu se procurer une copie du livre d'Oscar ? Gemma a rôdé devant ma maison ce jour-là : est-il possible que la véritable raison de sa visite impromptue ait été la livraison du manuscrit ? Mais pourquoi ? Comment aurait-elle pu se retrouver mêlée à tout cela ? Les seules personnes qui connaissent l'existence du livre sont sûrement celles qui travaillent dans l'édition ou… Florence ? Elle est lectrice de livres audio pour Harriers. Il y a quelques semaines, elle a lu pour eux le prochain best-seller de Noah Pine. Il est tout à fait possible qu'elle ait eu accès à leurs projets. Mais c'est ma meilleure amie… Ou du moins l'était-elle jusqu'à récemment, donc elle me l'aurait sans doute dit entre quatre yeux, non ?

Et puis il y a Olivia. Oscar lui a parlé du livre ; or, depuis le début, elle a manifesté des réticences envers mon ex-fiancé, suggérant qu'elle pourrait me trouver un meilleur parti, le mari parfait. J'avais vu dans ses réserves les inquiétudes d'une aînée pour sa cadette, mais si elle n'est pas ma sœur, pourquoi se soucie-t-elle de savoir avec qui j'ai une relation ?

Quand l'homme masqué s'est introduit dans notre maison, nous avons pensé qu'il n'avait rien pris, mais ce n'est peut-être pas exact. Il a fouillé le bureau d'Oscar. Et s'il y avait dérobé… le manuscrit ? L'ordinateur portable d'Oscar se trouvait là, il aurait suffi d'une clé USB facilement escamotable pour copier ses fichiers. Ou peut-être a-t-il volé une copie physique. Plus j'y réfléchis, plus je suis certaine que c'est lui qui est derrière tout ça. Je ne peux pas aller voir la police : ils n'ont pas cru à cette intrusion, donc je ne les imagine pas entreprendre quoi que ce soit pour un Post-it égaré.

À bientôt.

La peur me fait frissonner maintenant que la menace parvient à mon cerveau.

Non, pas la menace, je m'en rends compte : c'est une promesse.

Quarante minutes plus tard, j'arrive à Fawsley Hall. Ce bel hôtel de campagne est un bâtiment de pierre avec des fenêtres en arc et des poutres apparentes. Florence et Daniel sont en train de dîner avec leurs parents dans une salle privatisée. Il n'y a que moi et une poignée d'autres invités du mariage à rester sur place ce soir. Il est presque 19 heures, mais je n'ai pas mangé de la journée. Tout ce que je mets dans ma bouche a un goût de plâtre. Je décide de commander un service d'étage dès que je me serai enregistrée. En approchant de la réception avec mon sac, je me souviens qu'Oscar et moi avions prévu de profiter du spa et de dîner au restaurant ensemble pour savourer l'expérience au maximum. J'ai envoyé un message à Florence ce matin pour la prévenir de l'absence de mon fiancé au motif qu'il souffre d'une grippe carabinée. Ça me gêne de mentir, mais comment lui imposer la vérité, la veille de ses noces ? Tout le monde connaît la règle tacite qui consiste à ne pas perturber la mariée avant le grand jour.

Une fois qu'elle sera revenue de sa lune de miel et que j'aurai reçu les résultats du test ADN prouvant qu'Olivia n'est pas Olivia, peut-être que je lui expliquerai tout. En attendant, je vais sourire, hocher la tête, m'excuser et mentir.

La réceptionniste me remet les clés de ma chambre. Il y en a deux. J'ai oublié de prévenir l'hôtel qu'Oscar ne me rejoindrait pas. Je m'apprête à en rendre une quand je sens quelqu'un près de moi. Je me retourne et les clés m'échappent des mains. Celle qui se trouve trop près de moi dans une robe longue couleur chair n'est autre qu'Olivia. Elle tient un livre grand format. Derrière elle se dresse une bibliothèque avec des canapés duveteux et des étagères montant du sol au plafond, croulant sous les romans. Sur l'une des tables basses en bois sombre repose la tasse de thé qu'elle a abandonnée. Je me penche pour ramasser les clés de la chambre et le dépliant de l'hôtel que j'ai laissé tomber aussi, mais elle me devance. Je lui jette un regard noir, malgré son sourire mielleux qui refuse de fondre, et je lui arrache son butin des mains, pour le fourrer rapidement dans mon sac.

— Tu viens de t'enregistrer ? me demande-t-elle.

— Non, je jongle avec des chats, en fait.

Elle choisit d'ignorer le sarcasme.

— Oscar n'est pas là ?

Je la toise sans répondre.

— Dommage, roucoule-t-elle. Il est malade ?

Ses yeux pétillent. Elle sait que ce n'est pas ça. Je lève le menton.

— Tu as décidé de ne pas parler de son livre à mes parents, alors ?

Elle sourit.

— Je préfère ne pas me salir les mains.

La haine que m'inspire cette usurpatrice suinte sur mes joues. J'agrippe la poignée de mon sac de voyage, pour refouler mon envie de la flanquer par terre.

— J'allais oublier, dit-elle. Florence m'a chargée de te rappeler de ne pas être en retard pour la rejoindre dans sa suite, demain. Ça démarre à 8 heures, chambre 22.

Je me hérisse parce que cette femme, cette inconnue, a fait des ravages dans ma vie, dont elle brise des morceaux qu'elle se fourre ensuite dans la bouche jusqu'à ce qu'il ne me reste rien de plus substantiel que des miettes. C'est peut-être puéril, mais je déteste que ce soit elle qui me transmette les messages de ma meilleure amie.

— Alors, ne sois pas en retard, d'accord ? dit-elle, tout en condescendance et faux sourires en saccharine.

Je la fixe droit dans les yeux, pour tenter de déterminer si elle porte des lentilles. Ses iris sont exactement comme ceux dont je me souviens – ceux de ma sœur. Mais le regard de cette femme est froid, dépourvu de l'amour et de la chaleur d'Olivia. Le manque de mon aînée est si féroce qu'il me fait physiquement mal à la poitrine.

— Tu connais ma sœur ?

La question est tombée de mes lèvres sans crier gare, énoncée d'une petite voix triste. Elle nous surprend toutes les deux.

— Ma vraie sœur, je veux dire ? Elle me manque. Elle me manque terriblement. Est-ce qu'elle est… ?

Le hall de l'hôtel se remplit d'un grondement de roulettes de valises sur le parquet, et des conversations bruyantes et stridentes du groupe de femmes qui manient ces bagages. Je jette un coup d'œil dans leur direction et, en reconnaissant deux d'entre elles, je comprends qu'elles aussi sont là pour le mariage. Soudain, des doigts s'enfoncent dans mes bras et m'attirent contre une poitrine. Le souffle d'Olivia me caresse l'oreille. De loin, on pourrait croire qu'elle m'embrasse affectueusement, mais elle me serre si fort que je vais en avoir des bleus.

— Il t'observe, murmure-t-elle, affolée, terrifiée. Fuis, Caitie, fuis.

— Olivia ? couine une femme surexcitée.

L'usurpatrice me lâche et recule. Je vois soudain la terreur passer sur son visage, tel un éclair dans un ciel qui s'assombrit, puis disparaître, rapidement remplacée par le rayon de soleil de son sourire, quand elle se tourne vers le groupe de femmes. Je repère la rousse en robe marine. C'est Laura, la mère de Natalie, celle qui m'a reconnue le dernier jour du trimestre.

— Olivia, répète-t-elle. Oh, mon Dieu ! Je n'arrive pas à y croire.

Je me tiens à la périphérie de leur réunion. Les femmes entourent Olivia, toutes autant qu'elles sont, se bousculant pour lui parler. Elle est à nouveau la reine des abeilles. Les autres bourdonnent autour d'elle, cherchant désespérément à intégrer sa cour. Puis elle est emportée dans la bibliothèque. Je la suis du regard, le cœur battant.

« Il t'observe. Fuis, Caitie, fuis. »

La peur répand son brouillard froid et sombre en moi.

Oppressée, je m'éloigne d'un pas chancelant, et je monte dans ma chambre pour déposer mon sac. Je me change rapidement, puis retourne à la bibliothèque, prévoyant d'attendre pour mettre à nouveau la main sur Olivia, une fois terminée sa réunion improvisée. Cependant, le temps que je redescende, le groupe de femmes et elle ont disparu. Je déambule dans l'enceinte de l'hôtel, entrant et sortant des différentes salles, jusqu'à ce qu'un membre du personnel m'intercepte.

— Je peux vous aider ? demande l'employé de la réception.

C'est un homme grand et maigre. La femme qui m'a enregistrée est partie, elle aussi.

— Je cherche ma… sœur, je réponds, même si le mot est d'abord resté bloqué dans ma gorge. Olivia Arden. Vous pourriez me dire quelle chambre elle occupe ?

— Je suis désolé, réplique-t-il aimablement. Je ne suis pas autorisé à divulguer d'informations sur nos clients. Y a-t-il autre chose que je puisse faire pour vous ?

— J'ai vraiment besoin de voir ma sœur, en fait.

Son sourire, quoique crispé, demeure professionnel.

— Je vous prie de m'excuser, mais en raison du code de protection des données personnelles, il m'est interdit de vous fournir ces détails.

Il regarde le téléphone que j'ai en main.

— Avez-vous essayé d'appeler votre sœur pour savoir où elle se trouve ?

— Non… Je vais faire ça tout de suite.

Je m'écarte et commence à passer mes contacts en revue.

— Excusez-moi, reprend-il. Nous n'autorisons pas l'utilisation des téléphones portables dans cette zone.

Il me désigne poliment de la tête un petit panneau mural qui invite les clients à la discrétion.

J'essaie de ne pas lever les yeux au ciel en me retournant et en me hâtant de sortir. Il fait toujours aussi chaud et sec dehors. Mon appel tombe sur la boîte vocale, trois fois.

Frustrée, je retourne à la réception où je suis accueillie par le sourire crispé du réceptionniste.

— Écoutez… Je n'arrive pas à joindre ma sœur. Je suis ici pour le mariage Odell-Fox de demain et j'ai vraiment, vraiment besoin de la voir. Nous sommes les demoiselles d'honneur et nous avons un… une urgence liée au mariage, je l'implore après avoir balayé les environs du regard.

— Je suis désolé de l'entendre, réplique-t-il d'un ton qui m'indique qu'il ne l'est pas le moins du monde. Mais j'ai bien peur de ne pouvoir vous aider.

Je fixe sa moustache fine comme un crayon et je me dis qu'il fait partie des adeptes de la moquette dans les sanitaires, qui trouvent par-dessus le marché les sandwichs au jambon alléchants.

— Avez-vous besoin de quelqu'un pour vous conduire à votre chambre ? demande-t-il, ce qui, en langage de réceptionniste, signifie : « Fous le camp de mon comptoir. »

Je retourne dans ma chambre avant qu'il n'appelle la sécurité et ne me fasse escorter hors de l'hôtel. Je caresse l'idée de frapper à chaque porte jusqu'à ce que je la trouve, mais cet établissement est immense et quelqu'un va certainement dénoncer la folle qui va de chambre en chambre comme la saloperie de Gestapo.

Non. Ce que je vais faire, c'est me rendre de bonne heure devant la chambre de Florence et y attendre l'arrivée d'Olivia, afin de pouvoir l'interroger avant que nous ne soyons prises dans la mêlée des robes de soirée assorties, du prosecco et de la laque. Je branche mon téléphone et règle l'alarme sur 6 heures du matin.

Sauf que je ne trouve pas le sommeil. Je reste éveillée dans mon lit, à fixer le plafond. Je n'arrête pas de penser à l'avertissement qu'Olivia m'a murmuré avec une telle frénésie et une telle terreur.

« Il t'observe. Fuis, Caitie, fuis. »

Aussi tendue qu'un ressort, je quitte mon lit et m'approche de la fenêtre. J'imagine l'homme masqué debout dans le patio en contrebas, surveillant la fenêtre de ma chambre. Prenant une profonde inspiration, j'ouvre les rideaux. Il fait nuit maintenant. La pelouse s'étend, aplat de gris percé par la bouche béante de l'étang, et la lune est suspendue dans le ciel, dont elle est l'œil unique et vigilant. Pas d'homme masqué à l'horizon. Personne ne rôde. Je regagne mon lit, sans arriver à m'assoupir pour autant. Les yeux fermés, je visualise mon esprit sous la forme d'un bâtiment plein de pièces. Il y a un concierge dont le travail consiste à entrer dans chacune d'elles et à éteindre la lumière. Je me dis que lorsque le bâtiment sera plongé dans l'obscurité, je réussirai à dormir. Mais le bâtiment continue de s'agrandir, les pièces de s'ajouter aux pièces. Le concierge se met à courir dans les couloirs, les lumières palpitent à chaque nouvel ajout. Agitée, je me retourne sur le côté, pour ne plus voir la veilleuse au sommet de mon téléphone qui m'indique qu'il est en train de se recharger.

Les questions tourbillonnent comme autant de mouches dans ma tête. J'essaie de les attraper au vol. Qui est la femme qui se fait passer pour ma sœur ? Pourquoi a-t-elle choisi de me mettre en garde maintenant ? A-t-elle tué Briggs ? Travaille-t-elle pour ou contre l'homme masqué ? Pourquoi ma famille est-elle visée ? Connaît-elle ma vraie sœur ? Est-ce ainsi qu'elle arrive à convaincre tout son entourage qu'elle ne ment pas ? Ont-elles été retenues en captivité ensemble ? Si c'est le cas, où se trouve ma sœur à présent ? Et comment puis-je la sauver ?

Je me réveille en sursaut, le souffle court. Les derniers fils d'un cauchemar sont arrachés de mon esprit. Je presse ma paume sur ma poitrine et je sens les battements frénétiques de mon cœur. La pièce est plongée dans l'obscurité, mais par l'interstice entre les lourds rideaux, la lumière du soleil entre à flots. J'ai l'impression d'avoir la bouche pleine de sable et la tête qui me lance. Je ne pense pas avoir dormi plus de deux heures. Pourtant, mon réveil n'a pas sonné, je peux donc peut-être me forcer à me reposer encore un peu. J'attrape mon téléphone et fronce les sourcils : il ne s'allume pas immédiatement. Il est éteint. Comment est-ce possible ? Je ne l'ai pas coupé avant de me coucher. Je n'ai aucun doute là-dessus. J'appuie plusieurs secondes sur le bouton d'allumage et j'attends. Lorsque l'heure s'affiche sur l'écran, mon ventre descend jusqu'à mes chevilles.

— Merde !

Je me précipite hors du lit. Je suis en retard. Vraiment en retard. J'aurais dû être dans la chambre de Florence il y a une demi-heure. Après la douche la plus rapide du monde, je m'habille et fonce vers la chambre 22. Je frappe, frappe et…

La porte s'ouvre à la volée. Un homme confus, torse nu, se tient sur le seuil. Ce n'est manifestement pas la bonne chambre. Je m'excuse et rejoins le couloir en titubant. Je me rends à l'accueil et j'ai presque envie de lancer un juron quand je vois le réceptionniste avec qui j'ai eu le plaisir de traiter hier. Malheureusement pour moi, il continue à se montrer désagréable comme s'il s'agissait là d'un sport olympique. Il me faut quinze minutes et une conversation avec un autre membre du personnel, bien plus accommodant, pour obtenir le bon numéro de chambre.

Chambre 17, et non 22, comme l'a prétendu Olivia.

Je frappe. Cette fois, c'est une femme d'âge moyen aux hanches larges et aux cheveux noirs et brillants qui ouvre. Elle fronce les sourcils.

— Vous devez être Caitie, dit-elle sur un ton de reproche. Je suis Cheryl, la coiffeuse.

Je passe devant elle et investis un grand espace lumineux avec des poutres apparentes et un immense lit king size.

Le brouhaha des conversations me parvient par-delà la musique. Les préparatifs de la matinée vont bon train. Je n'ai aucune envie d'entrer là. J'ai l'impression de pénétrer dans des eaux infestées de requins, mais comme je ne peux pas rester dans le couloir toute la journée, je me glisse à l'intérieur, écarlate et mortifiée. Vêtue d'une robe ivoire, Florence, dos à moi, discute avec Olivia et une femme munie d'un crayon à lèvres – la maquilleuse, je suppose. Susan, la mère de Florence, et May, sa tante, se tiennent sur le côté. Une femme mince et séduisante, dans une tenue noire, un appareil photo perfectionné entre les mains, prend des clichés de la mariée et de sa demoiselle d'honneur. Lentement, tous les regards se tournent vers moi. J'ai l'impression écœurante d'avoir été le sujet de conversation de ce groupe de femmes.

Florence me foudroie du regard. À côté d'elle, la bouche d'Olivia esquisse un léger sourire satisfait. Sans lui accorder la moindre attention, je réponds au regard d'acier de Florence par des yeux où la sincérité le dispute à la supplication.

— Je suis absolument…

— Ton peignoir est sur le lit, m'interrompt froidement mon amie.

Les autres femmes échangent un regard gêné.

Sur un petit signe de tête, je ramasse le peignoir et me force à marcher, et non à courir, vers la salle de bains, où je me change après m'être aspergé le visage d'eau froide.

Je n'arrive pas à croire que j'aie été en retard. Si mon téléphone ne s'était pas éteint, si on ne m'avait pas donné le mauvais numéro de chambre… Je suis certaine qu'Olivia s'est faufilée dans ma chambre à l'aube et l'a éteint. Elle a peut-être subtilisé la deuxième carte-clé lorsque j'ai laissé tomber le jeu qu'on m'avait confié dans le hall d'entrée de l'hôtel. Je n'ai finalement pas rendu celle d'Oscar et je n'ai pas vérifié non plus si j'avais toujours les deux.

Ce matin, il ne reste plus trace de la peur que j'ai entrevue chez Olivia hier. A-t-elle seulement fait ces commentaires étranges et inquiétants pour me condamner à passer une nuit blanche ? Elle a dressé les obstacles sur lesquels j'ai trébuché aussi systématiquement qu'elle l'avait espéré. La rage flamboie dans ma poitrine. Je la hais. Je la hais vraiment. Pourquoi cherche-t-elle à gâcher ma vie ? Elle essaie de creuser des fossés entre les gens que j'aime et moi, jusqu'à en faire des gouffres infranchissables qui me vouent à une solitude complète sur un bloc de roche aride. Je suis obligée de me rappeler qu'aujourd'hui, il ne s'agit pas de moi, mais de Florence, et même si je suis convaincue qu'Olivia a manigancé cette situation, je suis quand même arrivée en retard aux préparatifs du mariage de ma meilleure amie alors que j'avais promis d'être à l'heure. Mal à l'aise et luttant tant bien que mal contre ma rage, je ressors de la salle de bains.

Naturellement, en tant que reine du jour, Florence n'est pas seule une seconde, si bien que je ne peux m'approcher d'elle pour m'expliquer ou m'excuser. Au lieu de quoi, je suis aussi serviable et optimiste que possible. Je me transforme en serveuse, en femme de ménage et en blanchisseuse. J'organise et je range la pièce pour qu'elle constitue la toile de fond parfaite des photos prises sur le vif pendant la préparation de la mariée ; je sers des boissons à tout le monde – j'arrive même à garder le sourire lorsqu'Olivia me demande de refaire son café. Je défroisse nos robes à la vapeur, les épaules douloureuses pendant que j'efface chaque pli de la soie vert sauge. Entre deux tâches, je souris devant l'objectif, en essayant de ne pas remarquer que si Florence passe un bras affectueux autour de la taille d'Olivia, elle laisse un espace de plusieurs centimètres entre elle et moi. La matinée s'écoule dans un tourbillon de champagne, de photos, de pinces à friser et de brosses à mascara.

Bientôt, Florence a revêtu sa robe. Ornée d'un décolleté carré, la tenue a des bretelles en perles et un ourlet asymétrique qui permet de montrer les escarpins très chers qu'elle a achetés, mais pas encore chaussés. Son carré parisien noir est agrémenté de vagues ébouriffées avec un simple bandeau de perles. Comme toujours, elle a opté pour un rouge à lèvres écarlate, sa couleur fétiche. Pour l'instant, elle est sur le côté, en train d'être briefée par Zara, l'organisatrice de son mariage.

— Puis-je prendre la demoiselle d'honneur et la témoin ? lance la photographe.

Je m'apprête à la corriger – nous sommes toutes les deux ses demoiselles d'honneur –, mais je me ravise, parce que ça n'a pas vraiment d'importance. N'empêche, le sourire d'Olivia est trop suffisant pour être charmant. On nous demande de poser devant la grande baie vitrée. Coiffées et maquillées, nous portons nos robes de fête désormais. Olivia est parfaite avec ses cheveux qui lui tombent dans le dos en vagues épaisses et forment une cascade brillante jusqu'à ses reins. Elle a de longs cils, de longues jambes et une taille minuscule. Elle passe un bras mince autour de moi et je m'oblige à l'immobilité, même si j'ai envie de repousser d'une claque le contact de cette inconnue.

Nous sourions à la caméra.

— Maintenant, regardez-vous.

À contrecœur, je tourne mon visage vers le sien. Elle est douloureusement belle, avec sa peau à l'éclat lisse. Il n'y a rien d'étonnant à ce qu'elle ait séduit la nation entière grâce à son histoire tragique, car, bien sûr, aucun affreux mensonge ne tombe jamais des lèvres des jolies filles.

L'appareil photo prend un cliché.

— Souriez, ordonne la photographe.

Et sur commande, Olivia me gratifie de son sourire le plus éclatant tandis que le mien n'est rien d'autre que crispé et clownesque.

— Les chaussures sont prêtes ! s'exclame Florence.

Nous nous retournons pour la voir sortir d'un carton une paire d'escarpins jaune vif, de marque et visiblement très chers. La photographe s'en donne à cœur joie.

Florence se perche délicatement sur une chaise pour les enfiler.

Olivia me serre la taille pour attirer mon attention.

— Est-ce qu'ils sont… auréoline ? me chuchote-t-elle.

Je suis ramenée à cette journée dans le parc, où nous nous sommes retrouvées à côté des tournesols, riant si fort que les coins de nos yeux se plissaient. Je souris à ce souvenir et Olivia fait de même ; son visage se fend presque en deux.

— Auréoline, murmure-t-elle à nouveau, alors qu'un éclat de rire est en train de monter.

Clic. Clic. Clic.

J'ai la tête qui tourne. La photographe prend des millions de clichés d'Olivia et moi. De l'inconnue et moi. De l'usurpatrice et moi. Le rire qui s'épanouissait dans ma poitrine s'étiole et je m'écarte d'elle et de ses jeux stupides. Olivia semble blessée du rejet dont elle fait l'objet de ma part. Vraiment peinée. Je la fixe, perplexe. Elle est toujours un pendule, capable de passer des sourires moqueurs et des sarcasmes aux rires et à l'affection d'une sœur. Sentant la tension, la photographe s'éloigne de nous.

La cérémonie est proche maintenant. Je me tiens près de la fenêtre et j'observe les invités qui se pressent dans la cour en contrebas. J'aperçois mes parents : maman avec un bibi lavande et papa avec une cravate assortie.

— Ça ne va plus tarder, lâche Florence en se matérialisant à mes côtés. Tu es ravissante.

Je lève la main vers la coiffure toute simple qu'elle a choisie.

— Tout le mérite t'en revient. Tu te souviens du mariage d'Emma ?

Elle fait une grimace.

— Oh, mon Dieu, oui. Insister pour que tes demoiselles d'honneur se fassent une queue-de-cheval basse, c'est un acte d'agression caractérisée.

Nous nous sourions, la glace se dégèle enfin.

Consciente que nous n'avons pas beaucoup de temps, et désireuse de mettre les choses au clair, je saisis l'occasion :

— Je suis vraiment mortifiée. Et absolument désolée, Florence. Je ne sais pas pourquoi, mon téléphone s'est éteint, on m'avait donné le mauvais numéro de chambre et…

— C'est bon, dit-elle en me coupant gentiment la parole. J'étais furax tout à l'heure, mais… C'est fini à présent, conclut-elle avec un soupir. Tu es là, c'est l'essentiel. Simplement… tu peux me promettre qu'il n'y aura plus de surprises ? Je veux que ce mariage se déroule le mieux possible à partir de maintenant.

J'acquiesce.

— Absolument. Je te le promets.

Elle me prend dans ses bras. Je respire l'odeur familière de son parfum à la figue et à la fleur de lotus, et j'entends le clic de l'appareil de la photographe. Par-dessus l'épaule de Florence, Olivia nous observe. L'humour et l'affection de tout à l'heure ont disparu. Maintenant, la glace bleue de ses yeux plonge dans les miens et un sourire aussi lent que malveillant se dessine sur ses lèvres.

38

Caitlin Arden

Nous sommes rassemblés dans le couloir qui mène à la salle de cérémonie. J'entends le bourdonnement excité des invités qui attendent avec impatience l'arrivée de la mariée. Je frémis moi aussi d'exaltation et de nervosité. Je ne dois pas trébucher. Florence va m'assassiner si je me retrouve étalée sur le sol de l'allée. Je lui ai déjà infligé assez de drames et de stress.

Mon amie a les mains qui tremblent, ce qui me surprend car elle a été d'un calme olympien toute la matinée, et puis elle a passé la plus grande partie de sa vie sur scène, c'est une actrice. C'est sans doute seulement maintenant qu'elle prend conscience de l'importance de ce qui est en train de se dérouler. Elle se tourne vers moi, les dents plantées dans sa lèvre inférieure, et j'éprouve une joie immense à l'idée que c'est vers moi qu'elle s'est tournée.

Je passe devant Olivia pour aller me placer à côté d'elle.

— Prends une grande inspiration, je lui souffle. Ne l'oublie pas : c'est Daniel et toi.

Ses épaules se relâchent un peu. Elle acquiesce.

— Daniel et moi.

Sur le sourire que nous échangeons, je ressens une vague d'amour pour elle.

Le quatuor à cordes commence à jouer *She Burns* de Foy Vancc.

Puis c'est à mon tour de remonter l'allée bordée de bougies. L'organisatrice du mariage nous a donné des instructions strictes : garder la tête haute, les épaules en arrière, les fleurs en bas, le sourire large et la démarche lente. La salle est magnifique avec son plafond voûté et son immense fenêtre ouvrant sur la roseraie, qui déverse sur nous une lumière dorée rehaussant le tout. J'aperçois mes parents. Maman se tamponne les yeux et je sais qu'elle regrette que ce ne soit pas moi dans la longue robe blanche. Elle aura le cœur brisé quand elle apprendra notre rupture. Mon père me sourit si largement, avec une telle sincérité, que je lui souris à mon tour. Je baigne encore dans la chaleur de son affection quand je prends place à l'avant. C'est alors qu'arrive Olivia, glissant souplement vers moi. Elle est renversante. Modeste. Rayonnante. En cet instant, je comprends pourquoi certaines femmes choisissent délibérément leurs demoiselles d'honneur parmi les moins attirantes de leurs amies, car Olivia nous vole la vedette à toutes. Je jette un coup d'œil autour de moi, note les regards affamés et brûlants que lui lancent les hommes et ceux, envieux, dont la couvrent les femmes.

La musique s'emballe et, pile à ce moment-là, Florence arrive. Elle sourit, son bouquet de tournesols et de roses serré contre sa poitrine. Et voilà, pour le reste de sa vie, elle trouvera Daniel en rentrant chez elle, à la fin de chaque terrible journée, et elle n'aura plus jamais à s'inquiéter de se réveiller seule. Je ressens un pincement d'envie, rapidement étouffé par une bouffée de bonheur, parce qu'elle le mérite amplement.

Lorsqu'elle atteint l'autel et que Daniel l'admire avec cet air de « je n'arrive pas à croire à la chance que j'ai », je suis soudain assaillie par un flash du visage d'Oscar, le jour où j'ai accepté sa demande en mariage. Il avait organisé pour nous deux un cours de peinture privé, ce que j'avais trouvé bizarre puisqu'il ne savait même pas dessiner un bonhomme bâton. Le professeur nous avait demandé de peindre un moment de bonheur dans notre relation. Une fois l'heure écoulée, Oscar a retourné son chevalet d'un coup sec et j'ai sursauté face à la plus belle des aquarelles – qui n'était évidemment pas son œuvre. J'ai aussitôt reconnu un original de mon artiste préféré. Elle nous représentait, Oscar et moi, dans cette même pièce, lui à genoux, me tendant un écrin, et moi, mains plaquées sur la bouche pour exprimer le ravissement. Il avait passé commande de ce tableau, qui est d'ailleurs toujours accroché dans notre chambre. Je ressens un déchirement quand je songe au futur de cette toile, à savoir prendre la poussière dans un grenier.

Comme prévu, Florence me tend son bouquet. Il est plus lourd qu'il n'en a l'air et je veille à ne pas le faire tomber. L'officier d'état civil nous demande de nous asseoir. Olivia et moi prenons place sur les deux chaises qui nous sont réservées au premier rang. Maligne, Florence a fait installer une grappe de lanternes en laiton et en verre à la place des chaises manquantes pour que notre rangée ne paraisse pas vide.

Susan se présente sur le devant de la scène.

— Ma fille m'a demandé de lire un morceau de *La Mandoline du capitaine Corelli*, déclare-t-elle, aussi bonne actrice que Florence.

J'adore ce texte. Nous l'avions envisagé, Oscar et moi, pour notre mariage. Les larmes coulent sur mes joues quand elle parle de l'amour comme d'une folie passagère. Dieu, la façon dont Florence et Daniel se regardent ! Ils sont follement amoureux. Je suis heureuse que le cœur de ma meilleure amie soit entre les mains d'un homme aussi bon et digne de confiance.

Je sursaute, car Olivia me touche le genou. Puis, à travers la soie, elle me pince la peau. Je lève les yeux vers elle, pour lui demander ce qu'elle fabrique, mais devant le venin contenu dans son regard, les mots me restent coincés au fond de la gorge. Elle se rapproche. Je perçois son souffle dans mon cou.

— Si tu continues à fouiner, chuchote-t-elle, on t'enterrera à côté de ta putain de sœur.

De la glace coule dans mes veines.

— Quoi ? je murmure.

Elle relâche sa prise et tourne son attention vers les mariés, comme si de rien n'était, mais je sens encore la brûlure que ses doigts ont laissée sur ma peau. Si je retire ma robe, il y aura une série de marques rouge vif qui ne manqueront pas de se transformer en horribles ecchymoses violettes.

Vient-elle vraiment de me dire que ma sœur est morte ? Un vent de panique s'enroule autour de ma poitrine, qui m'empêche de respirer.

— Qu'est-ce que tu as dit ? je siffle.

Elle ne bronche même pas, feignant de n'avoir rien entendu.

L'étau se resserre. J'imagine le corps froid et ensanglanté de ma sœur pourrissant dans une tombe anonyme. Je vois les asticots et les vers qui rongent sa chair. Elle ne sera plus rien que des os. La salle tourne autour de moi. Mon sang vibre dans ma poitrine.

— Qu'est-ce que tu viens de dire ?

Je fixe son profil. Puis je me lève et je hurle :

— Réponds-moi, putain !

Des centaines de paires d'yeux s'orientent vers moi.

Un silence horrifié envahit la salle. Le genre de silence qui succède à une dévastation. Un tsunami, un tremblement de terre, un acte de terrorisme. Le genre de silence que l'on peut observer depuis l'espace. Mais qui ne suffit pas à m'arrêter. Je suis un taureau et elle est mon drapeau rouge flamboyant.

— Tu l'as tuée, je crie. Où est-elle ? Où est ma sœur ?

Olivia se lève lentement, les mains brandies comme pour repousser l'attaque d'un animal enragé. Ses yeux font le tour de la salle, mimant la perplexité. La peur.

— Je ne sais pas de quoi tu parles, dit-elle.

Sa voix est le mélange parfait d'incrédulité et d'effroi, mais suffisamment forte pour que même ceux qui se trouvent derrière l'entendent. Une petite voix rationnelle en moi traverse la vague de fureur, m'intimant d'arrêter, m'avertissant que je suis en train d'apporter de l'eau au moulin de son complot. Mais cette voix s'efface devant une autre, plus puissante et plus insistante, qui exige des réponses.

Des larmes de colère, de frustration et de dévastation coulent sur mes joues.

— Tu viens de me dire que tu as assassiné ma sœur. Où est-elle ? Où ça, putain ?

— Quoi ? Je n'ai rien dit. Je n'ai pas…

Avant que je puisse prendre conscience de ce que je fais, ma main jaillit. La force de la gifle est suffisante pour la faire chanceler. Ma paume me picote. Me brûle. Lentement, elle tourne son visage vers le mien et je vois le rouge violacé de sa joue. Ce n'est pas assez. Je laisse la rage m'avaler. Je m'élance sur elle. Nous percutons le sol. Nous roulons. Mes mains sont dans ses cheveux, tirant, tirant, tirant. Quelqu'un crie, un hurlement féroce, misérable. Confusément, je comprends qu'il monte de ma gorge, ce hurlement.

Des mains passent sous mes bras, on me soulève. La pièce défile à toute allure tandis que je suis entraînée loin d'elle.

Quelqu'un crie :

— Sortez-la d'ici ! SORTEZ-LA D'ICI !

À moitié ensauvagée, ma tête pivote vers la voix. Florence. Elle a ramassé son bouquet sur le sol. La plupart des fleurs sont en morceaux, les pétales éparpillés sur le plancher. Le cou brisé d'un tournesol pend avec une mollesse tragique. C'est ce détail qui me dégrise. La rage se dissipe. La colère et la douleur s'évanouissent. Ne reste que la honte. Une honte rouge vif, incandescente. J'en ai la nausée, je suis malade de ce que Florence doit penser de moi. Elle pleure. Elle est furieuse et elle pleure. J'entends une porte se refermer. Je l'ai claquée pour toujours sur notre amitié.

Olivia s'avance d'un pas chancelant vers Florence qui l'enlace et la serre contre elle. J'attends que la colère, la rancœur reprennent le dessus. Rien ne vient. Parce que c'est ma faute. Même si c'est Olivia qui m'a tendu l'appât, je n'avais pas besoin de le saisir à pleines mâchoires affamées et hâtives. Je reste là, aussi amorphe que le cou brisé du tournesol. Des mains se posent sur moi. M'éloignent. Je les laisse faire.

Je suis bientôt dehors, et malgré la chaleur cuisante, je frissonne. Mon père tient mon poignet dans un étau. Maman suit en trébuchant, blême sous l'effet du choc. Mon père, lui, n'est pas blême. Il est écarlate tant il est indigné. Il me traîne jusqu'au parking. J'essaie de me dégager, mais il me conduit vers leur voiture. Je tire, et tire encore. Il me lâche si brusquement que je pars à la renverse et m'écrase contre maman.

— Qu'est-ce qui ne va pas chez toi ? explose-t-il dans une projection de postillons.

— Cette femme m'a dit qu'Olivia était morte. Elle m'a dit qu'elle l'avait enterrée.

Ma mère est venue se planter à côté de son mari. Décontenancés, ils me regardent comme si j'étais emprisonnée dans une camisole de force.

— Olivia n'est pas morte, elle est là-bas, s'écrie maman en lançant le bras vers Fawsley Hall. Tu viens de l'agresser. Pourquoi, Caitie ?

— Parce qu'elle m'a dit que si je n'arrêtais pas de fouiner, elle m'enterrerait comme elle l'a fait avec Olivia.

Silence. Un silence tendu, sidéré.

Je m'empresse de le meubler.

— La femme qui s'est présentée sur le pas de votre porte en prétendant être Olivia n'est pas Olivia. C'est une menteuse ignoble et meurtrière.

Je leur parle d'Edward et de la cabane dans les bois, des lentilles de contact et du téléphone secret.

— Elle a perdu la tête. Elle a besoin d'aide, Clara.

Papa s'adresse à maman comme si je n'étais pas là.

— Je ne suis pas folle ! je crie.

Mais j'en ai tout l'air, non ? J'essaie de baisser la voix, de m'exprimer d'un ton égal.

— Tout est vrai. Tout.

Maman paraît effrayée. Vraiment effrayée.

— Caitie, ma chérie, c'est ta sœur.

— Non. J'ai commandé un kit pour pratiquer un test ADN à domicile. Je prouverai qu'elle n'est pas celle qu'elle prétend être. Je suis désolée, maman, mais Olivia – la vraie Olivia – est… est…

Je me mets à pleurer. Tout mon corps est secoué de sanglots. On dirait qu'ils émergent d'un puits de chagrin inexploité.

— Elle est morte.

Les larmes ruissellent sur le visage de maman.

Voyant cela, papa s'avance et se place entre elle et moi.

— Arrête ça, aboie-t-il comme si j'étais l'une de ses employées incompétentes. Arrête tout de suite.

— Je suis désolée, papa. C'est ma faute si Olivia a disparu. Tu as raison, j'ai été stupide de ne pas appeler la police cette nuit-là. Je suis restée tétanisée. Paralysée, quoi. Ce n'est pas une excuse et je me déteste tous les jours pour ça, depuis.

Son visage se décompose. Il fait un pas vers moi, tend la main… Puis il se reprend, se racle la gorge.

— Personne n'a jamais dit…

— Si. Toi, tu l'as dit. Il y a des années, à maman. Je t'ai entendu. C'est pour ça que tu me détestes. C'est pour ça que tu m'as à peine regardée ces seize dernières années.

Je pensais que ma carrière, ma maison et mon fiancé t'aideraient à me pardonner. Je pensais que si je pouvais être parfaite, je vous suffirais.

Mon rire est amer, dur et plein de haine pour moi-même.

— Mais tu as eu raison de ne pas me pardonner. De m'en vouloir. C'était ma faute et maintenant elle est morte. Morte et enterrée. Olivia est morte !

Je me remets à pleurer, sans espoir, sans recours, parce que la réalité s'enfonce en moi comme une lame : ma sœur ne reviendra jamais.

Les yeux de papa débordent de larmes.

— Caitie, murmure-t-il sur un ton qui, je m'en rends compte à présent, m'a tant manqué. Ce n'était pas ta faute. Je…

— Écoute-moi, dit maman en lui coupant la parole.

Ses yeux se plantent dans les miens. Elle est furieuse et impatiente.

— Nous savons qu'elle est notre fille parce qu'un test ADN l'a confirmé.

Je cille, sûre d'avoir mal entendu.

— Mais ce n'était pas concluant. Florence me l'a dit.

— Nous en avons fait pratiquer un autre par l'intermédiaire de la police, réplique-t-elle.

— Ce n'est pas possible. Non, vous me l'auriez dit.

— Si j'avais su que tu doutais de son identité, bien sûr que je l'aurais fait. Mais j'ai su, à la seconde où elle est entrée chez nous, qu'elle était ma fille. Nous pensions qu'il en allait de même pour toi.

Je secoue la tête.

— Peut-être qu'elle connaissait Olivia. Peut-être qu'elle a conservé une partie de son ADN et…

— Arrête ça ! crie maman, qui prend plusieurs respirations pour recouvrer son calme. Le test a été effectué dans une clinique par un professionnel. Nous étions là. Tu me fais vraiment peur, Caitie.

Après un coup d'œil à mon père, blême et silencieux, elle ajoute :

— Tu nous fais peur à tous les deux.

J'entends des pas qui s'approchent. Je jette une œillade par-dessus mon épaule. Mon sang ne fait qu'un tour. Olivia. Elle a une lèvre en sang, les cheveux en bataille, les yeux rouges. Elle esquisse un pas timide vers moi, mais je recule. Je ne comprends pas. Je ne comprends rien du tout. Si c'est bien Olivia, pourquoi s'est-elle donné tant de mal pour me faire croire le contraire ? Certains détails, mineurs, pouvaient être expliqués, comme l'oubli du journal à l'abeille. D'autres étaient importants et flagrants, telle cette conversation dans ma chambre d'amis, où elle m'a poussée à découvrir qui elle est vraiment. Mais pourquoi ? Pourquoi ? Je n'ai rien imaginé de tout ça, n'est-ce pas ? Nous nous dévisageons. Je m'attends à voir un éclair de suffisance apparaître sur ses traits, mais je n'y lis que de la tristesse. Tous trois me regardent avec la même expression de pitié et d'affliction. Puis, derrière Olivia, je vois Florence et sa famille qui se déversent de l'hôtel.

Florence.

J'ai ruiné son mariage. J'ai agressé ma sœur. J'ai détruit ma vie.

Était-ce seulement ce matin que ma plus grande inquiétude se résumait à un passage en retard entre les mains de la coiffeuse ? Un rire nerveux monte du fond de moi et sort de ma bouche. Je plaque ma paume sur mes lèvres pour étouffer mon hystérie, mais rien n'y fait.

Je ris encore plus fort. Mon rire devient une créature sauvage, incontrôlable. M'inclinant sous ses injonctions, je me plie en deux, les abdominaux contractés. Mon visage est mouillé. J'ai le goût du sel sur les lèvres. Je ne ris plus, je m'en rends compte. La bête euphorique est maîtrisée maintenant, elle se recroqueville jusqu'à devenir lourde et gorgée de chagrin. Ce qui s'échappe de ma bouche, ce sont des cris d'animal blessé.

Tout le monde me regarde. Je ressens leur gêne, leur choc, leur colère et même leur peur. Personne ne sait quoi faire, comment me gérer. Je suis un foutoir brisé, irrécupérable.

Et c'est plus que je n'en peux supporter. Je tourne les talons et je fuis.

39

Elinor Ledbury

Elinor joue du piano dans la salle de réception lorsque Heath déboule en trombe, tenant la veste de Flynn dans une main et la boîte de bibelots dans l'autre. Il abat la boîte sur le piano mais garde la veste. Elle se lève et tente de la lui prendre, mais il la met facilement hors de sa portée. Il est bien plus grand qu'elle, beaucoup plus fort. Elle n'a aucune chance de la récupérer s'il ne la lui rend pas de son plein gré.

— Elle est à moi, proteste-t-elle. Pourquoi tu me la prends ?

— À toi ?

Il est furieux. L'accusation claque dans sa voix comme un coup de ceinturon.

Le cœur d'Elinor tambourine trop vite. Comme elle ne veut pas répondre à sa question, elle lui en pose une autre.

— Qu'est-ce que tu fabriquais sous mon lit ?

— Je cherchais tes patins.

La réponse de son frère lui coupe un peu l'herbe sous le pied. Elle fronce les sourcils.

— Pourquoi ?

— On n'a pas patiné cette année. J'avais l'intention de nous faire entrer à la patinoire.

— À moins qu'on y aille pendant la journée, comme des gens normaux, réplique-t-elle.

Il s'immobilise. La considère de ses yeux qui flamboient.

— Des gens normaux ? C'est ça, ce que tu veux être ? Ordinaire ?

Il y a, dans sa façon de prononcer le mot, l'insinuation qu'il s'agit d'une destinée pire que la mort.

— Tu veux vivre dans une maison mitoyenne, travailler de 9 à 17 heures, compter tes sous et cuisiner de la viande et deux légumes différents tous les soirs pour ton mari normal et ordinaire ?

Il réduit l'écart entre eux, la faisant reculer jusqu'à l'acculer contre le piano.

— Soutenir une conversation ennuyeuse avant des ébats encore plus ennuyeux et ordinaires jusqu'à ta mort ?

Il lui soulève le menton pour qu'elle soit obligée de le regarder dans les yeux. Il approche alors sa bouche de la sienne.

— C'est vraiment ce que tu veux ?

Le cœur d'Elinor s'emballe. Est-ce ce qu'elle veut ? Heath a le pouvoir de tout rendre palpitant et même un peu dangereux. C'était l'une des choses qu'elle aimait le plus chez son frère, son imprévisibilité sauvage, la façon dont il rejetait la petitesse et la stérilité des choses. Mais ça, c'était avant qu'il ait du sang sur les mains. Sur leurs mains. Son ventre se serre en un millier de nœuds.

— Et avec qui tu veux mener cette petite vie ? raille-t-il. Flynn ? Parce que c'est sa veste, non ?

— J'aurais pu l'aimer, rétorque-t-elle avec audace, défi même.

Elle n'a jamais osé parler ainsi à son frère, mais elle lui en veut pour ce qu'il a fait.

Le visage de Heath se décompose. Elle l'a blessé. Elle l'a trahi. Elle le regrette immédiatement. Elle ouvre la bouche, brûlant de réparer les dégâts, mais il se détourne et sort de la pièce à grands pas, la veste de Flynn toujours à la main. Elle le suit.

— Qu'est-ce que tu fais ?

— Je nous en débarrasse.

Elle lui attrape le bras.

— Ne fais pas ça.

Il pivote vers elle, sa blessure s'est envolée, remplacée par la rage. Si près de lui, elle remarque ses yeux injectés de sang et sait qu'il a bu.

— Si Flynn est aussi brillant que tu le dis, il est où maintenant ? Il t'a quittée. Les gens se tirent. Moi, je reste.

Il secoue la tête. Elle est trop naïve pour qu'il continue.

— Sois honnête avec toi-même, petite sœur, tout ce que tu étais pour lui, c'était une bonne partie de jambes en l'air.

L'humiliation ruisselle en gouttes sanguinolentes sur le visage d'Elinor. Elle lui décoche ses mots comme autant de poignards empoisonnés :

— Au moins, ce n'est pas un meurtrier, lui.

Il la gifle assez fort pour la faire trébucher.

Il fixe la marque brûlante et rougeoyante sur la joue de sa sœur.

— Tu l'as bien cherché, fulmine-t-il.

Il serre les poings, faisant saillir les veines de ses avant-bras. Il s'approche. Craignant de se faire frapper à nouveau, elle se détourne et s'enfuit loin de son frère.

Elle marche depuis quarante minutes lorsque quelqu'un s'arrête sur le bord de la route. Son cœur s'emballe, car elle est sûre qu'il s'agit de Flynn. Une vague de désir la submerge si viscéralement qu'elle en a mal dans la poitrine et que ses yeux se mouillent. Elle tourne le regard vers la voiture. Ce n'est pas Flynn. C'est une femme d'âge moyen, au visage rond et amical, au carré grisonnant.

— Vous n'êtes pas habillée pour la saison, ma belle, dit-elle.

Elinor baisse les yeux sur son mince chemisier de coton et son jean. Elle ne porte pas de manteau. C'est le mois de mars et les températures sont encore assez basses pour qu'il neige, mais le choc d'avoir été frappée par la personne qu'elle aime le plus au monde l'a rendue insensible aux gifles du vent glacial.

— Je peux vous déposer quelque part ? lui propose gentiment la femme. Où allez-vous ?

Elle se mordille la lèvre inférieure. Où va-t-elle ? Elle pense à Flynn.

— En ville.

Elinor se glisse dans la voiture. La femme lui dit qu'elle s'appelle Trish. Elles roulent en silence pendant un long moment. Trish finit par demander :

— Vous n'avez pas de parents qui pourraient vous conduire ?

Elinor regarde fixement par la vitre.

— Ils sont morts.

— Je suis désolée.

— Je ne me souviens pas vraiment d'eux.

— Vous vivez seule ?

— Avec mon frère.

Elles ne sont plus très loin de la ville. Les arbres dénudés cèdent la place à des rangées de maisons.

— C'est votre frère qui vous a fait ça au visage ? demande Trish.

Elinor a la gorge nouée. Elle aimerait plus que tout passer une journée, une seule, avec le frère qu'elle avait avant qu'il ne commence à travailler au magasin de musique. Les choses n'ont jamais été simples, mais elles étaient plus faciles. Il n'y avait pas de Sofia, pas de Flynn, pas de cadavre se décomposant dans le sol gelé derrière leur maison.

— Il m'aime.

— Le problème, réplique sa conductrice d'une voix douce, quasi maternelle, c'est qu'on peut aimer quelqu'un au point de s'y accrocher trop fort et de l'écraser jusqu'à le tuer.

40

Caitlin Arden

Après avoir récupéré mon sac de voyage, je quitte l'hôtel le plus rapidement possible. Je prends ma voiture pour rentrer chez moi, même si je sais que je ne devrais pas, à cause de mon état. Les larmes me brouillent la vue pendant que je roule et mon corps est secoué de tremblements. L'adrénaline ne cesse de pulser dans mes veines. J'abandonne la voiture devant ma maison avant d'entrer. Il y règne un silence de mort. Je monte d'un pas lourd dans ma chambre pour me blottir sur le lit. Mais dès que je ferme les yeux, les dernières heures me reviennent en mémoire.

« Réponds-moi, putain ! Tu l'as tuée. Réponds-moi, putain ! Tu l'as tuée. »

Il a fallu moins de dix minutes pour gâcher toute ma vie.

Je suis trop amorphe pour pleurer. J'ai fait quelque chose qui ne peut être défait. J'ai lancé des accusations impossibles à oublier. J'ai prouvé que j'étais dérangée devant des centaines de personnes. Devant Laura, une mère d'élève de mon école. Suis-je en passe de perdre mon travail en plus de tout le reste ? Ma meilleure amie, mon fiancé, ma dignité, peut-être même mes parents.

Le visage peiné de Florence, dont le cœur vient d'être brisé, s'affiche derrière mes paupières closes. Mon Dieu, la façon dont elle m'a regardée ! Comme si j'étais une inconnue déséquilibrée. Je cligne des yeux pour tenter d'effacer le souvenir, mais l'image est gravée dans mon cerveau. Je pense à l'argent que Daniel et elle ont investi dans ce mariage, au temps, aux efforts et aux préparatifs. Tout cela a été gâché. Par moi.

Plus je reste allongée, plus je m'attarde sur le constat. Je me lève et cherche une distraction dans la pièce quand mon regard se pose sur le tableau au-dessus de la tête de lit. Oscar et moi, seuls dans cette salle d'arts plastiques, lui sur un genou. J'aimais raconter à mes amies l'histoire de sa demande en mariage. J'étais même vaguement fière de moi, parce que c'était une demande attentionnée, romantique et spécialement conçue pour moi. J'adorais que les gens se pâment en l'entendant. Tout le monde apprécie une bonne histoire de demande en mariage. Mais ce n'était que de la poudre aux yeux. Un moyen de parvenir à une fin. Je ne sais pas pourquoi, alors que je suis au plus bas, je reviens sur cette rupture, comme si c'était le moment idéal pour creuser et inspecter la plaie béante qu'Oscar a laissée dans mon cœur. Je me punis, je pense, mais cet acte d'autoflagellation n'arrange rien. Je me détourne du tableau et commence à déambuler dans la maison. Je passe d'une pièce à l'autre, malheureusement dans chacune d'elles, je constate l'absence d'Oscar. Les vêtements sales qu'il a laissés au fond du bac à linge, son chargeur de secours toujours branché à côté du lit, la montre en or que son père lui a offerte pour son trentième anniversaire, oubliée près du lavabo de la salle de bains.

Je suis affreusement seule. J'envisage d'appeler Gemma et de tout lui raconter, mais elle est à des milliers de kilomètres et je ne veux pas l'accabler pendant les premiers jours de son voyage. N'empêche, j'ai besoin de parler à quelqu'un. Avant de pouvoir m'en empêcher, j'appelle la seule personne qui me reste.

— Caitie, ça va ?

Son accent irlandais si familier est comme un baume rafraîchissant sur un coup de soleil.

— Non.

J'entends le bruissement d'un tissu et j'imagine Gideon en train de s'asseoir.

— Qu'est-ce qui s'est passé ?

— Est-ce que nous pouvons nous rencontrer ?

Je ne prends pas la peine d'ôter ma robe, mais je glisse mes pieds dans les toutes nouvelles Converse blanches que j'ai achetées pour la réception du mariage. J'avale les vingt minutes de trajet jusqu'à Bath et gagne notre point de rendez-vous dans le parc. À mesure que je me rapproche, des palpitations de panique envahissent ma poitrine, car je repense aux événements de la journée. Je suis surprise que personne n'ait appelé la police après l'agression. Et si la police avait débarqué ? Je me sens mal. Je ne pourrai jamais me rattraper auprès de Florence. On n'a qu'un jour de mariage. Un seul. Prise de vertige, je peine à rester sur mes pieds. Je tente de me rappeler la dernière fois que j'ai mangé. J'étais trop agitée hier soir et je n'ai pas eu le temps ce matin. La culpabilité, le regret et la dévastation se bousculent dans mon ventre vide. Le parc est juste de l'autre côté de la rue. Je crois apercevoir Gideon qui attend devant le portail en fer forgé, mais je ressens un vertige et ma vue se brouille.

Je chancelle sur la route.

Des pneus crissent. Je me tourne vers le bruit.

C'est alors que Gideon se précipite vers moi. Ses mains, fortes et fermes, se posent sur moi pour me repousser sur le trottoir. Nous nous écrasons contre la clôture d'un jardin. Tout en s'éloignant, le conducteur de la voiture qui a failli me percuter se penche par la fenêtre pour me crier dessus.

J'aurais pu être tuée. Si Gideon ne m'avait pas poussée sur le côté, la voiture m'aurait foncé dessus. J'entends le craquement de mes os contre le métal filant à toute allure. Je me vois rouler par-dessus le capot et sens la vitre se fendiller en toile d'araignée sous mon corps avant qu'il ne soit projeté sur le macadam avec une force qui me brise les os.

Gideon me regarde fixement, pantelant, le visage déformé par l'inquiétude. Il me tient toujours. Je suis coincée entre la clôture et lui, mais je tremble si fort que, sans ce soutien, mes genoux se déroberaient, j'en suis sûre.

— Ça va ? demande-t-il entre deux halètements.

Je chasse les images violentes qui m'assaillent et j'acquiesce, même si mon cœur bat tellement vite que la tête me tourne.

Il scrute mon visage.

— Je ne pense pas, non. Vous avez besoin d'un médecin ? D'aller à l'hôpital ?

Je secoue la tête. J'ai causé bien assez de drames.

Il fronce les sourcils.

— Je peux vous raccompagner chez vous ?

— J'ai ma voiture dans les parages.

— Vous n'êtes pas en état de conduire. Pas encore.

Son front se plisse. Il balaie la rue vide du regard.

— Je n'habite pas loin.

J'hésite, je ne suis pas sûre que ce soit une bonne idée de chercher refuge chez mon thérapeute. Pourtant, avec Gideon, je me sens en sécurité comme je ne l'ai pas été depuis longtemps. Je m'efforce de trouver les mots, mais ils m'échappent, se dissipent comme la fumée d'un feu de joie lorsque j'essaie de les saisir. Il prend mon visage entre ses mains et j'ai la sensation d'être un cheval aveuglé par son propriétaire, mais d'une manière réconfortante. Je le laisse me guider dans un dédale de rues résidentielles, puis à travers un champ. Nous arrivons à un petit portail. Gideon l'ouvre à l'aide d'une clé et me fait traverser le jardin. L'endroit est joli, avec un étang et une terrasse. Nous nous glissons à l'intérieur par les portes en accordéon. J'imagine que si nous avons emprunté cette entrée, c'est parce qu'il ne veut pas qu'on le voie ramener une patiente chez lui. Cela doit représenter un risque pour lui. Pourrait-il avoir des ennuis avec une sorte de conseil médical, si on nous surprenait ?

Il me demande si je veux un thé chaud ou un verre d'eau fraîche. Je repère un casier à bouteilles.

— Un verre de rouge, s'il vous plaît.

Il s'empare de deux verres dans le placard.

— Vous avez mangé aujourd'hui ?

— Non, j'avoue.

— Vous devriez avaler quelque chose, dit-il avant d'ajouter, en désignant ma robe d'un signe de tête : Je peux vous la laver.

Je jette un coup d'œil sur ma tenue sale et froissée.

— Je n'ai rien d'autre à me mettre.

Il fait le tour de l'îlot de cuisine.

— Je peux vous prêter quelque chose.

Il y a une certaine intimité à porter les vêtements d'autrui. Un tissu qui a effleuré une autre peau, qui s'est posé sur elle, et qui se pose ensuite sur la vôtre. J'acquiesce.

— Il y a une chance pour que je nous prépare quelque chose pour le dîner pendant que nous attendons que votre robe sèche.

Alors, malgré cette journée affreuse, je souris.

Il m'indique la salle de bains et me tend une pile de vêtements propres. Une fois qu'il est parti, j'enlève la robe. À l'époque, en tant qu'unique demoiselle d'honneur de Florence, j'ai eu toute latitude pour la choisir. J'en ai essayé une centaine et quand je me suis glissée dans celle-ci, nous avons su toutes les deux qu'elle était parfaite. Ensuite, étourdies et triomphantes, nous avons fêté l'événement à coups d'onéreux cocktails fruités. Que vais-je faire de la robe maintenant ? La lui renvoyer ? La donner à un magasin de charité ? La garder en souvenir d'un des pires jours de ma vie ?

Le bas de jogging que Gideon m'a prêté est beaucoup trop grand et ne cesse de glisser sur mes hanches. Je le délaisse donc au profit d'un caleçon noir et d'un long t-shirt gris qui me tombe à mi-cuisse. Les vêtements portent son odeur, sel marin et sauge, citronnelle et assouplissant.

Lorsque j'ouvre la porte de la salle de bains, je suis accueillie par une musique qui s'infiltre à travers le plancher depuis le rez-de-chaussée. En haut de l'escalier, je tergiverse, gênée. Suis-je vraiment sur le point de dîner avec mon thérapeute, dans sa maison, vêtue en tout et pour tout de son t-shirt et de son caleçon ? Je devrais partir, mais qu'est-ce que je vais retrouver en rentrant ? Un repas pour une personne de chez le traiteur et le silence en guise de compagnie. La solitude est étouffante et la présence de Gideon me donne l'impression de pouvoir respirer à nouveau.

Prenant un moment pour me calmer, je regarde autour de moi sur le grand palier. La décoration est de bon goût : bois nus, tons automnaux et imprimés style William Morris. On est loin des meubles noirs et des appareils chromés d'un logement de célibataire typique. Je vois alors que le tiroir du guéridon est entrouvert. À l'intérieur se trouvent quelques feuilles de papier que j'ignore au profit de la photographie à l'envers dans un cadre doré. Je la fais glisser avec précaution. Il s'agit d'une jeune et séduisante brune vêtue d'une robe de mariée en dentelle et soie. Elle pose sur les marches d'une église et sourit timidement à l'appareil. La femme de Gideon. Pourquoi est-ce que je tressaille d'excitation en constatant qu'elle est brune comme moi et non blonde comme Olivia ? Je ne m'appesantis pas sur la question. Je remets le cadre dans le tiroir et je descends.

Il affiche une expression surprise lorsqu'il remarque mes jambes nues, mais il se reprend rapidement et m'offre son plus large sourire. Je lui tends la robe, qu'il fourre dans la machine à laver.

Je regarde les bols de pâtes à la tomate et au basilic.

— Je peux vous aider ?

— Oui.

Il me tend une râpe et un bloc de parmesan. C'est la version de luxe que l'on trouve dans les épiceries fines, pas la poudre en vente dans les magasins. Lorsque je lève les yeux de ma tâche, je remarque que Gideon fixe mes jambes. Il capte mon regard, sourit et détourne le sien.

J'ai déjà l'eau à la bouche quand nous nous asseyons. Consciente qu'alcool et ventre vide ne font pas bon ménage, je ne touche pas au vin avant la moitié du dîner. Nous parlons comme si nous étions de vieux amis. Peu lui importe, apparemment, que j'évoque mes insécurités les plus sombres ou mon plat italien préféré ; il m'écoute tout aussi attentivement.

Il y a sur la table un guide de voyage de l'Indonésie. Il est posé face vers le bas, à côté d'une tasse de thé à moitié bue et complètement refroidie. J'imagine qu'il était en train de le lire avant de se précipiter à ma rencontre.

— Vous aimez voyager ? je lui demande.

Il acquiesce.

— J'ai visité quelques endroits, mais j'aimerais en voir d'autres.

Il n'en a jamais parlé au cours de nos séances, ce qui, je suppose, est la marque d'un bon thérapeute. Après tout, il était payé pour m'écouter, et non l'inverse. Aujourd'hui, cependant, quelque chose a changé entre nous. L'atmosphère est amicale, plus intime. Je lui parle de tous les endroits que j'aimerais visiter et je lui avoue que si je ne l'ai jamais fait, c'était à cause d'Oscar.

Il boit une gorgée de vin.

— Et où est Oscar ce soir ?

Je fais tourner les tagliatelles dans mon assiette sans croiser son regard.

— Nous avons rompu.

Cet aveu reste suspendu dans l'air entre nous comme un fruit bien mûr. Je sens qu'il le cueille, qu'il le tient dans sa main et l'inspecte. Il en croque même une bouchée.

— Je suis désolé de l'apprendre, lâche-t-il.

Je ne perçois toutefois aucune affliction dans ses paroles. Lorsque je lève les yeux et croise son regard, sa chaleur me descend jusque dans les orteils.

— Je sais qu'il m'aimait, pourtant…

— Certaines personnes ne peuvent pas aimer sans détruire ce à quoi elles tiennent le plus, m'interrompt-il.

Je bois une nouvelle gorgée de vin et je pense à nos rêves respectifs que, chaque jour, Oscar et moi avons étouffés en nous accrochant l'un à l'autre avec l'énergie du désespoir.

Il s'éclaircit la voix.

— Voulez-vous parler de ce qui s'est passé aujourd'hui ? Pourquoi avez-vous demandé à me rencontrer et failli vous faire renverser par une voiture en cours de route ?

Je m'empourpre.

— Je vais avoir besoin d'un autre verre de vin.

Il sourit.

Nous passons au salon. La pièce ressemble à son bureau, tout en bois sombre, avec de grands tapis et des ferrures en laiton. Nous nous asseyons ensemble sur son canapé crème et je me mets à parler d'Oscar et de son livre, du mariage ainsi que de tout ce qui s'est produit avant, pendant ce qui m'apparaît comme des heures.

— Vous ne devez pas vous en vouloir, insiste-t-il. Vous avez subi un stress énorme. Les ruptures sont déjà difficiles en soi, mais son livre complique les choses pour votre famille et vous. Vous étiez condamnée à exploser.

Je grimace au souvenir de mes cris pendant la cérémonie.

— Certes, mais craquer comme ça au mariage de ma meilleure amie…

— Olivia a lancé son avertissement hier soir dans le but de vous mettre les nerfs à vif : votre crise s'est produite alors que vous n'aviez pas dormi, pas mangé et que vous aviez le cœur brisé… Autant d'éléments de fragilité dont Olivia était consciente et qu'elle a en partie causés.

— Vous êtes donc d'accord pour dire qu'elle a tout planifié ?

— Méticuleusement.

— Mais pourquoi ? Pourquoi elle tient tant à me prendre pour cible ?

— Elle seule détient la réponse à cette question. L'avez-vous interrogée à ce sujet ?

Je réfléchis. Je ne suis pas certaine d'avoir déjà été aussi directe avec elle.

— Non, je réponds. Non pas que je la croie désireuse de me dire la vérité, remarquez. Je ne comprends pas comment le test ADN a pu donner une correspondance. Il est exclu qu'elle soit la vraie Olivia.

— Qu'est-ce qui vous amène à penser cela ?

— Ma sœur ne me ferait jamais de mal comme ça.

Il pose son verre sur la table basse avant de tourner un visage sérieux vers moi.

— Vous vous sentez responsable de ne pas avoir agi assez rapidement la nuit où elle a été enlevée. Est-il possible qu'elle vous en veuille pour cette même raison ?

— Vous pensez que c'est sa vengeance ?

Il hausse les épaules.

— Peut-être. Elle est jalouse de vous, Caitie.

Je m'apprête à lui demander comment il peut le savoir quand je me souviens qu'il est aussi son thérapeute.

— De l'extérieur, votre vie semble presque parfaite. Le jour où Olivia est revenue, elle vous a vue avec une maison, une carrière, un fiancé, des parents adorables, une meilleure amie fidèle qui était autrefois la sienne. Autant de choses dont elle a été privée.

La culpabilité me noue le ventre.

— Par ma faute.

Il secoue la tête.

— Non, ce n'est pas votre faute. Aucune personne rationnelle ne vous ferait porter le chapeau. Mais je ne pense pas qu'elle réagisse de façon rationnelle.

Je soupèse cette théorie dans ma tête. Elle semble plausible, mais seulement pour qui n'a pas connu ma sœur. Ce n'était pas une personne avide de vengeance. Elle m'aimait. Vraiment. Il n'y avait aucune forme de rivalité entre nous. Le souvenir que Florence a partagé à propos de sa salopette jaune bouton d'or exprime la quintessence parfaite de la sœur que j'ai connue. De la personne qu'elle était. Elle était patiente et m'a appris à faire du vélo. Quand nos parents ne regardaient pas, elle prenait les brocolis de mon assiette et les mangeait à ma place, même si elle les détestait, elle aussi. Elle ne m'a jamais laissée me rabaisser. Elle croyait en moi même quand je n'y arrivais pas. Voilà ma sœur. Elle n'était pas une créature venimeuse assoiffée de sang. C'est ce que je dis à Gideon.

— Mais seize ans, c'est long, Caitie. Elle a été loin de vous plus longtemps qu'elle n'a vécu auprès de vous.

Je l'imagine en tournesol auréoline, poussant droit vers la lumière du soleil, les racines profondément enfoncées dans la terre. Je vois la main de son ravisseur s'approcher d'elle, l'arracher du sol et la couper en deux. Séparée de la terre, de ses racines, elle se dessèche. Elle devient méconnaissable. Aucun rayon du soleil ne pourra réparer les dégâts qu'il a causés.

Pourtant, je n'arrive pas à me persuader que la femme qui m'a narguée, menacée, qui a cherché à détruire mes relations avec mon entourage est ma sœur. Il y a de fortes probabilités pour que cette usurpatrice ait été retenue captive avec la vraie Olivia – peut-être par Simon Briggs –, ce qui expliquerait pourquoi elle en sait autant sur la vie de ma sœur. Ce qui expliquerait aussi pourquoi elle était en possession de l'échantillon d'ADN qu'elle a utilisé pour falsifier le test. J'en suis persuadée. C'est la seule explication possible. Mais qu'est-ce que cela signifie pour ma sœur ? Est-elle en vie ? Est-il possible que Briggs ait été tué par ma sœur ? Qu'elle l'ait empoisonné pour sauver sa peau et celle de l'usurpatrice, et qu'elle soit trop effrayée désormais pour aller de l'avant ? Peut-être que ma sœur est la personne derrière le masque, qu'elle nous observe, qu'elle essaie de voir si elle peut revenir en toute sécurité. Ou peut-être est-ce l'usurpatrice qui a assassiné Briggs et que ma sœur en a été témoin. Si Olivia est morte, enterrée comme l'autre me l'a dit, il serait logique qu'elle ait été tuée pour couvrir un crime et permettre à l'usurpatrice de prendre son identité afin d'échapper à la police. Mais dans ce cas, est-ce que je crois vraiment à la mort de la véritable Olivia ? À cette idée, le chagrin enroule ses doigts glacés autour de ma gorge.

Je respire et porte les yeux sur le tapis. Je commence à nommer toutes les couleurs que j'y vois. Bleu nuit, bordeaux, jaune moutarde.

— Caitie, ça va ?

Je vide mon verre de vin pour calmer mes nerfs. À un moment ou un autre, je vais devoir prendre le volant si je veux rentrer chez moi. Ce deuxième verre sera donc le dernier.

— Vous ne méritez rien de tout cela, tranche Gideon. Et Oscar est le plus grand des idiots.

Je penche mon visage vers le sien.

— Pourquoi ?

— Parce qu'il vous a laissée partir.

C'est simple. Efficace. Et de sa part, c'est sincère. Quelque chose mijote entre nous. Quelque chose d'électrique qui me pousse à me pencher vers lui. Contre lui. Lorsque j'inspire, je sens le goût du sel marin et de la sauge, de la citronnelle et de la peau propre. Je promène mon regard sur ses boucles brillantes couleur café, ses longs cils, son début de barbe et la fossette à son menton. Ses épaules larges et sa taille étroite. J'ai envie de lui. J'ai envie de lui, même si l'odeur d'Oscar flotte encore sur mon oreiller. Est-ce que cela fait de moi une mauvaise personne ? À la façon dont Gideon me contemple, je peux dire qu'il me désire tout autant. Cela fait si longtemps que je ne me suis pas sentie désirée. Il y a un pouvoir dans la sensation d'être désirable. Dans le fait de savoir que vous pouvez transformer l'homme le plus confiant et le plus séduisant que vous connaissiez en un animal transpirant et avide de luxure.

Je ne suis que trop consciente de mon propre corps. Du t-shirt confortable qui remonte le long de mes cuisses lorsque je bouge, de ma respiration qui s'accélère, de mon dos qui se cambre vers lui. Je repense aux fleurs en quête de lumière. Puis je me tends vers lui. J'enroule mes doigts dans ses cheveux et je l'attire à moi. Il presse ses lèvres sur ma clavicule, ma gorge, et partout où sa peau rencontre la mienne, la chaleur irradie. Ses dents effleurent mon cou et sa bouche passe sur ma mâchoire. J'entrouvre les lèvres, désireuse de le goûter, désireuse de…

Il s'écarte. Se remet sur pied.

— Je ne peux pas.

— Pourquoi ?

— Parce que si je commence maintenant, je ne pourrai plus m'arrêter.

Je me lève à mon tour.

— Et si je ne veux pas que tu t'arrêtes ? j'insiste, passant au tutoiement.

— Tu es à la croisée des chemins, Caitie. Ce qui t'est arrivé, ce qui est encore en train de t'arriver, c'est une chose horrible, mais ce n'est pas une fatalité. Du moins, pas en totalité. Tu voulais voyager. Maintenant, c'est ta chance. Je ne veux pas être la raison qui t'empêche de partir.

Il se passe une main sur le visage, comme s'il n'en revenait pas d'être en train de me tenir ce discours. Il prend une inspiration puis revient vers moi. Il entrelace ses doigts, chauds et forts, aux miens.

— Sache que je serai là quand tu reviendras. Quel que soit le moment où tu reviendras, ajoute-t-il avec un sourire.

Peut-être même que je pourrai prendre l'avion pour aller te retrouver quelque part, si c'est ce que tu veux.

— Je ne peux pas partir comme ça.

— Pourquoi pas ? Qu'est-ce qui t'en empêche ? Ce gâchis ne va pas s'arranger du jour au lendemain. Tu n'en as pas assez de vivre ta vie pour les autres ?

Il sait que je n'en peux plus. Je sais que je n'en peux plus. Je veux être plus courageuse. La protagoniste de ma propre vie. Celle qui va au-devant des choses. J'ai suffisamment d'économies pour partir, et peu de raisons de rester. Gideon pose les yeux sur ma bouche. Il me désire. Il serait facile de m'embarquer dans une vie avec lui, comme je l'ai fait avec Oscar. Mais Gideon n'est pas Oscar, il fait la chose la plus désintéressée qui soit. Il se soucie assez de moi pour m'encourager à suivre mes ambitions, et non pour se mettre en travers de leur accomplissement.

— C'est l'occasion de faire quelque chose pour toi-même, insiste-t-il. Et, pour être honnête, je veux que tu t'éloignes le plus possible de ce drame et de ceux qui te poursuivent.

— C'est une bonne chose de détaler devant ses problèmes ?

— Tu ne détales pas, réplique-t-il avec ironie. Tu marches. Calmement. Et tu entres dans un hall d'aéroport.

Sous mes hésitations, un frisson d'excitation commence à se déployer devant la chaleur qui naît de sa foi en moi.

— Donc, j'envoie juste un message à mes parents pour leur dire que je quitte le pays ?

— Je suis vieux jeu. Personnellement, je suggère une lettre manuscrite.

Son sourire est un peu triste. Il effleure une mèche de mes cheveux.

— Mais plus vite tu seras partie, plus vite tu reviendras.

41

Caitlin Arden

Lorsque je rentre chez moi, il fait nuit. Peu importe, je m'assieds à la table de la cuisine et j'écris une lettre à mes parents pour leur expliquer que je vais voyager pendant un certain temps. Je reste concise et claire. Seront-ils soulagés en lisant ces mots ? Loin des yeux, loin du cœur, après tout.

J'envoie ensuite un courriel à mon école pour annoncer qu'en raison du retour de ma sœur, je vais m'absenter. Je ne pense pas qu'ils puissent contester cette décision, même s'ils seront furieux que je les prévienne seulement quelques jours avant le début du trimestre. Dans l'éventualité où ils choisiraient de ne pas me payer, et je ne leur en voudrais pas, je peux toujours gérer Wanderlust Illustrations depuis l'étranger. Il y a quelques années, lorsque j'ai proposé à Oscar de prendre du temps pour voyager, j'ai trouvé une entreprise prête à imprimer et à expédier toutes mes illustrations à mes clients, moyennant une petite commission. Savoir que Wanderlust peut me procurer un revenu en plus des économies que j'ai déjà me rassure. En ce qui concerne la maison, il serait peut-être préférable, et même plus juste, qu'Oscar et moi la louions jusqu'à ce que nous soyons prêts à la vendre, comme le fait Gemma. Je ne me sentirais pas à l'aise qu'il paie la moitié du crédit sans vivre ici. D'ailleurs, je lui en voudrais si nos positions étaient inversées. De cette façon, nous sommes tous les deux gagnants. Je rédige également un e-mail à son intention – c'est plus formel qu'un texto.

Sur ma lancée, je réserve un vol pour l'Italie, qui décolle demain soir, et je me promets de laisser la solitude à la porte d'embarquement. J'ai toujours voulu voir le Colisée, randonner sur la côte amalfitaine, faire un tour de gondole à Venise. Je vais manger mon poids en pâtes et en *gelati*, tout en mettant ces journées à profit pour planifier le reste de mon voyage.

Le plus raisonnable serait de ne pas prendre de décisions définitives et de n'agir qu'après avoir mis un peu de distance entre les événements d'aujourd'hui et moi, mais je distingue ma nouvelle vie à l'horizon et je veux la saisir avant qu'elle ne s'enfonce sous le rivage.

Le seul item de ma liste que je ne me résous pas à biffer est d'écrire à Florence. Je commence par tracer les mots « Je suis désolée » en haut de la page. Puis je les raye. Ils ne disent pas ce que je ressens. Aucun mot n'y parviendra jamais. En tout cas, je n'en trouve pas pour l'instant.

Incapable de dormir, je monte à l'étage où j'allume mon téléphone. Je l'avais laissé ici, à la maison, quand je suis allée retrouver Gideon. Il n'y a aucun appel en absence, pas même de mes parents. La déception et la honte me prennent aux tripes. Je viens sans doute de recevoir la confirmation que j'ai dépassé les bornes au point que ma famille a renoncé à essayer de me joindre. Ils sont sûrs que je suis irrécupérable.

Je commence à remplir mon sac de voyage, glissant soigneusement mon passeport dans la poche latérale. Je suis en train d'en tirer la fermeture Éclair quand mon téléphone vibre. Encore un numéro non enregistré. Je réponds, il doit s'agir de Gideon.

— Tu as été très divertissante aujourd'hui, petite sœur.

Je serre les dents en entendant le ton enjoué et moqueur d'Olivia.

— Qu'est-ce que tu veux ?

— Te voir.

— Pourquoi ?

— Parce que j'ai quelque chose dont tu as besoin.

— Et c'est ?

Silence, puis :

— Des réponses.

Les battements de mon cœur s'accélèrent.

— À quelles questions ?

— Toutes. Qui je suis, ce que je veux…

Suspicion et doute se disputent la primauté dans mon esprit.

— Pourquoi je devrais me fier à ce que tu me racontes ?

— Fais-moi confiance, ne me fais pas confiance, c'est à toi de décider. Mais si tu veux revoir ta sœur, il va falloir venir me retrouver.

Le téléphone me glisse presque des doigts.

— Elle est vivante ?

— Oui.

— Mais tu as dit…

— Je sais ce que j'ai dit.

L'adrénaline remplace le sang dans mes veines, litre après litre.

— Tu as menti ?

— Oui.

Je désire la croire, je désire m'accrocher à cette lueur d'espoir si fort qu'elle se cristallisera en diamant, sauf que les diamants, si on les serre trop fort, entaillent assez profondément la peau pour faire couler le sang.

— Où est-elle ?

— Mon jeu. Mes règles. Accepte de me rencontrer – seule – et je répondrai à toutes tes questions, comme je te l'ai dit. Croix de bois, croix de fer. On est d'accord ?

Je ne lui fais pas confiance. Toutes les fibres de mon être me crient de me méfier d'elle.

— Pourquoi maintenant ?

— Honnêtement ? Je n'ai presque plus rien à te prendre. J'ai tes amis, tes parents et, si je le voulais, je suis presque sûre que je pourrais aussi avoir ton fiancé. Rien ne m'empêche de continuer à te frapper pendant que tu es à terre, mais où serait le plaisir ?

Une colère hargneuse, féroce, noire comme le goudron, se déchaîne en moi.

— Depuis le début, c'était moi que tu visais...

— Oui.

— Pourquoi ?

— Si tu me poses encore une question, je reviens sur mon offre.

Je ferme la bouche.

— Ce serait stupide de ma part d'accepter de venir seule.

— Je veux juste te parler en tête à tête.

Voyant que je ne réponds pas, elle soupire comme si cette conversation était douloureusement ennuyeuse.

— Si j'avais voulu te faire du mal, Caitie, ce serait déjà fait depuis longtemps.

Ce n'est pas parce qu'elle ne m'a pas encore attaquée physiquement qu'elle ne le fera pas. Percevant mon hésitation, elle reprend :

— De mon point de vue, tu as deux possibilités. Soit tu acceptes de me rencontrer en échange de réponses et d'une chance de revoir ta sœur. Soit tu refuses et on continue ce petit jeu. Dans lequel je gagne et tu perds. Je te détruirai, Caitie, et tu ne reverras jamais Olivia. C'est à toi de voir.

Je n'ai pas sauvé Olivia cette nuit-là, mais si elle est encore en vie, peut-être pourrai-je le faire aujourd'hui. Je repense à la façon dont elle a été entraînée dans l'escalier, un couteau sous la gorge. Et au fait que, même en ces minutes particulièrement sombres, elle a porté un doigt à ses lèvres pour m'exhorter au silence. C'est peut-être la seule raison pour laquelle je suis encore en vie. Elle était courageuse et désintéressée, même à l'époque, même encore enfant. Alors, non, je n'ai pas le choix.

— D'accord. Retrouvons-nous.

Elle m'ordonne de me rendre dans la cabane abandonnée, au fond des bois derrière la maison de nos parents. Celle qu'elle n'aurait pas dû connaître si elle avait vraiment été ma sœur. Mais au moins, c'est un endroit que je connais et qui se trouve à proximité de chez moi. Je dois y arriver juste avant minuit, soit dans un peu moins d'une heure. J'accepte de laisser mon téléphone chez moi et je dois le lui prouver en téléchargeant une application de géolocalisation pour qu'elle puisse vérifier l'endroit où il se trouve. Je me suis montrée réticente, prétendant à deux reprises que l'application ne se téléchargeait pas, mais, comme elle n'est pas stupide, elle m'a prévenue qu'elle annulerait tout si je n'obéissais pas. J'ai quand même prévu d'enregistrer notre rencontre pour pouvoir rapporter tous ses propos à la police plus tard. Je fouille dans le bureau d'Oscar jusqu'à ce que je trouve son ancien téléphone professionnel. Je le laisse en charge pendant que je me change, optant pour une tenue entièrement noire parce que, dans un bois enténébré, je serai plus difficile à voir si j'ai besoin de me cacher.

Olivia est convaincue qu'elle m'a coupée de tous ceux qui se soucient de moi. Pour une raison que je ne comprends pas, ses plans reposent sur mon isolement, mais elle n'est pas au courant de ma proximité avec Gideon. Il est mon meilleur espoir de m'en sortir indemne. Je l'appelle et lui raconte tout.

— Caitie, tu ne peux pas aller seule dans les bois, insiste-t-il.

— Je ne serai pas seule, si tu acceptes de venir.

— Tu dois appeler la police.

— Pour leur dire quoi ? La femme que j'ai agressée tantôt veut me voir ? Rencontrer quelqu'un dans les bois n'est pas illégal. Elle est intouchable, Gideon. L'enfant chérie de la nation. Personne ne croit un mot de ce que je dis, mais tout ce qui sort de sa bouche est parole d'évangile. Elle a réussi à me faire passer pour complètement folle et maintenant, plus d'une centaine d'invités du mariage vont la soutenir. Si j'ai un enregistrement où elle admet ne pas être Olivia Arden ou nous avoir manipulés, moi et tous les autres, alors peut-être qu'on m'écoutera. Il faut que j'y aille, Gideon, je conclus avec un soupir. Avec ou sans toi.

Pourtant, la perspective d'y aller seule me donne des frissons de terreur. Il demeure silencieux, pendant que son esprit agile passe en revue toutes les options. Il arrive bientôt à la même conclusion que moi.

— OK.

Nous décidons qu'il se rendra dans les bois dix minutes avant moi pour jeter un coup d'œil aux environs. Je lui communique le numéro de l'ancien téléphone professionnel d'Oscar et il promet de m'appeler s'il pense que c'est trop dangereux.

Si Olivia et l'homme masqué travaillent ensemble, comme je le soupçonne, il est probable qu'il sera là, lui aussi. J'ouvre la bouche pour avertir Gideon, puis je la referme parce que je ne veux pas le dissuader de venir. C'est une décision égoïste et imprudente, mais j'ai besoin de réponses. Je ne pourrai pas vivre avec moi-même si je laisse encore passer une occasion de sauver ma sœur. N'empêche, je vais à la cuisine où je m'empare d'un petit couteau bien aiguisé dans un tiroir. Après m'être assurée que la gaine de sécurité est en place, je le glisse dans ma poche.

42

Elinor Ledbury

Flynn avait raconté à Elinor que, le week-end et quand il n'avait pas cours à l'université, il aidait sa cousine au magasin de musique. Heath ayant quitté son emploi, elle suppose que Flynn, le gentil, le généreux Flynn, ne manque pas de donner un coup de main à Sofia, ces jours-ci. Concluant qu'il y a de fortes chances pour qu'il y soit là maintenant, elle traverse la ville et gagne la boutique. Si elle se trompe, elle demandera à sa cousine de lui transmettre un message ou de lui prêter un téléphone pour qu'elle puisse l'appeler elle-même. Elle est nerveuse. Tellement nerveuse que son ventre se serre.

Elle se tient au bout de la rue. Elle vient de trouver le courage d'entrer lorsqu'elle voit Flynn sortir de la boutique. Il ferme la porte à clé et il est seul. Sentant son regard, il lève les yeux. La surprise se peint sur son visage. Elle a envie de courir vers lui, d'être entourée de ses bras, au lieu de quoi elle reste figée, craignant d'être rejetée. Elle inspire l'air froid dans ses poumons et marche vers lui sur des jambes flageolantes en s'efforçant de sourire. Mais son sourire est crispé. Il fronce les sourcils.

— Qu'est-ce que tu fabriques ici ?

— Tu m'as manqué.

Les traits de Flynn s'adoucissent et elle réduit l'écart entre eux, mais il recule, empochant ses clés. S'il aperçoit la marque rouge sur son visage, il n'en pipe mot. Elle n'est pas son problème.

— Rentre chez toi, Elinor.

Elle veut lui dire qu'elle n'a pas de chez-elle. Que Ledbury Hall est aussi pourri que le cadavre qu'elle a aidé son frère à enfouir dans la terre gelée. Que cet endroit ressemble à un ventre qui la digère lentement, dissolvant la chair de ses os, la dissolvant, elle, jusqu'à ce qu'elle ne soit plus rien. Elle veut ramper hors de ce ventre pendant qu'elle en a encore la force, mais seulement s'il peut l'y aider. Le regard qu'il porte sur elle, sévère et inflexible, lui coupe le souffle. Il se détourne et commence à s'éloigner. Elle le suit d'un pas chancelant, sachant qu'elle doit essayer puisque sans Heath, elle n'a plus que Flynn.

— Et l'Afrique du Sud, alors ? lance-t-elle. Je veux venir avec toi.

Il s'arrête. Elle fixe l'arrière de son crâne. Pourvu qu'il se retourne… Il exauce son vœu.

— Hors de question.

Ses mots se plantent en elle comme des couteaux. Elle ferme les yeux pour repousser la douleur et cherche un moyen d'y remédier.

— Heath a menti, lui dit-elle. Je n'ai pas quinze ans. Il a menti.

Une ombre traverse le visage de Flynn.

— Ça n'a pas d'importance.

— Vraiment ?

— Non, répond-il avec un soupir. Heath est venu me trouver après nous avoir surpris ensemble. Il m'a prévenu que si je m'approchais encore de toi, il me tuerait. Et je le crois sur parole.

Pendant un instant, elle visualise le corps de Flynn sur le sol du bureau, les yeux aveugles, le sang répandu sur son torse, éventré et poisseux, et un cri lui serre la gorge. Elle tend la main vers lui, afin de sentir son cœur battre sous ses doigts, de se rassurer, mais il la repousse.

— Ne cherche plus à me voir. Ne m'appelle pas. Ne pense même plus à moi.

Il est aussi froid que le givre dont elle distingue les scintillements sur les pavés à ses pieds.

— D'accord ? insiste-t-il.

Elle se sent à la dérive, désespérée : un océan de misère sans fond se déchaîne sous elle tandis qu'elle se trouve à bord d'un yacht minuscule et privé de voile.

— Flynn…

Le dos raide, il se détourne. Des larmes coulent sur les joues d'Elinor. Elle croise les bras pour ne pas s'effondrer. La douleur que lui causent la perte de son frère, puis celle de Flynn est physique. Il s'éloigne de plus en plus, devient de plus en plus petit. Elle ouvre la bouche pour le rappeler, mais tout ce qui s'en échappe est un cri étranglé. Alors, incrédule, elle le voit s'arrêter de marcher. Il se retourne et revient vers elle. Son soulagement est absolu. Elle court vers lui et se retrouve dans ses bras, à sangloter contre son torse. Il l'étreint, la serre fort. Elle s'accroche à lui, l'inhale. Ça y est, elle n'a plus froid. Pour la première fois depuis des semaines, elle a cessé d'avoir froid. Une fois qu'elle s'est calmée, il l'éloigne et examine son visage. Puis il écarte ses cheveux de ses joues humides de larmes.

— Écoute-moi, Elinor, murmure-t-il. Je le pensais vraiment quand j'ai dit que nous ne pouvions plus nous revoir.

Elle le regarde. Vraiment. Il est sérieux. L'espoir l'abandonne, comme une lumière qui s'éteint et la plonge dans les ténèbres.

— Mais… s'il y a un conseil que je peux te donner, c'est de quitter cette maison et de t'éloigner de Heath.

Il enfonce les doigts dans ses épaules.

— Tu penses qu'il ne te fera pas de mal, je sais, mais tu te trompes. Il est dangereux, Elinor. Tu n'es pas en sécurité avec lui.

43

Caitlin Arden

Les bois sont plongés dans le noir total. À plusieurs reprises, je veux attraper le téléphone pour en utiliser la torche, mais je me retiens : je ne peux pas risquer qu'Olivia le voie alors que je lui ai promis de ne pas apporter d'appareil. Je marche lentement, les mains tendues, m'éraflant les paumes contre l'écorce des troncs. Je respire l'air poisseux et humide et l'odeur de la terre sèche. J'ai perdu tout sens de l'orientation et je ne suis même pas sûre d'aller dans la bonne direction.

Quand nous étions petites, Olivia et moi jouions à colin-maillard. Je sens encore la douceur de la cravate de mon père couvrant mes yeux alors que je me déplaçais en titubant à la recherche de ma sœur. Mon excitation se teintait de peur à l'idée de me cogner contre une table, mais cela en valait la peine quand je la rattrapais. Aujourd'hui que je trébuche seule, la terreur, profonde, me lacère. Les enjeux sont plus redoutables qu'un simple orteil endolori ou un vase renversé.

L'obscurité semble s'animer de tous les côtés, pleine d'ombres qui s'agitent et de formes qui se profilent. J'ai l'impression que des yeux sont braqués sur moi. Alors que mon cœur se met à tambouriner contre ma cage thoracique, je me rassure en me répétant qu'il s'agit de Gideon. Il est là, quelque part, et il me protégera, comme il l'a fait aujourd'hui, quand j'ai failli me faire écraser par une voiture.

Après quelques minutes supplémentaires à me prendre les pieds dans des racines sorties de terre et à me cogner contre des arbres, je m'arrête. Je suis perdue, en proie à une terreur aussi irrationnelle qu'enfantine. Puis je vois un éclair dans l'obscurité. Un unique scintillement. Je me dirige vers lui, tel un bateau guidé vers le phare sur une mer agitée. La canopée s'interrompt au-dessus de moi et le clair de lune descend vers la terre, baignant la cabane d'une étrange lueur argentée. Olivia en sort, s'avançant dans la nuit. Je m'immobilise, hors de sa portée. Malgré la pénombre, je vois qu'elle porte toujours sa robe de demoiselle d'honneur, bien qu'elle ait troqué ses escarpins contre des chaussures plates. Et ce sont des gants de soirée qu'elle a enfilés par-dessus le marché ? Elle tient un téléphone que je ne reconnais pas, mais qui doit être celui qu'elle cachait. Je la regarde éteindre la torche, nous plongeant dans une obscurité encore plus profonde, et la poser sur le rebord de la fenêtre.

L'air entre nous est chargé de danger, une fine bobine électrique qui siffle et crache.

— Donc tu as des réponses ? je demande d'emblée.

— Mince alors, on ne parle pas de tout et de rien pour commencer ? dit-elle en simulant la déception. OK. Allons droit au but, alors. À ton avis, je suis au courant de l'existence du livre d'Oscar depuis combien de temps ?

Il me faut un moment pour assimiler sa question, tant la mention d'Oscar me prend au dépourvu.

— Pardon ?

— Il t'a dit qu'il s'était confié à moi récemment. C'était un mensonge. Je suis au courant de son livre depuis des années. On l'a pratiquement écrit ensemble.

Je pousse un grognement incrédule.

— Non.

— Si.

Je me tais, parce que mon déni fonctionne comme un reflux, un instinct que je ne contrôle pas. Si Oscar m'a menti pendant toute notre relation, il est plausible qu'il ait continué, même à la fin.

— Toutes ces longues soirées de travail, ces voyages d'affaires… Il était avec moi.

Le socle sur lequel reposait mon univers s'effondre et je tombe en chute libre.

— Il avait une liaison avec toi ?

— Non. C'était avec toi qu'il l'avait, la liaison.

La stupeur referme ses mâchoires sur moi.

— Je l'ai connu avant toi. C'est moi qui l'ai encouragé à se rapprocher de toi de toutes les manières dont il avait besoin pour écrire ce livre.

— Pourquoi ?

Elle éclate de rire.

— Tu n'as aucune idée de la somme que Harriers lui verse ?

Je n'ai pas songé à lui poser la question. J'étais écœurée qu'il me trahisse de la sorte, je me moquais de l'argent. Je m'en fiche toujours, parce qu'aucune somme ne sera jamais suffisante pour que je fasse à quelqu'un le mal qu'il m'a infligé.

— Je ne peux pas m'en attribuer tout le mérite, c'est lui qui a eu l'idée de me faire passer pour Olivia Arden. Parce que bon, je lui ressemble. Les yeux bleus, les cheveux blonds. Il a clairement un type de femme.

Je secoue la tête.

— Mais l'ADN…

— Quand Oscar a rencontré ta sœur dans le bus il y a seize ans, il lui a refilé le journal à l'abeille, mais elle, tu sais ce qu'elle lui a donné ?

Elle se tait, comme une institutrice attendant la réponse d'un élève particulièrement lent. Ce qui n'est pas mon cas.

— Une jolie mèche de cheveux dorés.

Je repense au coffret argenté que j'ai trouvé dans le tiroir d'Oscar. Ces cheveux n'étaient pas les siens. C'étaient ceux d'Olivia. J'ai de plus en plus de mal à respirer. Mon esprit patine comme des roues sur de la glace.

— Tu as déjà vu Oscar et ton harceleur masqué dans la même pièce ?

Je passe du chaud au froid et inversement.

— Non… J'étais au téléphone avec lui quand j'ai été attaquée. Je…

Mais Oscar aurait pu être dans son bureau, au téléphone avec moi, tout en prétendant être dehors. Cela explique l'absence d'effraction. Pas besoin de forcer une porte quand c'est là que vous vivez.

— Après la première commande, on lui a demandé une suite, chez Harriers.

Cela me rappelle quelque chose : Oscar a en effet évoqué une suite.

— Donc il a orchestré la chose. Une sœur qui revient, un harceleur masqué qui traque la fille restée derrière. Les lecteurs vont se déchaîner, non ?

Je suis incapable d'articuler le moindre son, tant ma gorge est nouée.

— Il allait te tuer. C'était son plan. Et après ta mort, il aurait écrit ton histoire, ainsi que celle de ta sœur. Comme ça, nous aurions vraiment pu être ensemble, à ce moment-là. Ta famille et les médias auraient accepté notre relation. Une sœur en deuil et un fiancé en deuil, liés par leur douleur commune.

Je tremble de la tête aux pieds.

— Pourquoi tu me racontes tout ça ?

— Parce qu'il fallait que tu saches.

Le message qui accompagnait le manuscrit, c'était elle, l'expéditrice. Elle s'est assurée que j'en reçoive un exemplaire.

— Que penses-tu de ton parfait fiancé maintenant ? demande-t-elle. Je t'ai dit que je pouvais te trouver un meilleur mari.

— Je le hais.

Le venin dans ma voix, pur et authentique, nous prend toutes les deux au dépourvu.

— Bien.

Elle s'approche un peu et sa voix se fait plus douce, le toucher d'une plume.

— Tu mérites d'être avec quelqu'un qui t'aimera vraiment, Caitie.

Je recule d'un pas incertain. Décontenancée par le passage soudain de la raillerie et de la cruauté à la prévenance et à la consolation.

— Le fait que tu aies gobé toutes les histoires que je t'ai racontées sur Oscar m'indique que tu savais qu'il n'était pas fait pour toi.

Des « histoires » ? Autrement dit des mensonges. Un autre jeu. Je suis complètement désarçonnée par ce qu'elle vient de me débiter.

— Tout ça, la liaison, le livre, le projet de me tuer… tu l'as inventé ?

— Oui. Bon… la plus grande partie… La mèche de cheveux appartient bien à ta sœur.

Je suis trop perplexe pour me mettre en colère. Le besoin de vérité est une ortie sous ma peau. Une démangeaison qu'elle seule peut soulager.

— Pourquoi me mentir à propos d'Oscar ?

— Si tu as été aussi prompte à croire le pire à son sujet, c'est que tu n'es pas faite pour lui.

Ce qu'elle dit n'a aucun sens.

— Tu avais promis de me donner des réponses, et à la place, tu joues avec moi.

— Et toi, tu avais promis de venir seule.

La terreur me transperce de part en part et, malgré la chaleur étouffante de l'été, ce sont des coulées de glace qui ruissellent le long de ma colonne vertébrale.

— Gideon.

Elle incline un peu la tête… Par-dessus son épaule droite, je remarque un monticule sous un arbre. Dans la pénombre, on le prendrait facilement pour un tas de vêtements, mais ce n'en est pas un, hein ? C'est lui. C'est Gideon.

— Tu n'aurais pas dû enfreindre les règles, Caitie, me réprimande-t-elle.

Et alors qu'elle s'avance dans la lumière, je prends conscience que ce n'est pas de la soie qui recouvre ses bras, mais du sang rouge foncé, étalé de ses mains jusqu'à ses coudes, en une paire de gants de soirée macabres. Je suis trop abasourdie pour bouger quand elle effleure ma bouche de ses doigts et que je sens la traînée humide du sang sur mes lèvres.

— Ne t'inquiète pas, murmure-t-elle. Je n'ai pas plus respecté les règles que toi. Je ne suis pas venue seule, moi non plus.

— Bonjour, Caitie.

Je bondis au son d'un timbre grave et velouté, que je ne connais pas et qui retentit dans mon dos. Je me retrouve nez à nez avec l'homme masqué. Un cri monte en moi, un insecte noir s'agite dans ma gorge, mais avant que la bestiole ne puisse jaillir de ma bouche, l'homme s'élance. Une main me serre l'arrière de la tête tandis que l'autre enfonce un chiffon à l'odeur chimique dans ma bouche. Ma panique, assourdie, est faible. Je me débats, le griffant et le frappant. Je cherche à attraper le masque, mais mes bras et mes jambes ont la lourdeur du plomb. Maladroitement, je parviens pourtant à le repousser sur le côté… Des tournesols noirs fleurissent sur le visage qui flotte dans mon champ de vision. Puis je suis happée par l'obscurité.

44

Elinor Ledbury

Flynn appelle un taxi pour Elinor et paie aussi la course. Il ne la regarde pas quand elle monte dans la voiture. Elle se retourne pour l'observer par la lunette arrière et le voit qui marche dans la rue, les mains dans les poches. Elle veut qu'il lui rende son regard, qu'il lui prouve qu'il s'intéresse encore à elle. Il ne lève pas les yeux.

Même si elle a l'impression que tous ses os se brisent, elle ne pleure pas sur le chemin du retour à Ledbury Hall. Elle se concentre sur son objectif : quitter le manoir. Quitter son frère. Laisser derrière elle le fantôme de leur oncle. Tout ça. Elle décide de préparer un sac et de s'enfuir. Elle prendra un nouveau départ. Flynn a raison, il y a assez d'objets de valeur à Ledbury Hall pour qu'elle puisse vivre sur l'argent de leur vente. Il y a aussi le salaire de Heath, les économies qu'il a faites en travaillant au magasin de musique et qu'il garde dans sa chambre. Elle va s'en sortir. Elle s'en tirera saine et sauve.

Au moment où elle rentre, elle s'attend à trouver Heath ivre mort, mais il est réveillé et guette son retour.

— Tu étais où ? demande-t-il alors qu'elle retire ses bottes dans l'entrée.

Il tend la main. Elle se raidit et s'éloigne. Piqué, il s'éclaircit la voix.

— Je suis désolé, Ellie, vraiment désolé.

Il a l'air désespéré. Il n'a jamais semblé désespéré auparavant.

— Je t'aime.

Alors les larmes coulent. Elle pleure, parce qu'elle part et qu'il ne le sait pas. De la pointe du pouce, il essuie les larmes sur les joues de sa sœur. D'aussi loin qu'elle se souvienne, son frère a toujours été là pour recueillir ses sanglots. Il est plein de douceur maintenant. Il lui caresse les cheveux. Il a toujours aimé ses cheveux. Ces mêmes doigts lui ont appris à nouer ses lacets, l'ont déshabillée… ont appuyé de sang-froid sur une gâchette. Il est un tueur. Un meurtrier. Elle ne veut pas être sa prochaine victime. Ou sa complice. Elle aspire à une vie qu'il ne peut pas lui donner, faite de baisers sans complications, de mariage, d'enfants. Une vie ennuyeuse et ordinaire.

Elle aime Heath, elle l'aimera toujours, mais elle doit partir.

— Je t'aime aussi, lui dit-elle.

C'est un aveu honnête. La plus brillante, la plus précieuse des perles de vérité.

Il l'attire à lui et l'embrasse sur le sommet du crâne.

— On a la même âme, toi et moi.

Il n'a pas tort. Elle est certaine de pouvoir retrouver son frère dans l'obscurité la plus totale. Le reconnaître au seul rythme de son cœur. Ce battement lui est plus familier que le sien propre. Elle a passé des heures allongée sur sa poitrine, à l'écouter. Elle n'est pas sûre de pouvoir survivre sans lui, mais elle doit essayer.

— Je l'ai tué pour toi, murmure-t-il d'une voix douce comme une plume. Pour nous.

Ses yeux, qui ont toujours exsudé la confiance, le défi et la vivacité d'esprit, sont maintenant sombres, hantés et suppliants. Heath et elle ne sont pas bien différents, comprend-elle. Plus que tout, ils veulent être aimés.

— Je suis pardonné ? demande-t-il.

Elle ne répond pas. Au lieu de cela, elle passe les mains sous son t-shirt et l'embrasse.

Plus tard, Elinor ouvre une bouteille de champagne. Pour chaque verre qu'elle se verse, elle lui en sert deux. Puis ils boivent des shots : de vodka pour lui, d'eau pour elle. Après quoi, elle l'entraîne au lit. Ils s'effondrent dans la première chambre qui s'offre à eux.

Ensuite, ils restent allongés, enlacés. Elle lui caresse les cheveux et lui dit qu'ils seront heureux ensemble à Ledbury Hall. Elle lui dit qu'il est aimé. Qu'ils ont une vie extraordinaire devant eux. Elle lui murmure des choses apaisantes jusqu'à ce qu'il s'endorme. Sa vision se brouille. Elle chasse les larmes d'un battement de paupières. Elle reste encore un peu avec lui et lorsqu'elle est sûre qu'il ne se réveillera pas, elle se glisse hors des couvertures et s'habille rapidement dans l'obscurité.

Elle prend l'argent de Heath. Honteuse, elle se promet de le lui rembourser dès qu'elle aura décroché un travail. Elle prépare un sac avec des vêtements et des objets faciles à vendre : les pièces d'échecs en ivoire, de vieilles monnaies de collection, la montre de son père. Elle a l'impression d'être une cambrioleuse dans sa propre maison. Elle songe à prendre le buste en marbre d'Aphrodite, non parce qu'il a de la valeur, mais parce qu'en dehors des romans d'amour de sa mère, c'est l'objet qu'elle préfère dans la bibliothèque. Comme il est trop lourd, elle y renonce.

Elle opère dans un silence tendu, les muscles contractés à chaque craquement, à chaque gémissement des vieux tuyaux, terrifiée à l'idée que Heath puisse la surprendre. Sac en bandoulière, elle tergiverse, brûlant de remonter jusqu'à la chambre où il dort. Elle veut entrer et le regarder une dernière fois. Mémoriser son visage. Sa mâchoire carrée, ses hautes pommettes, ses longs cils noirs. Quel homme serait-il devenu si leurs parents ne s'étaient pas noyés ? Quand l'oncle Robert battait Heath, il ne meurtrissait pas seulement sa chair, mais aussi son âme. Et à cet instant, elle se félicite de sa mort.

Sachant qu'elle ne peut pas retourner voir Heath sans le réveiller, elle juge préférable de partir sur-le-champ.

Elle sort de la bibliothèque et se faufile dans le couloir.

Elle se fige.

Une silhouette, plongée dans l'ombre, bloque la porte d'entrée.

— Tu t'enfuis, petite sœur ?

La peur lui serre la gorge.

— Heath…

— Hors de question que tu partes.

Sa voix est grave et dangereuse.

Elle sent son pouls battre dans son cou.

— S'il te plaît, laisse-moi partir.

— Après tout ce que j'ai fait pour toi ?

Sa voix se brise sous le poids de sa trahison.

— J'aurais pu aller à l'université. J'aurais pu t'abandonner, mais je ne l'ai pas fait. Je suis resté. Pour toi.

— Je ne t'ai rien demandé.

— TU N'AS PAS EU À LE FAIRE !

La tension est à son comble.

— Heath, je t'en prie. Si tu m'as aimée un jour…

— Si je t'ai aimée ? J'ai consacré ma vie entière à prendre soin de toi. Tu m'as laissé recevoir raclée sur raclée pour tes putains de maladresses, siffle-t-il. Et tu allais me quitter sans même me dire au revoir.

— J'aurais dû m'enfuir avec Flynn. J'aurais dû partir la nuit où tu as assassiné l'oncle Robert. J'aurais aimé le faire.

Il s'avance, entre dans une zone éclairée par la lune. Son visage baigne dans la lueur argentée qui tombe des hautes fenêtres cintrées de part et d'autre de la porte d'entrée. Il a l'air très jeune. Incroyablement bouleversé. Elle lui fait du mal, lui cause plus de douleur que la mort de leurs parents, plus de douleur que n'importe quelle gifle, n'importe quel coup de pied ou de poing que leur oncle a pu lui infliger. Son frère, si sûr de lui, si intelligent et rusé, n'est plus qu'un petit garçon frissonnant, effrayé et solitaire, mais elle ne peut pas rester. Elle doit lui faire du mal pour qu'il la laisse partir.

— Je ne veux plus jamais te revoir. Je suis sincère, Heath, ne me suis pas.

— Mais…

— Être aimée de toi, c'est comme être lentement écrasée au point d'en mourir, lâche-t-elle.

Ses mots sont durs et perforants comme des balles.

Il ne hurlerait pas plus fort si on lui avait tiré dessus. Elle recule d'un bond et sait qu'elle a commis une erreur fatale. Elle en a trop dit. Elle est allée trop loin. Lui a causé trop de douleur. Il renverse le guéridon qui s'écrase au sol. Le bois éclate et se brise. Le vase en verre explose. Il n'y a plus rien à dire ensuite. Elle se retourne et sprinte dans le couloir, à travers la salle à manger, en se cognant la hanche contre une table. Il la poursuit. Elle sait que s'il la rattrape, elle est morte. Elle laisse tomber le sac et ouvre la porte de derrière d'un coup sec. Puis elle est dehors, dans l'air froid de la nuit, aussi vif que bienvenu. Il l'aide à se concentrer. Elle court, court, court, à travers les pelouses. L'herbe crisse sous ses pieds. Elle dérape à cause de la rosée. Des mains la saisissent par-derrière et l'attirent contre un torse. Elle lui attrape l'avant-bras avec ses dents et mord jusqu'à sentir le goût du sang. Il hurle et la relâche. Elle se remet à courir. Il hurle son nom. Encore et encore, telle une sirène d'alarme.

Devant elle, l'étang, les amants de pierre en son centre. Si elle parvient à le contourner, elle rejoindra les bois. Elle pourra le semer là-bas. Se cacher. Elle les connaît mieux que lui.

Mais Heath est rapide. Le temps qu'elle atteigne le plan d'eau, il a réduit la distance qui les sépare. Il la percute de plein fouet, la projette sur le côté. Alors elle tombe dans l'étang. Dans l'obscurité. L'eau, glaciale, arrache l'air de ses poumons. Saisissant son manteau dans ses poings, Heath la repêche. Elle hoquette, s'étouffe en avalant du liquide trouble et froid.

— Heath, bredouille-t-elle. Heath.

Il enroule les mains autour de sa gorge et elle est à nouveau forcée de descendre sous la surface. Elle s'agrippe à toutes les parties de lui qu'elle peut atteindre. Elle est aveugle et incapable de respirer. L'eau emplit ses oreilles, ses yeux et sa bouche ouverte sur un hurlement. Elle s'infiltre dans sa gorge. Elinor ne peut plus crier. Ni supplier. Les mains autour de son cou serrent plus fort et encore plus fort. Elle est en train de mourir. Il est en train de la tuer. De la noyer. Elle entend une voix de femme :

« On peut aimer quelqu'un au point de s'y accrocher trop fort et de l'écraser jusqu'à le tuer. »

Et puis… et puis…

Heath sent quelque chose se briser. Sa sœur devient amorphe. Pourtant, il n'arrive pas à détacher les doigts de son cou. Ses mains sont devenues des bêtes indépendantes. Il la maintient sous l'eau tant qu'il n'est pas engourdi par le froid. Enfin, il sort le corps inanimé de l'étang et l'allonge sur le sol. Il caresse les cheveux mouillés de sa sœur pour les repousser de son visage. Son beau visage parfait. Il reste avec elle jusqu'à ce que le soleil se lève.

45

Caitlin Arden

Je me réveille menottée à un grand cadre de lit en laiton. Le métal cliquette contre le métal. Je tourne la tête pour voir mes menottes, mais dès que je remue, ne serait-ce qu'un peu, la nausée m'envahit. Tout se tord et se brouille. Je déglutis et déglutis encore. Je tire sur les bracelets, mais l'acier mord dans la chair de mes poignets. La chaîne qui les relie est longue d'un mètre environ, ce qui me permet de me hisser sur les coudes.

J'ai la gorge enflée. Ma langue est trop épaisse dans ma bouche. Je peux encore sentir l'âcre saveur chimique du tissu qu'ils ont utilisé pour me droguer. Je prends alors douloureusement conscience de mon propre corps. Je baisse les yeux. Mon t-shirt noir et mon jean ont disparu. Je porte un pyjama – doux et neuf, à l'évidence. Je comprends peu à peu que j'ai été déshabillée pendant que j'étais inconsciente. Je demeure allongée, immobile, à noter mes sensations, à vérifier que je ne perçois pas de chair déchirée ou de douleur. À part la nausée et le mauvais goût dans ma bouche, je me sens bien. Pourtant, je suis habitée par la pensée de l'homme masqué, de ses mains sur moi, et mon ventre s'agite.

Je me force à rester calme et tente de comprendre où je suis. La pièce ne m'est pas familière. Elle sent la peinture fraîche. Les murs sont vert foncé. À ma gauche, il y a une porte entrouverte, par laquelle je parviens juste à distinguer un sol carrelé et la base en porcelaine d'un lavabo.

Au moins, ma prison a une salle de bains. Non pas que je puisse m'en approcher tant que je suis menottée au lit. Il y a trois hautes fenêtres en enfilade mais, sous cet angle, je ne perçois que le ciel d'un bleu éclatant. La lumière de l'après-midi me pique les yeux. En face du lit se trouvent une coiffeuse et une armoire sculptées, toutes deux en chêne vieilli avec des ferrures dorées. Le centre du plancher voit se déployer un grand tapis aux teintes automnales. À ma droite, une gigantesque armoire. Cette chambre m'évoque celles que l'on trouve dans les hôtels de charme.

Dans le coin le plus éloigné, j'avise une autre porte. Mon cœur s'emballe. J'imagine un couloir au-delà. Un escalier. Une porte vers l'extérieur. Vers quelqu'un qui m'entendra crier. Je tire sur les liens, mais le métal fait souffrir mes os. Tout mon corps tremble. Je me rallonge alors qu'une nouvelle vague de vertige déferle sur moi. Très lentement, je cherche une arme dans la pièce. Si je parviens à me libérer, j'en aurai besoin. Je pense avec regret au couteau que j'avais glissé dans la poche de mon jean. Il n'y a rien dans cette pièce que je puisse utiliser comme moyen de défense. Pas de miroirs que je pourrais briser. Pas de cadres en verre. Pas même une lampe que je fracasserais sur une tête. Je ne crois pas une seconde que ce manque d'options soit le fruit du hasard.

On me retient prisonnière dans une maison, ce qui signifie qu'il doit y en avoir d'autres à proximité. Si je crie assez fort, je serai peut-être entendue par un voisin assez inquiet pour appeler la police. Mon ravisseur peut fort bien se trouver dans les parages, cependant je ne vais pas laisser la peur de ce qu'il est susceptible de me faire m'empêcher de tenter ma chance. Je prends donc une profonde inspiration et la laisse s'échapper dans un cri strident. Je hurle. Je tends mes liens contre la tête de lit en laiton. Je crie encore, mais je présume de mes forces. La nausée me submerge et je vomis sur le côté du lit.

J'entends la porte s'ouvrir. Je lève la tête si brusquement que la pièce tourne, et je pourrais facilement vomir à nouveau. Je m'essuie la bouche du revers de la main et je regarde la femme qui traverse la pièce en portant un plateau en bois. On pourrait la confondre avec la femme qui s'est fait passer pour ma sœur cet été : grande, blonde et belle. Sans un mot, elle pose le plateau sur la table de chevet, jette un coup d'œil à la flaque de vomi et disparaît dans la salle de bains. Je la suis du regard, trop abasourdie pour parler. Elle revient quelques secondes plus tard munie de lingettes désinfectantes. J'inspire profondément, dans l'espoir de contrôler mes vertiges. Elle s'agenouille et commence à nettoyer mes saletés.

— Tu vas bientôt te sentir mieux, m'assure-t-elle doucement. Les médicaments ne m'ont rendue malade qu'une seule journée.

Je regarde ses cheveux blond pâle, qui lui descendent à la taille, et ses yeux de porcelaine bleue. Elle ressemble énormément à Olivia. Et à la femme qui prétendait être Olivia. Les cils de cette femme sont longs et touchent presque ses sourcils. Elle est mince, avec des épaules osseuses, des clavicules saillantes et une mâchoire pointue. Sa peau est si blanche que je me demande quand elle a vu le soleil pour la dernière fois. Elle dépose les lingettes souillées dans un sac en tissu qu'elle sort de l'armoire, puis le jette vers la porte. Lorsqu'elle se retourne vers moi, elle me considère avec des yeux pleins de pitié.

Je soutiens son regard et me prends à espérer.

— Olivia ?

Elle pince les lèvres et secoue la tête avec regret.

— Bryony.

— Bryony, je répète pour faire rouler son nom sur ma langue. Je suis où ?

Elle passe les mains sur sa robe blanche au délicat imprimé floral.

— Dans ta nouvelle maison.

Elle a l'air mal à l'aise. On dirait qu'elle doit s'obliger à expulser le mot « maison » de sa bouche comme une dent cassée. Elle jette un coup d'œil vers la porte et j'ai l'impression que quelqu'un attend de l'autre côté, l'oreille tendue.

Je passe la langue sur mes lèvres desséchées.

— Est-ce qu'on est dans une secte ?

Elle ébauche presque un sourire.

— Non.

Je la regarde.

— Mais tu n'es pas ici de ton plein gré ?

Elle jette un coup d'œil furtif vers la porte et ma peau se hérisse d'effroi. Elle secoue rapidement la tête.

— Je suis ici depuis dix-sept ans.

J'en reste bouche bée. Dix-sept ans.

— Tu as quel âge ?

— Trente et un.

Elle en paraît moins. Je ne lui aurais pas donné plus d'une vingtaine d'années. Bryony avait quatorze ans quand elle a été amenée ici, à peine un an de plus qu'Olivia lorsqu'elle a été enlevée. Je m'enfonce dans les oreillers et fixe le plafond, le cœur battant à tout rompre. Si elle a été piégée ici pendant dix-sept ans et qu'elle n'a jamais réussi à s'échapper, quelles sont mes chances à moi ?

— Depuis combien de temps je suis ici ? je murmure.

— Deux jours.

Est-ce assez long pour que quelqu'un se rende compte de ma disparition ? Mais bon, qui se lancerait à ma recherche ? J'ai coupé tous les ponts. Il pourrait se passer des jours avant que quelqu'un essaie de me contacter. Je pense au mot que j'ai laissé chez moi. Si mes parents me croient partie en voyage pour un mois, prendront-ils la peine de seulement me chercher ? Je sens la panique commencer à me brûler. Je me redresse en sursaut, luttant pour respirer.

Bryony me tend le verre d'eau qui se trouve sur le plateau, mais je tremble tellement que je nous éclabousse. Je bois cependant une gorgée qui déclenche des remous dans mon ventre. Je le lui rends. Quand elle veut me passer l'assiette de biscuits secs, je la repousse.

— S'il te plaît, je halète. Aide-moi à sortir d'ici.

Elle jette un nouveau regard nerveux à la porte, puis pose cette fois sur moi de grands yeux compatissants. Alors que j'ouvre la bouche pour la supplier, elle lâche :

— Ta sœur veut te voir.

Je cligne des paupières.

— Olivia ?

Elle acquiesce.

— Elle est vivante ?

— Oui.

Le soulagement m'envahit, mais se dissipe rapidement avec le doute qui s'installe.

— Comment je peux savoir que tu dis la vérité ?

— À mon avis, tu n'as aucun moyen d'en être sûre, répond-elle honnêtement. Mais je connais ta sœur. Je la connais depuis seize ans.

Quelque chose qui ressemble à de la colère passe sur son visage, mais disparaît avant que je puisse m'en assurer.

— Si tu veux la voir, il va falloir accepter d'obéir.

Mon cœur bat de plus en plus vite.

— Obéir à quoi ?

— Aux règles de cette maison.

J'entre dans cette conversation sur la pointe des pieds, comme s'il s'agissait d'une prairie infestée de serpents.

— À savoir ?

— N'essaie pas de t'enfuir. Suis toujours ses instructions. Si tu te montres docile, il te permettra de voir ta sœur. Sinon, tu refuses et tu restes enfermée dans cette pièce.

Elle ne me laisse qu'un instant pour assimiler tout ça. Et, avant que je puisse demander qui est ce « il », c'est elle qui revient à la charge :

— Qu'est-ce que tu veux faire ?

Je ne sais pas si elle dit vrai, mais je ne pourrai pas m'échapper sans mettre au moins un pied hors de cette pièce.

— Je veux la voir. Je vais…

Je m'interromps, car le mot « obéir » me reste coincé en travers de la gorge.

Comprenant visiblement ce qui m'arrive, elle suggère :

— Obéir ?

J'acquiesce.

— D'accord. Je reviendrai te chercher dans quelques heures.

— Pour quoi faire ?

— Prendre un verre dans la bibliothèque.

— Un verre avec qui ?

Elle me lance un regard lourd de sens.

— Mon ravisseur ? je demande, outrée.

Son silence me confirme que j'ai vu juste.

— Olivia sera là, elle aussi.

Elle sort une petite clé de la poche de sa robe, se penche vers moi et, à ma grande surprise, déverrouille mes menottes. Je frotte les marques rouges sur ma peau. L'envie de courir vers la porte est presque impossible à refouler, mais je suis encore étourdie et faible, toute tentative d'évasion serait immédiatement contrecarrée. Je dois au moins me familiariser avec l'agencement de la maison. Je m'enjoins donc à la patience.

— Mange les biscuits et bois de l'eau, dit-elle. Cela t'aidera à calmer ton ventre. Prends une douche. Tu trouveras tout ce dont tu as besoin dans la coiffeuse.

Elle désigne l'armoire d'un petit mouvement de tête.

— Et porte quelque chose de joli.

Elle se retourne pour gagner la porte. Je ne veux pas qu'elle s'en aille. Je ne veux pas être seule dans cette prison. J'ai mille questions qui demeurent sans réponse.

— Qui est cet homme ? je lui lance.

Elle s'immobilise, la main sur la poignée.

— Comment s'appelle-t-il ?

Elle jette un coup d'œil par-dessus son épaule. Cette fois, ce n'est pas seulement de la pitié qui se lit sur son visage, mais aussi de la peur.

— Heath, répond-elle. Heath Ledbury.

46

Caitlin Arden

Bryony avait raison, les biscuits et l'eau calment ma nausée, en revanche ils ne font rien pour atténuer la terreur, la confusion, la rage. Lorsque j'examine les fenêtres de plus près, tout espoir que j'avais de les briser et de sauter par l'ouverture s'évanouit. Le verre est épais et, par endroits, irrégulier. Je pense qu'il est blindé et même s'il ne l'était pas, cela n'aurait aucune importance, car il y a des barres de fer de l'autre côté. J'essaie la porte, mue par l'espoir que Bryony ne l'ait pas refermée à clé, mais, comme on pouvait s'y attendre, elle l'a bien verrouillée. Privée de tout moyen de sortir, je me mets frénétiquement en quête d'une arme. La coiffeuse abrite un minuscule miroir de sac à main. Il est si petit que même en le brisant, aucun de ses éclats ne pourrait causer le moindre dommage. Je me précipite dans la salle de bains, en espérant y trouver un miroir plus grand. Naturellement, il n'y en a pas. Pas de rasoir non plus. Rien que je puisse utiliser comme une arme. Juste une autre vaste pièce. S'il s'était agi d'un hôtel et non d'une prison, je me serais prélassée dans la baignoire autoportante à roulettes. Au lieu de quoi, paranoïaque à l'idée que Heath puisse faire irruption pendant que je suis nue, je saute dans la douche, toujours vêtue de mon pyjama, et je me lave rapidement.

Lorsque j'ai terminé, je m'enveloppe d'une serviette blanche en éponge et j'ouvre l'armoire. À l'intérieur, il y a des robes – uniquement des robes –, toutes à ma taille, en provenance de mes boutiques préférées et dans mes couleurs favorites. Comme si cette pièce m'attendait. Si j'en juge par la quantité de vêtements, on a l'intention de me garder ici longtemps. Je parcours la penderie, à la recherche d'une tenue qui ne soit pas trop contraignante, qui ne m'empêche pas de me battre ou de courir si l'occasion se présente. J'opte pour une robe mi-longue en coton bleu marine et me change rapidement dans la salle de bains, un œil rivé sur la porte fermée. Je cherche des chaussures mais n'en trouve pas. À croire qu'on ne compte pas me permettre de si tôt de franchir ces murs.

Je me sèche les cheveux face à la porte, au cas où quelqu'un entrerait. C'est surréaliste de s'habiller pour boire un verre avec son ravisseur et la sœur qu'on n'a pas vue depuis seize ans. Je me demande où est la fausse Olivia et quel est son rôle dans tout cela. Pourquoi m'a-t-on amenée ici ? Et qu'a-t-on l'intention de faire de moi ? Ma sœur s'est-elle réveillée dans une chambre comme celle-ci ? J'essaie de me l'imaginer, âgée de treize ans à peine, terrifiée et seule, étourdie par les drogues, avec pour ordre de se déguiser pour complaire à son kidnappeur masqué, et la nausée me reprend.

Je m'approche de la fenêtre. Le soleil descend lentement, projetant un violet d'encre et un indigo profond dans le ciel. Les terres de cette propriété sont vastes et verdoyantes : en grande partie sauvages, elles ont été envahies par la végétation. La seule parcelle soigneusement entretenue est celle qui entoure le petit lac. Des saules pleureurs frôlent l'eau, et il y a une île en son centre qui abrite la statue de pierre, usée par le temps, d'un couple qui s'embrasse, juste assez moussue pour que cela rende bien. Pas d'autres habitations, en revanche. Pas une seule. L'espoir se fane dans ma poitrine et je me laisse glisser sur le sol, enfonçant mes genoux dans le plancher. Je ne savais pas qu'il était possible de se sentir claustrophobe dans un espace aussi étendu, pourtant les murs de cette cage extravagante semblent se refermer sur moi. Soit que mon cœur se dilate dans ma poitrine, soit que mes côtes se resserrent. Je bascule en avant, sur les mains, la respiration de plus en plus laborieuse.

Je n'entends même pas la porte s'ouvrir, mais Bryony s'agenouille à côté de moi, pour brosser les mèches de cheveux moites tombées sur mon visage. Elle émet quelques sons apaisants et me demande de caler ma respiration sur la sienne. Inspirer et expirer. Inspirer et expirer. Nous restons ainsi jusqu'à ce que mon pouls ralentisse.

— C'est à cause de la drogue, dit-elle.

— Non, je réplique. De la peur.

Elle ne répond rien.

— Ils nous attendent, finit-elle par lâcher.

C'est seulement maintenant, pendant que je la laisse m'aider à me relever, que je remarque l'alliance et la bague de fiançailles surmontée d'un saphir qu'elle porte à la main gauche.

— Tu es mariée ? je lui demande. Avec Heath ?

Elle fronce les sourcils puis regarde sa main comme si celle-ci ne lui appartenait pas.

— Oui.

Je blêmis. La fausse Olivia n'a-t-elle pas laissé entendre qu'elle était mariée, elle aussi ? N'a-t-elle pas affirmé qu'elle pourrait me trouver le mari idéal ? Mon ventre se retourne et se retourne encore. La panique enfle de nouveau, menaçant de se refermer sur ma tête. Bryony tend la main vers moi : une cicatrice rose serpente, brillante, du poignet jusqu'au coude de son bras gauche. S'est-elle infligé ça toute seule, ou est-ce l'œuvre de Heath ? Les larmes commencent à brouiller ma vue.

— Qu'est-ce qui va m'arriver ?

Elle pince les lèvres, me répondant par un silence empli de pitié.

— Là, tout de suite, murmure-t-elle, je vais te mettre ce truc aux poignets.

Elle passe devant moi pour atteindre le rebord de la fenêtre où j'aperçois une paire de menottes. Elle a dû les poser là quand elle est entrée et m'a trouvée en pleine crise de panique. La chaîne de cette paire-là ne mesure que quelques centimètres. Je secoue la tête et recule.

Elle soupire.

— Caitlin…

— Non.

Elle jette un coup d'œil à la porte.

— Tu ne pourras pas voir Olivia si tu ne me laisses pas faire.

Mon esprit s'emballe.

— Fais semblant de me les mettre et ensuite…

Elle secoue la tête.

— Il n'est pas stupide. Et même si tu n'es pas attachée, ils sont deux.

— Deux… je commence, mais ma respiration est à nouveau trop rapide. Nous aussi, nous sommes deux, plus ma sœur.

Elle fronce les sourcils.

— S'il te plaît, j'insiste. Écoute…

— Il va me tuer, me coupe-t-elle d'un ton sans réplique.

Je sens la peur au fond de ma gorge, mais je la ravale et j'avance, sachant que je dois la convaincre de m'aider.

— Bryony, s'il te plaît…

— Mets-les ou pas, c'est toi qui vois, rétorque-t-elle avec sécheresse.

Surprise par un changement de comportement aussi soudain, je m'éloigne d'un pas. Patience et sollicitude ont disparu, remplacées par quelque chose de plus dur, de plus métallique.

— Écoute, si je ne t'emmène pas en bas dans les prochaines minutes, il va venir ici et nous aurons toutes les deux des problèmes.

La peur monte comme un flot de bile. Je déglutis, évaluant mes options. Je ne veux pas être entravée, mais un refus de ma part signifiera une réclusion dans cette pièce sans aucun espoir d'en sortir. Aucun espoir de voir ma sœur. Ma décision prise, je tends mes poignets.

Pendant qu'elle me conduit hors de la chambre, je jette un coup d'œil en arrière et je vois le pêne dormant de l'autre côté de ma porte. Nous tournons à gauche et empruntons un long couloir lambrissé. La lumière vient de chaque extrémité, percée par d'énormes fenêtres cintrées identiques qui donnent sur deux séries d'escaliers. Mon regard se promène de gauche à droite. Il y a au moins sept chambres à coucher. Trois d'entre elles, dont la mienne, ont des serrures à pêne dormant à l'extérieur. L'une d'elles a un cadenas. Je prends peu à peu conscience de ne pas être détenue dans une simple maison, mais dans un manoir.

Nous descendons l'escalier jusqu'à un vaste hall. Devant moi se trouve une solide porte en bois, haute et large, du genre de celles que l'on voit dans un château ou dans une grange. L'idée de m'y précipiter me fait bondir. Je m'imagine en train de me débattre avec la serrure, d'ouvrir le battant d'un coup sec et de m'élancer hors de la bâtisse. Je crierais, crierais et crierais encore, car même si aucune maison n'est visible depuis ma chambre, cela ne veut pas dire qu'il n'y en a pas de l'autre côté de la route. Je me dirige vers la porte. Bryony m'attrape le haut du bras, détournant mon attention de cette issue.

— S'il te plaît, ne fais pas ça, murmure-t-elle, terrorisée. Si tu t'enfuis, c'est à moi qu'il fera porter le chapeau.

Mon instinct me pousse à fuir, mais la logique me souffle que mes chances d'arriver à l'extérieur sont minces, voire nulles. Il est plus que probable que la porte soit verrouillée, donc me précipiter dessus ne servirait à rien. Je prends un moment pour calmer l'envie d'essayer avant d'adresser un signe de tête à Bryony. Elle me gratifie d'un infime sourire de gratitude et me fait franchir une porte sur notre gauche. Le salon est meublé de trois canapés décorés de motifs dans des tons chauds, de coûteux fauteuils en bois sombre et d'une cheminée si grande que je pourrais m'y tenir debout.

D'un coup de coude, Bryony me guide vers une autre porte. Trois des quatre murs disparaissent sous des étagères flanquées d'une échelle roulante. Je n'ai jamais vu autant de livres en dehors d'une bibliothèque publique. Des ornements et des bibelots sont disséminés parmi les livres reliés : un globe, un buste en marbre, des chandeliers en laiton. Il y a une autre fenêtre en arc à petits carreaux, d'autres meubles en acajou et une cheminée de pierre. Au centre, deux fauteuils bleu marine et un canapé trois places sont disposés autour d'une table basse. Un chariot de bar bien garni a été poussé dans un coin. Derrière, une autre porte.

Bryony m'ordonne de prendre place dans l'un des fauteuils. Je m'exécute à contrecœur. Elle s'agenouille.

— Qu'est-ce que tu fais ? je m'empresse de demander.

— Attache autobloquante, répond-elle en en sortant une de la poche de sa robe.

Je me lève d'un bond. Bryony a l'air paniquée. Elle se lève, elle aussi.

— Assieds-toi, murmure-t-elle sèchement. Tu as donné ton accord.

— J'ai donné mon accord pour venir ici et rencontrer ma sœur. J'ai même été assez folle pour accepter les menottes. Personne ne m'a prévenue que je serais ficelée à une chaise.

— Eh bien, ce n'est pas comme si j'avais à te faire signer un document énonçant toutes les conditions de cet accord, rétorque-t-elle.

Elle se frotte le front. J'ai l'impression qu'elle souffre d'une migraine.

— Si tu refuses, Heath viendra ici et t'escortera jusqu'à ta chambre. Je croyais que tu voulais voir Olivia ?

— Oui, bien sûr.

Sa patience a la solidité d'une moquette élimée et mon refus d'« obéir » l'use de plus en plus. Je me dis que mes mains sont déjà bloquées et inutiles, alors en quoi une cheville immobilisée contre le pied d'un fauteuil changerait-elle quelque chose ? Il est hors de question que je passe une seule nuit dans cette maison sans voir ma sœur tout en sachant qu'elle est ici. Prenant quelques profondes respirations, je me laisse docilement tomber dans le fauteuil.

Bryony relâche son souffle, soulagée de me voir obtempérer. Une fois qu'elle a serré l'attache autobloquante au point que son plastique me pince les chairs, elle se lève.

— Tâche de ne pas le mettre en colère, murmure-t-elle. Sinon ça finira mal.

Son avertissement retentit encore dans mes oreilles quand elle s'éclipse en refermant la porte derrière elle. Bien sûr, dès qu'elle est partie, je tire sur les menottes, mais le métal s'enfonce dans mes poignets. Mon esprit oscille entre la perspective de revoir ma sœur et la préparation de mon évasion. Puis-je traîner le fauteuil jusqu'à la fenêtre et atteindre un point assez haut pour la briser ? J'en suis à ce stade de mes réflexions quand la porte de la bibliothèque s'ouvre.

L'adrénaline coule à flots dans mes veines.

Je me tortille sur mon siège. Nos regards se croisent.

Elle se tait, guettant ma réaction. Moi, j'ouvre la bouche… et je crie.

47

Caitlin Arden

Elle se précipite vers moi, plaquant sa main sur ma bouche pour étouffer mes cris de fureur. On m'a trompée. Je leur en veux d'avoir menti et je m'en veux tout autant d'avoir cru que je reverrais ma sœur.

— S'il te plaît, Kitty-Cate, me supplie-t-elle. Reprends ton souffle.

La gorge me brûle, la tête me lance et je suis folle de rage, mais il me faut des réponses, alors j'arrête de crier. Dans le silence, elle opine et ôte sa paume de ma bouche. Je lui jette un regard noir, à cette femme qui durant des semaines s'est fait passer pour ma sœur disparue, qui a tout fait pour me dépouiller de ma vie.

— Bryony m'a promis que je verrais Olivia, j'exige. Où est-elle ? Où est ma sœur ?

Elle s'agenouille devant moi et me prend les mains.

— Je suis ta sœur.

Je lui arrache mes mains.

— Non, c'est faux.

— Si, Caitie, m'implore-t-elle, rivant ses grands yeux bleus aux miens. Sinon, comment j'aurais pu passer le test ADN ? Ou connaître l'existence de la mèche de cheveux et le Garçon du Bus ? Ou ressembler à ta sœur ? À toi ? Je suis Olivia, Kitty-Cate, c'est moi.

Elle commence à parler de la nuit où elle a été enlevée. De notre escapade dans la prairie. Du pop-corn et du film que nous avons regardé. Comment, en haut de l'escalier, elle m'a vue et a pressé un doigt sur ses lèvres, m'intimant de rester cachée. Des détails que seule la véritable Olivia peut connaître.

Alors que le brouillard de fureur se dissipe, je la fixe. Je scrute ses yeux. Lacs glaciaires et cieux d'été, myosotis et pétales de bleuets. Et je sais, dans le rouge vif de mon sang, qu'elle dit la vérité. Un sanglot de soulagement, de joie, s'échappe de moi, mais… mais pour être balayé par un torrent de confusion.

— Pourtant… tu ne connaissais pas le nom de notre cousin, tu ne te rappelais pas Hathaway Cottage.

— J'ai fait exprès de me tromper.

Je secoue la tête, en me remémorant d'autres anomalies.

— Les lentilles de contact…

— Placées là pour que tu les trouves.

— Tu m'as même mise au défi de découvrir qui tu étais vraiment. Je ne comprends pas.

— Cela faisait partie du plan.

— Quel plan ?

— Pour te faire venir ici, à Ledbury Hall, afin qu'on puisse être à nouveau ensemble. Je t'ai dit au restaurant que j'ai pensé à toi chaque jour depuis mon enlèvement. Je disais vrai, Caitie. Je suis revenue pour te chercher.

— Non, ça ne marche pas. Si tu étais ma sœur, pourquoi tu chercherais délibérément à me faire croire que tu ne l'es pas ?

Elle baisse les yeux et serre les mains sur ses genoux.

— Une idée de Heath. D'après lui, c'était le seul moyen de faire croire à tout le monde que tu étais… instable.

Je me tais, pour m'accorder le temps de tout assimiler.

— Mais pourquoi vouloir que les gens aient cette opinion de moi ?

— Je ne peux pas te le dire.

Elle lève les yeux pour croiser mon regard, me suppliant de comprendre.

— Je ne peux pas, répète-t-elle. Heath t'expliquera.

— Je ne veux pas entendre ces explications de sa bouche. Je veux les entendre de la tienne.

— Tu ne peux pas te contenter d'être heureuse qu'on soit réunies après tout ce temps ?

— Heureuse ? Tu m'as menti. Tu m'as obligée à blesser tous ceux que j'aime. Et puis tu as participé à mon enlèvement. J'ai été droguée, enfermée et… et…

Le cocktail de chagrin et de rage me fait tourner la tête, m'empêche de penser correctement. Ce que j'allais dire se perd dans un sanglot. Des larmes chaudes ruissellent sur mes joues. Olivia tend la main pour les essuyer. Je détourne le visage.

— Ne me touche pas.

Elle est blessée par ma rebuffade, sa lèvre inférieure frémit. Elle ressemble tellement à ma sœur de treize ans que mon cœur se serre.

— Ça va s'arranger, déclare-t-elle avec assurance. Aucune de ces personnes ne t'aime comme moi.

— Ce n'est pas vrai.

— Ah bon ? Ta meilleure amie t'a laissé tomber à la seconde où je suis revenue. Ton fiancé n'était avec toi que parce qu'il m'avait d'abord voulue, moi. Myles t'a à peine regardée pendant ces seize années, tu l'as dit toi-même, et Clara t'étouffe afin de pouvoir t'effacer, te réinitialiser, te redessiner à mon image, lâche-t-elle, accablée. Ce n'est pas de l'amour.

— PAS PLUS QUE CE QUE TU FAIS ! je crie.

Elle se lève, mélange de frustration et de certitude.

— Tu as été trahie ou abandonnée par tous ceux qui t'étaient chers. Moi, je suis toujours là, ajoute-t-elle en tendant les mains. J'ai fait tout ça pour toi.

— Je ne t'ai rien demandé. Tu aurais pu en profiter pour rentrer à la maison, Olivia.

— Ma maison, elle est ici.

— Non. Tu as été arrachée à ta vraie maison. À notre maison.

Elle se détourne de moi et commence à faire les cent pas. Je soulève mes poignets autant que les menottes me le permettent.

— Olivia, je reprends, déverrouille-les, s'il te plaît. On peut partir d'ici ensemble.

Elle s'arrête.

— Non, Caitie, je l'aime. Je vous aime tous les deux. Je veux qu'on vive tous ensemble.

— Le psychopathe qui t'a kidnappée ? Ce Heath ?

Je ne peux empêcher le dégoût de transparaître dans ma voix.

— Ce n'est pas un psychopathe, proteste-t-elle, d'un ton indigné. C'est un mari dévoué. Qui ferait tout pour me rendre heureuse. Quand je lui ai dit que j'avais besoin de ma sœur, il s'est arrangé pour accéder à mon souhait.

Elle est donc là, la sinistre et triste vérité. Ma sœur a épousé son ravisseur. Je la regarde maintenant et ma colère se transforme en pitié. Heath l'a eue plus longtemps que nous. Il a passé toutes ces années à la modeler. Il l'a montée contre nos parents : j'ai bien remarqué qu'elle les appelle Clara et Myles au lieu de papa et maman. Elle est atteinte du syndrome de Stockholm. Elle est malade et ne s'en rend même pas compte.

Elle voit que je pleure à nouveau et fronce les sourcils. Cette fois, quand elle me prend les mains, je la laisse faire.

— J'étais certaine qu'il t'aimerait, une fois qu'il te connaîtrait.

Son large sourire, plein de fierté, fait naître un sentiment de malaise en moi.

— Je ne veux pas le rencontrer.

Son visage se décompose.

— Tu vas me faire de la peine…

Ma tête pivote vers l'endroit d'où s'est élevée une voix profonde et veloutée. Il se tient dans l'embrasure de la porte, aussi large et aussi grand que dans mon souvenir. Les poignets de sa chemise blanche sont remontés jusqu'à ses coudes, exposant des avant-bras à la musculature solide. Son pantalon bleu marine est d'une coupe onéreuse. Sa maison et lui respirent la noblesse. Son visage, en revanche, demeure un mystère, car il porte encore son masque, dont la vue seule suffit à déclencher ma peur.

— Heath ! s'écrie-t-elle.

Sa voix a l'enthousiasme ravi de celle d'un enfant. Elle se lève et s'approche, lui prend la main pour l'entraîner dans la pièce. Il enroule un bras autour de sa taille et la presse contre lui.

— Tu sais que je n'aime pas ce masque, lui dit-elle avec une tendresse ignoble. Ne joue pas avec Caitie. C'est cruel.

— C'est théâtral, corrige-t-il.

Elle tend la main pour le lui ôter, mais il attrape son poignet et abaisse lentement son bras, leurs regards se croisent. C'est si intime que j'en ai la chair de poule. Puis il entremêle ses doigts aux siens et ils se dirigent vers moi, s'arrêtant juste avant d'être à ma portée. Je suis bien trop consciente d'être assise et entravée.

Je sens le poids et la chaleur du regard de Heath sur moi et je m'interdis de me recroqueviller.

— Caitie…

Il a prononcé mon nom lentement, comme s'il s'agissait d'un bonbon à la menthe à savourer après un dîner.

Et puis, tranquillement, il soulève son masque.

Mon pouls s'accélère. Je suis étourdie par l'inquiétude.

Ça y est, il l'a ôté complètement.

Et le monde bascule sur son axe.

48

Caitlin Arden

Il demande à Olivia de monter l'attendre à l'étage. Je vois bien qu'elle ne veut pas s'éloigner. Je ne le veux pas non plus, mais le choc m'a rendue muette. Elle s'attarde à la porte, ses yeux rivés aux miens, puis elle disparaît, refermant doucement derrière elle.

Il se dirige vers le chariot de bar, retourne deux verres en cristal où il verse du whisky, et revient m'en tendre un, mais je ne peux que m'asseoir et l'observer fixement.

Il sourit et incline le verre vers moi. Le liquide ambré tourbillonne.

— À la une… à la deux…

Je l'attrape à deux mains parce qu'en fait, je pense avoir besoin d'un peu d'alcool si je veux tenir jusqu'au bout de cette conversation. Il me regarde porter le verre à mes lèvres et le vider d'un trait. Le whisky me brûle la bouche, la gorge et embrase mes entrailles. Je bafouille et, avant que je puisse lui lancer le verre à la tête, il le récupère.

— Pourquoi irlandais ? je demande.

Gideon pose mon verre vide sur le chariot et s'y appuie, longues jambes et mine arrogante.

— Il est difficile de résister à l'antique charme irlandais, répond-il en reprenant facilement l'accent que j'ai toujours entendu dans sa bouche.

Puis il l'abandonne à nouveau et retrouve sa voix profonde et veloutée d'élève tout droit sorti d'un établissement privé.

— Ma sœur s'est enfuie avec un Irlandais.

Il plonge les yeux vers son verre, mais il est trop tard : je vois le mensonge, l'ombre qui traverse son visage. Il hausse les épaules et c'est terminé, il ne montre plus qu'un amusement hautain.

— Ça, et si jamais tu as causé à qui que ce soit de ton thérapeute irlandais…

— On ne fera jamais le lien avec toi.

Il lève son verre.

— Exactement.

Sans cet accent, le voir parler s'apparente au visionnage d'un film étranger mal doublé, la voix ne lui va pas tout à fait.

— Mais je pensais que tu étais mort. J'ai vu…

Qu'est-ce que j'ai vu ? Pas son corps. Une forme qui ressemblait à un corps et qui, étant donné l'obscurité, aurait tout aussi bien pu être une pile de manteaux.

— Tu as cru que j'étais mort parce que c'est ce que je voulais t'amener à penser.

— Pourquoi ?

— C'était un plan B. Si tu avais réussi à t'enfuir dans les bois, à me fuir, tu aurais parlé d'un cadavre que la police aurait cherché sans jamais le retrouver. Olivia aurait lavé le faux sang de ses mains et tout nié.

— Histoire de rajouter une couche au récit visant à me faire passer pour folle. Pourquoi tu voulais accréditer cette thèse ?

— Pour que personne ne se lance à ta recherche.

Je prends un moment afin d'assembler tous les éléments de cette conversation, mais je ne parviens toujours pas à me forger une vue d'ensemble.

— Pourquoi mon apparente folie empêcherait-elle les gens de me chercher lorsqu'ils se rendront compte que j'ai disparu ?

— Selon la plupart des gens, tu as fait une dépression nerveuse. Il n'est pas exagéré de supposer que tu pourrais avoir attenté à ta vie. Au bout du compte, tu as tout perdu. Tu as quitté ton emploi. Tu as pété les plombs. Quelqu'un, peut-être la police ou un membre inquiet de la foule des curieux, trouvera ton téléphone et ton sac à main abandonnés sur un pont enjambant l'Avon, et lorsque ta maison sera fouillée et ton ordinateur portable retrouvé, la police découvrira une lettre de suicide dactylographiée expliquant ton projet de te noyer.

Mon cœur bondit comme un lièvre pris au piège. Je ne bouge pas, sûre que, le cas échéant, je me briserais en mille morceaux impossibles à recoller.

— Personne n'y croira, je murmure, parce qu'au moment même où je le dis, je sais que c'est faux.

Il hausse un sourcil brun.

— Plus d'une centaine de personnes ont été témoins de ta crise au mariage, tu l'as dit toi-même. Tu seras juste une femme tragiquement déséquilibrée au passé traumatisant qui a mis fin à sa vie.

La monstruosité de ma situation s'installe autour de moi comme un brouillard glacial.

— Et Olivia ? je rétorque. Nos deux disparitions ne manqueront pas de soulever des questions.

Il hausse une épaule.

— J'en doute. Elle a écrit sa propre lettre, où elle explique qu'elle a quitté la maison familiale parce qu'elle ne pouvait pas supporter que son retour perturbe autant sa famille, expose-t-il avec un sourire ironique. C'est une adulte, partie de son propre chef. Même si vos parents signalent sa disparition, la police ne donnera pas suite. Olivia continuera à leur écrire des lettres. Je me rendrai dans différents villages, différentes villes, et je les posterai.

Je serre les poings devant son arrogance sournoise, mais ma colère se dissipe lorsque j'imagine la peine de mes parents qui, en se réveillant, découvriront que leurs deux filles ont disparu. Je ravale le nœud de chagrin qui s'est formé dans ma gorge. Ce que voyant, il ajoute :

— Ne sois pas triste, Caitie. On a encore des années de plaisir devant nous.

Je comprends maintenant qu'Olivia est la femme dont il prétendait être séparé. Celle qui l'encourageait à voir d'autres personnes. À me voir. Serai-je sa prochaine épouse ? À constater le regard dont il me couve, plein de désir et de chaleur, je sens un frisson de dégoût ramper le long de ma colonne vertébrale.

— Tu n'es pas thérapeute ? je demande, dans l'espoir de réorienter la conversation.

Il boit une gorgée.

— Non.

C'est Olivia qui nous a remis la carte de Gideon Temple, en racontant qu'elle la tenait de l'agent de liaison avec les familles. Un mensonge, à l'évidence. Je suppose que cette carte frauduleuse a disparu depuis, réduite en confettis ou en cendres.

Il devait être la voix à l'autre bout du téléphone secret d'Olivia, même si je suis sûre à présent d'avoir surpris cet appel parce qu'on voulait me le faire entendre. En racontant à droite et à gauche qu'elle possédait un deuxième appareil et en rapportant les bribes de cette conversation chuchotée, je ne faisais que planter un clou de plus dans le cercueil de ma santé mentale telle que mon entourage la percevait.

— Mais je me suis rendue dans ton bureau.

— L'ami d'une connaissance, le docteur Gideon Temple, avait besoin que quelqu'un garde son appartement pendant qu'il voyageait, cet été.

— En Indonésie, je comprends en me remémorant le guide que j'ai vu sur la table à manger.

— Exact. Fort commodément, il a laissé la clé de son bureau chez lui.

Il prend une gorgée de sa boisson.

— Tu sais, ajoute-t-il, je ne l'ai jamais rencontré, ce bon docteur.

— Et si tu n'étais pas tombé sur un thérapeute ayant besoin de quelqu'un pour garder son domicile ?

Il hausse les épaules, imperturbable, suggérant ainsi que les choses finissent toujours par tourner dans son sens.

— J'aurais été policier, journaliste, un vieil ami d'Olivia.

N'importe quoi pour se rapprocher de moi. Assez pour m'amener à lui faire confiance.

— Pourquoi maintenant ? Pourquoi venir me chercher maintenant ?

— Olivia, dit-il simplement. Elle se languissait de sa sœur.

— Pourquoi tu ne t'es pas contenté de me kidnapper et d'en finir ? Pourquoi il t'a fallu renvoyer Olivia à la maison et te donner tout ce mal, prendre autant de risques ?

Il commence à parcourir nonchalamment les étagères, à s'emparer des objets avant de les reposer. Cette conversation qui traite pourtant de kidnapping et de jeux psychologiques a la désinvolture d'un échange sur des projets de vacances estivales.

— Je voulais apprendre à te connaître. Voir si tu étais une bonne candidate, ajoute-t-il en me dévisageant. Ne te méprends pas, tu es magnifique, mais, tu l'as peut-être deviné, tu ne corresponds pas à mon type habituel.

C'est évident, avec mes cheveux noirs et mon petit gabarit.

— Mais je suis tombé amoureux de ta détermination, de ta loyauté, même envers un homme qui ne t'a jamais aimée comme tu le méritais, de la grâce avec laquelle tu as géré la relation complexe qui t'unit à ta famille. Olivia avait raison, tu es spéciale.

— Ce que j'en ai, de la chance ! j'ironise.

Il me regarde à nouveau comme si nous étions un couple à l'apéritif, anticipant une nuit de draps froissés et de peaux nues. La nausée m'envahit à cette idée. Il se lève, s'approche et s'agenouille. Puis, aussi souplement qu'un magicien tirant un lapin de son chapeau, il sort un canif de sa poche arrière. Je me crispe de peur. Ses mains descendent le long de mon mollet nu, sans que ses yeux quittent les miens. Son regard, qui ne vacille pas, est confiant, on dirait même qu'il s'amuse. À ma grande surprise, il tranche l'attache autobloquante, me libérant ainsi de la chaise. Il recule, un sourire réjoui aux lèvres. Il attend. Comprenant qu'il s'agit d'une sorte de test, que je suis un cobaye sous microscope, je ne bouge pas d'un pouce. Même si mon pouls bat comme un fou, je garde un ton léger.

— Tu vas m'enlever les menottes après ?

Son sourire s'élargit.

— Peu probable. On va y aller doucement.

Sa voix grave et veloutée a quelque chose de trop intime, elle me picote la peau. Il repense à nous, ensemble sur le canapé, à mes mains dans ses cheveux pour l'attirer à moi. Il a fait preuve de beaucoup de retenue, à ce moment-là. Maintenant, je sais pourquoi, il voulait déballer son jouet dans sa propre maison.

Effrayée par ses intentions, je lisse ma robe de mes mains liées et tente de le distraire par une autre question.

— Mais pourquoi risquer qu'Olivia ne revienne jamais à Ledbury Hall ?

— Je voulais tester les limites de ma relation avec elle.

— C'est-à-dire tester le contrôle que tu exerces sur elle ?

Il me considère, manifestement déçu par mon manque d'éducation.

— L'amour, le véritable amour, c'est faire suffisamment confiance à l'autre pour s'en remettre entièrement à lui. Olivia me fait confiance et je lui fais confiance. Elle avait le choix de tout vous révéler sur moi et sur Ledbury Hall, à toi, à votre famille et à la police, mais elle a choisi de revenir. Elle m'a choisi, moi.

C'est un liseron, aux racines trop profondes, qui s'enroule si étroitement autour de ma sœur qu'elle ne voit plus où il finit et où elle commence. Je lui jette un regard noir, méprisant chaque once de cet homme.

— Tu t'es introduit chez moi. Comment tu t'y es pris pour entrer et sortir ?

— Tes parents ont un double des clés. Olivia me l'a donné et j'en ai fait une copie.

— Tu es entré pour que je dénonce l'intrusion et que je passe pour folle auprès de la police, ou tu étais là pour récupérer le manuscrit ?

Il sourit.

— Les deux. J'ai appris qu'Oscar écrivait son petit bouquin des semaines avant qu'Olivia ne revienne.

— Comment ça ?

— Je t'observe depuis des mois, Caitie.

Je ne sais pas pourquoi l'idée me choque, mais c'est le cas. Je me replonge dans mes souvenirs, le cherchant dans ma vision périphérique pendant que je faisais des courses ou que je me rendais au travail. Je repense à toutes les fois où je me suis déshabillée sans y prendre garde, avec les rideaux ouverts, et les joues me brûlent.

— J'ai aussi observé ton fiancé, en essayant de comprendre ce que tu lui trouvais. Je l'ai même suivi à quelques rendez-vous avec son éditrice de chez Harriers : je m'asseyais à une table de distance, pour entendre ce qu'ils se disaient.

Je ne prends pas la peine de lui demander pourquoi il s'est assuré que je découvre le manuscrit, Olivia m'ayant déjà expliqué qu'elle voulait qu'Oscar sorte de ma vie. Je suppose que, pour Heath, j'étais une cible beaucoup plus facile sans un fiancé en travers de son chemin. Je me souviens alors de l'avertissement de Bryony, comme quoi ils seraient deux. Quand j'étais avec Heath – Gideon – dans le parc ce jour-là, j'ai vu l'homme masqué. Je sais que je l'ai vu. Oui, il était de profil et assez loin, et ça n'a duré que le temps d'un éclair, mais ce masque n'est pas vraiment commun. Je l'interroge à ce sujet.

— C'était ta sœur, me répond-il. Ne te sens pas stupide. De si loin et au milieu d'une foule affairée, n'importe qui serait tombé dans le panneau.

Je détourne le regard, sentant le rouge me monter aux joues, car je me trouve bel et bien stupide. J'ai été très confiante. Trop confiante. Quelqu'un va sûrement conduire la police jusqu'à lui, mais, bien qu'habitée de cette conviction, je sais qu'il est peu probable qu'elle remonte la piste jusqu'ici. Quand j'ai dit à Florence que j'avais croisé mon thérapeute dans le parc, je ne lui ai pas donné son nom. La seule chose qu'Oscar savait de lui, c'était que nous tenions ses coordonnées de la police. Je ne pense pas qu'Oscar ait même seulement conscience que ces informations me sont en fait parvenues par Olivia. Il n'y a aucun moyen de relier Heath à mon enlèvement. Lorsque je me suis rendue dans « sa » maison, nous sommes passés par la porte de derrière, afin de ne pas être vus. Comme le vrai Gideon Temple n'a aucun lien avec tout ça et ne se trouve même pas dans le pays, personne n'aurait l'idée de l'interroger sur moi ou sur l'individu qui garde sa maison en son absence.

— C'est tout ? s'enquiert-il. L'heure des questions est terminée ?

— Et Simon Briggs ? je demande. Comment il s'insère dans le tableau ?

Les yeux de Heath pétillent : il aime me montrer l'étendue de son intelligence, de sa ruse.

— On trouve toutes sortes de gens dans les groupes de parole.

— Des personnes vulnérables.

— Des personnes qui ont besoin de compagnie.

— L'ADN d'Olivia était partout dans sa cabane.

L'idée me met soudain mal à l'aise.

— Qu'est-ce que tu l'as obligée à faire ?

— Voyons, réplique-t-il sévèrement, je ne partage pas.

Puis son regard descend le long de mon corps et je tente de ne pas trembler sous son absence de vergogne.

— J'ai fréquenté quelques groupes d'entraide, à la recherche du candidat idéal. J'ai trouvé Briggs à une réunion des AA. Il essayait d'arrêter de boire. Alors, après une réunion, je l'ai emmené boire un pot. Naturellement, je n'ai eu aucun mal à le faire craquer. C'était une loque sans volonté.

J'imagine Heath, sûr de lui, spirituel, charmant, se liant d'amitié avec une épave comme Simon Briggs. Un homme dont l'existence était en lambeaux après une aventure avec une étudiante, dont le quotidien se limitait à une cabane rurale et la vie sociale à des livres de poche écornés et des rats. Il a dû se sentir choisi pour la première fois depuis des années. Je regarde les mains de Heath maintenant. Celles qui ont glissé sur mon dos nu. Les mains qui ont pris en note mes pensées les plus intimes dans le confort de son bureau usurpé. Des mains qui m'ont arrachée à la trajectoire d'une voiture roulant à toute allure. J'imagine ces mêmes mains se refermant sur celles de Simon, telle une créature marine sur sa proie sans défense. Le guidant dans un bar. L'écoutant attentivement, lui donnant l'impression d'être plus entendu qu'il ne l'avait jamais été pendant une de ces réunions des AA avec leur café dilué et leurs biscuits rassis.

— Je lui ai dit que ma sœur, Olivia, avait besoin d'un travail, de ménage, de cuisine, de jardinage. Il s'est entiché d'elle.

Elle est objectivement belle. Bien sûr que Briggs allait s'enticher d'elle, mais le sourire triomphant de Heath m'indique que c'était exactement le but recherché.

— Il a essayé de l'embrasser. Naturellement, elle l'a repoussé, puis a quitté sa baraque pour ne plus y remettre les pieds. J'ai déboulé comme une furie, écumant d'inquiétude fraternelle, et il s'est excusé. Je lui ai dit qu'elle ne reviendrait pas, mais je l'ai encouragé à lui écrire un mot.

L'inspecteur Grimshaw avait évoqué une lettre de suicide. C'est de cela que parle Heath ?

— Qu'est-ce qu'il disait, ce mot ?

— L'inspecteur ne te l'a pas lu ?

Je secoue la tête.

Il m'offre un sourire plein de suffisance et débite, avec l'accent du West Country :

— « Je suis désolé, Olivia. Pour tout. Au revoir. » De la douceur dans la concision, ironise-t-il en haussant les épaules. Avec juste ce qu'il faut de mélancolie pour suggérer un suicide. Une fois qu'il a écrit sa bafouille, je lui ai proposé de se joindre à moi pour boire un verre au soleil.

— C'est pour ça qu'ils n'ont pas trouvé d'autres empreintes dans la cabane.

Il acquiesce, impressionné que je suive la logique de la manœuvre.

— Je suppose que c'est toi qui as fourni la boisson, j'ajoute en repensant à la bouteille de whisky additionné de thallium. Il est mort seul. Dans d'atroces souffrances.

— Ce n'était pas quelqu'un de bien. C'était un prédateur.

— Exactement comme toi ! j'explose. Tu as kidnappé ma sœur alors qu'elle n'était qu'une enfant. Tu l'as arrachée à sa famille. À moi.

La colère qui remonte à la surface déforme ses traits.

— Je l'aime. Je lui ai tout donné. Je ne l'ai même pas touchée avant notre mariage. Jusqu'à ce qu'elle-même me le demande.

Une sombre marée de mépris déferle sur moi.

— Tu es un grand malade.

Il repose le gobelet et réduit l'espace qui nous sépare, puis il m'agrippe l'avant-bras pour me hisser sur mes pieds. Il m'approche si près de lui que je ne vois plus que le vert jade de ses yeux, mais je sens la chaleur de son haleine sur mes lèvres.

— Tu me désirais, toi aussi, tu te souviens ?

Je lui crache dessus.

Sa prise sur mon bras devient si douloureuse que je crie. Devant la haine pleine de fureur peinte sur ses traits, un sillon de peur se déchire en moi. Je tente de me dégager, mais cela ne fait que l'exaspérer davantage. Il me gifle. Je percute le sol en atterrissant violemment sur le flanc. Mes côtes me brûlent et ma vision se brouille sous l'effet des larmes.

— C'est ta faute, crie-t-il en me relevant.

Mon épaule hurle de douleur tandis qu'il me redresse. Puis il me traîne hors de la pièce et me fait monter l'escalier. Je trébuche, mais il me soulève sans difficulté et me jette sur une de ses épaules. J'ai une joue qui palpite comme un second cœur. Nous sommes dans l'escalier, grimpant toujours plus haut. J'ai peur qu'il m'y précipite si je me débats. Il s'engage dans le couloir et j'entends une porte s'ouvrir.

Olivia apparaît, livide. Elle fait un pas vers moi, mais il lui aboie de retourner à l'intérieur.

— À l'aide, je hurle, Olivia !

— Retourne dans ta chambre, rugit-il.

À contrecœur, elle s'exécute et repousse la porte derrière elle. Petit toutou parfaitement obéissant. Il me dépose devant la pièce où j'ai été séquestrée et me coince contre le battant. Son corps me plaque contre la surface dure du bois et sa main se referme sur ma bouche. Il approche son visage à quelques centimètres du mien.

— Elle est à moi, lâche-t-il d'une voix basse et dangereuse. Et toi aussi. Et Bryony aussi. Tu ne vas pas tarder à l'apprendre.

Puis il passe devant moi, ouvre la porte et me pousse à l'intérieur.

49

Caitlin Arden

J'ai été menottée toute la nuit. Personne n'est venu me libérer. Même si la fatigue m'enflammait les yeux, je n'ai pas dormi. Je suis restée assise sur le lit, les genoux serrés contre la poitrine, à écouter les grincements de cette vieille maison. À présent, je regarde les ombres se déplacer dans la pièce. Le soleil s'est levé. Il fait à nouveau étouffant, la chaleur se frotte à ma peau comme une main brûlante et moite.

Les battements de mon cœur s'accélèrent quand j'entends le verrou que l'on tire. Bryony entre, chargée d'un plateau en bois, et m'adresse un petit sourire. Elle porte une robe portefeuille rose pâle, elle a les pieds nus, les cheveux relevés en une queue-de-cheval haute qui se balance lorsqu'elle traverse la pièce. Elle pose le plateau sur la table de nuit : deux assiettes en carton contenant de la salade de fruits, du granola nappé de yaourt et deux verres de jus d'orange bien frais. Je regarde les fragiles cuillères en bois. Même si j'en casse une en deux, elle ne saurait me servir d'arme. Je n'ai rien mangé de substantiel depuis les pâtes que Gideon, ou plutôt Heath, m'a préparées, il y a quelques jours, mais je n'ai plus le moindre appétit.

— J'ai quelque chose pour toi, annonce-t-elle en s'emparant d'une petite clé sur le plateau.

Elle déverrouille mes menottes et je me frotte les poignets. Ils sont couverts de bleus violacés.

— J'ai entendu l'altercation de la nuit dernière… Ça va ?

— Au poil. J'apprécie vraiment mon séjour, en fait, je réponds d'une voix dégoulinante de sarcasme. Bien que la nourriture soit fantastique, les couverts mériteraient d'être remaniés et les menottes sont un peu trop industrielles à mon goût.

— Mais notre hôte est sain d'esprit, réplique-t-elle, pince sans rire.

Je glousse. Une sorte de son strident et nerveux qui monte comme un hoquet. La réalité de ma situation commence à s'infiltrer dans mes os avec l'agressivité d'un poison. Le fait est que, pour la police, Simon Briggs, l'homme que tout le monde croit responsable de l'enlèvement de ma sœur, est mort. Il s'est suicidé. L'enquête est close. Et, suivant le plan méticuleusement conçu par Heath, la police, sautant sur les miettes qu'il a semées, aboutira à la conclusion que je me suis jetée dans la rivière. Un ruban qui boucle proprement l'histoire tragique des sœurs Arden. Heath a réussi à retenir Olivia ici pendant seize ans et Bryony un an de plus, sans que personne soupçonne rien. Je n'ai aucune chance. À quoi ressemblera ma vie maintenant, emprisonnée dans cette maison pour les dix, les vingt prochaines années… ? Le sentiment grandissant de mon impuissance fait naître en moi une brûlante envie de pleurer à laquelle je cède. Mon rire se transforme en sanglots. Bryony grimpe sur le lit à côté de moi. Elle ne me touche pas. Elle s'assied juste assez près pour que je sache que je ne suis pas seule.

— Je regrette de ne pas pouvoir te dire que ça devient plus facile, murmure-t-elle.

Cette fois, elle ne coule pas le moindre coup d'œil nerveux vers la porte, ce qui signifie que personne n'écoute. Je m'essuie les yeux.

— Comment tu as atterri ici ?

Elle tire la couverture sur ses genoux et commence à en enrouler les pampilles autour de ses doigts.

— Je voulais aller à une fête, mais ma mère refusait. On s'est disputées. J'ai fait le mur. J'y suis allée toute seule.

Elle secoue la tête, comme si elle ne parvenait pas à croire à sa propre stupidité.

— Je ne me suis pas rendu compte qu'il m'observait et attendait que je me retrouve seule. Je ne suis jamais arrivée à cette fête. Il a surgi de nulle part. Tout ce dont je me souviens, c'est de son masque hideux et puis… rien. Je me suis réveillée ici.

Je fais le calcul, aussi imprécis soit-il. Heath approche de la quarantaine, ce qui signifie qu'il avait une vingtaine d'années lorsqu'il a enlevé Bryony et Olivia. Je suis sur le point d'interroger Bryony sur ce qu'elle connaît du passé de Heath quand elle reprend :

— Je me demandais si tu savais quelque chose sur ma famille ? Si on en parlait aux informations ou…

Ses yeux bleus sont écarquillés par l'espoir.

— Je ne pense pas, je réponds doucement. J'avais neuf ans quand tu as disparu. Ce genre d'événement me passait bien au-dessus de la tête.

Devant son visage qui se décompose, j'ai le cœur qui se serre.

— Quel est ton nom de famille ? je demande

— Danvers.

Pendant une fraction de seconde, j'envisage de mentir pour la ménager, de lui raconter qu'on est toujours à sa recherche. Qu'il y a une chance qu'elle soit retrouvée. Mais j'ai tellement souffert des mensonges, et de la douleur de les voir déterrés, que je ne prends pas cette peine. Je secoue la tête. Ses épaules s'affaissent. Elle semble rapetisser à mes côtés.

— Comment était ta famille ? je lui demande, en espérant que parler d'elle lui permettra de se sentir mieux.

— Je vivais dans un foyer heureux. Mes parents sont médecins. Nous jouions à des jeux de société tous les jeudis. J'étais la meilleure au Scrabble.

Elle sourit. Puis se tait. Elle a tellement serré le fil d'une pampille autour de son doigt qu'il devient bleu. Son sourire se fane sur ses lèvres.

— Mais j'ai perdu la voix de mes parents, maintenant. C'est un peu comme si tu connaissais les paroles de ta chanson préférée, mais que tu en avais oublié l'air. J'ai aussi une sœur, dit-elle. Elle avait trois ans quand il m'a enlevée. Elle doit avoir vingt ans à présent.

Elle lève les yeux au plafond et je vois qu'elle lutte contre les larmes.

— Je suis vraiment désolée.

Je lève une main pour la poser sur la sienne, puis je me ravise, faute de savoir si elle veut être touchée. Elle prend les assiettes sur le plateau et m'en tend une ainsi qu'une cuillère. Comme je n'ai pas faim, je me contente de repousser les fruits sur les bords du récipient.

— Heath dit qu'il a une sœur.

— Elinor.

— Tu l'as rencontrée ?

— Non. Et tu ne la rencontreras pas plus que moi.

— Elle s'est enfuie avec un Irlandais ?

— Non, réplique-t-elle avec un rire cassant et dénué d'humour. Je ne pense pas qu'elle ait jamais quitté Ledbury Hall.

— Tu veux dire… qu'elle est prisonnière ici ? Dans l'une des pièces fermées ?

Elle me jette un regard apitoyé.

— Je pense qu'il l'a assassinée.

La peur crépite à travers mon corps.

— Qu'est-ce qui t'a amenée à cette conclusion ?

— Il fait des cauchemars. Il l'appelle et quand il se réveille, il s'accroche à moi, en sanglotant comme un gosse. Parfois, lorsqu'il a trop bu ou qu'il sort d'une autre de ses terreurs nocturnes, il m'appelle Elinor. Ce qui explique pourquoi il nous a choisies : pour notre ressemblance avec elle.

— « Votre » ressemblance ? Tu sous-entends celle d'Olivia et toi ?

Elle acquiesce.

— Il y a des photos de sa sœur partout dans la maison.

Bryony se penche et reprend la parole d'une voix grave.

— Je pense qu'ils étaient plus proches que de simples frères et sœurs.

Le dégoût s'insinue au creux de mon ventre, suivi d'une vague d'effroi.

— Il pourrait me tuer. Il pourrait tuer n'importe laquelle d'entre nous.

— Il fait de gros efforts pour se contrôler. Il ne sera pas content de s'être emporté contre toi.

— À ton avis, pourquoi il collectionne les filles qui ressemblent à sa sœur ?

— Je pense qu'il regrette de l'avoir tuée. Nous sommes comme son purgatoire ou peut-être même la preuve qu'il peut aimer quelque chose sans le détruire.

Après m'avoir sauvée de la voiture, il m'a dit que certaines personnes ne pouvaient pas aimer sans détruire ce à quoi elles tenaient le plus. Bryony a raison, c'est de cela qu'il s'agit. Le test de contrôle ultime.

Hier soir, je l'ai poussé à bout et il a perdu les pédales. Quand Bryony et Olivia ont été amenées ici, elles n'étaient que des adolescentes. Jeunes et inexpérimentées, face à un homme adulte. Il n'est pas habitué à traiter avec des femmes accomplies. Avec quelqu'un d'assez âgé pour avoir vécu, pour avoir une opinion propre. Il m'a giflée hier soir, mais il pourrait me battre à mort demain. Il faut que je m'échappe. Il faut que nous sortions toutes de Ledbury Hall.

— Tu as accès à la cuisine ? je demande, en regardant l'assiette de nourriture sur mes genoux. Aux couteaux et aux fourchettes ? À quelque chose que nous pourrions utiliser comme arme ?

Elle porte une tranche de mangue à sa bouche et la mâche pensivement.

— Moi non, mais Olivia, oui. C'est elle qui prépare toute la nourriture… Sauf qu'il lui a interdit de venir te voir. Aujourd'hui, elle m'a donné ce plateau avec nos deux petits déjeuners et m'a dit de veiller à ce que tu manges quelque chose. Ma chambre est juste à côté de la tienne.

Je repose ma cuillère.

— La porte de cette pièce est déverrouillée ? Est-ce qu'on ne pourrait pas s'enfuir ?

— Olivia l'a verrouillée derrière moi. Mais même si elle était restée grande ouverte, toutes les autres portes de cette maison sont fermées à clé. Tu ne pourrais que courir le long du couloir et descendre jusqu'à la porte d'entrée.

— Qui est également fermée à clé…

Elle opine.

Le désespoir s'ouvre en moi comme une trappe, sombre et sans fin. Je la referme d'un coup sec, refusant d'abandonner si tôt.

— J'ai vu la pièce cadenassée, qu'est-ce qu'il y a, là-dedans ?

— C'est l'ancienne chambre d'Elinor. Je m'y suis aventurée une fois, avant qu'Olivia ne soit amenée ici, et ça l'a mis en rage. Il l'a fermée à clé, ensuite.

— Tu as déjà tenté de t'enfuir ?

Elle utilise sa cuillère pour couper une cerise en deux.

— Plusieurs fois. Sans succès, comme tu peux le constater.

— Et qu'est-ce qu'il a fait ?

Son sourire désenchanté se teinte cependant d'une pointe d'humour.

— Tu essaies de connaître ton avenir ?

— Oui, j'admets.

Elle reste silencieuse plusieurs secondes. Va-t-elle me répondre ? Je me rends bien compte que je ne ressuscite pas de bons souvenirs chez elle, mais je dois savoir ce qu'il me fera si je me fais prendre.

— Il a été plus dur avec moi que d'habitude.

Ses mots demeurent suspendus en l'air comme un nœud coulant où je n'ai pas envie de glisser la tête. Pourtant, la peur creuse une vallée de ma gorge à mon ventre quand je me figure les horreurs que Bryony et Olivia ont dû endurer. Et que je pourrais avoir à subir aussi.

— Il a limité mon accès à la maison. Il m'a enfermée dans ma chambre pendant des semaines, sans rien à faire. Personne à qui parler. J'étais si seule que lorsqu'il m'a finalement autorisée à sortir de ma chambre, je dévalais pratiquement l'escalier pour me rendre aux soupers formels.

— Aux soupers formels ?

Elle fait une grimace.

— Une tradition de la famille Ledbury. Nous dînons tous les soirs ensemble dans la salle à manger. Mais je suis généralement attachée à une chaise.

— Pas Olivia, en revanche ?

— Non, répond-elle d'un ton sec. Il lui fait confiance, parce qu'elle est amoureuse de lui.

Elle pique un morceau de nectarine sur sa fourchette.

— Elle est malade, j'explique doucement. Elle souffre du syndrome de Stockholm. Quand un captif développe un lien irrationnel avec son…

— Je sais ce que c'est, siffle-t-elle.

Son humeur s'est considérablement assombrie à la mention d'Olivia. Ce n'est pas la première fois que des propos sur ma sœur la mettent en colère. J'ai l'impression que si je l'interroge directement sur la tension qui règne entre elles, ce sera comme remuer un couteau dans une plaie. Pourtant, je ne veux pas qu'elle blâme Olivia pour un comportement qu'elle n'est pas en mesure de contrôler.

— C'est de cette manière qu'elle a supporté sa réclusion ici. Une technique de survie.

— Eh bien, c'est sa « technique de survie » qui m'a fait prendre, crache-t-elle d'une voix haineuse.

— Qu'est-ce que tu veux dire ?

— Heath porte un passe-partout au bout d'une chaîne qu'il a autour du cou. Toutes les autres clés sont conservées dans un coffret en laiton dans sa chambre.

— Tu es sûre ? Comment tu le sais ?

Mon cœur s'emballe à l'idée de mettre la main sur cette boîte.

— Pendant un souper, Olivia a demandé si elle pouvait utiliser le piano, mais l'instrument est sous clé dans la salle de réception. Heath, qui la chouchoute depuis toujours, lui a expliqué où trouver la clé. Il m'a fallu des semaines pour le convaincre que j'étais enfin tombée amoureuse de lui. Que j'avais envie de lui. Je l'ai persuadé de m'emmener dans sa chambre.

Elle remue, mal à l'aise.

— Quand on a eu… terminé… et qu'il s'est endormi, je me suis glissée hors du lit, j'ai pris les clés et je me suis enfuie. Olivia m'a rattrapée au milieu de l'escalier et s'est mise à hurler.

Son hostilité est palpable. Et même si ma sœur m'apparaît désormais comme une étrangère, je la défends, justement parce qu'elle est ma sœur et parce que ce n'est pas sa faute si Heath Ledbury s'est glissé sous sa peau tel un cancer.

— Elle est malade, Bryony.

— Je la déteste, rétorque-t-elle, pleine de venin. J'aurais pu m'échapper de cet endroit il y a sept ans, sans son intervention.

J'ai envie de défendre encore Olivia, mais cela ne fera qu'énerver Bryony, et j'ai besoin d'elle à mes côtés.

— Écoute, je peux la convaincre de le quitter. Elle nous aidera à sortir d'ici.

— Impossible.

— Dis-lui que je veux la voir.

Elle laisse tomber sa cuillère, elle aussi.

— Non.

— Pourquoi ?

— Heath lui a interdit de s'approcher de toi.

— Parce qu'il a peur que je brise son emprise sur elle, à force de passer du temps à ses côtés. S'il te plaît, transmets-lui le message. Dis-lui que je veux la voir.

Elle pince les lèvres, frustrée.

— Non.

— Pourquoi ?

— Parce qu'il tuera ma sœur ou, pire, il l'amènera ici.

Elle se lève d'un bond et claque son assiette sur le plateau.

— Après qu'il m'a surprise en train de dévaler l'escalier avec son coffret en laiton, il m'a traînée dans ma chambre et il a disparu pendant deux jours. Quand il est revenu, il avait des photos de ma sœur : il avait traqué Lucy. Il m'a prévenue que si je désobéissais à nouveau, elle en subirait les conséquences.

Les mains tremblantes, elle se saisit du plateau. Je passe la langue sur mes lèvres desséchées, m'efforçant de trouver quelque chose à dire pour la convaincre de m'aider. Je ne veux pas mettre sa sœur en danger, évidemment, mais nous n'avons aucune chance de nous échapper si nous ne collaborons pas.

— Lucy ne sera pas en sécurité tant que nous ne nous serons pas éloignées de Heath.

Elle me regarde fixement, les phalanges devenues blanches à force de serrer le plateau. Elle remue les lèvres, comme si elle croquait des dents cassées.

— Tu sais ce qui est le plus exaspérant ? Moi, j'ai fait tout ce qui était en mon pouvoir pour éloigner ma petite sœur de cet enfer, et toi, c'est ta sœur qui t'y a délibérément entraînée. Elle t'aime peut-être, mais pas autant qu'elle l'aime, lui. Il passera toujours en premier.

Ses mots méprisants s'abattent sur moi comme des lames.

— Vous aider, ta sœur et toi, ça revient à condamner la mienne. Ne compte pas sur moi. Refais-moi encore une fois cette demande et je dirai à Heath que tu complotes pour empoisonner sa poupée parfaite. Et tu ne reverras plus jamais Olivia.

50

Caitlin Arden

Mon esprit est un étang trouble, profond et saumâtre, et plein de questions en perturbent l'eau. Bryony en veut à Olivia. Elle est jalouse de la liberté dont jouit ma sœur à Ledbury Hall. Elle ne voit pas que la pauvre est prise au piège de Heath, au même titre que nous. La seule façon de sortir de Ledbury Hall serait d'œuvrer toutes les trois de concert. Il est clair pour moi que Heath a délibérément creusé un fossé entre Bryony et Olivia, car diviser, c'est mieux régner. Je ne sais pas comment convaincre la première de nous aider sans qu'elle mette sa menace à exécution et alerte Heath.

N'ayant rien d'autre à faire, je prends une douche. Peut-être réussirai-je ainsi à effacer cet endroit de ma peau. Après m'être enveloppée d'une serviette, je regagne lentement la chambre.

Heath m'y attend. Il se tient près de la fenêtre, plongé dans la contemplation de la vue. Il est vêtu d'un jean et d'un t-shirt noir qui colle à son corps fin et musclé. Ses boucles couleur café brillent au soleil. Il se tourne vers moi avec lenteur, mâchoire carrée en avant.

J'ai envie de me carapater dans la salle de bains et d'en claquer la porte.

Non pas que cela puisse servir à quelque chose, vu qu'il n'y a pas de serrure.

— Qu'est-ce que tu veux ? je demande, heureuse de paraître plus impatiente que pétrifiée.

— Je t'ai fait peur ?

— Eh bien, tu es là à rôder devant la salle de bains…

Il incline la tête, histoire de se montrer d'humeur conciliante. Son regard s'attarde sur les sous-vêtements que j'ai laissés sur le lit, puis revient se promener sur moi. Je resserre la serviette autour de mon corps.

— Qu'est-ce que tu fiches ici, Heath ?

Il me fixe d'un regard si intense que mes entrailles se nouent.

— Je suis venu m'excuser.

— De m'avoir droguée et enlevée ? Ou d'avoir perdu ton sang-froid et de m'avoir frappée ?

Il serre les dents. Malgré ma sortie bravache, la peur m'envahit.

— Je t'ai apporté ça, dit-il en s'écartant pour révéler un énorme bouquet de fleurs sur la coiffeuse.

— Roses blanches et…

— Tournesols auréoline.

Il fronce les sourcils sur une question silencieuse à laquelle je ne réponds pas.

— Olivia les a cueillies au jardin. En me disant que c'étaient tes préférées.

Le fameux jour où elle m'a appelée parce qu'elle était perdue dans le parc me semble remonter à un million d'années. Je m'étais sentie si fière qu'elle se tourne vers moi lorsqu'elle avait eu besoin de quelqu'un. Avec le recul, je me rends compte que c'était un stratagème pour me conduire jusqu'au café où Oscar avait rendez-vous avec Samantha. Tout cela pour m'éloigner de ceux que j'aimais.

Heath s'avance vers moi. Je recule jusqu'à ce que l'arrière de mes genoux heurte la table de nuit. Il me regarde fixement. Frustration et abattement se succèdent sur son visage.

— Je ne suis pas un sauvage, Caitie. Je ne t'ai jamais forcée.

Comme si le viol était le seul critère déterminant. Ce qui est terrifiant, c'est que, même s'il se présente comme éduqué et rationnel, il ne voit pas le mal dans ce qu'il fait.

— Et Bryony ?

L'espace d'un instant, il détourne le regard. Lorsque ses yeux rencontrent à nouveau les miens, ils sont emplis de détermination.

— Elle est aussi attirée par moi que je le suis par elle.

— Et ma sœur ?

— Ma femme est amoureuse de moi, annonce-t-il comme s'il abattait un as de son jeu. Tu le vois bien, non ? Tu n'es ni aveugle ni stupide.

Je lève le menton.

— Elle n'a pas eu le choix.

— Si. Elle m'a choisi.

Mon sang se met à bouillir. Je serre les poings et lutte contre l'envie de le frapper. Prenant une profonde inspiration, je m'écarte. Comme il me laisse faire, je traverse la pièce en feignant de m'intéresser aux fleurs, histoire de mettre le plus de distance possible entre nous. Quelques secondes plus tard, je le sens derrière moi. Si proche que son haleine me chauffe la nuque.

— Tu avais envie de moi, il n'y a pas si longtemps, murmure-t-il.

Lentement, je pivote vers lui.

— Non, je mens.

— Bien sûr que si. Tu en brûlais même d'envie. Si je ne t'avais pas arrêtée, tu te serais donnée à moi sur le canapé.

La gorge nouée, je me remémore la pulsation électrique entre nous, le pouvoir que confère la sensation d'être désirable.

— Mais je voulais d'abord t'amener ici.

Il passe devant moi et tire une rose blanche du vase. Lentement, il la fait glisser le long de mon cou, sur ma clavicule, mon bras nu, faisant naître la chair de poule dans son sillage.

— Tu pensais à moi quand tu te touchais ? Quand tu étais allongée sous ton fiancé trompeur et tyrannique, tu n'as pas regretté que ce ne soit pas moi, à sa place ?

Du revers de la main, j'écarte la rose. Une épine m'égratigne le poignet et je grimace sous la piqûre aussi vive que soudaine. Il prend ma main dans la sienne et la retourne pour examiner la petite coupure. Pendant un instant, je pense qu'il va y porter les lèvres. Au lieu de quoi, il récupère la goutte de sang à la pointe de son pouce. Ses yeux, au vert jade insondable, plongent leur éclat incandescent dans les miens.

— Je suis heureux que tu sois là, Caitie, susurre-t-il. Profite des fleurs.

Dès qu'il est parti, je saisis le vase et le fracasse contre la porte.

51

Caitlin Arden

Quand Bryony m'apporte mon déjeuner, plus tard dans la journée, et qu'elle constate le désordre, l'eau et les pétales répandus au sol, elle pose le plateau sur la commode et, avec un soupir plein de hargne, commence à nettoyer. Je ne peux pas me résoudre à l'aider. Je me sens mal d'avoir laissé cet homme poser la main sur moi. Je m'assieds par terre au pied du lit, les genoux serrés. Elle redresse le vase en plastique et me regarde fixement.

— J'en déduis que la visite de Heath ne s'est pas bien passée…

— Qu'est-ce qui te fait penser une chose pareille ?

Sa maussaderie envolée, elle esquisse un sourire ironique. Ayant récupéré le plateau, elle me l'apporte et s'assied en tailleur en face de moi, comme si nous étions deux amies en train de pique-niquer sur la pelouse d'un parc. Voyant que je ne cherche nullement à prendre une assiette, elle pousse le plateau vers moi.

— La tienne, c'est celle avec du jambon.

— Je n'ai pas faim.

— Il faut que tu manges. Tu as à peine touché à ton petit déjeuner et Olivia va piquer une crise si tu ne finis pas ton repas. Elle t'a préparé ton plat préféré.

Curieuse, je soulève une tranche de l'épais pain de campagne. Le sandwich est garni d'un morceau de fromage corsé, de jambon fumé et de salade. Comme celui que nous nous étions concocté lors de notre dernier après-midi parfait dans la prairie, avant son enlèvement. Il y a même un brownie et un verre de limonade glacée. Quoique dépourvue d'appétit, je sais qu'il est important de garder des forces si je veux avoir une chance de m'enfuir. Poussant un soupir, je m'empare d'une assiette et la pose sur mes genoux.

— Je ne comprends toujours pas pourquoi Heath m'a fait venir à Ledbury Hall.

Elle prend une bouchée de son propre sandwich.

— Pour Olivia.

— Il a dit ça… mais… pourquoi ? Il aurait pu se faire prendre.

Elle ricane.

— Il s'en est déjà sorti deux fois.

— N'empêche…

Elle repose son sandwich et me jette un long regard qui me glace.

— Olivia sombre parfois dans la dépression pendant des jours, voire des semaines. Et bien qu'elle soit libre de ses mouvements à Ledbury Hall, elle s'enferme dans sa chambre, ajoute Bryony avec une pointe d'amertume. Son état a empiré l'année dernière : ses périodes de dépression se sont prolongées pendant des mois. Elle lui a dit que la seule chose qui pouvait lui permettre de se sentir mieux, c'était toi. Ce n'était pas la première fois qu'elle lui faisait cette demande, mais c'est la première fois qu'il y a accédé.

Les épisodes dépressifs me surprennent. Olivia se conduit comme si sa vie avec Heath méritait de figurer dans les pages d'un roman d'amour, pourtant il est clair qu'à un certain niveau, elle est consciente que sa relation avec lui est tordue et aberrante.

— Pourquoi il a finalement cédé ?

— Il avait peur qu'elle se fasse du mal.

Je jette un coup d'œil à la cicatrice au poignet de Bryony. Elle surprend mon regard et s'empresse de déplacer son bras hors de ma vue.

— Alors, *voilà*[1], tu es là. Les désirs de ta sœur sont des ordres pour Heath.

Je prends mon sandwich dans l'assiette en carton et j'aperçois un morceau de papier plié en dessous. Sans réfléchir, je le tire et le lis :

Tu me manques, Kitty-Cate. Bisous

Puis on me l'arrache des doigts. Bryony a les yeux écarquillés.

— Olivia t'a écrit ça ?

— Oui, je siffle en le lui reprenant.

Elle me regarde avec une joie enfantine.

— La parfaite, l'obéissante Olivia.

— Arrête, je la mets en garde, car je n'aime pas son ton moqueur.

— Heath lui a interdit de s'approcher de toi.

— Elle ne s'est pas approchée de moi. Elle m'a écrit un mot.

— Je ne pense pas qu'il approuverait non plus.

Et en cet instant, je ne fais aucunement confiance à Bryony. Elle déteste ma sœur, mais est-elle assez rancunière pour rapporter à Heath l'écart de conduite d'Olivia ? La panique s'insinue en moi.

— Tu ne peux pas la dénoncer.

Ses yeux lancent des étincelles.

— Et pourquoi pas ?

— Parce que cela prouve une chose : qu'Olivia tient suffisamment à moi pour lui désobéir. Donc peut-être que je pourrais la faire basculer dans notre camp.

1. En français dans le texte.

Comme Bryony ne manifeste pas sur-le-champ son désaccord, je décide de pousser ma chance.

— Si tu disais juste à Olivia que je veux la voir…

Bryony réfléchit, joue à pile ou face, évalue ses options.

— D'accord, concède-t-elle. Mais si ça tourne mal, c'est toi qui prends.

52

Caitlin Arden

Le lendemain, après le petit déjeuner et le départ de Bryony, une ombre palpite dans le petit interstice sous la porte. Je m'en approche et presse ma paume contre le bois frais.

— Olivia ?

Silence.

Pendant un instant, je me demande si je n'ai pas imaginé cette ombre, puis sa voix traverse le panneau de chêne, douce comme un sirop.

— Je suis là.

Mon pouls s'accélère dans ma gorge.

— Tu entres ?

— Je ne peux pas, répond-elle, à mi-chemin entre le gémissement et la supplication.

— Où il est ?

— Sorti. Allé poster une autre de mes lettres à Myles et Clara.

— Tu veux dire papa et maman ? je corrige avec brusquerie.

Silence.

Le poison instillé par Heath coule si profond en Olivia qu'elle parle de nos parents comme s'ils n'étaient que de vagues connaissances.

— Tu sais qu'ils vont avoir le cœur brisé par notre disparition à toutes les deux, j'insiste.

La vérité se loge dans ma gorge comme un tesson de verre.

— Ils s'en remettront.

— Ils nous aiment…

— Ils allaient m'éloigner. Tu le savais, ça ?

Je fronce les sourcils.

— Quoi ?

— Ils comptaient m'envoyer en internat.

Je fais claquer ma langue contre mon palais, dégoûtée.

— C'est Heath qui t'a dit ça ?

Silence.

— Il ment.

— Notre père est allé en internat.

— Et il a détesté ça. Il n'y aurait jamais envoyé l'une ou l'autre d'entre nous.

— Heath m'a montré les brochures. Un couvent à des kilomètres de chez vous.

Je serre le poing contre la porte et m'efforce de ne pas laisser transparaître la frustration dans ma voix.

— Olivia, ce n'est tout simplement pas vrai. Il a pu se procurer ces brochures n'importe où.

Elle se tait à nouveau.

— Et la famille de Bryony ? j'insiste. Tu ne crois pas qu'ils voudraient revoir leur fille ?

— Elle n'a pas de famille. Elle était sans abri quand Heath l'a amenée ici.

Je secoue la tête, en songeant à ce que Bryony m'a raconté à leur sujet.

— Ses parents étaient médecins. Et elle a une sœur.

— Ils l'ont mise à la porte. Elle est restée à la rue pendant des mois. Il l'a sauvée.

— Je suppose que tu tiens ça aussi de la bouche de Heath ?

— Non, rétorque-elle brusquement. C'est elle qui me l'a dit.

Je suis sur le point de traiter Olivia de menteuse, puis je m'arrête parce qu'elle a l'air très sûre d'elle.

— Regarde cette maison, Caitie. Elle est magnifique. Bryony a de la chance que Heath l'ait recueillie. Tu sais ce qui arrive aux jeunes filles sans abri ?

— Rien de plus terrible que ce qui se passe ici !

Le silence qui me répond de l'autre côté de la porte est glacial.

— Je ne vais pas rester ici à t'écouter parler de mon mari comme ça, déclare-t-elle.

— Olivia…

— Et petit conseil d'amie : ne fais pas confiance à Bryony. Après tout, c'est à cause d'elle que je suis ici.

Le sang fuit mes veines, remplacé par une nausée brûlante.

— Quoi ?

— Au revoir, Caitie.

J'écoute ses pas s'éloigner dans le couloir. Lorsqu'elle est partie, j'arrache un oreiller du lit et j'y enfouis mon visage. Un cri horrible et primitif s'échappe de moi. Je ne me croyais pas capable d'un tel hurlement. Une rage comme je n'en ai jamais connu.

***

Je bondis à la seconde où Bryony apporte le déjeuner.

— Qu'est-ce qu'Olivia insinuait quand elle a déclaré que c'était à cause de toi qu'elle était là ?

La panique envahit ses traits, mais elle se ressaisit rapidement et pose le plateau sur la commode comme si je n'avais rien dit.

Je m'avance vers elle.

— Alors ?

Elle repousse une mèche de cheveux de son visage et me regarde froidement.

— Ce n'est pas tout à fait exact.

Je tente de ravaler la boule de fureur qui s'est logée dans ma gorge.

— Éclaire ma lanterne, dans ce cas.

Elle se crispe, chacun de ses muscles est comme une corde de violon tendue à l'extrême.

— Même si je ressemble à Elinor, je n'agis pas comme elle. Pour Heath, le fantasme que j'incarne n'a jamais été à la hauteur de la réalité. J'étais trop sauvage, trop en colère, trop désobéissante.

Elle se mordille la lèvre, rechignant à poursuivre. Je me tais. J'attends.

— Je lui ai sorti que si je n'étais pas ce qu'il recherchait, il n'avait qu'à ramener une autre fille ici et me laisser partir.

Elle rougit, incapable de croiser mon regard.

— Je n'étais qu'une enfant, Caitie. Je ne pensais pas qu'il suivrait mon conseil.

Je prends plusieurs profondes inspirations pour tenter de comprendre ce que je ressens. Si Bryony n'était pas à la hauteur de ses espérances, il y a fort à parier qu'il aurait kidnappé une autre fille, sans qu'elle l'ait suggéré au préalable.

— Ce n'est pas ta faute, je la rassure au bout d'un moment.

Elle se détend visiblement.

— Tu sais comment il est tombé sur ma sœur ? je reprends.

— Elle est venue à York à l'occasion d'un voyage scolaire. Il l'a vue dans un musée.

Je l'imagine, examinant ma sœur à travers une vitrine avec l'intensité d'une vipère guettant une souris.

— Il l'a suivie jusqu'à Bath. Jusque chez vous. Lorsqu'il est revenu à Ledbury Hall, il n'arrêtait pas de parler d'elle. Quelques semaines plus tard, elle était là.

Elle pince les lèvres, brûlant d'en dire plus, mais ses yeux rencontrent les miens, puis s'éloignent à nouveau. Je lui adresse un petit signe de tête encourageant. Elle soupire.

— Pour être honnête, j'ai été soulagée parce que je n'étais plus seule, de cette façon. J'avais beaucoup souffert de la solitude, je m'étais sentie désespérément seule pendant si longtemps.

J'éprouve une pointe d'empathie, car je ne connais que trop bien la souffrance de la solitude. Cette fois, je n'hésite pas, je pose ma main sur la sienne et elle me rend ma pression.

— Donc ce que tu m'as raconté sur ta famille est vrai ? Ils ne t'avaient pas mise à la porte ?

— Non.

— Alors pourquoi tu as dit à Olivia que… ?

— Heath m'y a forcée. Il voulait se présenter comme un héros.

— Et sauver une sans-abri de la rue semble beaucoup moins infâme que d'enlever une adolescente heureuse à sa famille ?

— Exactement. Je ne sais pas comment elle a pu gober cette histoire.

— Parce qu'il était plus facile pour elle de croire que son kidnappeur était un prince plutôt qu'un monstre.

Elle se mordille la lèvre.

— J'ai un affreux pressentiment.

— Lequel ?

Et la façon dont elle me regarde fait remonter une peur viscérale et misérable en moi.

— On ne sortira pas toutes vivantes d'ici.

53

Caitlin Arden

Le lendemain matin, je suis tirée du sommeil par le contact doux et léger d'un doigt sur mon nez. Quand j'ouvre les paupières, Olivia est accroupie à côté de mon lit et une vague de nostalgie me submerge. C'est ainsi que ma grande sœur me réveillait tous les matins lorsque nous étions enfants.

Elle sourit, mais d'un sourire qui n'atteint pas ses yeux. Elle craint que je la repousse, au lieu de quoi je saisis à deux mains ce rameau d'olivier. Réagissant comme je l'ai toujours fait, j'essaie de lui mordiller le doigt tel un chaton. Elle retire rapidement la main.

— Trop lente, Kitty-Cate.

Je souris.

— Tu es venue, je constate, la voix lourde de sommeil. Je ne pensais pas que Heath te laisserait.

— Il n'est pas au courant.

Je suis un peu choquée qu'elle lui ait une nouvelle fois désobéi. Mais c'est bon signe, non ? Mon cœur s'anime d'espoir.

— Où il est ?

— Sorti.

Je me redresse contre la tête de lit, tandis qu'elle grimpe dessus et s'assied en tailleur en face de moi.

— Je n'ai pas aimé la façon dont ça s'est terminé entre nous, hier.

Elle se cure pensivement l'ongle du pouce.

— Je savais que cette transition serait difficile pour toi. Heath m'a prévenue que je devrais modérer mes attentes. C'est juste que… J'ai hâte de commencer notre vie ensemble ici. J'ai passé des années à imaginer ce que ce serait de t'avoir à Ledbury Hall. De lire avec toi dans la bibliothèque. De dévaliser le chariot de bar et de préparer des cocktails, de s'enfoncer toutes les deux dans un après-midi alcoolisé. De nager dans le lac. Heath dit que c'est trop dangereux, mais il ne me semble pas très profond, ce plan d'eau.

Son regard, rêveur, se perd dans le lointain.

— Je nous imaginais en train de jardiner ensemble. Nous pourrions cultiver des tournesols auréoline, dit-elle sur le ton de la plaisanterie.

— Des fruits et des légumes aussi ?

Elle acquiesce.

— Des tomates vermillon et des betteraves amarante ?

Elle éclate de rire.

— Oui ! Exactement.

Nous échangeons un sourire.

— Je nous imaginais vieillir ensemble, dit-elle. Portant des pulls assortis et parlant à nos plantes en pot. J'ai une vision très claire où je tiens ta main froide et ridée dans la mienne, pendant que nous sommes assises dans le jardin, à regarder le coucher de soleil sur les arbres.

D'un côté, j'ai envie de lui hurler dessus pour m'avoir emprisonnée ici, et de l'autre, je brûle de la serrer avec mille précautions dans mes bras, parce qu'elle m'aime vraiment. Elle n'a pas cessé de m'aimer. Elle ne se rend pas compte qu'elle a les bonnes intentions maladroites d'un enfant qui met en cage un petit animal sauvage. Qui attrape un campagnol terrifié et le place à côté d'un matou prédateur, sans soupçonner, dans sa naïveté, que le matou finira inévitablement par tuer le rongeur.

Je ne sais pas s'il est possible de la convaincre du caractère illusoire de l'existence qu'elle a imaginée pour nous. J'ai été dépouillée de mes libertés et suis forcée de vivre sous le contrôle d'un sociopathe. D'un violeur, même s'il le nie. Peut-elle comprendre que je n'aimerai jamais Heath Ledbury ? Que je ne la remercierai jamais de l'avoir persuadé de me faire venir ici ? Il me faudra sans doute des années pour la convaincre que son « mari » est un salopard diabolique. Peut-être même ne le croira-t-elle jamais. Elle est si désireuse de ma présence dans ce manoir qu'elle ne m'aidera jamais à m'échapper. Du moins, pas en connaissance de cause. Un plan commence à se dessiner.

— Tu pourrais me faire une visite guidée ? je demande.

— De la maison ?

J'acquiesce.

Elle mordille sa lèvre inférieure.

— Heath veut te faire visiter lui-même les lieux après le mariage.

Je blêmis.

— Le mariage ?

Elle s'illumine.

— Bien sûr. Je t'ai dit que Heath était un gentleman. Il tient à faire les choses bien.

Épouser mon ravisseur au cours d'une cérémonie de dupes, farcesque et bidon ? Pas question. Je fais attention à ne pas laisser transparaître l'horreur que m'inspire cette perspective.

— Je… ne pense pas pouvoir l'épouser sans savoir où je vais vivre. Ce n'est pas bien, Olivia. Je ne me sens pas à l'aise ici. Je n'ai presque rien vu de la maison. Tu as raison, l'adaptation n'est pas facile, mais comment tu peux t'attendre à ce que tout se passe comme sur des roulettes dans des circonstances aussi étranges ?

Elle réfléchit et, dans l'espoir de la faire pencher de mon côté, je poursuis :

— En plus, c'est toi qui as voulu que je vienne ici. Il ne serait pas logique que ce soit toi qui me fasses visiter les lieux ?

— Il ne le permettra jamais.

Je lui adresse un sourire amusé.

— Est-ce qu'il a besoin de le savoir ?

Elle se déplace, mal à l'aise, et jette un coup d'œil vers la porte, avec des airs de biche effarouchée.

La panique me noue le ventre.

— Évidemment, je ne lui dirai rien.

Si je veux avoir une chance de m'échapper, je dois sortir de cette pièce et le faire quand Heath n'est pas là pour m'en empêcher. Je maintiens mon sourire enjoué, dissimulant la machination qui s'y cache. Elle scrute mon visage, sur le point de me céder, je le sens. Je tends la main et la saisis. Pour la serrer.

— S'il te plaît.

À la seconde où un sourire se dessine sur ses lèvres en bouton de rose, je sais que j'ai gagné.

— D'accord.

Je souris, m'autorisant à espérer pour la première fois depuis que je me suis réveillée ici.

— Il sera absent quelques heures demain, dit-elle. Mais Caitie, ne le dis surtout pas à Bryony.

— Pourquoi ?

— Elle me déteste. Elle est jalouse que je sois la préférée de Heath, dit-elle. S'il ne tenait qu'à elle, je serais morte.

54

Caitlin Arden

Malgré l'avertissement d'Olivia, je dis tout à Bryony lorsqu'elle vient ce matin-là avec mon petit déjeuner, car pour que mon plan fonctionne, j'ai besoin d'elle. Je lui fais répéter cent fois la géographie de Ledbury Hall, et je la lui récite quand elle revient au déjeuner. Elle me précise exactement où, dans la chambre de Heath, je trouverai le trousseau de clés en laiton. Pendant la visite de la maison, je devrai réussir à enfermer Olivia dans une pièce pour me donner le temps de libérer Bryony. Ensuite, toutes les deux, nous traînerons ma sœur hors du manoir, et peu importe si elle rue et crie de rage. Le plan est de trouver une route, une voiture de passage, une autre maison, n'importe quelle trace de civilisation pour pouvoir alerter la police.

Au moment où le dîner arrive, je suis sûre de connaître le plan par cœur. Bien que je ne fasse pas entièrement confiance à Bryony, je me fie suffisamment à elle pour savoir qu'elle brûle de filer d'ici autant que moi. Nous avons besoin l'une de l'autre.

Je reste éveillée toute la nuit, trop excitée, trop terrifiée pour dormir. Toutes les perspectives paralysantes de la journée du lendemain font jaillir des araignées des crevasses de mon esprit, au point que ma tête en est colonisée. L'idée que Heath me surprenne hors de ma chambre me donne la nausée. Que fera-t-il alors ? Je pense à sa sœur morte et me demande comment il l'a assassinée. *Pourquoi ?*

La maison grince et gémit autour de moi. Vieux tuyaux, fantômes plaintifs. Les murs sont lourds de secrets. Si j'y colle mon oreille, est-ce que j'entendrai les lents battements du cœur d'Elinor, le hoquet mourant de son souffle ?

À mon réveil, je sens une fraîcheur dans l'air, depuis longtemps perdue. Après des mois de chaleur suffocante et poisseuse, septembre est arrivé dans une rafale automnale. Le tir d'artillerie de la pluie sur les tuiles du toit emplit la pièce. Je sors du lit et me plante devant les fenêtres fouettées par l'averse. Des nuages sombres et furieux tourbillonnent dans le ciel d'acier. Un orage se prépare. Lorsque nous étions enfants, Olivia et moi adorions les tempêtes. Le cœur battant, les yeux écarquillés, nous attendions le tonnerre en comptant les éclairs, nous guettions la zébrure bleu électrique suivante en retenant notre souffle. Aujourd'hui, mon cœur s'emballe, non pas à cause de l'orage qui s'annonce, mais en proie au désir fou qui anime un animal sauvage en passe de s'échapper d'un piège.

Je me douche et je m'habille d'une robe mi-longue en coton blanc, ample. Bryony m'apporte le petit déjeuner, mais nous mangeons en silence. Elle ne cesse de jeter des coups d'œil à la porte et je comprends qu'il est devant, en train d'écouter. Avant de partir, elle serre ma main pour me rassurer.

Quand Olivia arrive dans ma chambre, j'ai le ventre noué. Elle bourdonne d'énergie nerveuse.

— Prête pour la visite guidée ?

Mon cœur s'emballe. Je souris.

— Tout à fait.

Elle ouvre la porte et je m'engage dans le couloir. Pas de menottes. Pas de Heath. Malgré les deux grandes fenêtres situées à chaque extrémité du palier, la lumière est grisâtre et faible en raison du ciel assombri par l'orage. Je sens un malaise m'envahir. Olivia se penche et ramasse quelque chose par terre. Mon pouls s'accélère : c'est le fameux coffret en laiton. Évidemment. Toutes les portes sont fermées à clé, comment pourrait-elle entrer dans chaque pièce alors que Heath garde le passe-partout autour du cou ? Je suis tentée de la lui arracher des mains, mais je me force à m'en tenir au plan.

— Commençons par les chambres, déclare-t-elle.

J'acquiesce.

Je ne suis guère attentive tandis qu'elle me conduit d'une chambre d'invités à l'autre, mais lorsqu'elle pousse la porte de celle de Heath, ma curiosité s'aiguise. L'endroit a son odeur. Sel marin et sauge, citronnelle et peau bien lavée. Les murs ont le gris fumé d'un nuage d'orage. Les meubles sont en bois brut, de couleur chaude. Dans un coin, une bibliothèque remplie de vinyles ; un tourne-disque sur la commode sous la fenêtre. Mais le point focal de la pièce est le grand lit à baldaquin. J'imagine ma sœur enlacée à lui et la colère éclate dans ma poitrine. Détournant aussitôt les yeux, je la vois : une immense photographie encadrée, accrochée au mur en face du lit.

Une jeune fille d'à peine seize ans, portant une robe d'un joli vert, me regarde. L'espace d'une seconde, je la prends pour Olivia. Visage de trois quarts, elle est assise dans un fauteuil, sourire aux lèvres. Elle tient un livre ouvert, si bien qu'elle semble avoir été interrompue en pleine lecture. Ses cheveux sont longs, brillants et épais, de la même nuance dorée que ceux d'Olivia. Quant à ses yeux, ils sont d'un bleu pervenche saisissant. Insondables et intelligents, ils fixent le photographe avec une affection indéniable. Elle est de la même beauté obsédante que ma sœur.

— Elinor, m'annonce Olivia.

La sœur de Heath. La sœur assassinée de Heath. Sans regarder Olivia, je demande :

— Ils étaient proches ?

— Très.

— Que lui est-il arrivé, d'après Heath ?

— Elle s'est enfuie avec un Irlandais.

— Et elle n'est jamais revenue ?

— Non.

— Tu ne trouves pas ça bizarre ?

Comme elle garde le silence, je me tourne vers elle.

— S'ils étaient aussi proches qu'il le dit ?

Elle lève le menton, mais ne répond rien. Elle opte volontairement pour l'ignorance.

— Tu lui ressembles énormément, je constate tandis que mes yeux vont et viennent entre son visage et celui d'Elinor.

Olivia entrouvre les lèvres et son regard se porte sur la photo. Elle s'est fait la même réflexion et s'est interrogée sur cette disparition. Elle s'éclaircit la voix.

— Allons jeter un coup d'œil aux autres pièces.

Elle me fait sortir et verrouille la porte derrière nous, en déposant la clé dans la boîte.

Au rez-de-chaussée, elle me conduit d'une pièce luxueuse à une autre. C'est seulement lorsque j'entre dans le salon que mon ventre se retourne. Une robe de mariée est suspendue à côté de la cheminée. Et pas n'importe laquelle. Celle que j'ai choisie quand j'étais avec Olivia. Je tends la main et touche les délicates feuilles brodées.

Ma sœur sourit et me demande, en ayant bien du mal à masquer l'impatience dans sa voix :

— Tu es surprise ?

— Très, je réponds, la gorge nouée.

Maintenant, je sais pourquoi elle a suggéré cette virée shopping avec moi. Sauf qu'il n'a jamais été question de préparer mon union avec Oscar. Il s'est toujours agi de mon mariage avec Heath. Je prends une profonde inspiration pour me calmer et ravaler la brûlure de la peur.

— C'est à peu près tout. Tu as vu toutes les pièces.

— Et la bibliothèque ?

— Tu l'as vue le premier jour.

— Pas vraiment. C'est un peu flou, le souvenir que j'en garde, dis-je. C'est par là, non ?

Je me dirige vers la porte fermée à clé. Pour que mon plan fonctionne, il faut que j'aie accès à la bibliothèque.

Olivia jette un coup d'œil à la pendule.

— Oui, mais dépêche-toi.

Elle prend une clé dans le coffret et ouvre la porte. Je balaie la bibliothèque des yeux jusqu'à tomber sur la porte cachée derrière le chariot de bar. Celle dont Bryony et moi avons longuement discuté. Je m'en approche et pose la main sur la poignée en laiton.

— Qu'est-ce qu'il y a, de l'autre côté ? je demande en feignant de n'en avoir aucune idée.

— La cave à vin.

Je mime la surprise, puis la joie.

— J'adore le vin ! On peut y jeter un coup d'œil vite fait ?

Elle fronce les sourcils.

— Tu as envie de regarder de vieilles bouteilles de vin poussiéreuses ?

— En fait, je m'y connais pas mal en vin.

Je m'abstiens de préciser que le mérite en revient à ma relation avec Oscar.

— J'adore les vins rouges boisés. Je pourrais peut-être en choisir un pour notre mariage, j'ajoute, histoire d'adoucir la suggestion. Tu pourras dire à Heath que c'est toi qui l'as choisi.

Son regard s'illumine : elle est ravie que je m'intéresse à mon imminent mariage.

— D'accord. Mais il faut faire très, très vite.

J'acquiesce.

Elle insère la clé dans la serrure et ouvre. Comme chaque fois, elle laisse la clé en place pendant que nous descendons l'escalier. Cette fois encore, j'ouvre la voie et m'avance dans l'obscurité. Alors que j'arrive en bas, une lumière s'allume au-dessus de ma tête et Olivia me suit. Je jette un coup d'œil en haut, derrière elle, vers la porte ouverte de la cave. Elle tient le trousseau de clés en laiton. Je me dirige vers l'une des étagères d'où je fais glisser une bouteille de vin rouge, en soufflant la poussière de son étiquette. Je l'agite vers elle.

— 1982, je lance. Pas mal.

Elle me la prend des mains, mais, à mon immense frustration, elle ne dépose pas pour autant le coffret à clés.

— Je préfère le blanc.

Je lève les yeux au ciel.

— Des goûts de barbare.

Elle remet la bouteille en place et j'en fais glisser une autre. L'adrénaline pulse à travers moi tandis que j'essaie de trouver un moyen de m'emparer du coffret, de monter l'escalier et de l'enfermer ici, car je ne veux pas lui faire de mal. Je jette un coup d'œil aux marches. Elle en est plus proche que moi. Il faut que je l'attire plus loin dans la cave. Je remets en place la bouteille que je tenais et je longe les étagères, faisant semblant d'explorer les réserves. Elle me suit et me pose des questions sur le vin. Je réponds en pilote automatique, surprise de constater tout ce qu'Oscar m'a appris au fil des années. Pendant ce temps, je m'arrange pour l'éloigner de plus en plus de l'escalier. Une fois que nous en sommes aussi loin que possible, je m'empare d'une bouteille au hasard, mais je tremble tellement d'inquiétude que je manque de la laisser échapper.

— Caitie, me réprimande-t-elle. Fais attention. Si tu casses quelque chose, il saura qu'on est venues ici.

Elle se passe la langue sur les lèvres, soudain nerveuse.

— Écoute, tu as vu toute la maison, on va revenir sur nos pas.

Mais une seule d'entre nous peut quitter cette cave. Je pourrais la frapper avec cette bouteille. La mettre K.-O. Toutefois, même en y pensant, je sais que je me mens à moi-même. Je regarde la bouteille dans ma main, son avertissement de ne rien casser retentit à mes oreilles.

— OK, dis-je.

Et alors que je m'apprête à reposer la bouteille dans son casier, je la laisse délibérément s'écraser au sol. Elle percute le béton et se brise. Le verre brille dans une mare de cramoisi.

— Caitie ! gronde-t-elle.

Posant le coffret en laiton, elle s'agenouille et ramasse les tessons de verre sur le sol.

Je la contourne.

— Je suis vraiment désolée.

Puis, pendant qu'elle est distraite, je récupère le coffret sur le sol et je traverse la cave en courant jusqu'aux marches en pierre.

Olivia hurle mon nom. Elle est rapide, gravit l'escalier derrière moi puis, s'élançant, referme les doigts sur ma robe et me tire en arrière. Je trébuche et me cogne le genou contre le rebord de la marche, ce qui m'arrache un cri de douleur. Frénétique, Olivia m'agrippe, me pince la peau en essayant de raffermir sa prise sur moi. Je donne un coup de pied qui rencontre sa chair et elle hurle. Mais je suis libre. Je parviens en haut de l'escalier en titubant, serrant toujours le coffret en laiton. Le cœur palpitant contre mes côtes, je me retourne vers la porte, que je referme dans un claquement. Olivia se jette contre le battant. Triturant la clé, je finis par l'enclencher à droite et j'enferme ma sœur à l'intérieur.

Ses cris dégoulinent de rage.

— Je suis vraiment désolée, je lui lance, même si je ne suis pas sûre qu'elle m'entende par-dessus sa diatribe déchaînée.

Alors je tourne les talons et je cours.

À bout de souffle, je fais glisser le verrou de la porte de Bryony, mais quand j'essaie de l'ouvrir, je me rends compte qu'elle a été verrouillée à double tour.

— Caitie ?

La voix de Bryony traverse le panneau de bois, si pleine d'incrédulité que j'en sens presque le goût.

— Tu l'as vraiment fait ? Tu as les clés ?

— Oui.

En ouvrant le coffret, je fais malencontreusement tomber les clés par terre. J'en ramasse une au hasard.

— Où est Olivia ?

— À la cave.

— Oh, mon Dieu, ça a marché ! couine-t-elle. Le plan a vraiment fonctionné ?

Mes joues s'empourprent, je ne suis pas fière d'avoir manipulé ma sœur ni de l'avoir enfermée dans une cave. Je retourne le petit porte-clés en plastique, mais mes entrailles se nouent : les clés ne sont pas étiquetées par pièce, mais par numéro. Je laisse tomber cette clé pour en récupérer une autre, puis une autre. Elles sont toutes numérotées. Je n'ai aucun moyen de savoir laquelle ouvre la porte de Bryony. Olivia a clairement mémorisé les pièces correspondant aux numéros, mais elle a bénéficié de plusieurs années d'entraînement.

— Ouvre la porte, dit Bryony, en secouant légèrement la poignée, histoire de souligner son propos.

— Je n'y arrive pas, je réponds d'une voix tremblante. Les clés ne sont pas étiquetées « salle à manger » ou « chambre de Bryony », elles portent un numéro.

Elle se tait. Puis :

— Tu vas devoir les essayer toutes.

Je regarde le tas de clés. Il doit y en avoir au moins vingt. La seule qui se distingue vraiment est un vieux passe-partout en laiton ancien. Sa tête ornée me rappelle la clé du *Magicien d'Oz*. Il doit ouvrir la porte d'entrée. Je le glisse dans la poche de ma robe et passe mes mains sur les autres clés.

— Caitie, lance Bryony. Tu peux me faire sortir d'ici, s'il te plaît ?

— J'essaie.

J'en choisis une au hasard. Bien qu'elle entre dans la serrure, elle ne tourne pas. Je la remets dans le coffret et j'en prends un autre. Pendant ce temps, j'entends Olivia hurler comme une banshee. Je suis terrorisée, car Heath va rentrer d'un instant à l'autre et me trouver sur le palier. Dès qu'il posera un pied dans la maison, il entendra Olivia et comprendra. Elle a dit qu'il n'allait pas tarder. Qu'il serait là incessamment. Mon cœur hoquette dans ma poitrine. Je suis étourdie par la terreur. Comme les cris d'Olivia me mettent les nerfs en pelote, je prends une décision. Tombant sur les genoux, je commence à faire glisser les clés dans l'espace sous la porte.

— Qu'est-ce que tu fiches ? panique Bryony.

— Essaie les clés de l'intérieur, j'explique en poussant la dernière dans l'interstice. Je dois faire taire Olivia.

— Caitie, non ! crie-t-elle. Reste ici. Aide-moi !

Mais je suis déjà en train de rebrousser chemin.

— Tu as les clés. Une fois que tu seras sortie, rejoins-moi en bas.

Mes jambes tremblent tellement que je manque de me casser la figure dans l'escalier. La clé est toujours sur la porte de la cave, mais Olivia est si enragée que j'ai peur d'ouvrir. Il faudra que Bryony et moi la tirions d'ici de force. Alors que j'arpente la bibliothèque, essayant de trouver quoi dire pour la calmer, les cris s'arrêtent. Si brusquement que je trébuche. On n'entend plus que le vent qui hurle et la pluie qui gratte les fenêtres. Est-ce qu'elle est tombée ? Gît-elle désarticulée, les os rompus, au pied de l'escalier ? En se retirant de mes veines, mon sang laisse place à une nausée glaciale. Je referme les doigts sur le métal froid de la clé. Je suis sur le point d'ouvrir la porte, de vérifier si ma sœur va bien, quand j'entends une autre clé dans une autre serrure. Celle de la porte d'entrée.

Heath est de retour.

55

CAITLIN ARDEN

Une peur comme je n'en ai jamais connu s'empare de moi, bête vorace et dévastatrice. Elle soude mes pieds sur place. Tout ce que je peux faire, c'est rester plantée là, à regarder fixement et écouter. J'entends une chaussure heurter le sol, puis une autre. Le cliquetis des clés que l'on glisse dans une poche. Des bruits de pas. Je ne sais pas si Olivia l'entend aussi, ou si elle est tellement connectée à lui qu'elle perçoit son arrivée, mais elle crie son nom avec une urgence si brute, si stridente que je me bouche les oreilles.

Heath fait irruption dans la pièce et s'arrête net en me voyant. Un kaléidoscope d'émotions défile sur son visage. La panique qu'il a éprouvée pour sa femme se transforme en choc et en confusion, avant de se cristalliser en colère quand il prend conscience de la situation.

Olivia l'appelle toujours. Il fonce sur moi. Je l'esquive, attrape un chandelier sur les étagères et lance sauvagement le bras dans sa direction. Je ne peux pas le laisser atteindre Olivia. Il recule d'un bond et lève les mains comme pour me tenir à distance.

— Caitie, dit-il en s'efforçant d'étouffer la fureur qui enfle dans sa voix.

Il a du mal, sa pomme d'Adam frémit, et il me fixe d'un regard froid et empoisonné.

Il porte un jogging et un t-shirt d'un gris doux, qui me donnent à penser qu'il est peut-être sorti courir. Il est tellement plus large, tellement plus grand, tellement plus fort que moi. La seule chose qui me sépare de lui est un espace de quelques mètres et un chandelier en laiton. J'essaie de ne pas songer à ce qu'il fera une fois qu'il m'aura attrapée.

— Caitie, répète-t-il sur le ton de qui cherche à calmer un animal sauvage. Pose-moi ça, qu'on puisse parler.

En entendant sa voix, Olivia a cessé de crier. Je l'imagine de l'autre côté de la porte, l'oreille collée contre la paroi pour écouter. Il est possible que Bryony soit sortie de sa chambre. Si tel n'est pas le cas, je dois gagner du temps. Nous avons beaucoup plus de chances de nous en tirer si nous travaillons main dans la main. Je passe la langue sur mes lèvres desséchées.

— C'est ce que tu as dit à Elinor ?

Il pâlit.

— Quoi ?

— Ta sœur.

Alors je le vois. Le fantôme qui se déplace sur son visage. Un souvenir enfoui depuis longtemps. Une plaie à peine couverte de croûtes. J'enfonce les doigts dans l'entaille encore chaude et humide.

— Tu lui as dit que tu voulais juste parler avant de la faire disparaître ?

Il se fige et je sais que j'ai raison. Loin de l'élan triomphal, c'est la peur qui se resserre comme une corde autour de ma gorge.

— Arrête, grogne-t-il.

Je jette un coup d'œil à la porte derrière lui, priant pour que Bryony apparaisse brusquement.

— Tu l'as tuée, Heath ?

Il montre les dents.

— Tais-toi.

— Tu en es incapable, hein ? je le nargue. Tu ne sais pas aimer sans détruire.

— NON ! rugit-il.

Mais je ne peux pas m'arrêter. Je dois continuer à le faire parler. Si je suis honnête, il y a un frisson naissant à reprendre le pouvoir. À lui faire du mal.

— Où est son corps, Heath ? Dans les bois ? Dans la chambre cadenassée ? Dans le lac ? j'achève en haussant un sourcil.

Ses yeux flamboient d'un feu vert. Il se déplace si vite que je ne le vois pas venir. Je me retrouve plaquée contre les étagères. Les livres pleuvent sur nous. Le chandelier me glisse des doigts et s'écrase sur le sol. Heath me tire vers lui puis me projette à nouveau contre les rayonnages avant de refermer les mains sur ma gorge. Je cherche à prendre appui sur le sol, mais mes pieds nus n'arrivent pas à se fixer sur le bois. Il serre, me prive d'air. Je m'agrippe à ses bras. Son emprise se resserre encore et ma vision devient grise. Je tâtonne, passe la main sur une étagère, à la recherche de quelque chose, n'importe quoi. Mes doigts s'enroulent autour d'un objet dur et froid. Lourd. Je balance mon arme invisible. Qui s'abat sur sa tempe. Je sens quelque chose céder. Un os se détachant d'un autre os. Sa prise se relâche, puis me libère complètement. Il a du sang qui lui dégouline sur la joue. Il chancelle, pousse des sons gutturaux. Puis il s'effondre. Je fixe le buste serré dans ma main, le sang qui macule le marbre blanc d'un visage féminin. La petite statue glisse de mes doigts engourdis par la terreur et s'écrase sur le tapis à côté de lui.

Je me laisse tomber au sol et, d'une main tremblante, je le fais rouler sur le dos. Ses yeux écarquillés fixent le plafond sans plus le voir. Le sang qui coule s'étale sur le tapis, l'imprègne. Je me détourne du trou qui défonce le côté de son crâne et je vomis.

56

Caitlin Arden

Je me lève péniblement. La pièce tourbillonne autour de moi. Je garde le corps sans vie de Heath dans mon champ de vision, craignant d'être malade une seconde fois si je revois le trou béant dans sa tête. Après plusieurs profondes inspirations, je gagne en trébuchant la porte de la cave. Rien ne sera achevé tant que je n'aurai pas fait sortir Olivia de Ledbury Hall. Je tourne la clé et ouvre la porte du sous-sol. Elle fait aussitôt irruption dans la bibliothèque, fouinant partout des yeux. Je me tiens devant elle, de manière à lui masquer le corps de Heath.

— Qu'est-ce qui s'est passé ? fait-elle d'une voix étranglée. Ça va ?

Elle repousse mes cheveux de mon visage. Son contact est doux et rassurant. Puis elle voit les éclaboussures de sang sur ma peau et ses mains s'immobilisent.

— Où est… ?

Elle s'interrompt quand son regard se porte sur lui.

— Olivia… je lâche dans un sanglot.

Mais elle me dépasse et se plante au-dessus de lui. Pétrifiée. Quelque chose en elle se déchire. Un nuage chargé de pluie. Le son qui s'échappe d'elle est celui d'un désespoir à vous fendre l'âme. Elle tombe à genoux. Pose ses mains sur lui, pour lui toucher le visage, caresser son torse.

— Heath ? Réveille-toi. S'il te plaît, réveille-toi.

Elle serre son t-shirt dans ses poings.

— S'il te plaît, supplie-t-elle. S'il te plaît, réveille-toi.

Son corps entier est secoué par des vagues de lourds sanglots. Sa peine est profonde, sa douleur aussi réelle que si on lui entaillait les chairs avec une lame. Je m'approche au-dessus d'elle, veillant à garder le regard fixé sur sa nuque pour ne pas le voir, lui. Olivia étouffe ses derniers sanglots.

— Il faut qu'on parte d'ici, je murmure. On doit ficher le camp.

Lentement, elle lève ses yeux vers les miens. Un calme étrange a envahi son regard. Un lac gelé en hiver.

— Tu l'as tué.

Je ravale la boule dans ma gorge.

— Je n'avais pas le choix.

— Il est mort. Tu l'as tué, répète-t-elle en se levant.

J'ai le sang de Heath sur les mains. Elle baisse les yeux, le voit, tremble de tous ses membres.

— Il n'est plus là. Tu l'as assassiné.

Elle recroqueville ses doigts, qui ressemblent maintenant à des serres.

— Olivia…

Elle ouvre la bouche et pousse un cri d'une brutalité sanglante. Puis elle se jette sur moi et me fait tomber à terre. Elle me chevauche, griffes dans mes cheveux, me taillade la gorge. Je donne des coups de pied, je rue et me débats tant que je la projette loin de moi. Elle chute d'un côté. Je me retourne alors de l'autre et me relève. Puis je me mets à courir.

Je heurte l'encadrement de la porte en sortant et me prends l'épaule dans la suivante. Dans l'entrée, l'instinct me pousse à pivoter sur la gauche et à gravir l'escalier à toute allure. Je traverse le palier sombre au pas de course. Toutes les portes sont verrouillées. Bryony est toujours enfermée. Vaguement, par-dessus le sang qui tambourine dans mes oreilles, je l'entends crier que la serrure est bloquée, mais je n'ai pas le temps de m'arrêter. Je jette un coup d'œil par-dessus mon épaule : Olivia est sur mes talons. J'accélère, les portes se brouillent sur mon passage. J'arrive au deuxième escalier, celui qui se trouve à côté de ma chambre, et je me rends compte qu'il ne descend pas. Il monte. Je gravis les marches deux à deux jusqu'à une porte qui en ferme le sommet. Et refuse de s'ouvrir. À force de tâtonnements, je parviens à en faire coulisser le verrou. Un instant plus tard, je me propulse dehors. Le vent hurle, tirant mes cheveux de ses doigts en folie. La pluie me mitraille, mille petites aiguilles qui piquent ma peau. Je tourne sur moi-même afin de me repérer. Je suis sur un toit-terrasse. Il n'y a plus nulle part où fuir. Derrière moi, la porte s'ouvre.

Aveuglée par le chagrin, submergée par la rage, Olivia se jette sur moi. Nous tombons par terre, roulant l'une sur l'autre, jusqu'à ce que nous soyons arrêtées par une balustrade en pierre. Elle me chevauche. Ses doigts s'enroulent autour de ma gorge et serrent. J'étouffe, quête une bouffée d'air. Ses cheveux sont plaqués sur son visage en amas détrempés. Elle pousse des hurlements sauvages. J'enfonce les ongles dans ses poignets, comprenant qu'il ne me reste que quelques minutes à vivre. Je pleure, la pluie se mêle à mes larmes. Mais ses cris s'affaiblissent, pour se muer en hoquets ponctués de profonds sanglots. Elle desserre les mains et nos yeux se rencontrent. Ma sœur, mon Olivia, revient lentement. Comme le soleil qui se lève après une longue nuit noire. Et elle me voit. Elle me voit vraiment. La tension s'échappe de son corps. Elle fronce les sourcils en regardant ses mains comme si elles ne lui appartenaient pas, puis elle me contemple, bouche bée, mortifiée et repentante. Des larmes coulent sur ses joues. Elle entrouvre les lèvres pour formuler ce que je sais être une demande de pardon. Mais je n'ai pas le temps de l'entendre, parce que, dans la seconde qui suit, elle est projetée sur le côté. Arrachée de moi. Et puis elle disparaît par-dessus la balustrade, emportée comme une feuille par le vent.

Toujours allongée sur le sol, je balaie la terrasse du regard.

Bryony se tient au-dessus de moi. Elle a le regard vitreux et dénué d'expression. Roulant sur le flanc, je rampe jusqu'au mur. Je me sers de la pierre lisse et humide pour me redresser, me mettre debout sur des jambes tremblantes.

Puis je regarde au sol, par-delà la rambarde.

Je regarde au sol la marionnette cassée qui gît sur le gravier de l'allée en contrebas. Bras et jambes écartés selon des angles étranges.

Olivia.

Le sang s'accumule autour de sa tête en un halo macabre.

— Non.

C'est un sifflement de douleur. Un refus plein d'impuissance.

— Non !

Puis je bouscule Bryony. Je cours, je descends, je descends, je descends. En un clin d'œil, je suis à la porte d'entrée, je sors la clé de la poche de ma robe. J'ouvre le battant d'un coup sec et je suis dehors. La pluie est plus forte maintenant. Des trombes d'eau. Je dévale les marches en trébuchant et m'agenouille à côté d'elle. Les pierres pointues, ruisselantes, m'entaillent la peau.

La panique et la terreur gravées sur son visage sont absolues. Le bruit qui monte de sa gorge me donne l'impression qu'elle étouffe, se noie. Elle ne peut plus respirer. Ses lèvres bleuissent. Je crie, un son venu du fond de mes entrailles. Du coin le plus sombre et le plus éloigné de mon âme. Je ne sais pas quoi faire. Comment la sauver.

Je prends son visage entre mes mains qui laissent des traces écarlates sur le gris moite de sa peau. Si je m'accroche à elle, si je la touche, elle restera. Elle ne m'abandonnera pas ici.

— Je t'aime, je lui murmure.

Je le répète encore et encore, comme une prière, comme un sort de guérison.

— Tu vas t'en sortir.

Je ne sais pas si elle m'entend. Si elle comprend.

— S'il te plaît, ne pars pas. Ne me laisse pas. J'ai besoin de toi, Olivia. J'ai besoin de toi.

Mais les yeux de ma sœur, ces yeux au bleu si vif, qui m'ont toujours fait penser à des lacs glaciaires et à des cieux d'été, à des myosotis et à des pétales de bleuet, ces yeux que je connais depuis le jour de ma naissance, ne voient plus rien. Ils sont vides.

Elle est partie et je suis seule.

57

Caitlin Arden

Chère Olivia,

Ma belle, brillante et envoûtante sœur. En tant qu'adulte, je n'ai jamais tenu de journal. De ce fait, je ne savais pas vraiment par où commencer, mais « Cher journal » me semblait faire trop Jane Austen. J'ai donc décidé de m'adresser à toi.

Au cours de l'année qui vient de s'écouler, j'ai compris qu'il existe des vérités universelles qui nous guident toute notre vie. Le soleil se lèvera toujours à l'est et se couchera toujours à l'ouest. Tout ce qui naît meurt. Personne ne nous connaît jamais aussi bien qu'une sœur. Il y a une magie particulière à devoir sa naissance aux deux mêmes personnes. À grandir ensemble. À savoir que le sang qui coule dans mes veines est le même que celui qui coule dans les tiennes. Ce que j'essaie de te dire, c'est que tu me manques. Ta disparition est comme une épaisse couche de suie qui s'est déposée sur toutes les surfaces de ma vie. Pendant les premières semaines qui ont suivi ta mort, j'ai employé mon énergie à tenter d'enlever cette suie. Je voulais désespérément effacer le chagrin pour pouvoir respirer à nouveau une bouffée d'air pur. Aujourd'hui, un an plus tard, je me rends compte que ce n'est pas de la suie. Ce sont des paillettes. Ce sont tous les moments brillants et étincelants que j'ai vécus avec toi, saupoudrés tout autour de moi. Partout où je regarde, je te vois. Parfois, tu es la fille qui fait la queue pour un café devant moi. Un visage souriant dans une foule. Je te retrouve dans mon propre reflet, dans le bleu de mes yeux et l'arête de mon nez.

Harriett m'assure que tout cela fait partie du deuil. Du processus de remémoration. Harriett est ma nouvelle thérapeute. Ne t'inquiète pas, c'est une vraie thérapeute. J'ai vérifié. Et revérifié. C'est elle qui m'a suggéré de t'écrire. Elle a préconisé que je le fasse sous forme de lettres que je scellerais et conserverais, mais j'ai repensé à ton journal intime à l'abeille d'or et à ton amour de l'écriture. J'ai passé des heures dans les papeteries, à la recherche du carnet parfait. Cartonné, couleur auréoline. Le bureau de Harriett est un pavillon d'été au fond de son jardin. Il est entouré de roses, de myosotis, de marguerites sauvages et de tournesols. Je ne pourrai plus jamais en regarder un sans songer à toi.

Tout le monde portait du jaune à ton enterrement. Auréoline. Et partout, partout, il y avait des tournesols. Oscar s'est pointé, penaud et plein de remords, mais papa et maman lui ont demandé de partir. Ils ont lu son livre. À mon grand dam, c'est un best-seller. Maman s'est mise en colère. Papa a même menacé de le poursuivre en justice. Je leur ai dit de ne pas s'inquiéter. Que ce qu'il a écrit n'avait pas d'importance, parce qu'il ne te connaissait pas. Pour lui, tu n'as jamais été qu'une fille dans un bus. Une amourette d'enfance. Et plus tard, un projet à exploiter. J'ai choisi de me souvenir de toi non pas comme de la personne dont il avait besoin pour vendre son bouquin, mais comme d'une sœur qui était non seulement prête à partager la lumière des projecteurs, mais aussi à m'y propulser, à m'attirer les louanges de nos parents même lorsque je n'avais rien fait pour les mériter. Comme de la petite fille qui avait annoncé à une salle remplie d'enfants moqueurs qu'une salopette jaune bouton d'or, c'était cool. Une énergie électrisante d'un genre spécial.

Il y a eu tellement de pertes. Je n'ai pas fait que te perdre, j'ai aussi perdu des amies. Je n'ai presque pas revu Florence.

Même si Bryony a corroboré mon histoire, détaillant les instructions que Heath t'avait données pour que j'apparaisse comme paranoïaque et délirante, Florence ne m'a pas pardonné d'avoir gâché son mariage. Je ne lui en veux pas. C'est une triste vérité, mais oui, tu étais le lien entre nous. Avec tout ce qui s'est passé, il était plus facile de couper le cordon que d'essayer de démêler l'écheveau. Je suis en paix avec ça maintenant.

Malgré les tentatives d'Oscar, lui et moi ne nous sommes plus jamais parlé. Même s'il n'a pas eu l'audace d'essayer de me revoir après avoir été banni des funérailles, il m'arrive d'être réveillée au cœur de la nuit par le vibreur de mon téléphone. Personne ne parle quand je décroche, mais j'ai entendu un jour une femme lancer d'un air contrarié : « Oscar, bon sang, tu appelles qui à une heure pareille ? »

Je vis maintenant avec nos parents, ce qui s'est avéré une bonne chose. Ça nous a permis de guérir. Les choses entre eux et moi sont différentes. Mieux. Une semaine avant Noël, j'étais dans la cuisine en train de préparer des tartelettes aux fruits secs. Le sol était gelé et des guirlandes lumineuses brillaient partout. J'étais en train d'incorporer le beurre à la farine, comme maman nous l'a appris, lorsque papa est apparu à mes côtés. Sans un mot, il a commencé à nettoyer la cuisine, à essuyer les plans de travail et à empiler les bols que je n'utilisais plus.

— La disparition d'Olivia n'est pas ta faute, m'a-t-il dit d'un ton grave. C'est la mienne.

Nous étions côte à côte. Je suis restée silencieuse, le laissant remplir le silence avec ce qu'il avait à dire.

— La nuit où il l'a… emmenée, nous avions prévu une baby-sitter, mais elle a annulé à la dernière minute. Ta mère voulait rester à la maison. J'ai insisté pour qu'on sorte quand même. C'était mon patron qui recevait, vois-tu. Je savais qu'il n'apprécierait pas une absence de notre part.

Il a plongé le pinceau dans le beurre fondu.

— Alors, bon gré mal gré, ta mère a accepté de laisser à Olivia la responsabilité de vous garder toutes les deux.

J'ai tourné les yeux vers lui et remarqué le léger tremblement de sa main, la crispation de sa mâchoire, la tristesse et la culpabilité qui tourbillonnaient sous sa peau.

— Je ne t'en veux pas, Caitie. C'est à moi que j'en veux. Je suis désolé que tu aies entendu cette dispute entre ta mère et moi. Je souffrais et j'ai eu tort.

Il a secoué la tête, reposé le pinceau.

— La vérité, c'est que chaque fois que je te regardais au fil des années, je voyais tous mes manquements envers toi. J'avais échoué avec Olivia. Et te voir seule, sans sœur, me rappelait constamment que j'avais manqué à mes deux filles de la manière la plus impensable qui soit.

J'ai arrêté d'incorporer le beurre à la farine et je me suis tournée vers lui.

— Ce n'était pas ta faute, papa.

Je lui ai dit ce que je savais de Heath Ledbury. Qu'une fois qu'il t'avait eue dans son collimateur, Olivia, il n'aurait reculé devant rien pour te posséder. Que s'il n'y avait pas eu cette occasion, il en aurait créé une autre. Qu'à la seconde où il avait posé les yeux sur toi, tu étais à lui et ton destin était scellé. Personne, pas même notre père, n'aurait pu te protéger.

— Je t'aime, Caitie, a chuchoté papa avec ferveur.

Je l'ai enlacé. Il n'a pas semblé se soucier que sa chemise se retrouve couverte de farine. Il a semé toute une série de baisers frénétiques sur le sommet de mon crâne, comme il le faisait quand j'étais petite.

Je ne suis pas retournée à Ledbury Hall depuis mon évasion. Le domaine est à vendre maintenant. Je ne sais pas qui l'achètera après ce qui s'y est passé. Je serais heureuse de le voir brûler. La police y a retrouvé ton journal à l'abeille d'or et nous l'a rendu. Elle a aussi mis la main sur les journaux d'Elinor. Comme toi, elle aimait écrire. C'est peut-être pour ça que Heath a emporté ce journal, la nuit où il t'a enlevée. Je suis restée éveillée à le lire, dévorant chaque page, chaque mot que j'ai suivis avec mon doigt. Au fil des ans, tu as souffert de la douleur de la solitude avec la même acuité que moi. Mon cœur s'est serré pour toi. Pour le poison dont Heath t'a nourrie. En plus des journaux, la police a retrouvé des restes humains enterrés à deux endroits de la propriété. Une partie d'entre eux ont été exhumés dans les bois : un homme d'âge moyen qui serait Robert Brent, l'oncle des Ledbury. Les autres ossements étaient, bien sûr, ceux d'Elinor. Heath l'a enterrée à quelques mètres du lac, en face de la statue de pierre représentant deux amants enlacés. Tous deux ont été assassinés il y a une vingtaine d'années.

Bryony et moi avons eu de la chance de nous en sortir vivantes. La semaine dernière, j'ai vu une photo d'elle dans le journal. Les longs cheveux blonds, que Heath aimait tant, sont maintenant courts et teints en auburn. Sur la photo, elle tenait la main d'une jeune femme et elles se regardaient avec une joie sans mélange. Lucy. Sa sœur. Et je n'ai pas pu m'empêcher de penser : Ça aurait dû être nous. Tout comme j'ai été innocentée du meurtre de Heath, elle a été innocentée du tien. « Circonstances atténuantes », a-t-on décrété. Compte tenu de tout ce que Bryony a subi entre les mains de son ravisseur, la justice s'est montrée clémente. Dans sa déposition, elle a affirmé qu'elle me croyait en danger de mort. Elle a prétendu ne pas avoir compris que tu avais cessé de m'agresser. Elle mentait. Tu avais raison, Olivia, elle voulait ta mort. Je ne t'ai pas écoutée. Je lui ai fait confiance. Alors peut-être que ton sang est aussi sur mes mains. Peut-être que je suis autant à blâmer qu'elle. J'ai confié cette peur, qui m'a hantée de terreurs nocturnes, à Harriett, mais elle m'a dit qu'on ne contrôle jamais que ses propres actions. Que j'avais fait de mon mieux avec les informations dont je disposais. Qu'il n'y avait pas de honte à essayer de sauver tout le monde, mais que je devais accepter le fait que tout le monde ne méritait pas d'être sauvé. Ou, comme toi, que tout le monde ne voulait pas être sauvé.

J'ai décidé de me concentrer sur mon avenir. De faire des projets pour moi. Grâce à l'argent résultant de la vente de ma maison en plus des revenus que je tire de Wanderlust Illustrations, je vais voyager pendant les six prochains mois. Gemma est de retour en Angleterre, mais elle me rejoindra en Norvège dans quelques semaines.

Je pense que tu serais fière, Olivia. Je pense que tu voudrais me voir sortir de ton ombre et sentir le soleil sur ma peau. Me forger un chemin qui me soit propre. Ta perte m'a obligée à créer une vie plus audacieuse, plus courageuse et plus vivante que celle où je me suis contentée d'exister jusqu'à présent.

Au moment où j'écris ces lignes, je suis assise dans une salle d'embarquement, où j'attends de monter à bord de mon avion. Nos parents ont proposé de m'y conduire, mais je sais que, s'ils l'avaient fait, j'aurais peut-être renoncé à partir. Six mois, c'est long ; cependant, ils m'ont promis de me rejoindre pour Noël. Ce n'est que dans onze semaines.

Par ailleurs, il y avait un endroit que je voulais visiter avant mon départ. Le taxi s'est traîné sur les routes sinueuses de Stonemill. J'ai regardé défiler notre ville natale. Je nous voyais, deux sœurs, deux fillettes, la tête inclinée vers celle de l'autre, faisant un saut à la boutique de produits fermiers pour acheter des sandwichs, puis dévalant la rue, munies de leur butin.

Le taxi s'est arrêté à la destination indiquée et je suis sortie. J'ai payé le chauffeur pour qu'il attende. Je n'étais pas retournée dans la prairie, dans notre prairie, depuis le jour de ton enlèvement.

Elle n'a pas changé et ressemble exactement à ce qu'elle était en cette douce après-midi de juillet. Je me suis plantée parmi les fleurs et j'ai pensé à la mort. Parce que je ne t'ai pas perdue qu'une seule fois. Je t'ai perdue deux fois. Je t'ai perdue la nuit où Heath est entré dans la maison de nos parents pour te sortir de ton lit. Et encore une fois quand tu es tombée du toit et que tu t'es brisé la nuque. La conviction que j'ai eue, la nuit de ton enlèvement, celle qui retentissait en moi avec chaque battement de mon cœur, chacun de mes souffles, et même dans le rouge vif de mon sang, s'est avérée exacte : tu ne reviendrais jamais à la maison. Pas vraiment. La personne qui nous est revenue au bout de seize ans, c'est ce que Heath avait fait de toi. Il y a eu des moments, des lueurs aux éclats de diamant émanant de ma sœur, mais ce n'était rien de plus : des lueurs.

Même aujourd'hui, à vingt-sept ans, je connais des gens dont les proches sont tous en vie et qui n'ont jamais vécu le chagrin profond et déchirant qui accompagne la perte d'un être cher. Je me demande ce que l'on ressent lorsqu'on baigne dans l'ignorance béate de cette douleur. Dans l'ignorance béate de l'ombre de la mort planant au-dessus d'eux, prête à tout leur arracher d'un instant à l'autre. C'est souvent une pensée amère et jalouse, mais, pendant que je me tenais dans la prairie, ce n'était qu'une pensée pleine de tristesse.

Une vague d'angoisse m'engloutit et je la laisse faire. Je livre mes oreilles, mes yeux, mon nez et ma bouche à la certitude que tu ne seras pas à l'aéroport pour m'accueillir lors de mon retour en Angleterre, au terme de mon périple. Tu n'entendras jamais parler de mon prochain chagrin d'amour ou de mon grand Amour. Tu ne seras pas à mes côtés le jour de mon mariage. Tu ne sentiras pas le poids de mon premier-né dans tes bras. Nous ne vieillirons pas ensemble comme tu l'espérais. Tu ne sentiras jamais ma main froide et ridée dans la tienne. Les années que nous avons perdues et que nous continuons de perdre sont comme autant d'épines qui me lacèrent les paumes. Mais je les arrache. Je les jette. Et je choisis de me concentrer sur les années que nous avons eues, les laissant fleurir dans mon esprit comme de nouvelles roses. Ou comme des tournesols.

J'ai fermé les yeux, tourné mon visage vers la lumière chaude et j'ai pensé : *Mon amour pour toi n'est pas mou et paresseux, Olivia. Mon amour est plein de certitudes, palpitant et viscéral.*

Quand j'ai rouvert les paupières, tu étais là. Adolescente. En train de m'attendre. Ton profil se découpait sur le ciel éclairé par le soleil. Je te verrai toujours ainsi. Dans la douce lueur du soir, tu as fait la roue au milieu de la prairie fleurie. Longs membres bronzés et symétrie sans faille. Tu as repoussé tes cheveux dorés sur ton visage et nos yeux se sont croisés.

Lacs glaciaires et cieux d'été, myosotis et pétales de bleuets. Je voulais t'enlacer, comme si cela pouvait t'empêcher de me quitter de nouveau. Mais tu es partie. Tu es déjà partie.

— Au revoir, Olivia.

Tu m'as adressé un lent sourire, nonchalant et radieux.

— À bientôt, Kitty-Cate.

Puis tu as tourné les talons et tu t'es éloignée vers le soleil qui plongeait derrière la colline.

Pendant des années, sans toi à mes côtés, j'ai ressenti la solitude comme une lame sous ma peau. Froide et inflexible. Mais maintenant, je sais. Tu brilles dans le rouge vif de mon sang. Notre sang. Nous sommes des sœurs. Nous avons vingt-sept et treize ans. Je ne serai jamais seule.

Remerciements

Un grand merci à Thérèse Coen, mon agente et amie, pour avoir cru en moi la première. Merci à Una et à tous les membres de Susanna Lea Associates pour leur soutien.

J'ai une chance inouïe d'être publiée par l'équipe innovante et dynamique d'Embla Books. Merci à Anna Perkins que j'adore, à Hannah Deuce et à Marina Stavropoulou pour tout ce que vous faites. Un merci tout particulier à ma gentille et patiente réviseuse, Cara Chimirri, pour toutes les heures consacrées à cette histoire. J'espère que vous en êtes fière.

Merci à Lisa Brewster pour cette couverture, encore une fois magnifique : ma préférée jusqu'à présent. Vous avez un talent fou.

À mes lecteurs, vous êtes une communauté fervente, généreuse et merveilleuse. Votre amour pour *One Small Mistake* et *The Perfect Match* m'a submergée et emplie de joie. Je ne vous remercierai jamais assez pour votre soutien sans cesse renouvelé. Je remercie tout particulièrement ceux d'entre vous qui ont posté des critiques et m'ont envoyé des messages d'encouragement. J'espère que vous avez pris autant de plaisir à lire cette histoire que j'en ai eu à l'écrire.

Merci à la docteur Rebecca Annis, au docteur Matthew Stuttard et au docteur Wesley Dean pour leur science médicale et pour avoir accepté sans sourciller de répondre aux questions nées de mes recherches morbides.

Merci à mes collègues de la KES de m'avoir encouragée. En particulier à Binny, Andrew et aux membres, anciens et actuels, du L.G.

À Rachel Rowlands pour son écoute et sa compréhension.

Un immense merci à l'amie auteure qu'est Rachel Delahaye-Lefever, pour avoir défendu ce livre avec ferveur. Ta foi en cette histoire, ton amour et ton enthousiasme pour elle ont été comme un sort de guérison. Je t'aime profondément.

À ma mère, qui a dévoré mon troisième livre avec autant d'enthousiasme que tous ceux qui l'ont précédé. Merci de m'avoir inculqué l'amour des histoires et la conviction que je pouvais tout accomplir.

Et à Lucy Perkins pour avoir pris le temps de lire cette histoire alors même qu'elle étudiait en master. Tes théories farfelues concernant l'intrigue m'ont divertie et ta confiance inébranlable en moi m'a permis de conserver ma motivation. Merci pour tes encouragements, ta nature attentionnée et ta capacité à rendre chaque jour plus lumineux. Je ne suis jamais davantage moi-même que lorsque je suis avec toi.

Merci à mon mari pour toutes nos promenades dans les parcs, pour ta patience et ton apport créatif. Pour avoir foi en moi, même quand je manque de confiance. Ton amour est une chance. Et le mien va aussi à nos filles, Ivy et Maple, les compagnes d'écriture les plus remuantes et les plus adorables.

Ce livre est dédié à Mel, ma plus vieille amie et thérapeute de longue date. Je n'aurais pas pu écrire *Une mauvaise fille* sans toi. Tu as été la première à tomber amoureuse de cette histoire. Tes commentaires et tes théories ont façonné mon livre. Ton enthousiasme et ta sagesse m'ont aidée à l'écrire. Il est rare de rencontrer quelqu'un qui vous aime depuis assez longtemps pour vous avoir connue en tant que jeune fille puis en tant que femme. Aux côtés l'une de l'autre, nous avons décroché des diplômes universitaires, des masters, acheté des maisons, adopté des chiens, nous nous sommes fiancées, mariées, nous avons obtenu des contrats pour des livres… Je suis très fière des vies que nous avons construites. Deux décennies d'amitié derrière nous, une vie entière encore à vivre.

Dandy Smith

Dandy Smith vit dans le bourg de Frome, au cœur du Somerset, avec son mari et deux cockers anglais. Titulaire d'une licence et d'un master de création littéraire de l'université de Bath Spa, elle aime tout ce qui touche au fitness aérien, aux affaires criminelles et à *Gilmore Girls*. *Une mauvaise fille* est son troisième roman.

Retrouvez-nous sur les réseaux sociaux :

City Éditions
www.city-editions.com
@cityeditions
www.facebook.com/cityeditions/
@CityEditions
@cityeditions

Achevé d'imprimer en septembre 2025
sur les presses de la Nouvelle Imprimerie Laballery
58500 Clamecy
Numéro d'impression : 509057

Imprimé en France

La Nouvelle Imprimerie Laballery est titulaire de la marque Imprim'Vert®